ECLIPSE
by Stephenie Meyer
translation by Ami Obara

トワイライトⅢ　上

ステファニー・メイヤー

小原亜美［訳］

夫パンチョへ
あなたの忍耐と愛、友情、ユーモア
そしてこころよく外食をしてくれることに

子供たち、ゲイブとセス、イーライへ
命を賭けてもいいとみんなが思うような
愛を体験させてくれることに

目次

ある者はいう　世界は燃えつきて終わると
ある者はいう　凍てついて終わると

わたしは炎に軍配をあげる者たちに味方する
それだけの欲望を味わってきたから

だが　世界が二度まで破滅するとしたら
氷の破壊力もまた強大で
ことたりるというだろう
それなりの憎悪も　またわたしは知っている

――「炎と氷」ロバート・フロスト

トワイライトIII

上

†WILIGHT†

おもな登場人物

イザベラ・スワン（愛称ベラ）	運動神経ゼロ、人づきあいが苦手な18歳。雨と霧の町フォークスでエドワードと出会い、恋に落ちる。吸血鬼にしかわからない甘い香りの持ち主
エドワード・カレン	人の血を飲まず、動物を狩って生きることを選んだ吸血鬼一族のひとり。人間であるベラを愛したことに苦悩する
ジェイコブ・ブラック	地元のインディアンの青年。狼として覚醒。ベラに想いを寄せている
カーライル・カレン	吸血鬼。エドワードの“父”。町の外科医
アリス・カレン	吸血鬼。小柄で身のこなしも美しい。予知能力がある
エメット・カレン	吸血鬼。鋼のような筋肉質の身体をもつ
ジャスパー・ヘイル	吸血鬼。長身で人目をひく金髪。まわりの人の感情をコントロールできる
ロザリー・ヘイル	吸血鬼。スタイル抜群の金髪の美人
チャーリー・スワン	ベラの父。フォークスの警察署長
ビリー・ブラック	ジェイコブの父。掟に厳格な部族のリーダー。チャーリーとは親友
サム・ウーレイ	若い人狼たちのリーダー
ヴィクトリア	赤毛で雌豹のような女吸血鬼。恋人をカレンたちに殺された
アロ	イタリアの吸血鬼ヴォルトゥーリの長老。三千年以上生きてきた
ジェーン	吸血鬼。ヴォルトーリの一族のひとり。小柄で天使のように美しいが、謎の攻撃力を秘める

プロローグ

偽装工作はすべて無駄に終わった。

心臓が凍りついたよう。視線の先で、あたしを守ろうと彼が身構える。そのすさまじい集中力には迷いのかけらも感じられない。数では負けているのに。

わかっている。援軍は期待できない。

この瞬間、彼の家族は命を賭けて戦っているはず——まちがいなく——彼があたしたちの命を賭けて戦っているように。

あたしがもうひとつの戦いの結末を知ることは、はたしてあるのだろうか。だれが勝者になり、だれが敗者になったのかを。

生きてそのときを迎えられるのか……。

見通しはそれほど明るくない。
あたしの死を求めてやまないギラついた黒い瞳は、虎視眈々《こしたんたん》と狙っている——守護者が
スキを見せる瞬間を。
その瞬間、あたしは確実に命を落とすだろう。

どこか遠く、寒々とした森のはるか彼方で、一匹の狼が吠えた。

1　最後通告

ベラへ
どうしてチャーリーに頼んで親父に手紙を届けさせたりするんだよ。小学生のガキ同士じゃあるまいし。ベラと話がしたいなら、おれだってちゃんと出るはずだろ
ベラはもう選んだんだ。わかる？　どっちもは無理だよ。だって〈不倶《ふぐ》戴天《たいてん》の敵〉のことは、複雑すぎてベラには
だからさ、感じが悪いのはわかってるけど、ほかにどうしようもない
友だちにはなれないよ。ベラはべったりつるんでるんだし、あの連中と
あんまりベラのこと考えると、ますます泥沼にはまるだけだから。
手紙はもう書かないでくれ
そう、おれも会えなくてさみしいんだ。すごく。
だからって、なにがどうなるわけじゃない。ごめん。

ジェイコブ

あたしは指先で紙をなで、くぼみの感触をたしかめた。思いっきりペンを押しつけたせいで、あとちょっとで破れそうになっている。

ジェイコブがこの手紙を書いている姿は想像がつく。荒っぽい筆跡で怒りの文句を書きなぐり、言葉をまちがえたときには一行また一行と線を引いて消す。ひょっとしたら、あの大きすぎる手でペンをへし折ってしまったのかも。それでインクのはねの説明がつく。目に浮かんだ。いらいらしてあの黒い眉毛《まゆげ》をぎゅっと寄せ、おでこをシワくちゃにして……。その場にいたら、あたしは笑っていたかもしれない。

ジェイコブ、脳出血になっちゃうわよ。そういったはず。いいから、はっきりいってよ。それに「おれ」だなんて。急に大人っぽくなっちゃって。

すっかり暗記してしまったジェイコブの言葉を読みなおす。いまは、どうしたって笑う気にはなれない。あたしの哀願のメッセージは指摘どおり、小学生のガキみたいにチャーリーからビリー、そしてジェイコブへと渡された。

ジェイコブの答えはなんとなく予想していた。

そう、手紙をあけるまでもなく、話の要点はわかっていた。

わかっていなかったのは、あの線で消された一行一行に自分がかなり傷ついたってこと。まるで字の先端が鋭い刃でできているみたい。それだけじゃない。怒りのこもった書きだしのひとつひとつの裏には、とてつもない苦痛がひそんでいた。ジェイコブの痛みは自分自身の痛みにまして、深く突きささった。

そんなことをつらつらと考えているうちにはっと気づいた。キッチンから漂ってくるまぎれもないにおい。ガスコンロから煙があがっている。ほかの家なら、自分以外のだれかが料理をしているからって、パニックの原因にはならないかもしれないけど……。

シワくちゃの手紙をうしろのポケットにつっこみ、ぎりぎりのところで一階に駆けつけた。

チャーリーが電子レンジに入れたスパゲッティソースの瓶《びん》は、まだ回転しはじめたばかりだった。あたしは扉をぐいっとあけてとりだした。

「なにかまずいことでもしたか」チャーリーはきつい口調できいてきた。

「フタをとってからチンするのよ、パパ。金属はレンジにかけられないから」といいながら、すばやくフタをはずしてソースの半分をボウルに移し、ボウルをレンジに入れ、瓶を冷蔵庫へもどした。時間をセットしてスタートボタンを押す。

チャーリーは口をすぼめ、あたしが修正を加えるのを見守っていた。

「パスタのほうはちゃんとできてるか？」

コンロの鍋を見てみる。さっきのにおいの元凶はこれだ。「かきまぜるといいかもね」それとなくいった。スプーンを見つけ、底に焦げついたぐちゃぐちゃの塊《かたまり》をときほぐす。

チャーリーはため息をついた。

「ねえ、いったいどういう風の吹きまわし？」あたしはきいた。

チャーリーは腕組みをして裏窓から土砂降りの雨をにらみつけた。「なんのことだかさっぱりわからんな」と不満げにぼやく。

どうしたんだろう……チャーリーが料理をするなんて。それに、この不機嫌そうな態度はなんなの？　エドワードはまだ来ていないのに。チャーリーのこういう言動はたいていあたしのボーイフレンド専用だ。いつも「迷惑」というメッセージを言葉と姿勢のひとつでこれみよがしに表現する。でも、そんな努力は必要ない。わざわざ見せつけなくても、エドワードには相手がなにを考えているかはっきりわかるから。

ボーイフレンド。その言葉につきものの緊張感を覚えて、鍋をかきまぜながら口の内側をかみしめた。もちろん、ぴったりのいい方ではない……ぜんぜん。もっと〝永遠の誓い〟にふさわしいものでなくちゃ。でも、「宿命」とか「運命」みたいな言葉は日常会話に使うとやけに甘ったるく聞こえるし。

エドワードはべつのいい方を考えてる。それこそがあたしの緊張感のタネなのだ。だまって思い浮かべただけでも、鳥肌が立ちそう。

婚約者。

うわっ……身震いして、その考えを振りはらおうとする。

「あたし、なにか見逃してたのかな。いったいいつから、晩ご飯をつくるようになったの？」ときいてみた。パスタの塊《かたまり》をつつくと、熱湯のなかでポコポコと揺れる。「まあ、つくろうとする……っていうか」

チャーリーは肩をすくめた。

「父さんが自分の家で料理をしちゃいかんって法律はないぞ」

「まあ、署長さんがそういうなら」と答えて、チャーリーの革のジャケットにとめられた警察バッジに視線を投げ、にんまりする。

「ふん、一本とられたな」チャーリーはジャケットをもぞもぞ脱ぎ——着たままだったことにあたしの視線で気づいたみたいに——自分の装備用のフックにかけた。ガンベルトはすでに定位置にかかっていた。この数週間は銃を身につけて出勤する必要を感じなかったからだ。ワシントン州の小さな町フォークスを揺るがす不穏な失踪事件はもう起こっていない。雨が降りつづく森で謎の巨大狼が目撃されることもない……。

だまってパスタをつつきながら、こう思った。チャーリーがなににいらいらしているにせよ、いずれ自分のタイミングで話をしてくるだろう。うちの父親は口数が多いタイプではない。でも、きちんと座って娘と夕食をとろうとしていることがはっきり物語っている——チャーリーはいつになく、いいたいことをやまほど胸のうちにかかえている。

いつものクセであたしは時計をちらっと見た。この時間になると数分おきに見てしまう。残り時間はもう三十分を切っていた。

午後はあたしの一日のなかでいちばんつらい。チャーリーに内緒で乗っていたバイクのことを元親友（で狼人間）のジェイコブ・ブラックが密告してから——あたしを外出禁止にして、ボーイフレンド（で吸血鬼）のエドワード・カレンと一緒にいられないようにしようと仕組んだ裏切りだった——エドワードが面会を許されているのは午後七時から九時半まで。自宅からは出られないし、父親の揺らぐことのない不機嫌な監視の目がつく。今回は前回よりひどい。説明なしに三日間失踪してクリフダイビングでひと騒動を起こしたあとに食らった外出禁止のほうが、まだほんの少しゆるかった。

もちろん、エドワードには学校で会える。チャーリーもそこは手の打ちようがない。それに、エドワードは毎晩のようにあたしの部屋に泊まっているけれど、チャーリーは気づいていない。二階の部屋の窓からやすやすと音もたてずに入ってくるエドワードの〝能力〟は、チャーリーの考えていることを読む力に負けないくらい役に立つ。

エドワードと離ればなれになるのは午後だけとはいえ、ザワついた気持ちになるにはそれでじゅうぶん。なのに、時間はいつものろのろとしか進まない。でも、あたしは文句をいわず、罰を甘んじて受けている。なぜなら、ひとつには自業自得だとわかっているから。そしてもうひとつ、ここで家を出ていって父親を傷つけるのはしのびないから。もっと決定的な別れが——チャーリーの気づかぬうちに——あたしの未来のすぐそこまで迫っているんだもの。

チャーリーは大きなため息をもらしてテーブルにつき、湿った新聞を広げた。ものの数秒もしないうちに、不満げに舌打ちをする。

「わざわざニュースに目を通すことないんじゃない？　どうせ、いらっとさせられるだけなんだし」

チャーリーはあたしを無視して手もとの新聞に毒づいている。「こういうことがあるから、みんな田舎町に暮らしたがるんだ。まったく、どうかしてる！」

「さては、また大都会で問題発生ね」

「シアトルが〝全米一の殺人都市〟に名乗りをあげてるんだ。この二週間で未解決の殺人事件が五件。そんなところで暮らすなんて……想像できるか？」

「殺人ランキングではフェニックスのほうが上だと思う。あたしはそんな暮らし……経験ずみよ」それにチャーリーのいうこの安全な田舎町に引っ越してくるまで、あたしは一度だって殺人の犠牲者になりかけたことはなかった。おまけに、あたしはいまでもいくつかの暗殺リストにのっている……。

手にしていたスプーンが震え、鍋の湯にさざ波をたてた。

「まあ、父さんにはいくら感謝しても、しきれないってところだな」

夕食を〝救出〟するのはあきらめ、とりあえず食卓に並べた。やむなくステーキナイフを使ってくっついて塊《かたまり》になったスパゲッティをチャーリーに、それから自分にひと切れずつカットした。ばつが悪そうな表情で見守っていたチャーリーは、自分の分にソースを塗りたくってがつがつと食べる。あたしも自分の分をできるだけうまく偽装して、しかたなくチャーリーにならった。

しばらく静かに食事をする。チャーリーはまだ新聞に目を通していたから、あたしは今朝、朝食のときにおきっぱなしにしておいた場所から――読みこんでボロボロになった

——《嵐が丘》の本をとりあげ、十八世紀末から十九世紀初頭の英国の世界に没頭しながら、チャーリーが話をはじめるのを待った。

主人公ヒースクリフの帰還まであと一歩というところで、チャーリーはせきばらいをすると、新聞を床に放りなげた。

「そうなんだよ、慣れないことをしたのには理由があるんだ」チャーリーはボンドでかためたような晩ごはんをフォークで指した。「話がしたかったんだ」

あたしは本をわきにおいた。背表紙がよれよれになっているせいで、本はひらいたままテーブルにのっぺり沈みこんでいく。「それなら、そういうだけでいいのに」

チャーリーは眉根《まゆね》を寄せてうなずいた。「ああ、こんどからそうする。晩飯のしたくから解放してやれば、おまえのガードが甘くなると思ったんだよ」

あたしは声をあげて笑った。「効果はあったわよ。パパの料理の腕前のおかげで、あたしのガードはマシュマロみたいに甘くなっちゃった。それで、なんなの？」

「あのな、ジェイコブのことなんだ」

顔がけわしくなるのが自分でもわかった。「あの子がどうかしたの？」唇をこわばらせてきいた。

「かりかりするな、ベラ。告げ口されて、まだむかついているんだろ。でもな、あれは正しいことだった。ジェイコブは責任をはたしたんだ」

「責任をはたした……」辛辣《しんらつ》に繰り返し、あきれたようにぐるりと目をまわす。「なるほどね。それで、ジェイコブがどうしたの？」

なんでもないその質問が頭のなかでこだまする。なんでもない質問。でも、ささいな問題とはとてもいえない。ジェイコブがどうしたの？　あたしはジェイコブのこと、どうするつもりなの。元親友でいまは……なに？　敵？　そこでびくっと身がすくんだ。

チャーリーの顔がとつぜん、慎重になる。

「父さんのこと、おこらないでくれよ。いいな？」

「おこる……って？」

「あのな、これはエドワードのことでもあって……」

あたしは目をすっと細めた。

チャーリーの口調がきつくなる。「父さんはあいつをちゃんと家に入れてやってるぞ」

「そうね」そこは認めた。「短時間だけど。もちろん、短時間でいいから、ときどきあたしを家から出してくれてもいいのよ」と続ける――ほんの冗談のつもりで。卒業まで厳しく監視されるのはわかっている。「このごろはすごくまじめにしてるもの」

「そうだな。だからその話をするつもりなんだが……」そこで、チャーリーは思いがけず、目もとをくしゃっとさせて笑った。一瞬、二十歳くらい若返って見える。

その笑顔にかすかな可能性の光が見えた。でも、先走らずに進めることにする。

「よくわかんないけど、ジェイコブの話なの？　それともエドワードのことか……あたしの外出禁止のこと？」

またあの笑顔がぱっと浮かんだ。「三つひっくるめてって感じだな」

「その三つがどう関係するの？」おそるおそるきいた。

「まあ、こういうことだ」チャーリーはため息をつき、降参したように両手をあげた。「まじめにしていることだし、〝仮釈放《かりしゃくほう》〟にしてやってもいいと思ってるんだ。おまえはティーンエージャーのわりに、驚くほどぐだぐだ文句もいわないからな」

あたしの声と眉《まゆ》がピンとあがった。「ホントに？　自由ってこと？」

いったいどうしたっていうんだろう。じっさいにうちを出ていくまで〝自宅軟禁〟にされるだろうってあたしは確信していたし、エドワードだってチャーリーの考えが揺らぐなんてまるで感知していなかったのに……。

チャーリーは指を一本立てた。「条件つきだぞ」

期待感は消え去った。「もうっ、サイコーね」不満げにうめく。

「ベラ、これは要求というより、お願いなんだよ、いいかい。おまえは自由だ。でもその自由を……かしこく使ってもらいたい」

「それ、どういう意味？」

チャーリーはまたため息をついた。「ありったけの自分の時間をエドワードと一緒にすごして、おまえはそれで満足だろうが……」

「アリスとだって一緒にいるもん」あたしは口をはさんだ。エドワードの姉は面会時間を決められていない。好きなときに来て帰っていく。やり手のアリスに、チャーリーはすっかりいいようにされているのだ。

「それはそうだ」チャーリーがいった。「でも、友だちはカレンたちばかりじゃないだろう、ベラ。というか、昔はそうだったよな」

あたしたちはしばらく、じっと見つめあった。

「最後にアンジェラ・ウェーバーと話をしたのはいつなんだ？」チャーリーは質問をぶつけてきた。

「金曜日のランチ」と即答する。

エドワードがフォークスを離れていたあいだ、あたしの学校の友だちはふたつのグループに分裂していた。あたしにいわせれば、対立する〝善と悪〟といったところ。〝こっちとあっち〟でもいいけど。善玉は、アンジェラと彼女がずっとつきあってるボーイフレンドのベン・チェイニー、そしてマイク・ニュートン。この三人はエドワードがいなくなっておかしくなってしまったあたしのことを、とても寛大に許してくれた。ローレン・マロリーは〝あっち〟の悪の権化《ごんげ》で、ほかのみんなはほとんど――フォークスでできたはじめての友だちのジェシカ・スタンリーも――ローレンの「ベラ排斥運動」にのっかっているみたい。

エドワードが復学すると、その境界線はいっそう鮮明になった。

エドワードがもどってきてマイクとの友情には影がさしたけれど、アンジェラはひたむきなまでに誠実で、ベンもアンジェラにならっている。ほとんどの人間はカレンたちを本能的に避けようとするのに、アンジェラは毎日、ランチの席では律儀にアリスのとなりに座った。数週間もすると、そこでリラックスしているようにも見えたほど。カレンたちの魅力にはそうそうあらがえないもの――魅力を発揮するチャンスをいったん与えてしまったら。

「学校以外では？」チャーリーの質問があたしの注意を引きもどした。

「えっ……学校以外ではだれとも会ってない。外出禁止なんだから、忘れた？　それにアンジェラにもボーイフレンドがいて、いつもベンと一緒なの。あたしがホントに〝自由〟なら」かなり疑わしかったけれど、つけ加えてみる。「ダブルデートができるかもね」

「そうか。だが、それなら……」チャーリーはいいよどんだ。「おまえとジェイコブだって一時期はひっつきっぱなしだっただろ。それがいまじゃ……」

あたしは途中でさえぎった。「はっきりいって。条件って、具体的になんなの？」

「ボーイフレンドのためにほかの友だちをそっくり捨てるのはどうかと思うぞ」チャーリーは厳格な口調でいった。「失礼ってもんだ。それにほかの人たちもいたほうが、人生のバランスがよくなる。去年の九月のことだって……」

あたしはギクリとした。

「まあ、その……」チャーリーの歯切れが悪くなった。「エドワード・カレンのほかにもつきあいの幅を広げていたら、ああはならなかったかもしれん」

「やっぱりああなったと思うけど」ぼそっといった。

「まあな、でもそうとはかぎらん」

「はっきりいうと？」あたしはあらためてきいた。

「新しい自由をほかの友だちに会うためにも使うこと。バランスをとるってことだ」

しぶしぶうなずいた。「バランスっていうのはわかった。で、それってなにか決まった時間配分でもあるの？」

チャーリーはこわい顔をしたけれど、首は横に振った。「今回のことはあえて複雑にしたくない。ただ友だちのことを忘れちゃいかん」

このジレンマにあたしはすでに苦しんでいる。友だち。みんなの身の安全のためにも、卒業したら二度と再び会えなくなる人たち……。

どんな行動をとればいいんだろう。一緒にいられるうちに一緒にいるのか、いまから距離を置きはじめてゆるやかに別れるのか。第二の選択肢のことを考えると、気持ちがくじけそうになる。でも、それ以上深く考えるひまもなく、チャーリーがつけ加えた。

「ジェイコブとはとくにな」

それはなおさら大きなジレンマだ。ぴったりの言葉を探すのにちょっと時間がかかった。「ジェイコブとは……むずかしいかも」

「ブラック家の連中は家族同然なんだ」チャーリーはまた父親らしく厳格にいった。「それにジェイコブはほんとうに、とてもいい友だちでいてくれただろ」

「それはわかってる」

きいた。

「あいつに会わなくて、ぜんぜんさみしくないのか？」チャーリーはいらいらした様子で

いきなり、のどがつまったような感じがする。答える前に、せきばらいを二度しなきゃならなかった。「ううん、さみしいと思ってる」視線を落としたまま認めた。「すごくさみしい」

「それなら、なにがむずかしいんだ」

それはあたしが勝手に説明していいことではない。

一般の人たち、あたしやチャーリーのような人間たちが周囲をひそかにとりまいている〝伝説〟や〝バケモノ〟の秘密を知るのは〝掟〟に反する。あたしはその世界のことをよく知っていて――そのせいで、かなりのトラブルに巻きこまれている。おなじトラブルにチャーリーまで引きこむつもりはなかった。

「ジェイコブとは……ちょっと意見があわないの」のろのろと答えた。「というか、友だちの関係ってことがね。ジェイコブは友情だけでは満足しないみたいだから」

真実ではあるけれど、たいしたことのない具体的な事実からいいわけをひねりだした。ジェイコブの狼人間の群れがエドワードの吸血鬼一族を――ひいては、そのメンバーになる決意をかためているあたしを――激しく憎んでいることに比べたら、そんなことは決定的でもなんでもない。手紙ではカタがつかない問題なのに、ジェイコブはあたしの電話には出ようとしない。だけど、あたしがサシであの狼人間と話をする計画は、吸血鬼たちの

ほうがまるで受けつけないのだ。

「よくある恋のライバルってやつだろうが。エドワードはそのくらい受けてたてないのか」ここにきてチャーリーは皮肉めいた口調になる。

あたしはむっとした目をむけた。「ライバルじゃないし」

「そうやって避けることで、おまえはジェイコブを傷つけてるんだ。あの子だって無視されるより、ただの友だちでいるほうがいいだろ」

なるほどね、こんどはあたしがジェイコブを避けてるっていうわけ？

「ジェイコブは友だちでなんかいたくないのよ、まちがいない」その言葉が口のなかをひりひり焦がした。「そもそも、どこからそんなこと思いついたの？」

チャーリーは気まずそうだ。「今日、ビリーと話したときにちょっとな」

「パパとビリーって、オバサンみたいにうわさ好きよね」と文句をつけ、皿の上のかたまったスパゲッティにいきおいよくフォークを突きたてた。

「ビリーはジェイコブが心配なんだ。あの子はこのところ、いろいろ大変で……落ちこんでいるって」

その言葉にギクッとする。でも、視線はネバついた塊《かたまり》からそらさない。

「ほら、おまえはジェイコブと一緒にすごしたあとは、いつもすごく元気になっただろ」

チャーリーはため息をついた。

「いまは元気だもの」歯を食いしばったまままつっかかるようにいった。

あたしの言葉と口調のギャップが、張りつめていた空気を破った。チャーリーは爆笑し、あたしも思わずつられてしまった。

「オーケー、わかった」と受けいれる。「バランスね」

「あと、ジェイコブのこともな」チャーリーは念を押した。

「努力する」

「いいだろう。バランスをとるんだぞ。あと……そうだ、おまえに郵便が来てたな」といって、チャーリーはさりげなさをよそおうともせずに、この話題をしめくくった。「コンロの横にある」

　あたしは動かなかった。意識はジェイコブの名前のまわりでぐるぐるとらせんを描いていく。郵便なんて、どうせダイレクトメールに決まってる。昨日、ママから荷物を受けとったばかりだし、ほかになにか届く予定はない。

　チャーリーはテーブルからぐいっと椅子を引いて立ちあがり、のびをする。自分の皿をシンクに運んだけれど、蛇口をひねってすすぐ前にいったん手をとめ、分厚い封筒を投げてよこした。封筒はテーブルの上を横滑りして、ドスッと音をたててあたしのひじにあたった。

「あ、ありがと」とつぶやく。やけに押しが強いけど、どうしたんだろ。と、そこで差出人が目に入った。アラスカ・サウスイースト大学からだ。「返事が早いなあ。ここも出願の期限に間にあわなかったと思ってたのに」

チャーリーはくっくっと笑った。

封筒をひっくり返し、チャーリーをにらみつけた。「もうあいてるけど」

「気になったもんでついな」

「ショックです、保安官。連邦法違反じゃないですか」

「いいから、さっさと読みなさい」

あたしは手紙と折りたたまれた講義スケジュールを引っぱりだした。

「おめでとう」なにも読んでいないうちにチャーリーがいった。「はじめての合格通知だろ」

「ありがとう、パパ」

「学費について話をしておこう。父さんもちゃんと貯めて……」

「ちょっとちょっと。それはだめ。パパの老後の資金に手をつけるつもりはないから。あたし、大学進学用の貯金があるの」例のバイクの修理に使ったから――その残りだけど。おまけに、最初からたいした額でもなかった。

チャーリーは顔をしかめた。「ベラ、なかにはかなり高いところもあるんだぞ。父さんは力になりたいんだ。授業料が安いってだけで、はるばるアラスカまで行くことはないだろう」

安くはない。ぜんぜん。でも、たしかにずいぶん遠いし、アラスカ州ジュノーは一年あたり平均三百二十一日が曇りだ。ひとつめはあたしにとって、ふたつめはエドワードにとって、はずせない条件だった。

「自分で払えるから。それに学費援助の制度がいろいろあるの。かんたんに学資ローンも組めるんだし」はったりなのがみえみえじゃありませんように。この件についてはじっさい、それほど調べたわけじゃない。

「なら……」チャーリーはいいかけて唇をすぼめ、そっぽをむいた。

「なら、なに?」

「なんでもない。ただ……」チャーリーは顔を曇らせた。「ただエドワードは卒業後、どうするのかと思ってな」

「それは……」

「どうなんだ?」

玄関を三回鋭くノックする音がして、あたしは救われた。

チャーリーはやれやれと天を見あげ、あたしは跳ねるように立ちあがる。

「いま行く!」あたしが声をあげると、チャーリーは「またもや、おでましか」とかそんな感じのことをもごもごといった。あたしは無視してエドワードを出迎えにいく。

邪魔なドアをぐいっと——ばかみたいにあせって——あけると、そこに彼はいた。

あたしの身に起こった奇跡。

いつまでたっても、この完璧《かんぺき》な顔にはドギマギしてしまう。エドワードのどこをとっても、あたしがあたりまえに思う日は絶対に訪れないだろう。視線はエドワードの青白い顔だちを追っていく。ひきしまった鋭角的なあご、ふっくらした唇が描く曲線はやわらかく――いまはほほえみの形にカーブを描いている。まっすぐな鼻すじ、すっと迫りだしたほお骨、なめらかな大理石のように広がる額には雨に濡《ぬ》れて暗くなったブロンズ色の髪がかかって……。

瞳は最後までとっておいた。のぞきこんだら、思考回路がとぎれてしまうとわかっていたから。うるんだゴールドの瞳は大きく、優しく、そのまわりを豊かな黒いまつげが縁どる。エドワードの瞳を見つめると、いつもとびきり不思議な気分になる。骨がゆるゆるになってしまうような感じ。ちょっと頭もぼーっとする。でも、それはあたしが息をするのを忘れてしまったせいかも……またしても。

世界じゅうのどんな男性モデルだって、魂をひきかえに差しだしてしまうような顔だもの。もちろん、それこそがまさしく求められる代償なのかもしれない――ひとつの魂が。

ちがう。エドワードは自分には救われるべき魂はないと思ってるけど、あたしは信じない。そんなことを考えてしまっただけでも気がとがめ、そしてほっとした――いつものことだけれど――エドワードにとって、考えていることが読めないただひとりの相手がこのあたしでよかったと。

手をつなごうと、あたしは手をのばした。エドワードの冷たい指先があたしの指先に重なる。そこで、あたしはため息をもらした。エドワードにふれられると、なんともいえない安堵感《あんどかん》が広がる。ずっとこの身をさいなんできた痛みがすっと消え去るかのように。

「どうも」あっけないほど普通のあいさつをして、軽くほほえんだ。

エドワードは絡《から》みあわせた手をもちあげ、甲であたしのほほをなでた。

「午後はどうだった？」

「……退屈だった」

「こっちも、おなじだよ」

エドワードは手を重ねあわせたまま、あたしの手首を自分の顔に近づけた。瞳を閉じ、手首にそって鼻先を滑らせていく。そして目をあけずにそっとほほえんだ。ワインをがまんしながら、その香りを楽しむんだ——いつかそういっていたっけ。

わかっている。あたしの血の香りはエドワードにとってほかのだれの血よりも甘美で——ほんとうに、アルコール依存症者にとって水の横におかれたワインのようなもの——それによって惹き起こされる燃えるような渇きが正真正銘の苦痛になる。それでも、前ほど避けようとしなくなったみたい。こうしたシンプルなしぐさの裏にある超人的な努力を、あたしはおぼろげに想像することしかできない。

そこまでがんばらなきゃいけないなんて……悲しくなる。でも、もうそれほど長く苦しませないですむ。そうわかっていることがなぐさめだった。

そこで、チャーリーが近づいてくるのが聞こえた。ドスドスと足を踏みならして、いつもどおり〝お客さまへの不快感〟を示している。エドワードはぱっと目をあけて手を——しっかりつないだまま——おろした。

「こんばんは。お邪魔します」エドワードはいつだって完璧《かんぺき》に礼儀正しい。チャーリーにはもったいない。

チャーリーはエドワードにむかって不機嫌そうにふーっとため息をつき、腕組みをしてその場に立ちはだかった。このところ、保護者の責任ってものを重く受けとめすぎているみたい。

「もうひとつ願書をもってきたんだ」エドワードはそこであたしに告げると、ぱんぱんの茶封筒を掲げてみせた。ロール状の切手を指輪のように小指に巻きつけている。

もうっ……。どうして、出願させられていない大学がまだ残ってるの？　それにどうして、エドワードはあきもせずにこういう抜け穴を見つけてくるのよ。学年末はすぐそこまで迫っているのに。

エドワードはほほえんだ。まるであたしの考えが読めるみたいに。きっと、顔にはっきり書いてあったにちがいない。「まだいくつか期限に間にあうよ。よろこんで例外を認めてくれるところも何校かあるし」

そういう例外の裏にどんなからくりがあるか想像がつく。それに、どのくらいのお金が絡むのかも。

エドワードはあたしの表情を見て笑った。

「あっちへ行こうか」といって、あたしをキッチンのテーブルへ連れていく。

チャーリーは不機嫌そうにあとをついてきた。でも、今晩のあたしたちの予定には文句のつけようがないはず。自分だって連日のように、大学進学のことをきちんと決めなさいってせっついてきたんだから。

あたしはてきぱきテーブルを片づけ、エドワードはいまいましい書類の山を整理する。《嵐が丘》をカウンターに移すと、エドワードが片方の眉《まゆ》をひそめた。なにを考えているのかはわかる。でも、エドワードがコメントする間もなく、チャーリーが割りこんできた。

「大学の願書といえば……エドワード」口調はさっきにもまして感じが悪い。チャーリーはいつもエドワードに直接話しかけないようにしていて、やむなく話をするときは機嫌の悪さに拍車がかかる。「ちょうどベラと卒業後のことを話していたんだ。きみは進学先を決めたのか」

エドワードはチャーリーにほほえみかけた。こちらの口調は友好的だ。「まだです。合格通知はいくつかもらってますけど、まだどこにするか検討中で」

「どこに合格したんだ？」チャーリーが問いつめる。

「シラキュース大学と……ハーバード……ダートマス……あとは今日、アラスカ・サウスイースト大学に合格したんです」エドワードは顔をほんの少しかたむけ、ウインクしてくる。あたしは笑いそうになるのをこらえた。

「ハーバードにダートマスだって？」チャーリーは驚嘆を隠しきれず、口ごもる。「それはなんとも……たいしたもんだな、うん。でも、アラスカってのはなあ。アイビーリーグの名門校に行けるのに、本気で考えてるわけじゃないよな。きっとお父さんだって……」

「カーライルはつねに、ぼくが選んだことを尊重してくれますから」エドワードはすんなりといった。

「はあ……そうか」

「ねえ、エドワード。あててみてよ」話をあわせて明るく話に加わる。

「ん？　なにを？」

カウンターの分厚い封筒を指さした。「あたしも、アラスカ大の合格通知を受けとったところなの！」

「そうか、よかった！」エドワードはにっこり笑った。「すごい偶然だね」

チャーリーは疑うように目をすっと細め、あたしたちをかわるがわるにらみつけた。

「まあ、いいさ」しばらくして、そうつぶやく。「ベラ、父さんはあっちに行ってテレビで試合を観てる。九時半までだぞ」

これはチャーリーおなじみの去りぎわの命令だった。

「あの、さっきの話しあいは覚えてる？　あたしの自由についての……」

チャーリーはため息をついた。「わかった、いいだろう。十時半だ。平日の夜はまだ門限があるからな」

「ベラの外出禁止がとけたんですか」エドワードがきいた。本気で驚いているはずはないけれど、とつぜん声ににじんだ興奮にわざとらしさはかけらもない。

「条件つきでな」チャーリーは歯を食いしばっていった。「それがどうかしたのか」

あたしがこわい顔をしても、チャーリーは見ていなかった。

「教えてもらってよかった」エドワードはいった。「アリスはショッピングに行く相棒がほしくてうずうずしてたんです。ベラもちょっと街に出たいだろうし……」エドワードはあたしにほほえんだ。

でも、チャーリーはおこって声をあげた。「だめだ！」顔色は瞬時に紫になる。

「どうしたっていうのよ、パパ！」

チャーリーはなんとか食いしばった歯をゆるめた。「いまはシアトルには行ってほしくないんだ」

「えっ……？」

「新聞の記事のこと、話しただろう。シアトルでは犯罪組織みたいなもんが殺人を繰り広げているんだ。あのへんには近づくんじゃない。いいな？」

あたしはあきれてぐるりと目をまわした。「あのね、雷が落ちる確率のほうが高いくらいじゃない、シアトルに一日いたって……」

「いや、いいんです」エドワードはあたしの話をさえぎった。「シアトルというつもりはなかったですから。ポートランドはどうかなって。ぼくもベラをシアトルには行かせたくない。もちろんです」

信じられない。でも、エドワードを見ると、チャーリーが読んでいた新聞を手にして第一面を真剣に読んでいた。

きっと、うちの父親をなだめようとしているんだ。たとえ相手がどれほど凶悪な人間だとしても、アリスかエドワードが一緒のときに危険な目にあうなんて考えるのは、とんだお笑いぐさだもの。

効果はあったみたい。チャーリーはエドワードをもうひとにらみすると、肩をすくめた。「まあ、いいさ」といって、リビングへそそくさと去っていく。試合開始のチップオフを見逃したくないのかも。

チャーリーに聞こえないように、テレビがつくまで待ってから質問を切りだした。

「どうして……」

「待って」エドワードは新聞から顔をあげずにいった。紙面にじっと焦点をあわせたたま、最初の願書をテーブルのむこうから押しつけてくる。「これは志望動機の小論文を使いまわせばいいよ。テーマがおなじだから」

チャーリーがまだ聞き耳をたてているってことだ。ため息をつき、お決まりの記入事項を埋めていく。氏名に住所、社会保障番号……数分してちらっと見あげてみると、エドワードは考えこんで窓の外を見つめていた。あたしはまたうつむいて作業にもどり、そこではじめて大学の名前に気づいた。

ふんと鼻を鳴らして書類をわきに押しのける。

「ベラ……?」

「エドワード、冗談でしょ。ダートマスなんて」

エドワードは却下された願書を手にとり、あたしの前にまたそっとおいた。「ニューハンプシャーは気にいると思うな。ぼくには夜間のコースがばっちりそろっているし。本格派のハイカーにとって格好の場所に森があるんだ。野生動物の宝庫だし」エドワードはあのいわくありげな笑みを浮かべる。そうされると、あたしがいやといえないってわかっているはず。

あたしは口を閉じたまま、深くひと息ついた。

「返済は受けつけるよ、それで気がすむなら」エドワードは約束した。「お望みなら、利子をとってもいい」

「法外な裏金がなかったら、合格するのだって無理でしょ。それもローンの一部ってこと？　カレン記念図書館でも新設してあげるつもり？　もうっ、どうしてまたこの話になるのよ」

「ベラ、頼むから、おとなしく願書を書いてくれないかな。出願しても損はないだろ」

あたしは奥歯をぐっとかんだ。「あのね、いい？　おことわりします」

書類に手をのばした。くしゃくしゃに丸めてゴミ箱に放りこんじゃおっと……。

でも、書類はすでに消えていた。一瞬、からっぽのテーブルをまじまじと見てから、エドワードに視線を移した。動いたようには見えない。でも、願書はきっとすでにジャケットにしまいこまれている。

「どうするつもりなの？」と問いつめる。

「ベラのサインは本人のきみよりぼくのほうがうまい。それに小論文はもう書きあがってるだろ」

「ねえ、この件にはちょっと入れこみすぎじゃない？」チャーリーが試合に熱中していない確率はかなり低いけど、念のためにひそひそ声でいった。「あたし、アラスカ大に合格したのよ。よそに出願する必要はホントにないんだって。一学期目の学費だってもうちょっとで用意できそうだし。これでアリバイはばっちりでしょ。だれのお金だろうと、大金を無駄にすることはないの」

エドワードはつらそうに顔をこわばらせた。「ベラ……」

「蒸し返さないで。チャーリーのために形だけでも進学する必要があるのは納得してる。でも、おたがいにわかってるでしょ。この秋、あたしはとても学校に通えるような状態じゃないはず。人間の近くにはいられないもの」

転生した吸血鬼の最初の数年について、あたしはおおまかなことしか知らない。エドワードがこまかい話をしてくれたことはない──彼の好きな話題ではないから──でも、壮絶だってことはわかっている。自制心はあとから身につけるものらしい。通信制の学校以外はすべて問題外だ。

「ベラ、〝時期〟はまだ決まってなかったはずだよ」エドワードそっとクギをさした。「大学生活を一学期か二学期くらい楽しんでもいいんじゃないかな。きみが味わったことのない人間らしい経験がたくさんあるんだよ」

「そういうのはあとでやるから」

「あとからだと、人間らしい経験にならない。人間らしさを味わうのに第二のチャンスはないんだ」

あたしはため息をついた。「エドワード、〝時期〟のことは冷静に考えて。ぐずぐずするのはあまりに危険だもの」

「いまのところ危険はない」エドワードはゆずらない。

危険はない……？　あたしはエドワードをにらんだ。そうよね。サディスティックな女吸血鬼があたしを殺してパートナーの死の復讐《ふくしゅう》を遂げようとしているだけ。それもできるなら、じわじわと痛めつけて。そう、ヴィクトリアのことなんてだれも心配するはずないわよね。あとはヴォルトゥーリ。吸血鬼の軍団をかかえる吸血鬼界の王族はいずれにせよ、近い将来、あたしの心臓をとめろと迫っている。なぜなら、人間が彼らの存在を知ることは許されないから。そう、パニックを起こす理由はなにひとつない。

いくらアリスが目を光らせていたって――エドワードは、アリスの超人的な予知能力が事前に危険を察知するほうに賭けている――そんな賭けは正気の沙汰《さた》ではない。

それにこの話しあいではあたしがすでに勝ったはず。〝転生〟の日程はいまのところ高校卒業後すぐと決まっている。あとほんの数週間先……。

残された時間がいかに少ないか気づき、鋭い不安がみぞおちをつらぬく。もちろん、この変化は必要なこと。この世のすべてをあわせてもかなわないくらい、あたしが求めてやまないものにつながるカギだもの。それでも。いつもの夜とまったくおなじように、となりの部屋でスポーツ番組を楽しんでいるチャーリーのことが気になってしかたがない。それに母親のこと。ママは太陽いっぱいのフロリダにいて、今年の夏は自分と再婚相手のフィルと一緒にビーチですごそうとせがんでいる。

そしてジェイコブ。うちの両親とちがって、あたしが遠くの大学へ姿を消したらどうなるか、彼ははっきりわかっている。たとえ旅費や勉強や病気を理由に里帰りを先のばしにできても、両親のことはかなり長いことあざむけるとしても……ジェイコブは真実を知るだろう。

ジェイコブにきらわれるのは確実だ。

一瞬、その考えがほかのすべての痛みをのみこんだ。

「ベラ……」あたしの顔に苦悩の色を見てとり、エドワードは顔をゆがめてささやいた。「急ぐことはない。だれにもきみを傷つけさせはしない。好きなだけ時間をかけていいんだ」

「急ぎたいの」弱々しくほほえみ、冗談めかしてささやく。「あたしもバケモノになりたいんだから」

エドワードは歯を食いしばり、そのすきまからしぼりだすように話した。「自分のいっている意味がまるでわかってないんだな」いきなり、エドワードは湿った新聞をふたりのあいだのテーブルに放りなげ、第一面の見出しに指を突きたてた。

死者数は上昇中
警察は組織犯罪を警戒

「それがいったいどうしたっていうの?」

「バケモノっていうのは冗談じゃないんだよ、ベラ」

もう一度、見出しを凝視してから、エドワードの厳しい表情を見あげる。「これ……吸血鬼のしわざなの?」とささやく。

エドワードは冷ややかな笑みを浮かべた。声は低くよそよそしい。「驚くのも無理はないか。人間の世界で報道されている惨劇の裏で、ぼくたちの種族が原因になっていることはけっこうあるんだ。わかったうえで目をむけてみれば、かんたんに見つかるものさ。この記事は、シアトルで〝新生者〟の吸血鬼が野放しになっていることを示すものだ。血に飢えて、凶暴で、コントロールがきかない。ぼくらみんながそうだったように」

あたしはエドワードの目を避け、また新聞に視線を落とした。

「この数週間、ぼくたちは状況を監視してきた。あらゆる兆候があるんだ──不自然な失踪事件。犯行時間はいつも夜。ぞんざいに捨てられた遺体。そのほかの証拠はゼロ。まちがいない、転生したばかりの者だ。おまけにだれも新参者のしたことに責任をとろうとしないらしい……」エドワードは深く息をついた。「まあ、ぼくらの問題ではない。これほどうちに近くなければ、気にもかけなかったはずだ。いったとおり、よくあることなんだ。バケモノの存在はそれなりの恐ろしい結果につながる」

紙面に並んだ名前を見ないようにした――でも、まるで太字で印刷されているかのようにほかの活字から浮きあがってくる。五人が命を絶たれ、その家族はいま深い悲しみのうちにある。ばくぜんと殺人について考えるのと、こうして名前を目のあたりにするのはやはりちがう。モーリーン・ガーディナー、ジェフリー・キャンベル、グレース・ラジー、ミシェル・オコネル、ロナルド・オルブルック。親や子どもや友だちやペットがいて、仕事や希望、計画、思い出、そして未来があった人たち……。

「あたしはおなじようにはならない」なかば自分にささやいた。「エドワードがそんなこと許すはずないもの。一緒に南極で暮らそうよ」

エドワードは鼻で笑って、場の空気をなごませた。「ペンギンか。いいね」

あたしは力なく笑って、新聞をテーブルからはらい落とした。犠牲者の名前を見なくてすむように。新聞はバサッとリノリウムの床にあたった。

エドワードが狩りの可能性を考えるのは当然のことだ。エドワードと〝菜食主義〟の家族はみんな人命をなにより尊重し、食欲を満たすためには大型の肉食動物を好んでいる。

「なら、計画どおり、アラスカにしようよ。ただし、ジュノーよりもっと人里離れたところ。グリズリーが山ほどいるどこか」

「そのほうがいい」エドワードは認めた。「ホッキョクグマもいるしね。あれはなかなか凶暴なんだ。それにかなり大きい狼もいるし」

　あたしはあぜんと口をあけ、はーっと鋭く息を吐きだした。

「どうかした？」エドワードがきいた。あたしが気をとりなおす前に、疑問は氷解したらしく、エドワードの全身に緊張が走った。「そうだった。なら、狼のことは忘れてくれ。気にさわるなら」こわばった他人行儀な口調。肩のあたりに力が入っている。

「ジェイコブはあたしの親友だったのよ、エドワード」とつぶやく、過去形を使うと、胸がズキッとした。「気にさわるのはあたりまえでしょ？」

「うかつだった。どうか許してほしい」エドワードはいった。慇懃無礼《いんぎんぶれい》な態度のまま。

「さっきみたいなことは、口にするべきじゃなかった」

「気にしないで」あたしは自分の両手を見つめた——テーブルの上でぎゅっと握られたふたつの拳《こぶし》。

　一瞬、ふたりともだまりこんだ。そしてエドワードはひんやりした指であたしのあごにふれ、顔をあげさせる。エドワードの表情はさっきよりずっとやわらいでいた。

「ごめん、ほんとうに」

「いいの。わかってるから、見方がちがうんだって。あたしがあんな態度をとったのがいけなかったの。ただ……その、さっきちょっとジェイコブのことを考えていたから」そこでためらう。エドワードのハチミツ色の瞳はあたしがジェイコブの名前を口にするたびに少しずつ暗くなっていくみたい。

それにあわせてあたしもすがるような口調になる。「チャーリーにいわれたの、ジェイコブはこのところ大変なんだって。いまも傷ついているのよ……あたしのせいで」

「ベラはなにも悪いことをしてない」

あたしはふーっと息をついた。「どうにかしてあげなきゃいけないのよ。それだけの恩があるの。どのみち、それがチャーリーの条件のひとつで……」

話しているうちにエドワードの顔つきがかわった。またけわしく、彫刻のようになる。

「わかってるだろ、きみがノーガードで人狼に近づくのは論外だ。そしてぼくらのひとりでも彼らの領地に足を踏みいれたりしたら、〝協定〟を破ることになる。ぼくらに戦争をはじめてほしいのか？」

「そんなわけないでしょ！」

「なら、これ以上、この件について話しあう意味はないな」エドワードは手を離してそっぽをむき、べつの話題を探している。あたしの背後のなにかに目をとめ、笑みを浮かべる。でも、目はまだ警戒をといていない。

「チャーリーが外出を許してくれてよかった。かわいそうなくらい、ベラは本屋に行く必要がありそうだ。驚きだよ、また《嵐が丘》を読んでいるなんて。とっくに暗記しているんじゃないのか？」

「だれもが抜群の記憶力をもってるわけじゃないのよ」そっけなくいった。

「記憶力の問題はさておき、どうして好きなのか理解に苦しむんだよ。登場人物はたがいの人生を破滅させるいまわしい連中だし。ヒースクリフとキャサリンがどうしてロミオとジュリエットや《高慢と偏見》のエリザベス・ベネットとダーシー氏に匹敵するカップルに数えられているのかがわからない。これは愛の物語じゃない。憎しみの物語だ」

「古典文学が苦手なのね」鋭く切り返す。

「歳月の重みに感動しないせいかな」エドワードはほほえんだ。あたしの気をそらして満足しているのがみえみえだ。「でも、ほんとうに。どうしてなんども読み返すのかな……」

ここにきてエドワードの瞳は正真正銘の興味にキラキラと輝く――またしても――謎に満ちたあたしの意識をときあかそうとしている。エドワードはテーブルごしに片手をのばし、あたしの顔をつつんだ。「どこに魅力を感じるわけ?」

エドワードの本物の好奇心があたしのガードをゆるめた。「はっきりいえないけど」エドワードの視線は――本人にそのつもりはなくても――あたしの思考をかき乱す。なんとか筋の通った話をしなきゃ。「避けられない宿命……みたいなものかな。なにをもってしてもふたりを引き裂くことはできないでしょ。キャサリンのわがままも、ヒースクリフの悪徳も。死ですら、最後には……」

エドワードはあたしの言葉に思いをめぐらせ、考えこんだ顔をする。そして一瞬ののち、からかうような笑みを浮かべた。「でもやっぱり、それぞれに欠点をおぎなう長所がひとつあったら、もっといい話になると思うよ」

「そこがポイントなのかも」と反論した。「ただひとつ、愛だけがつぐないになるのよ」

「ベラにはもっと分別があるといいな。あれほど……タチの悪い相手と恋に落ちることがないように」

「恋に落ちる相手の選び方をいまさらいわれても」と指摘する。「まあ、自分ではかなりうまくやってのけたと思うけど」

エドワードは静かに笑った。「きみがそう思ってくれて、うれしいよ」

「そっちこそ、あんなわがままな相手に近づかないだけの思慮深さをもっててほしいわ。すべての問題の原因はキャサリンだもの、ヒースクリフじゃなくて」

「気をつけるよ」エドワードは約束した。

あたしはため息をついた。ホント、エドワードは人の気をそらすのがうまい。

エドワードの手に自分の手を重ね、顔にあてた。「あたし、ジェイコブに会わないと」

エドワードは瞳を閉じた。「だめだ」

「ホント、ぜんぜん危なくなんてないんだから」もう一度訴えてみる。「前はラプッシュで一日じゅう、おおぜいと一緒にいたりしたのよ。でも、なんにも起こらなかったもの」

でも、あたしはうっかりミスをしてしまった。最後のところで声が揺らいだ。自分の口にしている言葉がウソだと気づいてしまったから。なにも起こらなかったというのは真実ではない。巨大なグレーの狼があたしにむかって短剣のような牙をむき、跳びかかろうと身をかがめる――一瞬、その記憶がよみがえり、パニックの残像のせいで手のひらに汗がにじんだ。

エドワードはあたしの鼓動《こどう》が加速するのを聞きつけ、うなずいた。あたしが声に出してウソを認めたかのように。「人狼は不安定なんだ。ときどき、そばにいる人間がケガをする。殺されることもある」

そんなことない……。否定したかった。でも、べつのイメージがあたしの反論に歯どめをかける。脳裏に浮かんできた。かつては美しかったエミリー・ヤングの顔。三本の浅黒い傷痕《きずあと》でその顔はだいなしにされた。傷痕は右の目尻を引きずりおろし、口もとをへの字に永遠にゆがめてしまったのだ。

エドワードは勝ち誇ったような、それでいてけわしい表情で、あたしが口をきけるようになるまで待っていた。

「みんなのこと、知らないくせに」小声でいった。

「きみが思っているより知ってるよ、ベラ。ぼくは〝前回〟ここにいたんだ」

「前回って?」

「ぼくらと狼たちの出会いは七十年ほど前にさかのぼる。ぼくたちはホキアムの近郊に落ち着いたばかりだった。アリスとジャスパーが合流する前だ。ぼくたちは数で勝っていたが、カーライルがいなかったら、戦いになるのは阻止できなかっただろう。共存することは可能だと、カーライルがエフライム・ブラックをなんとか説得し、最終的に休戦協定を結んだんだ」

ジェイコブのひいおじいさんの名前を聞いて、あたしはぎょっとした。

「人狼の血統はエフライムで途絶えたと思っていた」エドワードはつぶやく。ここにきて、まるでひとりごとをいっているように聞こえる。「〝変化《へんげ》〟を可能にする遺伝子的な特質は消失していたんだ……」話をやめ、責めるようにあたしを見つめる。「ベラの悪運は日を追うごとに強力になっていくらしい。気づいてるのか。あらゆる破壊的なものを呼び寄せてしまうベラのすさまじい引力は、突然変異の狼の群れを絶滅からよみがえらせるほど強烈だったんだ。ベラの運が容器かなにかにつめられるなら、大量破壊兵器になるな」

いまのひやかしは無視する。エドワードのいったことがどうもひっかかる――本気なの？「でも、復活させたのはあたしじゃないのよ。知らないの？」

「なにを？」

「あたしのツキのなさなんて関係ない。狼人間がもどってきたのは、吸血鬼がもどってきたからよ」

エドワードはあたしをじっと見た。驚きで身体はぴくりとも動かない。

「ジェイコブがいってたもの。あなたの家族がここにいることで、ことが動きはじめたって。知ってると思ってた」

エドワードはすっと目を細めた。「あいつらはそう思ってるのか？」

「事実に目をむけて。七十年前にあなたたちがこの土地にやってくると、狼人間たちがあらわれた。最近になってもどってきたら、狼人間たちがまたあらわれた。それって、偶然だと思う?」

エドワードはまばたきをした。鋭い目つきがやわらぐ。「カーライルはその仮説に興味をもつだろうな」

「仮説……ね」あたしは皮肉っぽくいった。

エドワードは一瞬、だまりこみ、窓の外の雨を見つめた。自分たち家族の存在が地元の人たちを〝巨大な犬〟に変えている事実について、あれこれ考えているのかしら……。

「興味深いね。でも、たいして関係はないな」一瞬ののち、エドワードはつぶやいた。

「状況は変わらない」

その意味はかんたんにべつの言葉におきかえられる。

狼人間の友だちは禁止──ということだ。

わかってる。エドワードに対しては粘りづよくいかなきゃ。なにも無理をいっているわけじゃない。理解していないだけ。あたしがどれだけジェイコブ・ブラックに恩があるかぜんぜん知らないから。なんども命を──そしておそらく正気を──救ってもらったことを。

あの失意の日々のことはだれにも話したくない。とりわけエドワードには。エドワードはただひたすら、あたしを救おうと思って去ったんだもの。あたしの魂を救おうと。エドワードがいないあいだにあたしがおかしたあらゆる愚行についても、耐えしのんだ痛みについても、彼を責めるつもりはない。

でも、エドワードは自分を責めている。

だから、説明には細心の注意をはらって言葉を選ばないと。

立ちあがり、テーブルをまわりこんだ。エドワードは腕を広げ、あたしはそのひざに座ってひんやりした大理石のような抱擁《ほうよう》に身をゆだねる。そしてエドワードの手をじっと見ながら、話をした。

「少しのあいだ、だまって話を聞いて。気まぐれに昔の友だちの顔を見にいくわけじゃない。これはもっと大事なことなの。ジェイコブは苦しんでいるのよ」苦しみ――その言葉の前後で声が揺らいだ。「手を差しのべずにいるなんてできない。必要とされているのに、いまここで見捨てるなんて。人間の姿じゃなくなるときがあるからってだけで。あのね、ジェイコブはそばにいてくれたの、あたしが……人間らしさを忘れてたときに。あなたは知らないから、それがどんな……」先をためらう。あたしを抱くエドワードの腕はこわばり、両手はぎゅっと握りしめられ、腱《けん》が浮かびあがっている。「ジェイコブが力になってくれなかったら、あなたがもどったときになにが待ち受けていたか……。このままにしておくわけにいかない、あの子にはそれだけの恩があるの」

おそるおそるエドワードの顔を見あげた。目を閉じ、奥歯をぐっとかみしめている。

「きみを置いて去った自分をぼくは絶対に許さない」エドワードはささやいた。「たとえこの先、十万年生きたとしても」

あたしはエドワードの冷たい顔に手をあてた。そして待った――彼がため息をつき、目をあけるまで。

「あなたは正しいことをしようとしただけ。あたしほどイカれてない相手だったらきっとうまくいったはずよ。それにね、エドワードはいまここにいる。それが大事なことなの」

「ぼくがいなくなったりしなければ、命を賭けて〝犬〟をなぐさめようなんてベラが感じることもなかった」

ギクッとした。ジェイコブの口の悪さには――吸血野郎とかヒルとか寄生虫とか――慣れていたけれど、エドワードのベルベットのようになめらかな声でいわれると、なぜかもっときつく聞こえた。

「どういえばうまくつたわるのか……」エドワードはいった。冷徹な口調だった。「横暴に聞こえるだろう、きっと。でも、ぼくは過去にあと一歩できみを失いかけたことがある。そんなとき、どんな気持ちになるかもわかってる。危険なことはなんであれ、認めるつもりはない」

「この件ではあたしを信用して。大丈夫だから」

エドワードの顔にまた苦悩の色が浮かんだ。「お願いだ、ベラ」とささやく。

とつぜん煌々《こうこう》と燃えあがったゴールドの瞳をのぞきこんだ。「お願いって……なに?」

「頼むよ、ぼくのためを思って。自分の身の安全を守るように努力してくれないかな。ぼくはできるだけのことをする。でも、少しは協力してくれるとうれしいんだ」

「がんばってみる」とつぶやく。

「ちょっとはわかってるのかな、ぼくにとってきみがどれほど大事か。ぼくがどれほど愛しているか。少しはつかめているのか」エドワードはあたしの頭をあごにそっとはさんで、かたい胸もとにぎゅっと抱きよせた。

あたしは雪のように冷たいエドワードの首すじに唇を押しあてる。「ちゃんとわかってる。自分がどれほどあなたを愛してるかはね」

「そんなの、一本の小さな木と森全体を比べるようなものだよ」

あたしはあきれて目を丸くした。でも、エドワードには見えない。「どうしようもないわね」

エドワードはあたしの頭のてっぺんにキスをしてため息をついた。

「人狼はだめだよ」

「それは守れない。ジェイコブには会わないと」

「なら、ぼくはとめるまでだな」

自信満々の口ぶりだった。わけもないことだといわんばかり。

きっとそのとおりにちがいない。

「さあ、どうなるかしらね」とりあえず、強気にいっておく。「ジェイコブはやっぱり、友だちだから」

ポケットのなかのジェイコブの手紙を感じる。とつぜん、五キロくらいの重さになったみたい。その言葉は本人の声として響いてきた。どうやらジェイコブはエドワードの意見に賛成らしい。現実では絶対に起こりそうもないことだけど。

——だからってなにがどうなるわけじゃない。ごめん。

2 回避

妙に浮かれた気分で、スペイン語の授業からカフェテリアへむかう。この気分は、地球上でいちばん完璧《かんぺき》な人と手をつないでいるからというだけじゃない。たしかにそれも理由のひとつだけれど。

〝刑期〟を務めあげて、また自由の身になれるから……なのかもしれない。それとも、自分のことはとくに関係ないのかも。学校じゅうに漂っている解放感のせいなのかな。学年末が近づいていて、なかでも三年生が発散している期待と興奮は目に見えそうなほどだった。

自由は手が届くところに、味わえるほど近くにある。その気配はいたるところにあった。カフェテリアの壁にひしめくポスター。ゴミ箱のまわりにはあふれたチラシが色とりどりのスカートのように広がっている。記念のアルバムや指輪、挨拶状《あいさつじょう》の購入確認書。卒業式用のガウンや帽子や房飾りを注文する最終期限の通知。そして派手な宣伝文句——生徒会に立候補した二年生の選挙チラシからバラで飾られたおぞましい卒業記念ダンスパーティの告知まで。プロムは今週末だけれど、あたしは二度とあんな場所に連れていかないようにエドワードからかたい約束をとりつけてある。どのみち、この人間らしい経験はもう味わったから。

ううん、やっぱりちがう。今日、あたしの気分を軽くしているのは〝自宅軟禁〟からの解放感なんだ。学年のしめくくりだからって、あたしはほかの子たちみたいにドキドキわくわくすることもないみたいだし。むしろ、そのことを考えるとかならず神経がぴりぴりして吐き気がするくらい。だから、あえて考えないようにしている。

でも、卒業という話題はあまりに一般的で避けようがない。

「挨拶状《あいさつじょう》はもう出した?」エドワードと一緒にいつものテーブルにつくと、アンジェラがきいてきた。明るいブラウンの髪をほつれぎみのポニーテールにまとめている。ふだんはきれいにブローしているのに。それになんとなく、ただならぬ目つき。

アリスとベンもすでにテーブルにいて、アンジェラの右と左に座っていた。ベンはマンガに夢中で、眼鏡が細い鼻をずり落ちている。あたしはジーンズにTシャツだけというつまらない格好をアリスにじろじろ見られ、ドギマギしてしまった。きっと、またイメチェン計画を立ててるんだ。あたしはため息をついた。

あたしがファッションをあまり気にしないのが、アリスにとっていつも悩みのタネらしい。あたしがオーケーすれば、よろこんで毎日――たぶん、一日に何回か――コーディネートをしてくれるはず。特大の着せ替え人形かなにかみたいに。

「ううん」と、アンジェラに答える。「意味ないもん、ホント。ママはいつあたしが卒業するか知ってるし。ほかには知らせる人もいないし」

「アリスはどうなの？」

アリスはほほえんだ。「全部すんだ」

「いいなあ」アンジェラはため息をついた。「うちのママって、いとこが山ほどいるんだけど、全員の宛名を手書きしろっていうのよ。腱鞘炎《けんしょうえん》になりそう。もう先のばしにはできないし。いやになっちゃう」

「手伝おうか」と申してる。「あたしのきたない字でもよければ」

チャーリーもきっとよろこぶ。視界のすみで、エドワードがほほえむのが見えた。そうよね、エドワードだってよろこんでいるはず。狼人間とかかわらずにチャーリーの条件をかなえるんだから。

アンジェラはほっとしたみたい。「ホントに助かるわ。いつでも、ベラの都合のいいときにおうちまで行くから」

「それより、アンジェラのうちに行くほうがいいな。もし、よければ。うちはもうあきあきなの。外出禁止はゆうべ解除されたし」にっこり笑って、朗報を発表した。

「ホントに？」アンジェラのいつもおだやかなブラウンの瞳がほのかな興奮に輝いた。

「終身刑だっていってたのに」

「あたしのほうが驚いているくらいよ。釈放《しゃくほう》してもらえるのは、早くても卒業してからだって思いこんでたから」

「でも、よかったじゃない、ベラ！　出かけてお祝いしなきゃ」

「それ、すっごく楽しみ」

「なにする？」アリスは考えこんだ。あれこれ計画して顔を輝かせている。アリスの思いつきはたいてい、あたしにはちょっとスケールが大きすぎる。いまもその目を見ればわかる。ついやりすぎるいつものクセが出そうになっていることは。

「アリス……なにを考えてるにせよ、あたし、そこまで自由じゃないと思う」

「自由は自由でしょ？」アリスは引きさがらない。

「でも限界はあるはずよ。たとえば、アメリカ大陸から出ないとか」

アンジェラとベンは声をあげて笑った。でも、アリスは本気でがっかりして顔をしかめた。「それじゃ、今晩はどうするの？」しつこくきいてくる。

「なにも。ほら、二、三日は様子をみて、チャーリーが口先だけでいってたんじゃないってたしかめようよ。どっちにしろ、平日の夜だし」

「なら、お祝いは今週末ね」アリスのやる気は抑えようがない。

「もちろん」アリスをなだめようと思ってそういった。あまり突拍子もないことをするつもりはない。相手はチャーリーだ。ゆっくりことを進めるほうが無難。なにか頼みごとをする前にまず、あたしがいかに信頼できる大人かをきちんと認めさせないと。

アンジェラとアリスはあれこれプランを練りはじめた。ベンもマンガを置いて会話に加わる。あたしの関心は薄れていく。あたしの自由という話題はとつぜん、ついさっきほどはうれしくなくなってきた。ポートアンジェルスかホキアムでなにをしようかとみんなが話しているあいだに、だんだん機嫌が悪くなる。

この不満のタネがなんなのかつきとめるまで、長くはかからなかった。

うちからすぐの森でジェイコブ・ブラックに別れを告げてからというもの、頭のなかのあるイメージにチクチクとしつこく悩まされてきた。一定の時間をあけて——まるで三十分おきにセットしたうるさい目覚まし時計みたい——ぱっと頭に浮かんできて頭をいっぱいにする。苦悩にゆがんだジェイコブの顔。あたしにとって、これがジェイコブの最後の記憶だ。

その不愉快なイメージがまた襲ってきた。自由になっても不満なのはどうしてなのか自分でもはっきりわかっている。欠けているものがあるからだ。

たしかに、あたしはどこでも好きな場所へ自由に行ける——ラプッシュをのぞいて。なんでも好きなことが自由にできる——ジェイコブに会うことをのぞいて。むっつりとテーブルをにらんだ。うまく折りあいをつける道がどこかにあるはずなのに……。

「アリス……？　アリス！」

アンジェラの声で現実に引きもどされた。無表情に虚空《こくう》を見つめるアリスの顔の前で、アンジェラが気を引こうと手を振っている。アリスの表情には見覚えがあった。この顔を見ると、反射的にパニックが身体を駆けぬける。そのうつろな目つきでわかる。アリスはあたしたちをとりまくありきたりなカフェテリアの風景とはぜんぜんちがうものを見ている。でも、それはそれで現実の風景とおなじくらいすみずみまでリアルなのだ。迫りつつあるなにか。近い将来に起こるはずのこと。

顔から血の気が失せるのを感じた。

そこでエドワードが声をあげて笑った。とても自然でくつろいだ響き。アンジェラとベンはエドワードのほうを見る。でも、あたしの視線はアリスにクギづけだった。アリスはいきなりはっとした。テーブルの下でだれかに蹴《け》られたかのように。

「もう昼寝の時間か、アリス」エドワードがからかう。

アリスはいつものアリスにもどっていた。「ごめん、空想の世界にひたってたみたい」

「これからふたコマも授業を受けるんだ。空想にふけりたくもなるよ」ベンがいった。

アリスはさっきより元気よくおしゃべりにもどった。ちょっと元気がよすぎる。一度、ほんの一瞬だけど、アリスの視線がエドワードの目をじっととらえて、だれにも気づかれないうちにアンジェラにもどったのを、あたしは見逃さなかった。エドワードはだまってぼんやりとあたしの髪をいじっている。

アリスはなんのビジョンを見たんだろう。エドワードにきくチャンスをじりじりして待っていたけど、午後はふたりきりの時間が一分もないまますぎていった。

なにかがおかしい。わざとじゃないかって気もする。ランチのあと、エドワードはベンにあわせて歩調を落とし、自分はもう終わらせたはずの宿題の話をしていた。そして休み時間にはずっとほかのだれかがそばにいた――ふだんはふたりだけの時間が数分はあるのに。終業のベルが鳴ると、エドワードはほかでもないマイク・ニュートンと話しこみ、駐車場へむかうマイクと並んで歩いていく。あたしはあとからついていった。

どうなってるんだろう。とまどい、耳をそばだてた。マイクはエドワードのいつになく親しげな質問に答えている。どうやら、車のトラブルをかかえているらしい。

「……でも、バッテリーは交換したばっかりなんだ」マイクは不安げに視線を前方に走らせ、エドワードにもどした。あたしとおなじく狐につままれている。

「配線かもしれないよ」エドワードがいった。

「かもな。ぼくは車のことはさっぱりなんだよ」マイクは白状した。「だれかに見てもらわないと。でも、ダウリングの店にもっていくカネはないし」

あたしの修理工を勧めようと口をひらき、またぱっと閉じた。うちの修理工はこのところ、忙しいから――巨大な狼になって走りまわっていて。

「ぼくは少しならわかる。よければ、ちょっと見てみようか」エドワードは申しでる。「先にアリスとベラを家に送ってくるよ」

あたしとマイクはそろって口をぽかんとあけ、エドワードを見つめた。

「う……ん、助かるよ」マイクは気をとりなおし、口ごもりながらいった。「でも、バイトがあるから。またこんどにでも」

「ああ、そうしよう」

「それじゃ」マイクは信じられないといった様子で首を振りながら、車に乗りこんだ。エドワードのボルボはほんの二台先にあって、アリスはすでになかにいた。

「いまの、なんだったの？」助手席のドアをあけてくれたエドワードに小声でいった。

「親切にしただけさ」エドワードは答えた。

と、そこからは後部座席で待ちかまえていたアリスがフルスピードでしゃべりまくる。

「エドワード、修理の腕はそこまで優秀じゃないでしょ。ロザリーに今晩、チェックしてきてもらったら？　マイクがあなたに頼むことにしたとき、格好がつくように。まあ、ロザリー本人が修理してあげるって登場したら、それはそれでマイクの顔は見ものだろうけど。でも、ロザリーは東海岸で大学に通ってるはずなんだから、名案とはいえないわね。残念だなあ。でもね、マイクの車なら、エドワードでもなんとかなるかな。歯がたたないのは、イタリア製スポーツカーの微妙なチューニングくらいだもんね。そうそう、イタリアのスポーツカーで思い出したけど……あたしがあっちで盗んだやつ。まだ黄色のポルシェをもらってないのよね。クリスマスまで待たなくても……」

しばらくすると、あたしはまともに聞くのをやめ、アリスの早口をかすかなBGMにして〝がまんモード〟に入った。

エドワードはあたしの質問を避けているように見える。それでもいい。そのうち、ふたりきりになるに決まってるし。たんに時間の問題だもの。

エドワードもそれは気づいているようだった。いつものようにカレン邸の私道の入口でアリスをおろしたけれど、そのときまでにあたしはなかば予想していた——アリスを玄関まで乗せていって、家のなかまで付き添っていくつもりじゃないかと。

アリスは車をおりるとき、鋭い視線をエドワードの顔に投げかけた。でもエドワードは完全にリラックスしているみたい。

「またあとで」といって、エドワードはほんのわずかにうなずいた。

アリスは背をむけて森へ姿を消した。

エドワードはだまって車を方向転換させ、フォークスへもどっていく。自分から話題にしてくれないかな……。あたしは待った。でも、エドワードは話してくれない。おかげで神経が張りつめてきた。今日のランチのとき、アリスはなにを見たっていうの？　エドワードがあたしに教えたくないことだ。どうして秘密にしようとするの？　その理由を考えてみる。質問する前に、心の準備をしておいたほうがいい。われを忘れてしまったりしたら、エドワードにあたしにはやっぱり無理だって思われる。どんなことであれ、それはいやだもの。

というわけで、ふたりとも無言のままチャーリーの家までもどった。

「今晩の宿題は少なめだね」エドワードがいった。

「まあ……ね」と認める。

「ぼくはまた自由に出入りしていいのかな」

「朝、迎えにきてくれたとき、チャーリーはガミガミいわなかったでしょ」

でも、帰宅してエドワードがいるのを知ったら、すぐに機嫌が悪くなるのは目に見えている。夕食にはなにかごちそうを用意したほうがよさそう。

家に入って二階へむかった。エドワードもついてきて、あたしのベッドでくつろぎ、窓の外を眺めている。あたしがぴりぴりしていることは気づいていないみたい。

かばんをしまってコンピュータの電源を入れる。返事をしていないママからの電子メールがあった。まずはこれをどうにかしなきゃ。あんまり返事が遅くなると、ママはパニックを起こす。オンボロのコンピュータがぜいぜいとあえぐような音をたてて息を吹き返すのを、デスクをコツコツたたいて待った。指はデスクをはじき、じれったそうな鋭い音を響かせる。

そこでエドワードの指先があたしの指先に重なり、じっと押さえた。

「今日はぼくたち、ちょっと気がせいてるのかな」

顔をあげる。皮肉をこめて返事をするつもりだった……けど、エドワードの顔は思ったより近くにあった。ゴールドの瞳は燃えるように熱く、ほんの数センチ先にあって、その吐息はあたしのひらいた唇にひんやりとあたる。その香りを舌で味わえる。

気のきいた返事をするつもりだったのに、思い出せない。

自分の名前だって思い出せない。

エドワードは気をとりなおすひまを与えてくれなかった。

あたしの思いどおりになるなら、自分の時間の大部分をエドワードとのキスに費やしたい。これまでの人生で経験してきたなにひとつとして比べものにはならない。このひんやりした――大理石のようになめらかでかたく、それでもいつも優しい――唇があたしの唇と重なりあう感触には。

でも、たいていあたしの思いどおりにはならない。

だから、ちょっと驚いた。エドワードの指があたしの髪を絡《から》めとり、しっかり顔を引き寄せる。あたしは両腕をしっかりエドワードの首のうしろにまわした。あたしがもっと強かったら――このままエドワードをとらえておけるくらい強かったらよかったのに。エドワードの手があたしの背中を滑りおり、石のようにかたい胸板にきつく引き寄せる。セーターごしでもエドワードの肌は冷たく、あたしはかすかに震えた。よろこびに、そしてしあわせに震えているのに、エドワードの手はゆるみはじめた。

もってあと三秒だろうな――そこでエドワードはため息をつき、慣れた手つきであたしをすっと遠ざけるはず。もう今日はじゅうぶん、あたしの命を危険にさらしたとかいって。最後の瞬間を最大限にいかそうと、激しく抱きつき、エドワードの輪郭にぴったり自分をあてはめようとする。舌の先でエドワードの下唇をなぞる。みがかれたかのように、一点の曇りもないなめらかさ。その味わいときたら……。

エドワードはあたしの腕をやすやすと逃れ、顔を引きはなす。あたしがめいっぱい力を入れていたことに、きっと気づいてもいない。

エドワードは低いハスキーな声で軽く笑った。瞳はキラキラと輝いている――ストイックに抑えこんだ高揚感で。

「まったく……ベラ」エドワードはため息をついた。

「ごめんっていうところなんだろうけど、謝らないから」

「きみが反省していないなんて、残念に思うべきなんだろうけど……ぼくも思わない。でも、ベッドに座ってたほうがよさそうだ」

軽いめまいとともに、あたしはふーっと息を吐いた。「そのほうがいいと思うなら……」

エドワードはいわくありげな笑みを浮かべ、身体を離した。

頭をしゃっきりさせようとなんどか振ってから、コンピュータにむきなおった。すっかり起動していて、ブーンとかすかな音をたてている。まあ、かすかというには、かなり騒々しいけれど。

「お母さんにぼくからよろしくって伝えて」

「わかった」

メールに目を通し、ところどころでママがしでかした突拍子もないことにあきれて首を振る。最初に読んだときとおなじくらい、おもしろくて、ぞっとさせられた。自分がかなりの高所恐怖症だということを、パラシュートとインストラクターにベルトでつながれるまで忘れてたなんて――いかにもママらしい。ちょっとフィルに腹が立った。夫になってほぼ二年なのに、こんな真似《まね》をさせたなんて。あたしのほうがちゃんとママの面倒をみられたのに。あたしのほうがずっとママをよくわかっている。

　ゆくゆくはふたりの思うようにさせてあげなきゃ。自分にいいきかせた。ふたりの人生を歩ませてあげるのよ……。

　あたしは人生の大半をママの面倒をみることに費やしてきた。常識はずれこのうえない計画を粘りづよくあきらめさせて、やめるよう説得しきれなかったときは大目に見てあげた。いつも甘やかしてあげて、楽しませてもらい、ちょっと上からの目線で接してきた。ママの数えきれないヘマを目のあたりにしてそっと笑ってきた。うっかり屋さんのレネを。

　あたしはママとは似ても似つかないタイプだ。慎重で、用心深い。責任感があるし、大人。自分ではそう思っている。それが、あたしの知っているあたし。

　エドワードのキスでまだ頭に血がのぼっていたせいか、あたしはママの人生最大のヘマについて考えずにいられなかった。軽はずみでロマンチック。高校を卒業してすぐ、ろくに知らない相手と結婚して、一年後にあたしを産んだ。

　ママはいつもあたしに誓っていった。ぜんぜん後悔していないし、あたしは人生で与えられた最高のプレゼントだったと。でも、なんどもなんどもたたきこまれた――賢明な人は結婚をまじめに考える。分別のある人は大学に進んで仕事をしてから、真剣な恋愛をするもの。あたしはきっとママみたいに軽率で考えが甘い、世間知らずな真似はしないはずだって……。

奥歯をかみしめ、集中してメールの返事を書こうとする。最後のあいさつを打ちおえたところで、もっと早く返事をしないで放っておいた理由を思い出した。

ジェイコブのこと、ずいぶん長いこと話題にしないけど――ママはそう書いてよこした――最近はあの子、どうしてるの？

チャーリーの入れ知恵で探りをいれてるんだ。そうに決まっている。ため息をつき、すばやくタイプしながら、その質問の答えをもっとあたりさわりのない段落のあいだにはさみこんだ。

ジェイコブは元気にしてる、と思う。あんまり会ってないの。最近はあの子、ラプッシュの仲間同士で群れてばかりいるから。

ひとり苦笑いをして、エドワードからのあいさつを添えてから、送信ボタンを押す。

コンピュータの電源を切ってデスクから離れる。そこで、エドワードが音もたてずにまうしろに立っていたことに気づいた。肩ごしにこっそり読むなんて……おころうとしたけど、エドワードはあたしにはまるで注意をむけていない。エドワードがまじまじと見ていたのは薄型の黒いボックスだった。ボックスについた数本のワイヤーは本来あるべきではない形にねじれて曲がっている。すぐに思い出した。エメットとロザリーとジャスパーが去年の誕生日にくれたカーステレオ。クローゼットの床で積もりゆくほこりの山に隠れていた誕生日プレゼントのことを、あたしはすっかり忘れていた。

「いったいなにをしたんだ？」エドワードはぞっとしたようにきいた。

「ダッシュボードからなかなかはずれなかったの」

「だから、痛めつけてやったわけ？」

「あたし、工具とか使うの苦手なのよ。知ってるでしょ。わざと痛い思いをさせたわけじゃありませんから」

エドワードはあきれたように首を振った。いつわりの悲劇の仮面をつけて。「きみが殺したんだ」

あたしは肩をすくめた。「まあ、そう……かな」

「みんなが見たら傷つくよ。自宅軟禁にされていてよかったのかも。気づかれないうちに、新しいのをつけておかないと」

「ありがと。でも、あたし、高級ステレオなんていらないの」

「とりかえておくのは、きみのためじゃないよ」

あたしはため息をついた。

「去年の誕生日プレゼントはあんまりよろこんでもらえなかったんだな」エドワードはつまらなそうにいって、とつぜん、長方形の厚紙を手にしてぱたぱたと振った。

あたしはなにも答えない。声が震えそうだったから。十八歳の悲惨な誕生日は——あちこちにおよんだその影響も——記憶にとどめておきたいことじゃない。エドワードがもちだすなんて意外だった。この話題には、あたしより気をつかっているのに。

「これ、そろそろ失効するって知ってる?」ときいて、エドワードはその紙片を差しだした。もうひとつのプレゼント。フロリダのママのところへ遊びにいけるようにと、エズミとカーライルがくれた航空券の引換証。

深くひと息つき、一本調子に答えた。

「ううん。というか、その存在をすっかり忘れてた」

エドワードは気をつかって陽気で明るい表情をしている。深い感情はおくびにも出さずに先を続ける。「まあ、まだ少し猶予《ゆうよ》はあるよ。ベラは自由の身になったわけだし、今週末はなんの予定もない。ぼくとプロムに行くのはいやだっていうんだから」エドワードはにやりと笑った。「これで自由を祝うっていうのはどうかな」

あたしは息をのんだ。「フロリダに行って?」

「アメリカ大陸を出なければいいとかって……いってたよね」

なにかがおかしい。あたしはエドワードをにらんで、どこからこんな話が出てきたのか解明しようとする。

「どうする?」エドワードは問いつめてきた。「ふたりでレネに会いにいくのか、いかないのか」

「チャーリーは絶対にいいっていわないもの」

「チャーリーだって、きみを母親に会わせないわけにいかないよ。第一の親権はまだレネにあるんだから」

「だれにも親権なんてありません。あたしは大人なんだから」

エドワードはまばゆい笑顔をのぞかせた。「そう、そのとおりなんだよ」

ちょっとのあいだ考えてみる。でもやっぱり喧嘩《けんか》をする価値があるとは思えない。チャーリーはきっとかんかんになる。数カ月は口をきこうとしないだろうし、また外出禁止になるのがオチかも。エドワードが一緒だから。あたしがママに会いにいくからではなく、話題にするのもやめておいたほうが賢明に決まってる。二、三週間して、卒業のごほうびとかそういうことにしたら……。

でも、数週間後ではなくいま、ママに会うというアイデアはとても魅力的だった。最後に会ったのはかなり前だし、まして楽しい状況で会ったのはもっと前だもの。フェニックスで一緒だったとき、あたしはずっと病院のベッドにいた。ママがフォークスに来たときには、あたしは精神的ショックでまともじゃなかった。あとに残す思い出として、最高とはいえない。

それにたぶん、あたしがエドワードと一緒にいてどれだけしあわせそうかその目で見たら、チャーリーに、あまり厳しくするなっていってくれるかも。

よく考えてみる。エドワードはそんなあたしの顔をじっくり見守っている。

あたしはため息をついた。「今週末はだめ」

「どうして？」

「チャーリーと喧嘩《けんか》したくないの。やっと許しが出たばかりだから」

エドワードは眉間《みけん》にシワを寄せ、つぶやいた。「今週末は完璧《かんぺき》だけどな」

あたしは首を横に振った。「またこんど」

「このうちに閉じこめられていたのは、ベラだけじゃないんだよ」エドワードはしかめ面であたしを見た。

やっぱりおかしい。こういう言動はエドワードらしくないもの。いつだって、ありえないくらい自分のことはあとまわしなのに。そう、わかってる――おかげであたしが甘やかされてるってことは。

「あなたは好きにどこでも行っていいのよ」と伝えておく。

「きみがいないなら、外の世界には興味をもてない」

おおげさなんだから。あたしはあきれて天井を見あげた。

「本気でいってるんだ」

「外の世界はだんだんに楽しむことにしない？　そうね、手はじめにポートアンジェルスで映画を観てもいいし……」

エドワードはうんざりしたようにうめいた。「まあ、いいや。その話はあとにしよう」

「あとでもなにも、その話は終わりでしょ」

エドワードは肩をすくめた。

「わかった。それならべつの話題ね」あとちょっとで、今日の午後の心配ごとを忘れるところだった。それがエドワードの狙いだったのかしら……。「ランチのとき、アリスはなにを見たの？」

話しながら、視線をエドワードにすえて反応をうかがう。

エドワードは落ち着いていた。トパーズのような瞳がほんの少しけわしくなっただけ。

「ジャスパーが妙な場所にいるのが見えたんだ。南西部のほうに。昔の……家族の近くじゃないかと、アリスは思っている。でも、ジャスパーはとくに意識してもどろうとは思っていないんだ」そこでため息をつく。「それでアリスは不安になっている」

「そうなんだ」あたしの予想にはかすりもしなかった。アリスがジャスパーの未来に目を光らせているのはもちろん、納得がいくことだ。ジャスパーはアリスのソウルメイト。運命の人なんだもの。ロザリーとエメットほど派手な感じの恋人同士ではないけれど。「どうして教えてくれなかったの？」

「ベラが気づいてるって知らなくて。いずれにせよ、きっとたいしたことじゃないし」

あたしの想像力は悲しいくらい歯どめがきかない。どこから見てもいつもどおりの午後をねじ曲げ、エドワードがわざとあたしに隠しごとをしているってことにしてしまうなんて。セラピーに通ったほうがいいかも。

チャーリーが早めに帰ってきた場合にそなえて、一階で宿題をした。エドワードはすぐに終わらせる。あたしは数学に手こずっていたけれど、そろそろ夕食をつくりはじめることにした。エドワードは生の食材にときどき顔をしかめながら、手伝ってくれる——人間の食べものには軽い嫌悪感を覚えるのだ。

チャーリーの機嫌をとろうと、スワン家のおばあちゃんのレシピでストロガノフをつくる。あたしの好物ではないけれど、チャーリーはよろこぶはず。

帰宅したとき、チャーリーはすでにご機嫌のようだった。エドワードにわざと失礼な態度をとることもない。エドワードはいつもどおり、一緒に食事はしないでリビングにいる。夜のニュースの音声が流れてくるけれど、エドワードがほんとうに観ているのかはあやしい。

がつがつとおかわりを三回してから、チャーリーはあいている椅子に足をのせ、ふくらんだお腹の上で満足そうに手を組んだ。

「うまかったぞ、ベラ」

「よかった。仕事は忙しかったの？」さっきまではあまりに食べることに没頭していたから、おしゃべりするのも気がひけた。

「まったりって感じかな。まあ、じつをいうと、まったりしすぎだな。午後はほとんどマークとトランプをしてたよ」にやりとして白状する。「父さんの勝ちだよ、十九対七でな。それからしばらくビリーと電話で話した」

またうわさ話でもしてたのかしら……。あたしは顔色を変えないようにした。

「元気にしてるの？」

「ああ、元気だよ。関節がちょっと痛むようだが」

「そう、気の毒ね」

「ああ。今週末、遊びにおいでと誘われたぞ。クリアウォーターとウーレイのところのみんなにも声をかけるそうだ。プレーオフ記念のパーティってところだな」

「……へえ」われながらたいした返事。でも、なんていえばいい？　いくら保護者の監視つきでも、狼人間のパーティに行くのはきっと許されない。チャーリーがラプッシュですごすことをエドワードはいやがったりするかな……。それとも、チャーリーがいつも一緒にいるのはただの人間でしかないビリーだから、危ない目にあわないって思うのかしら。

立ちあがり、チャーリーのほうを見ないようにして皿を重ねていく。シンクのなかに皿を置いて水を流しはじめると、エドワードがそっとあらわれ、ふきんをつかんだ。

チャーリーはため息をつき、とりあえずあきらめた。でも、またふたりだけになったら、さっきの話題を蒸し返される気がする。チャーリーはよっこらしょと立ちあがり、テレビへむかう。いつもの夜とおなじように。

「チャーリー」エドワードはさりげなくいった。

チャーリーは狭いキッチンの真ん中で足をとめた。「なんだ？」

「ベラから聞いてます？　去年の誕生日にうちの両親が飛行機のチケットを贈ったこと。フロリダのお母さんのところへ遊びにいけるようにって」

あたしはごしごしこすっていた皿を落としてしまった。皿はカウンターをかすめ、ガチャンと大きな音をたてて床に落ち、割れはしなかったものの、部屋じゅうに、そしてあたしたち三人に、洗剤のまざった水をまき散らした。チャーリーは度肝《どぎも》を抜かれて、皿のことには気づいてもいないみたい。

「ベラ……？」びっくりした口調できいてくる。

あたしは皿から目を離さずに拾いあげた。「うん、そうなの」

チャーリーはごくりと息をのみ、目をすっとすがめ、エドワードにむきなおった。

「いいや、そんな話は一度も聞いてないね」

「そう……か」エドワードはつぶやいた。

「その話をいまもちだしたのには、なにかわけがあるのか」チャーリーは厳しく質問する。

エドワードは肩をすくめた。

「どちらも有効期限が迫っているので。プレゼントが無駄になったと知ったら、エズミは気を悪くするかもしれない。まあ、口にはしないだろうけど」

信じられない……。あたしはエドワードをまじまじと見た。

チャーリーはしばらく考えていた。「お母さんに会いにいくのはいい考えじゃないのか、ベラ。きっと大よろこびするよ。それにしても、この件について、おまえが一言もいわなかったのは驚きだな」

「忘れてたのよ」と認める。

　チャーリーは顔をしかめた。「だれかに航空券をもらって、忘れたって？」

「まあ……ね」あいまいにつぶやき、またシンクのほうをむいた。

「どちらもといったな。エドワード」チャーリーは続けた。「おたくのご両親はチケットを何枚くれたんだ？」

「一枚です、ベラに……あとぼくに一枚」

　こんど落とした皿はシンクに着地したから、それほどうるさい音はたてなかった。チャーリーが鋭く息を吐きだしたのが、はっきり聞こえた。いらだちと恥ずかしさに駆られて、血が顔にどっと流れこんできた。どうしてエドワードはこんなことするの？　パニックに襲われ、シンクの泡をにらみつける。

「それは話にならん！」チャーリーは急にかんかんになって、怒鳴りつけた。

「どうしてですか？」エドワードの声は無邪気な驚きでいっぱいだった。「お母さんに会いにいくのはいい考えだって、いったばかりなのに」

　チャーリーは聞く耳をもたない。「こいつとはどこにも行かせないぞ、いいな！」と大声をあげる。あたしがくるっと振りむくと、チャーリーはこっちに指を突きつけていた。

　反射的に怒りがドクドクとあたしのなかを駆けめぐった。チャーリーの口調に対する本能的なリアクションだった。

「あたしは子どもじゃないのよ。それに外出だってもう禁止されてないの、忘れた？」

「いや、外出は禁止する。たったいまから」

「どうしてそうなるの⁉」

「父さんのいいつけだからだ」

「チャーリー。あらためていっておくけど、あたし、法律的には大人なのよ」

「ここはわたしのうちだ。父さんのルールに従いなさい！」

にらみをきかせたあたしの目は氷のように冷たくなる。「そういうことならいい、わかった。今晩、出ていけばいい？　それとも、荷づくりに二、三日もらえる？」

チャーリーの顔が真っ赤になった。あたしはたちまち、ひどい自己嫌悪に襲われた。「出ていく」という切り札を使うなんて……。

深く息をつき、もっと理性的に話そうとする。「自分が悪いことをしたときには、文句をいわないで罰を受けるつもり。でも、パパの好ききらいにあわせるつもりないから」

チャーリーはおこってなにかいおうとするけれど、意味のある言葉にならない。

「あたしには週末にママに会う権利が当然ある。それはパパだって、わかってるはずよ。アリスかアンジェラと一緒に行くなら、正直、反対するとはいえないでしょ」

「女の子とならな」チャーリーは不満そうにいってうなずいた。

「ジェイコブを連れていくとしたら、それもだめなの？」

この名前を出したのは、チャーリーがジェイコブをひいきしているとわかっているからだった。でも、すぐに後悔した。エドワードがガチッと聞こえるくらいの音をたてて、歯を食いしばったから。

チャーリーはなんとか立ちなおって答えた。「そうだ」自信はなさそうな口調だった。

「それもだめ……だな」

「ウソが下手なんだから」

「ベラ……」

「なにもラスベガスに行ってショーガールになるとかっていうわけじゃないのよ。ママに会いにいくの」と強調する。「ママにもパパとおなじくらい親としての権利があるのよ」

チャーリーは威圧的な目つきであたしを見た。

「娘を育てるママの能力に、なにか問題があるっていうの？」

あたしの質問の裏にある脅しに、チャーリーはギクッとした。

「いまの話、ママにいったらどうなるか……」

「いうんじゃないぞ」チャーリーは警告した。「今回の件、父さんは気にいらないからな」

「おこる理由はなにもないじゃない」

チャーリーはあきれたように天井を見あげた。

でも、あたしにはわかった。嵐はもうすぎさった。

むきなおってシンクの栓をはずす。「宿題もやったし、パパの晩ごはんもすんだし、皿洗いも終わったし。外出禁止でもないし。あたし、出かけてくるから。十時半までに帰ります」

「どこに行くんだ？」

通常モードにもどりかけていたチャーリーの顔がまたカッと赤くなる。

「わかんない」と正直にいう。「半径十五キロ以内にするつもりだけど。かまわない？」

チャーリーはなにやら不満げな声をもらして――いいといったようには聞こえない――つかつかと部屋を出ていった。

思ったとおり、喧嘩《けんか》に勝ったとたんに罪悪感が芽生えてきた。

「出かけるの？」エドワードがきいた。抑えているけど、わくわくしている声。

むきなおってこわい顔をする。「そう。話があるから、ふたりきりで」

エドワードはあたしが期待したほど心配そうな顔はしなかった。

話をはじめるのは、エドワードの車に乗りこむまで待った。

「さっきの、どういうつもりだったの？」と問いつめる。

「お母さんに会いたいんだろ。わかってるんだよ、ベラ。寝言でいってたんだ。というか、心配してたからさ」

「あたしが？」

エドワードはうなずいた。「だけど、見るからに、きみは臆病《おくびょう》すぎてチャーリーと渡りあえない。だから、ぼくが代理であいだに入ったんだ」

「あいだに入った？　あたしをサメのエサにしたようなものでしょ！」

エドワードはやれやれと上を見あげた。

「きみが危険にさらされてたとは思わないけどな」

「いったはずよ、チャーリーと喧嘩したくないって」

「だれも喧嘩しろとはいってないよ」

あたしはエドワードをにらんだ。「チャーリーがああやって父親面すると、自分でもどうしようもないの。反抗期ならではの本能にのみこまれちゃうのよ」

エドワードはくすっと笑った。「まあ、それはぼくのせいじゃないよね」

どうもあやしい……あたしはエドワードを見つめた。エドワードは気づいていないみたい。落ち着きはらった顔でフロントガラスのむこうをじっと見ている。なにかがおかしい。でも、なにかはわからない。それとも、今日の午後みたいにまたあたしの想像力が暴走しているのか……。

「とつぜんフロリダに行きたがっているのは、ビリーのうちのパーティと関係があるの？」

エドワードのあごのあたりがぴくっとした。「ぜんぜん。ここにいようが地球の裏側にいようが関係ないよ、どのみち、きみがそのパーティに出席することはない」

さっきのチャーリーとまるでおなじ。悪さをする子どもみたいに人のことをあつかって。大声でかみつかないように、歯を食いしばった。エドワードとも喧嘩はしたくない。

エドワードはため息をついた。口をひらいたとき、声はまた優しく、ベルベットのようになっていた。「それで、今晩はなにがしたい？」

「あなたのうちに行ってもいい？　ずいぶん長いことエズミに会ってないし」

エドワードはほほえんだ。「きっとよろこぶよ。今週末のぼくたちの予定を聞いたらなおさらだな」

あたしは負けを認めて大きくため息をついた。


約束どおり、遅くならないうちに帰った。家の前に車を停めたとき、まだ明かりがついているのが見えたけれど、驚きはしなかった。もうちょっと雷を落としてやろうと、チャーリーが待っていることはわかっていたから。

「エドワードはなかに入らないほうがいい。面倒なことになるだけよ」

「チャーリーの頭のなかはわりに落ち着いてるよ」エドワードはからかうようにいった。その顔を見て不思議に思った。なにか面白いことを隠しているみたい……。口のはしをぴくっとさせて、笑いをこらえている。

「じゃ、あとでね」むっつりしてぼそっといった。

エドワードは声をあげて笑い、あたしの頭のてっぺんにキスをした。「チャーリーがいびきをかいているころにもどってくる」

なかへ入ると、大音量でテレビがついていた。こっそりすり抜けちゃおうかな……と一瞬、思った。

「こっちへ来なさい、ベラ」チャーリーが声をかけてきて、あたしの計画はおじゃんになる。

重い足どりで、たどりつくのに必要な五歩を進んだ。

「どうしたの、パパ」

「今晩は楽しかったか」チャーリーがきいた。そわそわしているみたい。いまの質問になにか隠された意味でもあったのかしら。

「……うん」ためらいがちに答える。

「なにをしたんだ」

あたしは肩をすくめた。「アリスとジャスパーと一緒に遊んだ。エドワードがチェスでアリスに勝って、それからあたしとジャスパーが対戦したの。撃沈されたけど」

思い出すと顔がほころんだ。エドワードとアリスのチェスの対戦は、これまで目にしたなかで最高に面白いもののひとつだった。ふたりともほとんど動かずに座ったままチェス盤をにらみ、アリスがエドワードの手を予知し、エドワードはアリスの頭のなかにある次の手を読みとる。ゲームのほとんどは〝頭脳戦〟だった。たしか、ポーンを二つずつ動かしたところで、アリスがいきなり自分のキングを横倒しにして負けを認めた。わずか三分で終わり。

チャーリーはリモコンの消音ボタンを押した。めずらしい行動だ。

「いいか、話しておくことがあるんだ」仏頂面《ぶっちょうづら》でかなりばつが悪そう。

あたしはじっと座って待ち受けた。チャーリーは一瞬、目をあわせると、視線を床に落とした。それ以上、なにもいわない。

「なんなの、パパ」

　チャーリーはため息をついた。

「こういうのは苦手なんだ。どうはじめたらいいのやら……」

　あたしはじっと待った。

「あのな、ベラ。こういうことだ」チャーリーはソファから立ちあがり、部屋を行ったり来たりしはじめた。そのあいだずっと、自分の足もとを見ている。「おまえとエドワードはかなり真剣につきあってるようだな、それでだ、おまえが気をつけておくべきことがある。もう大人なのはわかってるが、まだ若いんだしな。知っておかなきゃいけない大事なことがいろいろあるんだ……その……男女のつきあいをするにあたって……」

「うわっ、やめて。頼むから、やめてよ！」はじかれたように立ちあがり、頼みこんだ。

「お願いだから、性教育の話をするつもりじゃないっていって」

　チャーリーは床をにらみつけている。「おまえの父親として、責任があるんだ。いいか、父さんだっておまえとおなじくらい気まずいんだぞ」

「そんなことあるはずないでしょ。とにかく、ママが十年前にとっくに先手を打ってるから。パパは安心して肩の荷をおろしてよ」

「十年前には、ボーイフレンドはいなかっただろ」チャーリーは不本意そうにぼそっといった。この話を終わりにしたい気持ちと闘っているみたい。

あたしたちは立ちあがって床を見たまま、たがいにそっぽをむいていた。

「基本はそんなに変わってないと思うけど」ぶつぶついった。あたしの顔もチャーリーとおなじくらい真っ赤にちがいない。地獄の底もこれよりはましって感じ。なお始末が悪いのは、エドワードにはこうなることがわかっていたんだと気づいてしまったこと。車のなかで、やけにおかしそうにしてたのも不思議はない。

「いいから、おまえたちふたりとも責任のある行動をとるといってくれ」チャーリーは懇願する。床に穴があいて、そこに落ちてしまえればいいのにと思っているのは一目瞭然だった。

「心配しないで。そういうんじゃないから」

「信用していないわけじゃない。でも、おまえはこういう話を父さんには一言もしたくないだろうし、父さんだってべつに聞きたくない。それでも、オープンに受けとめようと努力するつもりだ。時代が変わったことも理解してる」

あたしはぎこちなく笑った。「時代は変わったとしても、エドワードはとても古風だから。パパが心配することはなにもないの」

チャーリーはため息をついた。「そんなわけないだろ」とつぶやく。

「もうっ！」あたしは不満げにうめいた。「こんなこと口に出していわされるなんてホントに心外なんですけど。まじで。でも……あたし……バージンだし。それを変更するさしせまった予定もないから」

ふたりともぎくしゃくしていたたまれない。でも、そこでチャーリーの顔はおだやかになった。どうやら、信じてくれたみたい。

「もう、部屋に行っていいでしょ……ホントに」

「あとちょっとだ」

「そんな、いいでしょ？　頼むから」

「気まずい話はもう終わった。約束する」チャーリーはきっぱりいった。

チャーリーをちらっと見る。よかった。さっきよりリラックスして、顔色もふだんどおりにもどっている。ソファにどっかりと深く腰かけ、性教育の講義を終わらせてほっとため息をついている。

「こんどはなに？」

「〝バランス〟の問題はどうなっているかと思ってね」

「あっ、それね。いい感じだと思う。今日はアンジェラと予定をたてたし。卒業の挨拶状《あいさつじょう》の宛名《あてな》書きを手伝うの。あたしたち女の子だけで」

「それはいいな。で、ジェイコブはどうした？」

あたしはため息をついた。「それはまだ解決してない」

「投げだすんじゃないぞ、ベラ。父さんはわかってるんだ。おまえはきっと正しいことをする。いい子だからな」

それはどうも。つまり、ジェイコブと仲直りする方法を見つけなければ、あたしは悪い子だってこと？　そういうのって、フェアじゃないと思うけど。

「はいはい」と、調子をあわせた。思わず口をついたその言葉に笑いそうになる。ジェイコブの口グセがうつったんだ。ジェイコブが自分のお父さんを相手にするときのなだめるような口調まで一緒だった。

チャーリーはにっこり笑って、テレビの音声をもとにもどした。クッションにぐったり身をあずけ、今夜の父親としての仕事ぶりに満足している。これでしばらくはスポーツ番組に熱中するはず。

「おやすみ」

「おやすみなさい！」あたしは階段へ走っていった。

エドワードはとっくに帰っていて、チャーリーが眠るまでもどらない——狩りをするかなにかして時間を潰している——ということは、あわてて着替えなくてもいい。ひとりになりたい気分ではなかったけれど、一階にもどってチャーリーとすごすつもりがないのはたしかだった。さっき話し忘れた性教育のトピックを思い出されでもしたらたまらない。

チャーリーのせいで、気がたっていてどうにも落ち着かない。宿題は終わっているし、読書をしたり、ただ音楽を聴いたりするほどゆったりした気分でもない。ママに遊びにいくと電話で知らせてもいい。でも、時差があるから、フロリダはこっちより三時間進んでるんだった。もう寝ているはず。

アンジェラに電話してみようかな。

でも、そこでふと気づいた。あたしが話したいのはアンジェラじゃない。話さなきゃいけないのは……。

からっぽの暗い窓をじっと見つめ、唇をかんだ。プラスとマイナスをはかりにかけながらどのくらいそうして立っていたか、自分でもわからない。ジェイコブのために正しいことをする。もう一度、親友に会い——いい子になる。でも、そうすればエドワードの激しい怒りを買うことになる。

たぶん、十分間くらい。マイナスよりプラスの面のほうが理由として正当だと判断するには、それでじゅうぶんだった。エドワードはあたしの身の安全を心配しているだけ。その点はほんとうに問題がないってわかっているもの。

電話ではどうにもならない。エドワードがもどってきてから、ジェイコブはあたしからの電話には出ようとしないから。それに、ジェイコブに会って——以前のような笑顔を見なければ。苦悩にゆがみ、ねじれたジェイコブの顔。あの痛ましい最後の記憶を塗りかえなければならない。この先、少しでも心のやすらぎを手に入れたいなら。

たぶん、一時間はある。急いでラプッシュまで行って、あたしが出かけたことにエドワードが気づかないうちにもどろう。門限はすぎているけれど、エドワードが一緒じゃないのに、チャーリーが本気で気にするかしら……たしかめる方法はひとつだ。

ジャケットをつかんでそでに腕をつっこみながら、階段を駆けおりた。

チャーリーはテレビから視線をあげ、たちまち不審そうな顔になる。

「これから、ジェイコブに会いにいってもかまわない?」息を切らしてきいた。「早めにきりあげるから」

ジェイコブの名前が出たとたん、チャーリーの表情はゆるんで得意げな笑顔になった。さっきの説教がこんなにすぐ効果をあげたことにも、とくに驚いていないみたい。「もちろんさ、かまわないよ。好きなだけゆっくりしておいで」

「ありがと、パパ」といいながら、猛ダッシュで玄関を出た。

逃亡者の例にもれず、ピックアップに駆けよりながら、肩ごしに数回、振りむかずにいられなかった。でも、あたりは真っ暗であまり意味はない。ハンドルを見つけるのに、ピックアップのボディを手で探らなければならなかった。

キーを差しこんだところで、ちょうど目が慣れてきた。いきおいよく左にまわしたけれど、エンジンは耳をつんざくような轟音《ごうおん》をたてて息を吹き返すかわりに、ただカチリと音をたてた。もう一度やっても、結果はおなじ。

そこで、視界のかたすみでなにかがかすかに動き、あたしはぎょっとした。

「ちょっと!」車内にいるのはあたしだけじゃない。ショックで息をのんだ。

エドワードはじっと静かに座っていた。闇《やみ》のなかでかすかに照明があたっているよう。動いているのは手だけで、謎の黒い物体をくるくるとひっくり返している。その物体を見つめながら、口をひらく。

「アリスから電話があった」

アリス！　やられた。アリスのことは計算外だった。エドワードはアリスにあたしを見張らせていたにちがいない。

「五分前、きみの未来がぷつっと見えなくなって、不安になったらしい」

驚きですでに見ひらかれていたあたしの目がさらに丸くなる。

「ほら、アリスには狼たちが見えないから」低く抑えた声のまま、エドワードは説明した。「忘れた？　ベラがあいつらと運命を交えようとすると、きみの姿も消えてしまうんだ。そうか、そこまではベラも知らなかったんだね。

だけど、わかってもらえるかな。そういうことがあると、ぼくがちょっと……不安に駆られるかもしれないって。アリスはきみが消えるのを見た。うちへ帰ってくるかどうかも予知できなかった。きみの未来は――あいつらの未来とおなじく――見失われてしまったんだ。どうしてそうなるのかよくわからない。生まれつきの防衛機能なのか」ここにきてエドワードはひとりごとのように話していた。とりはずしたピックアップの部品を両手でくるくる回転させ、じっと見つめている。

「いや、完全にそうともいえないか。ぼくは問題なくあいつらの考えが読めるんだから。少なくとも、ブラック家の連中はね。カーライルの仮説では、予知できないのは彼らの生活が狼への変化に大きく支配されているからだという。あの変化は決断というより無意識の反応によるものだから。まったく予想がつかないし、ありとあらゆる面が変わってしまう。ある姿からもうひとつの姿になるその瞬間には……じっさい存在すらしていない。未来も彼らをとらえておけない……」

エドワードがつらつらと語るのを、あたしは押しだまって聞いていた。

「車は学校に間にあうようにもとにもどしておくよ。ベラは自分ひとりで運転していきたいかもしれないし」しばらくして、エドワードは約束した。

あたしは唇をかたく結び、キーを抜いてぎこちなくピックアップをおりた。

「今晩はそばによるなというなら、窓を閉めておいて。それもしかたない」エドワードはささやいた。あたしがドアをバタンと閉める直前に。

足を踏みならして家へ入り、玄関もバタンと閉めた。

「どうかしたのか?」チャーリーがソファから質問してくる。

「エンジンがかからないの」腹立ちまぎれに答えた。

「見てやろうか」

「いい。明日の朝、やってみるから」

「父さんの車に乗っていくか」

チャーリーのパトカーをあたしが運転するのはまずいのに。あたしをラプッシュに行かせたくてほんとうに必死なんだ。本人のあたしに負けずおとらず。

「いいの。疲れたし」とぼやく。「おやすみ」

ドスドスと足音をたてて階段をのぼり、まっすぐ部屋の窓辺に行く。金属の窓枠を力まかせに動かした。窓はガシャンと閉まってガラスが震える。

あたしはこきざみに震える暗いガラスを——動かなくなるまで——しばらく見つめていた。そしてため息をつき、窓を思いっきり広くあけはなした。

3　スパイラル

太陽は雲の奥深くに埋《うず》もれ、沈んだのかどうか知るすべはない。長いフライトのあとでは——西にむかって追いかける形になったせいか、太陽は空でとまっているように見えたし——とりわけ方向感覚がつかめない。時間は妙にのびたり縮んだりして感じられた。森から町並みが姿をあらわし、うちまであとちょっとだと気づいたときには驚いた。

「ずっとだまってるけど」エドワードが声をかけてきた。「飛行機に酔った？」

「ううん、大丈夫」

「さよならするのが、さみしかった？」

「さみしいっていうより、ほっとしたかな」

エドワードは片方の眉《まゆ》をあげ、こっちを見る。

道から目を離さないでと頼んでも無駄だし——認めたくないけど——その必要がないのはわかっている。

「ある意味、ママはチャーリーよりずっと……鋭いから。おかげでびくびくしちゃった」

エドワードは声をあげて笑った。「ベラのお母さんはすごくユニークな精神の持ち主だね。子どもみたいともいえるけど、とても洞察力がある。ほかの人たちとはちがうものの見方をするんだ」

洞察力がある。ママにはぴったりの表現かも――きちんと注意をはらっているときは。ほとんどの時間は、自分の人生のことであたふたしていてほかのことにはたいして気がまわらない。でも、今週末はあたしにかなり注意をはらっていた。

フィルが忙しくて――コーチをしている高校の野球部が優勝決定戦に進出したから――あたしとエドワードと三人きりだったせいか、ますますママの集中力は研ぎすまされた。抱擁《ほうよう》と歓声でひとしきりあいさつを終えるとすぐ、ママは観察を開始した。そして観察するうちに、大きなブルーの瞳にはまず困惑の、続いて不安の色が浮かんだ。

今朝はふたりでビーチまで散歩に出かけた。ママは新しい引っ越し先のすばらしさを躍《やっ》起《き》になってアピールしようとした。太陽があたしをフォークスからおびきだしてくれるのではとまだ期待している。それにふたりで話がしたかったみたい。その点はすんなり運んだ。エドワードは昼間、部屋にいる口実としてありもしない期末レポートをでっちあげていたから。

頭のなかで、ママとの会話をおさらいしてみる……。

あたしたちはまばらなヤシの木陰をたどるようにして歩道をそぞろ歩いていた。まだ早い時間なのにうだるような熱気。空気は湿気でどんよりしていて、息を吸って吐くだけでもあたしの肺にはけっこうな運動になった。

「ベラ……？」と呼びかけ、ママは砂浜のむこうで静かに砕ける波を眺めた。

「なあに」

ママは視線をあわさずにため息をついた。「心配なのよ……」

「なにがあったの」とたんに不安になってきいた。「あたしに、なにができる？」

「ママのことじゃないの」といって、レネは首を振った。「心配なのはあなた……とエドワードのこと」

その名前を口にしたところで、ようやくあたしを見る。申し訳なさそうな顔つき。

「あ……そう」と口ごもり、汗にまみれてジョギングをしている通りがかりのふたり組をじっと見つめる。

「あなたたち、思っていたより、ずっと本気なのね」ママは続けた。

あたしは顔をしかめ、頭のなかでこの二日間をすばやく洗いなおした。あたしとエドワードは――少なくとも、ママの前では――ほとんどくっつかなかった。まさか、ママまで〝責任ある行動〟についてお説教をするつもりなのかな。まあ、チャーリーのときほどいやじゃないけど。相手がママなら、気まずくない。なにしろこの十年間、なんどもそのお説教をしてきたのはあたしのほうなんだから。

「あなたたちが一緒にいるときの感じ……ちょっと変わってる」ママは小声でいった。不安げな瞳の上でおでこにシワが寄る。「エドワードがあなたを見る目つきって……過保護っていうか。いまにも自分が盾になって弾丸からあなたを守ろうとしてるみたい」

あたしはハハッと笑った。でも、やっぱり目をあわせられない。

「それっていけないこと？」

「ううん」ママは顔をしかめ、必死に言葉を探す。「ただ……普通ではないわよね。エドワードって、あなたのことになるとすごく真剣で……とても慎重でしょ。ママにはよくわかんないのよ、どういう関係なのか。なにか見逃している秘密でもあるんじゃないかって……」

「ママの思いすごしだと思うけど」軽い口調をキープしようと苦労して、すばやく答えた。胃のあたりがザワザワする。うちのママがどのくらい鋭いか忘れていた。ママのシンプルな世界観はよけいなことにいっさいとらわれず、真実をずばっと見きわめる。これまでは、それでも問題はなかった。いままではママにいえない秘密はなかったから。

「エドワードだけじゃないのよ」ママは身構えるように唇を結んだ。「彼のそばでどんな風に動いているか、あなた、自分で見えるといいんだけど」

「どういう意味？」

「あなたの動き方よ。無意識のうちに相手に対するむきを変えるの。エドワードがほんのちょっとでも動くと、同時に自分の位置を調整するのよ。まるで磁石の力か……重力が作用してるみたい。あなたが……衛星かなにかで。あんなの、見たことないわ」

ママは唇をすぼめ、じっとうなだれた。

「やめてよね」無理に笑顔をつくってからかう。「またミステリー小説でも読んでるんでしょ。さもなきゃ、今回はSFなの？」

ママの顔がうっすらとピンクに染まる。「それは関係ないでしょ」

「なにか面白いの、あった？」

「そうね、一冊あったけど。それはどうでもいいの。いまはあなたの話をしてるんだから」

「ロマンス路線から離れないほうがいいわよ、ママ。ついついはまりすぎるって、自分でもわかってるでしょ？」

ママの唇の両はしがきゅっとあがった。「ばかなこといってるわよね」

ほんの一瞬、答えにつまった。ママはすごく影響されやすい。それがプラスになるときもある。ママの思いつきすべてが現実的ってわけじゃないから。でも、あたしに軽くあしらわれ、ここまですんなり折れるのを見るのはつらかった。とりわけ、今回はずばり核心をついているのに。

ママは顔をあげた。あたしは表情を抑える。

「ばかなことなんて……母親らしいことしただけでしょ」

ママは声をあげて笑った。そしてブルーの海まで続く白い砂浜にむかって大きく腕を広げてみせた。

「こんなにすてきなのに、それでもばかなママとまた一緒に暮らすにはじゅうぶんじゃないっていうのね」

わざとらしく片手でおでこをぬぐい、髪をしぼるふりをした。

「蒸し暑さには慣れるわよ」ママはきっぱりいった。

「雨と霧にだって慣れるのよ」と切り返す。

ママはふざけてあたしをひじでこづき、それからふたりで手をつないで車へもどった。あたしに対する心配をのぞけば、ママはなかなかしあわせみたい。満足している。いまだにフィルを見る目つきにはハートマークが飛んでいるし、そこはほっとした。きっとママの人生は充実していて、満たされている。いまだって、あたしがいなくてもそれほどさみしそうじゃない……。

エドワードの氷のように冷たい指先がほほをなでた。まばたきをして視線をあげ、現実にもどる。エドワードは身を乗りだしてあたしのおでこにキスをした。

「うちに着いたよ、眠り姫。目を覚ます時間だ」

車はチャーリーの家の前に停まっていた。ポーチの明かりはついていて、パトカーは私道に駐車してある。家の様子をうかがう。リビングの窓のカーテンが揺らぎ、黄色い光のすじが暗い芝生をぱっと照らした。

ため息がもれる。もちろん、チャーリーは手ぐすねひいて待っている。

エドワードもおなじことを考えていたにちがいない。表情はこわばり、よそよそしい目つきで助手席のドアをあけにきてくれる。

「かなりヤバそう？」ときいた。

「チャーリーは問題ないだろう」エドワードは保証した。ユーモアのかけらもない冷静な口調だった。「きみがいなくて、さみしがってた」

信用できない……あたしはすっと目を細めた。それが事実なら、どうしてぴりぴりしているの？　まるで戦闘に臨もうとしているかのように。

荷物は少なかったけど、エドワードは家のなかまで運ぶといってきかない。チャーリーは玄関のドアを押さえてくれる。

「よく帰ったな！」チャーリーは大声でいった。本気でそう思っているらしい。「ジャクソンビルはどうだった？」

「べたべたしてて、ノーテンキだった」

「レネはフロリダ大学を勧めてきただろ」

「売りこもうとしてた。でも、あたし、水は空気から吸うより普通に飲みたいから」

チャーリーはしぶしぶエドワードに視線をむけた。「楽しかったか」

「はい」エドワードは冷静沈着に答えた。「レネはとてもあたたかく迎えてくれました」

「それは……まあ、よかった。楽しかったなら」チャーリーはエドワードに背をむけ、思いがけないことに、あたしを引き寄せて抱きしめた。

「どうしちゃったの」あたしは小声で耳うちした。

チャーリーは大声で笑った。「本気で帰りを待ちわびてたんだ。おまえがいないと、うちの食事はひどいもんだからな」

「すぐ用意するね」放してもらいながらいった。

「先にジェイコブに電話してくれないか。あいつ、今朝の六時から五分おきにせっついてくるもんだから。荷物をほどくより先に、折り返させるって約束したんだ」

見るまでもなく感じとれた。となりにいるエドワードはあまりに静かで、あまりに冷たい。なるほど、ぴりぴりしていたのはこのせいだったのね。

「ジェイコブがあたしと話したがってるの？」

「それも、モーレツにな。用件はいおうとしないんだ。大事なことだというだけで」

そのとき、電話が鳴った。鋭く、せきたてるように。

「またあいつだ。今月の給料を賭けてもいいぞ」チャーリーは小声でいった。

「あたしが出る」急いでキッチンへむかう。

エドワードはあとに続き、チャーリーはリビングへ消えた。

呼び出し音の途中で受話器をつかみとり、くるっと身体をねじって壁のほうをむく。

「もしもし」

「帰ってたんだ」ジェイコブがいった。

聞きなれたハスキーな声に一抹《いちまつ》のさみしさがこみあげる。たくさんの思い出が脳裏を駆けめぐり、絡《から》みあう――流木が散らばるごつごつしたビーチ、プラスチック板をつないでつくったガレージ、紙袋に入ったぬるいソーダ、狭い部屋にはボロボロの小さすぎるふたり用のソファがひとつ。深くくぼんだ黒い瞳に浮かんだ笑み、あたしにふれる大きな手の燃えるような熱気、浅黒い肌にちらっとのぞく白い歯……。満面の笑みはいつだって、まるで仲間だけが入ることを許される秘密の扉のカギのようだった。

ホームシックのような感覚。真っ暗闇《くらやみ》にいたあたしを守ってくれた場所と人への、このなつかしい想い。

あたしはのどのつかえをのみこみ、答えた。「うん」

「どうして電話くれなかったんだよ⁉」ジェイコブが問いつめてくる。

そのおこったいい方に、すぐさまあたしもキッとなる。「うちに入ってちょうど四秒で、電話があったってチャーリーが話している最中にこの電話をとったから」

「そっか、ごめん」

「いいけど。で、どうしてそんなにあせってたの？」

「話があるんだ」

「でしょうね。それで話って？」

一瞬、間があいた。

「明日、学校に行く？」

質問の意味がわからない。あたしは顔をしかめた。「もちろん、行くわよ。行かない理由がある？」

「どうかな。知りたかっただけさ」

また、間があく。

「それで、なんの話がしたかったの？」

ジェイコブはためらった。「べつになんでも。聞きたかったのかな……ベラの声が」

「そう、わかった。電話してくれてすっごくうれしいのよ。ジェイコブ、あたしね……」

でも、その先の言葉が見つからない。いますぐラプッシュへ行くっていいたい。でも、そうはいえなかった。

「もう、切らないと」いきなり、ジェイコブがいった。

「えっ？」

「近いうちに話そう、なっ？」

「でも、ジェイコブ……」

すでにジェイコブは受話器を置いていた。信じられない思いで、切れた電話の音に耳をかたむける。

「もうおしまいなんだ……」とつぶやく。

「なにも問題はない？」エドワードがきいた。抑えた慎重な口調だった。

のろのろとエドワードのほうをむいた。表情は完璧《かんぺき》におだやかで……読みとれない。

「どうかな。なんの用だったのかわかんないし」意味が通らない。あたしが学校へ行くかどうかきくためだけに、一日じゅうしつこくチャーリーをせっついていたなんて。それにあたしの声が聞きたかったなら、どうしてあんなにさっさと切りあげたの？

「ここはベラの推理のほうが、ぼくのよりもあたりそうだ」エドワードはいった。かすかな笑みが口のはしを引きあげている。

「そうね……」とつぶやく。たしかに、あたしはジェイコブのことを知りつくしている。思惑をつきとめるのはそれほどやっかいではないはず。

はるか遠く――二十五キロほど離れたラプッシュへむかう道に想いをはせながら、冷蔵庫をあさってチャーリーの夕食の材料をかき集めた。エドワードはカウンターに寄りかかっている。その視線があたしの顔をとらえていることはぼんやり気づいていたけれど、頭がいっぱいでどんな顔を見られているかなんて気にしていられない。

学校というのがカギって気がする。ジェイコブがした唯一のまともな質問が学校のことだった。なにかの答えを引きだそうとしていたんだ。そうでなかったら、そこまでうるさくチャーリーの邪魔はしないはず。

だけど、どうしてあたしの出欠をジェイコブが気にするの。

論理的に考えてみよう。そう……もし明日、あたしが学校に行かなかったら、ジェイコブから見てどんな問題がある？　今回の週末旅行のために期末試験の直前になって学校をまる一日休むことで、チャーリーにはチクチクいわれたけど、金曜日一日くらいで勉強に支障は出ないからと説得した。ましてジェイコブがそんなこと気にするはずがない。

あたしの頭には、これっていうひらめきのひとつも浮かんでこない。なにか決定的な情報を見落としているのかも。

この三日間に特別なことがあったとして、それはなに？　ずっと電話に出なかったのに、それを破ってまでジェイコブが連絡してくるほど重要なこと。この三日間で起こっていたかもしれない変化って……。

……！

あたしはキッチンの真ん中で凍りついた。手にしていた冷凍ハンバーグの袋が、感覚を失った指のあいだを滑り落ちていく。ドサッと床に落ちた音がしなかったことに気づくまで、ぼんやりしていて一瞬、間があいた。

エドワードは袋をキャッチしてカウンターにぽんと投げていた。すでにあたしを抱きしめ、唇を耳もとに寄せている。

「どうかした？」

朦朧《もうろう》とする。あたしは頭を振った。

三日間ですべてが変わっていたかもしれない。

大学に通うのは無理だって、自分でも考えていたところじゃない。永遠にエドワードのそばにいるために、かぎりある命から解放され――苦痛に満ちた三日間の〝変身〟を経験したあとには、人間のそばにはいられない。絶えることのない渇望にとらわれることになるから。

　あたしが三日間留守にしているって、チャーリーがビリーに話したの？　それでビリーが早とちりしたとか。ジェイコブの質問の真意は、あたしがまだ人間でいるかどうかにあったの？　カレンたちのひとりとして人間を——殺すことはもとより——かんではならないという、狼人間との協定が破られていないか確認したということ？

　でも、もしそうだとしたら、あたしがチャーリーのいるうちへ帰ってくるとジェイコブは本気で思ったんだろうか。

　エドワードがあたしを軽く揺すった。「ベラ……？」と呼びかけ、真剣に心配している。

「たぶん……チェックしてたのよ」と口ごもる。「確認するために。その、あたしがまだ人間でいるか」

　エドワードの身体に緊張が走る。非難がましい低いため息があたしの耳に響いてきた。

「ここを離れないといけないわね」あたしはささやいた。「あの前には。協定を破らないように。二度ともどってはこられない」

　あたしを抱くエドワードの腕に力がこもる。「わかってる」

「ゴホンッ……」背後でチャーリーが大きくせきばらいをした。

　ギクッとしてエドワードの腕を引きはなした。顔が熱くなる。エドワードはまたカウンターに寄りかかる。厳しい目つき。不安と怒りが見てとれる。

「夕食をつくるのが面倒なら、ピザを頼んでもいいぞ」チャーリーはそれとなくいった。

「いいの、大丈夫。もうとりかかってるし」

「そうか」といって、チャーリーは腕を組んでドア枠にもたれた。

あたしはため息をつき、仕事にかかった。見物人は気にしないようにして。

「ぼくが頼みごとをしたら、すんなりきいてくれる？」エドワードがきいた。優しい口調だけど、どこかぴりぴりしている。

あと少しで学校に着く。エドワードはさっきまで、リラックスして冗談をいっていたのに、ここにきてとつぜん、ハンドルをきつく握りしめ、粉々に砕いてしまわないよう拳《こぶし》をぴんと張りつめていた。

あたしはエドワードの不安げな表情をじっと見た。視線ははるか先をとらえている。遠い声に耳をかたむけているかのように。

エドワードの緊張にこたえて鼓動《こどう》がスピードをあげる。でも、慎重に答えた。「頼みによるけど」

学校の駐車場に入っていく。

「そうくると思った」

「エドワード、頼みごとってなに？」

「車のなかにいてほしいんだ」エドワードは話をしながら、いつもの場所に車を入れてエンジンを切った。「迎えにくるまで、ここで待っていて」

「でも……どうして？」

そのとき、彼の姿が見えた。

あれだけほかの生徒より大きかったら、かんたんには見逃せない――たとえ、歩行者用通路に〝違法駐車〟した黒いバイクに寄りかかっていなくても。

「あっ」あたしは声をあげた。

ジェイコブは冷静な仮面のような顔をしていた。この顔はよく知っている。感情を抑えこみ、自分をコントロールしようとしているとき、ジェイコブはこの顔を使う。そうするとサムそっくりになる。狼たちのなかで最年長の、キラユーテ族の群れのリーダーに。もっとも、サムの完璧《かんぺき》な冷静さをジェイコブがものにできたことはない。

忘れていた。この顔がどれほどあたしの神経にさわるか。カレンたちがフォークスへもどってくるまでに、サムとはかなり親しくなったし、好感をもつようにまでなった。それでも、ジェイコブがサムの顔つきをまねるときに感じる嫌悪感を完全に振りはらうことは決してできなかった。他人の顔だもの。この顔をしているときのジェイコブは、〝あたしのジェイコブ〟じゃない。

「ベラは昨夜、まちがった結論に飛びついたらしい」エドワードは小声でいった。「あいつが学校のことをきいたのは、きみのそばにぼくがいると知っていたからだ。ぼくと話をする安全な場所を探していたんだよ。人目のある場所を」

なるほど、あたしは昨夜、ジェイコブの思惑を誤解したわけね。見落としていた情報。

それがネックになるのよ。そう、いったいどうしてジェイコブがエドワードと話したがるのか……といった情報が。

「あたし、車のなかにいるつもりないから」

エドワードはそっと不満げにため息をついた。「もちろん、そうだろうね。まあいい、さっさとすませよう」

あたしたちが手をつないで近づいていくと、ジェイコブの顔はけわしくなった。ほかの面々も視界に入る。同級生たちの顔が。ジェイコブの一九八センチ近いすらりとした体軀《たいく》や、普通の十六歳の子なら絶対にありえない筋肉のつき方をしげしげと見て目を見はっている。みんなの視線はぴっちりした黒いTシャツ——季節はずれに涼しい日なのに半そでだ——オイルの汚れがついたボロボロのジーンズ、そしてジェイコブが寄りかかっているつややかな黒いバイクをじろじろと品定めしている。でも、顔には長くとどまらない。ジェイコブの顔に浮かんだなにかに、そそくさと視線をそらしてしまうみたい。みんなかなり遠まきにしていて、だれも足を踏みいれようとしない空間ができていた。

びっくりしてしまう。みんなの目にはジェイコブが〝危険〟に見えるんだ。なんて不思議なんだろう。

エドワードはジェイコブから二、三メートル離れたところで足をとめた。あたしが狼人間のすぐそばにいることが気にいらない様子だった。つないでいた手を軽くうしろへ引き、自分の身体であたしをなかば隠すようにする。

「電話ですむことじゃないか」エドワードはひどく冷淡にいった。

「悪いね」ジェイコブは薄笑いを浮かべて答えた。「うちの短縮ダイアルにはヒル野郎は登録してないもんで」

「ベラの家にかければぼくに連絡がつく、いうまでもないことだ」

ジェイコブは口もとをこわばらせ、ぐっと眉根《まゆね》を寄せた。なにも答えない。

「ジェイコブ、ここではまずいだろう。この件はあとで話せないか」

「はいはい。放課後におたくの地下墓地にでも寄らせてもらうよ」ジェイコブはばかにしたようにいった。「なんでここだとまずいんだよ？」

エドワードはあてつけるようにまわりを見渡した。聞こえるか聞こえないかのところで見守っているみんなに視線をむける。数人は歩行者用通路にたむろして、期待に目を輝かせている。またぐってきてしまった退屈な月曜日の気晴らしに、喧嘩《けんか》でもはじまればいいと思っているみたい。タイラー・クローリーがオースティン・マークスを軽くこづくのが見えた。ふたりとも、授業へむかう途中で立ちどまった。

「用件はもうわかってる」エドワードはジェイコブに指摘する。あまりに低い声で、あたしですら聞きとるのがやっと。「メッセージは受けとった。警告は伝わったと考えてくれ」

エドワードは心配そうな目つきでほんの一瞬、あたしを見た。

「警告って？」あたしはぽかんとしていった。「なんの話をしてるの？」

「話してないのか？」ジェイコブは驚いて目を見ひらき、問いかけた。「なんだよ、ベラがこっちの味方につくのがこわかったのか」

「そのへんにしてくれないか、ジェイコブ」エドワードが冷静にいった。

「なんでだよ」ジェイコブはつっかかる。

どういうこと……？ わけがわからず、顔をしかめた。「あたしの知らないことがあるのね、なんなの、エドワード？」

聞こえなかったかのように、エドワードはただジェイコブをにらみつけた。

「ジェイコブ？」

ジェイコブはあたしにむかって眉《まゆ》をひそめた。「教えてもらってないのか。そいつの……アニキが土曜の夜に境界線を破ったって？」その口調には皮肉がたっぷりこめられていた。そしてジェイコブはすっとエドワードに視線をもどした。「ポールにはなにひとつ落ち度はないからな」

「あそこは中間地帯だろ！」エドワードは鋭く答えた。

「いや、ちがうね！」

ジェイコブは見るからにカッカしていた。両手が震えている。ジェイコブは頭を振って肺いっぱいに二度、深く息を吸いこんだ。

「エメットとポールが？」あたしはささやいた。ポールはジェイコブの群れの仲間でもいちばんカッとなりやすい。あの日、森であたしにブチきれたのもポールだった。鋭い咆哮《ほうこう》をあげるグレーの狼の記憶がとつぜん、あざやかに脳裏によみがえった。「なにがあったの？　ふたりが喧嘩《けんか》したの？」うろたえて声が甲高くなる。「どうしてそんなこと？　ポールにケガは？」

「だれも喧嘩なんてしてないよ」エドワードはそっとあたしだけにいった。「ケガもだれもしていない。気をもむことはないんだ」

ジェイコブはあっけにとられてあたしたちを見つめた。「なにも話してないんだな。だから遠くへ連れてったのか？　ベラが知らずにすむように……」

「もう帰れ」エドワードはジェイコブの話をさえぎった。顔がいきなりこわくなる。ものすごくこわい。一瞬、まるで……ほんとうに吸血鬼そのものに見えた。激しい憎悪を隠しもせず、ジェイコブをにらんでいる。

ジェイコブは眉をつりあげたけれど、そのほかには動きをみせない。「どうして話してないんだ？」

ふたりはしばらくじっと無言でにらみあった。タイラーとオースティンのうしろに、さらに学生が集まってきた。ベンのとなりにマイクがいる。ベンの肩に手をのせて――その場に引きとめているみたい。

水を打ったような静寂のなかで、すべての事実の断片がとつぜん、あるべき場所にはまった。怒濤《どとう》のように直感がひらめく。

エドワードがあたしに知られたくないこと。

ジェイコブがあたしに隠そうともしないこと。

カレンたちと狼たちの両方が森に入り、危険なほど接近して動くことになった原因。エドワードがあたしにこの週末、飛行機でフロリダまで行くよう主張した理由。先週、アリスが見て——エドワードがあたしにウソをついたビジョン。

いずれにせよ、あたしの身に降りかかるはずだったこと。永遠に起こらないことを望みながら、またいずれ起こるとわかっていたこと。そう、決して終わりが訪れることはない……。

自分の唇から、苦しげな息づかいがたて続けにもれるのが聞こえた。

でも、とめられない。学校が揺れて見える。まるで地震のよう。でも、わかっていた。それは自分の震えが生みだした錯覚だと。

「またあたしを狙っているのね」しぼりだすようにいった。

ヴィクトリアはあたしが死ぬまで絶対にあきらめない。おなじパターンを繰り返す——フェイントをかけ、逃げ、フェイントをかけ、逃げる。あたしを守る者たちを突破するスキを見つけるまで。

もしかしたら、あたしはツキに恵まれるかも。ヴォルトゥーリが先にやってきたら、少なくとも、もっとすばやく息の根をとめてくれる。

エドワードはあたしをきつく抱きよせた。身体のむきを変えてあたしとジェイコブのあいだに入るようにしたまま、心配そうに両手であたしの顔をなでてささやく。「大丈夫だよ。なんでもない。あいつをきみに近づけさせたりしないから。安心して」

そこでエドワードはジェイコブをにらんだ。

「これで質問の答えにはなったか。野良犬が！」

「ベラには知る権利があるって思わないのか」ジェイコブはつっかかった。「ベラの命がかかってるんだぞ」

エドワードは声を押し殺したまま続けた。じりじりと近づいていたタイラーにすら、聞こえなかったはずだ。「危険にさらされてもいないのに、ベラにこわい思いをさせることはないだろ」

「ウソをつかれるより、こわい思いをするほうがましさ」

気をしっかりもたなきゃ。でも、目はうるうるとうるんでいる。まぶたの奥に見える。ヴィクトリアの顔が。唇をゆがめて歯をむきだし、深紅の瞳は復讐にめらめらと燃えている。恋人のジェームズの死の責任はエドワードにあると、ヴィクトリアは思っている。だからエドワードの恋人を奪うまで、あきらめるつもりはないのだ。

エドワードは指先であたしのほほをつたう涙をぬぐい、つぶやいた。

「ベラを守るより、傷つけるほうがいいと本気で思っているのか」

「あんたが思ってるよりベラは強いんだ」ジェイコブはいった。「もっとつらい思いだって乗りこえてきた」

いきなり、ジェイコブの表情が変わった。探るような奇妙な顔つきでエドワードをじっと見ると、頭のなかで数学の難問でもとこうとしているように、すっと目をすがめる。

エドワードがひるんだ。あたしは気配を感じて視線をあげた。エドワードの表情はまぎれもない苦悩にゆがんでいる。背筋が凍るようなその瞬間、イタリアですごした午後を思い出した。ヴォルトゥーリのおどろおどろしい塔の部屋。そこでジェーンはいまわしい才能を使ってエドワードを痛めつけた。思考のパワーだけで業火《ごうか》の苦しみを与えて……。

その記憶がとり乱しかけていたあたしの目を覚まさせ、すべてを客観的にとらえさせてくれた。エドワードがまたあんな風に苦しむ姿を見るなら、あたしはヴィクトリアに百回殺されたほうがましだ。

「これはおもしろいな」ジェイコブはエドワードの顔をしげしげと見て笑った。

エドワードはつらそうだったけれど、なんとか落ち着いた表情をとりもどした。でも、瞳に浮かんだ苦悩の色は隠しきれない。

あたしは目を見ひらき、エドワードのけわしい顔からジェイコブの薄笑いにすばやく視線を走らせた。

「なにをしてるの？」と問いつめる。

「なんでもないよ、ベラ」エドワードは静かにいった。「ジェイコブは記憶力がいいんだ、それだけさ」

ジェイコブはにやりと笑った。エドワードはまたつらそうに顔をしかめる。

「なにしてるのか知らないけど、とにかくやめて！」

「いいよ、ベラがそういうなら」ジェイコブは肩をすくめた。「でも、おれの記憶にあることが気にくわなくたって、そいつが自分でまいたタネなんだぜ」

あたしはジェイコブをにらみつけた。

ジェイコブはいたずらっぽくほほえみ返してくる。おしおきされないとわかっている相手に、悪さをしているところを見つかった子どもみたい。

「校長がこっちへむかってる。校内での勝手な集まりを解散させようって」エドワードが小声で教えてくれた。「ベラ、国語のクラスへ行こう。巻きこまれずにすむように」

「そいつ、過保護だよな」ジェイコブはあたしだけにいった。「ちょっとしたトラブルが人生を楽しくするのに。どうせ、楽しいことなんてさせてもらってないんだろ」

そこでエドワードはすごみをきかせた。唇をゆがめ、ほんのかすかに歯をのぞかせる。

「よけいなお世話よ」あたしはいった。

ジェイコブは笑った。「どうやら、図星みたいだな。そうだ、またまともな人生を送る気になったら、会いにおいでよ。ベラのバイク、まだうちのガレージにあるし」

この話を聞いてふと気をそがれた。「売るはずだったでしょ。チャーリーにそう約束したじゃない」ジェイコブのためにあたしが頼んであげなかったら――なんだかんだいっても、あのバイク二台にかなりの労力を費やしてくれたし、なんらかの報酬をもらう資格はあるもの――チャーリーはあたしのバイクをゴミ収集箱に投げ捨てたはず。おまけに、そこへ火を放っていたかも。

「ああ、そうだよな。でもさ、売るわけないだろ。あれはベラのもので、おれのじゃないんだ。とにかく、ベラが返してっていうまでとっておくから」

とつぜん、あたしの記憶のなかにある笑顔の気配が、ジェイコブの唇のはしにちらりと浮かんだ。

「ジェイコブ……」

ジェイコブは真剣な顔をして身を乗りだした。トゲのある皮肉っぽさは消えていく。

「おれ、まちがってたと思ってるんだ。ほら、友だちにはなれないって話。なんとかなるかもしれない。境界線のこっち側でなら。だからさ、会いにおいでよ」

エドワードの存在を痛いほど感じる。その腕はまだかばうようにあたしをつつみ、石のように静止していた。さっと顔を見てみる——おだやかで、辛抱づよい表情。

「あの、それはどうかなって思う」

ジェイコブは表むきの好戦的な態度をすっかり脱ぎさった。まるでエドワードがいることを忘れてしまったみたい。少なくとも、忘れたようにふるまうつもりでいる。「毎日、ベラのことを想ってる。一緒にいないと、なんかちがうって感じでさ」

「わかってる。ごめんね、ジェイコブ。ただ、あたし……」

ジェイコブはかぶりを振ってため息をついた。「だよな。どうでもいいって感じだろ？まあ、こっちはなんとかやってくよ。友だちなんて、クソくらえだ」ジェイコブは顔をしかめた。見えすいた強がりでつらさを隠そうとしている。

ジェイコブが苦しんでいると、いつも守ってあげたくなる。かならずしも理にかなったことじゃない。肉体的にはジェイコブはあたしの保護なんてまったく必要ないから。それでも、エドワードに押さえつけられたあたしの腕はジェイコブにむかってのびていこうとする――なにもいわず、友情となぐさめを約束し、そのがっしりしたあたたかい腰をつつみこもうと。

エドワードの盾のような腕が鎖に変わる。

「さあ、授業に行きなさい」背後でタイラーへの厳しい声が響いた。「クローリーくん、さっさと移動するんだ!」

「あなたも学校があるでしょ、ジェイコブ」校長の声を聞きつけたとたん、あたしは心配になってささやいた。ジェイコブはキラユーテの学校へ通っている。それでも、不法侵入とかそんなことで問題になりかねない。

エドワードはあたしを解放して手だけつなぐと、また自分のうしろにあたしを引っぱる。

グリーン校長はやじうまの輪をかきわけてきた。眉《まゆ》は不吉な雨雲のように小さな目におおいかぶさっている。

「いいか」校長は脅しをかけた。「わたしが振り返ったとき、まだここに立っていた者には全員、居残りを命じるからな」

校長が最後まで話しおわらないうちに、見物人はばらけていった。

「さてと、カレンくん。なにか問題があるのかね」

「とんでもない、グリーン先生。クラスに行く途中なんです」

「けっこう。そちらの友だちには見覚えがないが」グリーン校長はジェイコブににらみをきかせる。「うちの新入生か？」

グリーン先生の視線がジェイコブを調べあげていく。ほかのみんなとおなじ結論にいたったみたい。危険人物、トラブルメーカー。

「まさか」ジェイコブは豊かな唇に半笑いを浮かべて答えた。

「なら、ただちに敷地内から退出することだ。わたしが警察に通報する前に」

ジェイコブの薄笑いは満面に広がった。チャーリーが自分を逮捕しにやってくるところを想像してるんだ。その薄笑いはあまりにトゲトゲしく、いかにも人をばかにした感じで……あたしは納得できなかった。あたしがずっと見たかったのは、こんな笑顔じゃない。

「了解」といって、ジェイコブは軍隊式の敬礼をしてバイクにまたがり――歩行者用通路の真上で――ペダルを蹴《け》った。エンジンは鋭い音をあげる。ジェイコブはタイヤをきしませ、バイクをぐるっと方向転換させた。

ものの数秒で、ジェイコブは猛スピードで視界から消えた。

グリーン校長は歯ぎしりをしながら、ジェイコブのこれみよがしなパフォーマンスを見守っていた。

「カレンくん。二度と勝手に立ち入らないよう友だちに伝えてくれたまえ」

「友だちではありませんが、警告は伝えておきます」

グリーン先生は不満げに口をすぼめた。エドワードの完璧《かんぺき》な成績と一点の曇りもない内申書が、いまの一件を分析するひとつの判断材料になったのはまちがいない。「そうか。なにか気がかりなトラブルでもあるなら、先生がぜひ……」

「気がかりなことはありません、グリーン先生。トラブルなんて起こるはずもないですし」

「それならいいんだがね。さあ、クラスへ行きなさい。きみもだよ、スワンくん」

エドワードはうなずき、国語の教室がある棟へすばやくあたしを引っぱっていく。

「大丈夫？　授業に出られそう？」校長の横を通りすぎると、エドワードはささやいた。

「うん」小声で返した。ウソではないと思うけど、確信はない。

でも、あたしが大丈夫かどうかなんて、いまはたいした問題じゃない。エドワードと話をしなきゃ、いますぐに。その話をするのに、国語のクラスは理想的な場所とはいえない……。

でも、グリーン校長はすぐうしろにいるし、ほかの選択肢はあまりない。

ちょっと遅刻して教室に着き、すばやく席についた。バーティ先生はロバート・フロストの詩を朗読していて、リズムを崩されまいと、あたしたちのことは見て見ぬふりをする。

ノートから白紙のページを一枚破って書きはじめる。気がせいているせいで、あたしの字はいつにもまして読みづらい。

なにがあったの？　〝全部〟教えて。あたしを守るとかなんとかって話はなしね。お願いだから。

メモを突きつけると、エドワードはため息をついて書きはじめた。あたしより時間はかかっていないのに、いつもの流れるような美しい書体でさらさらとしたため、紙をすっともどしてくる。

アリスはヴィクトリアがもどってくるのを見た。きみを町から連れだしたのはただの予防策で——あの女にはきみのそばに近づくチャンスなどなかったんだ。エメットとジャスパーがあと一歩でしとめるところだった。でも、ヴィクトリアには本能的な〝回避能力〟かなにかがあるらしい。地図でも見ているかのように、キラユーテの境界線ぎりぎりまで逃げた。キラユーテ族がかかわってきて、アリスの能力が無力化されたのもイタかった。だが、こっちが邪魔にならなければ、キラユーテ族のほうもヴィクトリアをしとめていたかもしれない。グレーの大きなやつが、エメットが境界線を越えたと思ってなわばりを守ろうとして。もちろん、ロザリーはそれをだまって見てないし、それで全員、仲間を守るためにヴィクトリアの追跡から離脱した。始末に負えなくなる前に、カーライルとジャスパーがことをおさめたんだ。そのときにはヴイクトリアは逃げだしていたけどね。これで全部だよ。

メモに書かれた文字に顔をしかめる。みんなかかわっていたんだ。エメット、ジャスパー、アリス、ロザリー、そしてカーライル。名前は出ていなかったけど、たぶんエズミも。それにポールとキラユーテの群れの仲間も。ちょっとしたきっかけで戦いになっていたかもしれない――あたしの未来の家族となじみの友だちが敵味方にわかれて。だれがケガをしていてもおかしくなかった。いちばん危険な目にあうのは狼たちのはず。でも、華奢《きゃしゃ》なアリスが巨大な狼人間と戦っている姿を想像すると……。身震いがした。

注意深く消しゴムでエドワードのメモを消してから、いちばん上に書いた。

チャーリーは？　ヴィクトリアに目をつけられていたかも。

書き終わらないうちに、エドワードは首を振った。ひと目でわかる。チャーリーの身の危険はたいしたことないっていうつもりだ。エドワードはメモを渡すようにと手を出したけど、あたしは無視してまた書きはじめた。

ヴィクトリアにそのつもりがなかったかどうか、エドワードにはわからないはず。ここにいなかったんだから。フロリダ行きはまずかったわね。

エドワードはあたしの手の下から紙をとりあげた。

ベラひとり行かせるはずがない。ツキのなさからいって、飛行機が落ちてもブラックボックスは回収できないだろうからね。

そういう意味じゃない。エドワードなしで行くなんて考えてもなかった。一緒にこっちにいるべきだったって意味だったのに。でも、エドワードの返事に気をそがれた。ちょっとむっとする。あたしは乗った飛行機を墜落させずにフォークスからフロリダまでも行けないってこと？　まじで笑えない。

あたしの悪運のせいで飛行機が墜落したとして。あなたなら、具体的にどうしていたっていうの？

墜落の原因は？

エドワードは笑いをかみ殺している。

パイロットが酔っぱらって気を失った、とか。

かんたんだね、ぼくが操縦する。

もちろん、そうよね。不満げに唇をすぼめ、もう一度、挑んでみる。

じゃあ、左右のエンジンが爆発して、死のスパイラルを描いて地上へ落下したら？

地上までじゅうぶん近づくまで待って、きみをしっかりつかみ、壁を蹴ってジャンプする。それからきみを連れて事故現場に駆けもどり、ふたりでよろよろと姿を見せる。史上最高のツキに恵まれた生存者って感じで。

言葉もなく、エドワードを見つめた。

「なに？」エドワードがささやく。

あっけにとられて頭を振った。「なんでもない」と口だけ動かす。

胸がザワつくようなやりとりは消して、もう一行書いた。

次はちゃんと教えてね。

〝次〟があるのはわかっている。だれかが犠牲になるまでこのパターンは続く。

エドワードはしばらくあたしの目をじっとのぞきこんだ。あたし、どんな顔をしているんだろう。冷たく感じる。つまり、血の気はほほにもどっていない。まつげはまだ濡《ぬ》れている。

エドワードはため息をつき、こくりとうなずいた。

ありがと。

あたしの手の下からメモが消えた。びっくりして目をしばたたき、顔をあげると、バーティ先生がちょうど通路を進んできた。

「カレンくん、みんなに発表したいものでもあるのかな」

エドワードは無邪気に顔をあげ、バインダーのいちばん上にはさんであった紙を差しだした。「ぼくのノート、ですか？」とまどった口調で問いかける。

バーティ先生はノートにざっと目を通して――まちがいなく、授業の完璧《かんぺき》な記録だったはず――渋い顔で立ち去った。

うわさ話を耳にしたのはそのあと――エドワードと離ればなれになる唯一のクラス――

数学のときだった。

「おれはあのでかいインディアンにかける」だれかの声がした。

そっと上目づかいにのぞいてみると、タイラーとマイク、オースティン、そしてベンが頭を寄せあって話しこんでいる。

「そうだな」マイクがひそひそいった。「あのジェイコブってやつの図体を見ただろ。あれなら、カレンを倒せる」その考えがやけに気にいっているような口ぶりだった。

「ぼくはどうかと思うな」ベンが反論した。「エドワードにはどこか特別なところがある。いつもすごく……自信があってさ。自分の身は自分で守れるって気がする」

「ベンに賛成だな」タイラーも認める。「それにさ、あいつがエドワードに手を出したら、あのアニキたちが乗りだしてくるだろ」

「最近、ラプッシュに行ったか？」マイクがきいた。「二週間前にローレンとビーチに行ったんだけどさ。まじで、ジェイコブの仲間もみんなおなじくらいデカいんだぜ」

「へえ」タイラーがいった。「惜《お》しかったよな。なにもないまま終わっちまうなんて。結果はわからずじまいってとこか」

「カタがついたようには見えなかったよ」オースティンがいった。「まだ期待できるかも」

マイクはにやりと笑った。「賭けにのるやつは？」

「ジェイコブに十ドル」オースティンがすぐさま答えた。

「カレンに十ドル」タイラーが加わる。

「エドワードに十ドル」ベンものった。

「おれはジェイコブ」マイクがいった。

「なあ、あれってなんの騒ぎだったんだ?」オースティンが問いかける。「それで左右されるかもしれないだろ」

「想像はつくよ」

といって、マイクはそこでベンとタイラーと同時にあたしをちらっと見た。

みんなの表情からみて、話のよく聞こえる範囲にあたしがいたことにはだれも気づいていなかったみたい。全員、そそくさと目をそらし、机の上のプリントをめくっている。

「やっぱ、ジェイコブだと思うな」マイクは押し殺した声でつぶやいた。

4　本能

今週はサイアクだ。

わかってる。基本的にはなにも変わってない。そう、たしかにヴィクトリアはあきらめていなかった。でも、あきらめたなんて一瞬でも夢見たことがった？　ヴィクトリアの再来はすでに自分でもわかっていたことを確認したにすぎない。あらためてパニックになる理由はない。

頭ではわかっている。でも、パニックにならないでいるのはかんたんじゃない。

卒業はほんの数週間先だけど、かよわく〝美味《おい》しい〟存在のままでいて、次なる災難を待っているのはちょっとばからしい。人間のままでいるのは、あまりに危険だって気がする。トラブルを招き寄せているだけ。あたしみたいな娘は人間でいるべきじゃない。あたしみたいな星まわりの人はここまで無力でいちゃいけない。

でも、だれもあたしの意見をきこうとしない。

カーライルはこういった。「ベラ、こっちは七人いるんだ。それにアリスがついていれば、ヴィクトリアがわれわれの不意を突くことはない。チャーリーのためにも、もとの計画を守ることが大事だよ」

エズミはいった。「あなたの身になにか起こるようなことは、わたしたちが絶対に許しません。それはわかってるわね。くよくよしないのよ」そして、あたしのおでこにキスをした。

エメットはいった。「エドワードがおまえを殺《や》っちまわなくてまじでよかったよ。おまえがいると、なにかとおもしろくなるばっかりだもんな」

ロザリーはエメットをにらみつけた。

アリスはあきれたように天を見あげた。「なんか見くびられた感じ。今回のこと、まさか本気で心配してるんじゃないでしょうね」

「たいしたことじゃないなら、どうしてエドワードはあたしをフロリダくんだりまで連れていったのよ」あたしは問いつめた。

「ベラ、まだ気づいてなかったの？　エドワードって、ほら、ちょーっと過敏なところがあるじゃない」

ジャスパーはだまっていたけれど、感情の波をコントロールする不思議な〝能力〟を使って、あたしの体内からパニックと緊張を消し去った。

あたしは安心させられ、すっかりみんなに説得されて必死の願いをとりさげた。

もちろん、エドワードと一緒に部屋を出たとたん、おだやかな気分はじわじわ薄れていったけれど。

つまり、みんなの一致した意見としては、正気を失った吸血鬼があたしにつきまとい、命を狙っていることは忘れていいというわけ。自分のやるべきことをやりなさいと。

そういわれたらしかたがない。自分が〝絶滅の危機〟にさらされているってことのほかにも、驚いたことに、おなじくらい頭の痛い問題はあれこれあった。

なかでも、エドワードの態度はいちばん神経にさわった。

「その話はカーライルとしてるんだろ」エドワードはいった。「もちろん、ぼくとの話にしてもいいんだよ、いつでもベラが望むときにね。こっちの条件はわかってるはずだよ」

そして天使のようにほほえんだのだ。

もうっ……。条件はわかってる。エドワードは自分であたしを〝変身〟させると約束してくれた。いつでもあたしが望むときに……まず、エドワードと結婚すればって。

エドワードはあたしの考えていることが読めないふりをしているだけ……ときどき、そんな気がする。ほかにどうやって、あたしがすんなりオーケーできないたったひとつの条件を思いついたりするの？　あたしにブレーキをかけるただひとつの条件を。

とにかく、今週はかなりサイアクだ。なかでも今日はきわめつけだった。

エドワードがいない日はいつもつらい。今週末については、アリスはなにも変わったことを予知していなかった。せっかくだから、エメットとジャスパーと狩りに出かけてとあたしは強くすすめた。すぐつかまる手近な獲物を狩るのは、エドワードにとってすごく退屈だと知っているからだ。

「楽しんできてね」あたしはいった。「クーガーを何頭かおみやげにお願い」

エドワードがいなくなるとどれだけつらいか——置き去りにされる悪夢がどんな風によみがえるか——あたしは彼には絶対にいわない。それを知ったら、エドワードはすごくつらい思いをするし、二度とあたしから離れようとしない。どんなにやむをえない事情があっても。最初のうち、イタリアから帰ってきた当時はそうだった。ゴールドの瞳が漆黒《しっこく》になり、エドワードは激しい渇きに苦しんだ。すでにじゅうぶん苦しんでいるのに輪をかけて。だから、エメットとジャスパーが狩りに出かけたいというときはいつも、あたしは平気って顔をしてエドワードを追いたてるように送りだす。

でも、エドワードは見抜いてると思う。少しだけ。

今朝、あたしの枕もとには置き手紙があった。

すぐにもどるよ。さみしがるひまもないくらい。

ぼくのハートをよろしく——ベラにあずけていくから。

というわけで、マイクの両親が経営する〈ニュートン・スポーツ用品店〉での午前中のバイトのほかに気晴らしはゼロ。ぽっかり予定のあいた土曜日。それに、もちろん、アリスからはとても気がやすまる約束の言葉をもらった。

「あたしはうちのそばで狩りをするから。用があったら、十五分しかかからない場所にいるわ。トラブルには目を光らせておくからね」

いいかえるとこういうことだ。

エドワードがいないからって、妙な真似《まね》はしないのよ。

あたしのピックアップを動かなくするくらい、きっとアリスにとってはエドワードとおなじくらいわけのないことだ。

明るい面に目をむけよう。バイトのあと、アンジェラの挨拶状《あいさつじょう》の宛名《あてな》書きを手伝うことになっている。これは気晴らしになるはず。エドワードが留守でチャーリーもご機嫌だ。それが続いているあいだは、あたしもその恩恵にあずかろう。さみしさのあまり泣きつけば、夜はアリスが一緒にいてくれる。そうすれば、明日にはエドワードが帰ってくる。なんとかしのげる。

ばかみたいに早くバイトに行くのはいやだから、朝食はゆっくり食べた。コーンフレークをひとつずつ。それから洗いものをして、冷蔵庫のマグネットを一直線に並べた。

ひょっとしたら、あたし、神経がおかしくなりかけているのかも。

あたしのお気にいりは黒くて丸い実用的なマグネットだった。十枚くらいの紙ならなんなくとめておけるから。でも、残った二個のマグネットがあたしのこだわりにこたえようとしない。プラスとマイナスがあわない。最後のひとつをまっすぐなラインに加えようとすると、もう一方がすっと移動してしまう。

どういうわけか――やっぱりどこかヘンになりかけているのかも――これがものすごく神経にさわった。

どうして、なかよくできないの？　あたしはわけもなく意地になって力まかせにくっつける。まるで、とつぜん、マグネットが降参することを期待しているみたいに。

プラスとマイナスがあうように片方をひっくり返してもいいけど、それはあたしの負けって気がする。やがてマグネットより自分にむかむかしてきて、冷蔵庫からそのふたつをはがして両手でくっつける。それでも抵抗するくらいの強力な磁力にちょっと骨を折ったけれど、あたしは無理矢理となりあわせにしてみせた。

「ほらね、それほどひどくないでしょ」声に出していう。命のないモノに話しかけるのはあまりいいサインじゃない。

一瞬、ばかみたいにそうして立っていた。科学の原理をくつがえす持続的なパワーなんて自分にはないってことを、いまひとつ認めることができずに。それから、ため息をつき、三十センチくらいあいだをあけて、マグネットを冷蔵庫へもどした。

「そこまで意固地になることないのに」とつぶやく。

まだ早すぎるけれど、家を出たほうがよさそうだなと思った。生きてもいないただのモノが返事をはじめる前に。

店に着くと、マイクは手順にそって通路にモップをかけ、マイクのお母さんはカウンターの新しいディスプレーを整えていた。ちょうど、ふたりはあたしが着いたことに気づかず、喧嘩《けんか》をしている真っ最中だった。

「だけどさ、タイラーが行けるのはその時期だけなんだよ」マイクは文句をいっている。

「卒業したらって、母さん、いってたじゃないか!」

「ちょっと待ちなさいっていってるの!」ニュートンさんはぴしゃりといった。「タイラーとはほかに予定を立てなさい。シアトルへは行かせません。あそこでなにが起きているにせよ、警察がそれにカタをつけるまでは。タイラーのお母さんだってそういってるはずよ。だからママだけを悪者あつかいするのはやめなさい——あら、おはよう。ベラ」あたしの姿を見て、マイクのお母さんはすばやく口調を明るくした。「早かったのね」

あたしなら、カレン・ニュートンにアウトドアスポーツ用品店の仕事の手伝いなんてまず頼まない。完璧《かんぺき》に染めあげたブロンドの髪はいつもうなじのあたりにエレガントにまとめられ、ネイルはプロの手でみがきあげられている。ペディキュアもおなじで——ニュートンの店にずらりと並んでいるハイキングブーツとは似ても似つかないストラップのハイヒールからのぞいている。

「今朝は渋滞にはまらなかったから」と冗談を飛ばし、悪趣味な蛍光オレンジのベストをカウンターの下からつかみとる。

意外だった。マイクのお母さんまでチャーリーみたいにシアトルの事件のことで騒いでいるなんて。チャーリーは行きすぎだって思っていたのに。

「あのね、その……」マイクのお母さんは一瞬ためらい、レジのわきで整理していたチラシの束を気まずそうにさわっている。

ベストに片腕を通したところでやめた。この顔つきには見覚えがある。

この夏はここでバイトはしない——つまり、いちばん忙しい時期にひとり抜ける——と伝えてから、店では後釜《あとがま》としてケイティ・マーシャルの研修をはじめた。でも、ふたり同時にバイト代を払うほど余裕がないから、客足が鈍そうな日は……。

「電話しようと思ってたのよ」マイクのお母さんはいった。「今日は仕事が山積みってわけじゃなさそうだし。マイクとわたしでどうにかなりそうなの。ごめんなさいね、わざわざ朝、起きて車を走らせてきてくれたのに」

普通の日なら、この展開にばんざいするところ。今日は……そうでもない。

「わかりました」ため息をつき、肩をがっくり落とす。これからどうしよう？

「そんなの、ひどいじゃないか。母さん」マイクがいった。「ベラがバイトに出たいっていうなら……」

「いいの、大丈夫です、ニュートンさん。気にしないで、マイクも。試験の勉強とかあれこれしなきゃいけないから」家族の不和のタネにはなりたくない。それでなくても、もう喧嘩《けんか》していたんだし。

「ごめんなさいね。ほら、マイク、四番通路の掃除がまだでしょ。ベラ、帰りがけにこのチラシをゴミ収集箱に捨てていってもらえる？　もってきた娘にはカウンターに置いておくっていったんだけど、どうしてもスペースがなくて」

「ええ、もちろん」あたしはベストをしまってチラシをわきにはさみ、霧雨のなかへ出ていった。

ゴミ収集箱は店の横手を入ったところ、従業員用の駐車スペースのとなりにある。ふてくされて小石を蹴《け》りながら、のろのろと歩いていく。明るい黄色のチラシをゴミ箱に投げ捨てようとしたところで、いちばん上に太字で印刷されたタイトルに目がとまった。なかでも、ある一言にクギづけになる。

チラシを両手でつかみ、見出しの下の絵を見つめた。塊《かたまり》のようなものがのどにこみあげる。

オリンピック半島の狼を救え

その下には、モミの木を背にした狼のイラスト。狼は頭をのけぞらせて月に吠えている。こまかく描きこんであって、なんだか気持ちがザワつく絵だった。もの悲しげなポーズのせいで狼は絶望しているように見える。まるで慟哭《どうこく》しているよう。

次の瞬間、チラシを握りしめたままピックアップへ走っていた。

十五分――あたしにはそれだけしかない。でも、きっと間にあう。ラプッシュまでは十五分しかかからないし、町に到達する数分前に境界線を突破できるだろう。

ピックアップは轟音《ごうおん》とともに、なんなく息を吹き返した。あたしがこうしている姿はアリスには見えなかったはず。だって、計画していなかったもの。とっさの決断。それがカギなんだ！　それなりにすばやく行動すれば、きっとチャンスをものにできる。

湿ったチラシをあわててほっぽりだすと、助手席にあざやかな紙くずが散らばった。黄色の背景に浮かびあがる百の太字のタイトル、百頭の吠える黒い狼。

雨に濡《ぬ》れたハイウェイを爆走する。ワイパーを高速にセットし、年代もののエンジンの轟音は無視した。このピックアップでなんとか出せるのは時速九十キロがいいところ。あたしは祈った。これでじゅうぶんでありますように。

境界線はどこなのか、あたしには見当もつかなかったけれど、ラプッシュのはずれにある最初の家並みを通過したあたりでほっとしてきた。アリスが追ってこられる範囲はきっともう超えている。

午後にアンジェラの家へ行ったら、アリスに電話しよう。あたしが無事だとわかるように。アリスが騒ぎたてる理由はない。あたしに腹をたてる必要もない――エドワードがもどったら、ふたり分、おこるはずだから。

なつかしいレンガ色の家の前にギギーッと停まるころには、ピックアップはぜいぜいと苦しげな音をたてていた。かつてのあたしの避難所だったささやかな空間を見つめるうち、またのどがつまりそうになる。ここへ来るのはずいぶん、ひさしぶりだ。

エンジンを切るか切らないかのうちに、ジェイコブが玄関にあらわれた。驚いてぼうぜんとした顔をしている。

ピックアップの轟音がやんだ。とつぜんの静寂のなかで、ジェイコブが息をのむのが聞こえた。

「ベラ……？」

「おはよ、ジェイコブ！」

「ベラ！」ジェイコブが大声で答えると、あたしが待ち望んでいたあの笑顔が顔じゅうに広がった。太陽が雲から解放されていくように。赤褐色の肌に歯がまばゆく輝く。「信じらんないよ！」

ジェイコブはピックアップに駆けより、あたしを引っぱりだした。そして小さな子どもみたいに一緒になって飛びはねる。

「どうやってここまで来たんだよ？」

「抜けだした！」

「サイッコーだな！」

「やあ、ベラじゃないか！」なんの騒ぎかと、ビリーが車椅子で戸口まで出てきた。

「おひさしぶりです、ビ……！」

そこで、あたしの息はしぼりとられていった。ジェイコブは呼吸ができなくくらいきつくあたしを抱きしめ、ぐるぐるまわる。

「ホント、ベラがこっちに来てくれるなんてさ！」

「息が……できないって」とあえぎながらいう。

ジェイコブは笑ってあたしをおろした。

「おかえり、ベラ」といって、ジェイコブはにっこり笑った。その口調にまるで「おかえり、わが家へ」といわれたような気がした。


あたしたちは散歩に出かけた。興奮して、とても家でじっと座ってなんかいられない。ジェイコブはバネでも入っているように歩くから、あたしの歩幅は三メートルもないのよって、なんどかクギをささなきゃならなかった。

歩きながら、あたしは〝もうひとりの自分〟になっていくのを感じた。ジェイコブと一緒にいるときのあたし。ちょっとガキっぽくて、ちょっと無鉄砲で。ときどき、わけもなくばかなことをしてしまうベラに。

盛りあがったムードは、最初のいくつかの話題のあいだ続いた。元気にしているか、最近はどうしているか、どのくらい時間があるのか、どうして来たのか。あの狼のチラシのことをためらいがちに話すと、ジェイコブの爆笑が森にこだましてはね返ってきた。

でも居留区に一軒しかない店の裏手を通りすぎ、ファーストビーチのはずれの深い藪《やぶ》を押しわけていくうちに、難関に差しかかった。こんなにもあっけなく、長いあいだ離ればなれになっていた理由について話さなきゃいけなくなるなんて。ジェイコブの〝友だちの顔”はこわばり――いまではいやというほどよく知っている――あの苦々しい仮面に変わっていく。

「それで、どうなったわけ？」ときいて、ジェイコブは流木をどかそうと力まかせに蹴《け》りとばした。流木は砂浜を飛んでいき、岩場にあたって乾いた音をたてた。「その、最後におれたちが……というか、あのあと」けんめいに言葉を探している。ジェイコブは深く息をつき、しきりなおした。「おれがききたいのは……なにもかも、あいつがいなくなる前にもどったのかってこと。あれだけのことされて、許したんだ？」

あたしはふーっと息をついた。「許すことなんてなにもなかった」

この部分はとばしてしまいたい。裏切り、非難。でも、きちんと話しあわないと、その先に進めないのはわかってる。

ジェイコブはすっぱいものでもなめたみたいに、顔をしかめた。「去年の九月のあの晩、ベラを見つけたとき、サムは写真を撮っておきゃよかったんだ。証拠品Aってやつになったのにさ」

「だれも裁かれてなんかないのよ」

「裁かれるべきやつがいるんじゃないの？」

「あの人がいなくなった理由を知ったら、ジェイコブだって責めないはずよ」

ジェイコブは一瞬、あたしをにらんだ。

「そうか」トゲトゲしくいい返してくる。「じゃ、教えてくれよ」

ジェイコブの敵意が神経にこたえる。生傷がひりひりと痛むよう。ジェイコブに怒りをむけられるとつらい。あのやるせない午後を思い出す。もう、ずいぶん前のこと。サムの命令で、あたしとは友だちでいられないとジェイコブが告げたときのことを……。

気をとりなおして答えるのに時間が必要だった。

「去年の秋にエドワードがいなくなったのは、あたしが吸血鬼のそばにいるのはよくないと思ったから。自分が消えたほうがあたしのためになるって考えたからよ」

ジェイコブははっとしたように目を見はった。しばらく、返す言葉を探してあたふたする。なにをいうつもりだったにせよ、それがあてはまらなくなってしまったのはあきらかだった。エドワードの決断の引き金になった出来事をジェイコブが知らなくてよかった。ジャスパーがあたしを殺そうとしたと知ったらどう思うのだろう。

「でも、もどってきただろ」ジェイコブは小声でいった。「がっかりだよな、決めたことを守りとおせないなんて」

「忘れたの？ あたしのほうから迎えにいったのよ」

ジェイコブはじっとあたしを見つめ、引きさがった。顔の緊張はほどけ、口をひらいたときには声もおだやかになっていた。

「それもそうだ。おれ、あのときの話、聞いてないんだよ。なにがあったの？」

あたしは唇をかみ、ためらった。

「秘密なのか」ジェイコブの口調がきつくなる。「おれに話すことは許されてないんだ」

「ちがう」ぴしゃりと答える。「ただすごく長い話だから……」

ジェイコブはほほえんだ。不敵に。そしてビーチを歩きはじめた。あたしがついてくると思っている。

こういう態度をとられると、ジェイコブといてもぜんぜん楽しくない。あたしは反射的にあとを追った。きびすを返して立ち去るべきなのかもしれないけど……帰ると、アリスと対面しなきゃならない。べつに急ぐことはないかな。

ジェイコブはいつもの巨大な流木のほうへ歩いていく。根っこも全部ついたまるまる一本の木で、白く色あせ、岸に打ちあげられて砂浜に深くはまりこんでいる。ある意味、これはあたしたちの木だった。

ジェイコブはその天然のベンチに座り、となりのスペースを軽くたたいた。

「長話はべつにかまわないよ。アクションシーンもある?」

あきれて天を見あげ、となりに座った。「ある」と認める。

「アクションがなきゃ、本物のホラーにならないからな」

「ホラーだなんて!」とたしなめた。「きちんと話を聞く気あるの? それともあたしの友だちをけなして邪魔するつもり?」

ジェイコブは口に鍵《かぎ》をかける真似《まね》をして、見えないキーを肩ごしに放りなげた。笑うまいとしたのに、思わず顔がほころんでしまう。

「ジェイコブがいあわせたところからはじめないとね」と宣言して、先に頭のなかで話を整理しようとする。

ジェイコブは発言を求めて手をあげた。

「そのほうがいい。あの場では、なにが起こってるのかよくわからなかったし」

「そうね、うん。こみいった話になるから、よく聞いてね。アリスがいろいろ見えるのは知ってるわよね？」

「どうぞ」

ジェイコブの仏頂面を——超自然的な能力をもつ吸血鬼の伝説がほんとうだったことが、狼人間たちは気にくわないのだ——イエスという意味に受けとって、エドワードを救出するためにイタリアへ駆けつけたときの話を進める。

できるだけおおまかに、絶対にはずせないこと以外はすべて省略した。反応を読みとろうとしたけれど、ジェイコブの表情は謎めいていた。あたしが死んだと聞かされて、エドワードが自殺しようとするところをアリスが見た……と話したときも。ジェイコブはところどころで考えごとに没頭し、話を聞いているのかどうかもよくわからなくなる。途中で口をはさんだのは、一回だけだった。

「その占い師まがいの吸血野郎にはおれたちが見えないのか」ジェイコブはきき返した。真剣そのもので、同時に痛快に思っている顔つき。「まじで？　それってすごいよ！」

話の邪魔しないって約束したのに……。あたしは歯を食いしばった。

ふたりとも、しばらく無言で座っていた。ジェイコブは期待をにじませて話の続きを待っている。あたしがにらみつけると、やっと自分のミスに気づいた。

「あっ！　ごめん」といって、また口に鍵《かぎ》をかける。

ヴォルトゥーリに話題が移ると、ジェイコブの反応は読みやすくなった。ぐっと歯を食いしばり、腕には鳥肌がたつ。あたしはこまかいことまで語らなかった。エドワードの説得のおかげでトラブルを脱したとだけ教える。あたしたちがヴォルトゥーリとやむなく結んできた約束や、今後予想される〝訪問〟のことは明かさずに。あたしの悪夢をジェイコブまでみることはないもの。

「さあ、これで全部よ」あたしはしめくくった。「こんどはジェイコブが話す番ね。先週末、あたしがママのところへ行っていたあいだになにがあったの？」ジェイコブはきっと、エドワードが話してくれなかったこまかいことまで教えてくれる。あたしをこわがらせることなんて気にしないから。

ジェイコブは急に元気になると、ぐっと身を乗りだした。「エンブリーとクイルと一緒に土曜の夜、パトロールに出てたんだ。いつもどおりにさ。そしたらいきなり――バーンッ！」腕を大きく広げ、なにかが爆発したようなしぐさをする。「あったんだよ、できたてほやほやの痕跡《こんせき》が。あの女が通過してから十五分もたってなかった。サムは待ってろっていったけど、おれはベラが出かけてるってことも、そっちの吸血野郎どもがちゃんとベラを見守ってるかどうかも知らなかったから。それでフルスピードで追いかけたんだ。でも、追いつく前にあいつは境界線を越えてしまった。おれたちは境界線にそってばらけたんだ。あいつがまたもどってくると期待して。ホント、じれったかったよ」ジェイコブが頭をさっと振ると——群れに加わった当時の坊主頭からのびてきた——髪が目にかかる。「結局、南に進みすぎちゃって。カレンたちは数キロ北であいつをおれらの領地に追いこんだんだ。どこで待機してればいいかわかってたら、完璧《かんぺき》な奇襲攻撃がしかけられたのにさ」ジェイコブはそこで顔をしかめ、首を横に振った。「そこで一触即発《いっしょくそくはつ》って感じになったんだ。サムとほかの連中はおれたち三人より先にあの女に追いついた。でも、あいつは境界線を行ったり来たりしててさ。そのむこうにはカレンたちがせいぞろいしてて。ほら、あのでかいやつ……名前なんだっけ」

「エメット」

「そう、そいつが襲いかかったんだけど、あの赤毛の女、すばしっこいんだ! でかいやつが女のうしろに突っこんでいく形になって、ポールに体あたりしかけたんだよ。で、ポールが……あいつのことは知ってるだろ」

「うん」

「集中力をキープできなくなって。無理もないよ。あのでかい吸血野郎にのしかかられるところだったんだ。ポールが跳びかかっていって——ちょっと、そんな目で見ないでくれよ。あの吸血鬼はおれらの領地に入ってたんだ」

ジェイコブに話を続けさせようと、表情をとりつくろう。いまの話を聞いた緊張感で、爪が手のひらに食いこんだ。結局、おおごとにはならなかったとわかっていても。

「とにかく、ポールの攻撃は空振りに終わって、でかいのは自分たちのサイドにもどった。でもそこであの……うんと、ブロンドの……」エドワードの姉を表現する言葉を探しながら、ジェイコブは嫌悪感といやいやながらの賞賛がないまぜになったおかしな顔をする。

「ロザリーでしょ」

「なんでもいいけどさ。そいつがなわばり意識をむきだしにして。だから、おれとサムがポールの援護についた。そしたら、連中の頭領ともうひとりのブロンドの男が……」

「カーライルとジャスパーね」

ジェイコブはうんざりした顔であたしを見た。「あのさ、そんなのどーでもいいんだよ。とにかく、そこでカーライルがサムと話をしてことをおさめようとしたんだ。で、妙なことになった。だってみるみるうちにみんなすっかりおとなしくなったんだから。あれだろ、ベラが教えてくれたの。頭のなかをいじくりまわすってやつ。でも、あいつがやってるってわかってても、落ち着かずにいられなかった」

「うん、わかる。その感じ」

「まじでいらつく……って感じだよ、あれは。でも、その瞬間はいらつくこともできないんだ」ジェイコブは腹立たしげにかぶりを振った。「それでさ、サムとあっちの頭領がまずヴィクトリアの問題を優先させることで合意した。追跡を再開したんだ。カーライルはおれらに境界線をゆずった。においをきちんと追っていけるように。でも、あの女はマカ族の居留地のすぐ北のあたりで崖につきあたった。そのあたりで境界線は数キロ海岸にそって続いてるんだ。で、あいつはまた海へ飛びこんだ。でかいやつと、あのすました金髪のやつが境界線を越えて追わせてくれって許可を求めたけど、もちろん、ことわった」

「よかった。というか、あなたたちはばかな意地をはったみたいだけど。安心した。エメットはいつもむこうみずなところがあるから。ケガをしていたかも」

ジェイコブはふんと鼻を鳴らした。「どうせそっちの吸血鬼からはこう聞かされたんだろ、おれらが理由もなく攻撃をしかけて、なんの罪もない自分の仲間は……」

「そんなことない」あたしは話をさえぎった。「エドワードもおなじ話をしてくれた。そこまでくわしくなかっただけ」

「へえ」ジェイコブは小声でいうと、かがんで足もとから小石をひとつ拾いあげた。軽く投げたのに、小石は入江のほうへゆうに百メートルは飛んでいった。「まあ、あの女はもどってくるだろうし。またチャンスはある」

あたしはぶるっと身震いをした。そう、あの女はもどってくる。エドワードはほんとうに、次のときは教えてくれるだろうか。わからない。アリスに目を光らせておかなきゃ。このパターンがまた繰り返される気配はないか……。

あたしの反応にジェイコブは気づいていないようだった。豊かな唇をきゅっと結んで、なにやら考えこんだ顔で波間を見つめている。

「なにを考えてるの？」長く静かなひとときのあと、あたしはきいた。

「ベラが話してくれたこと。崖《がけ》から飛びおりるところをあの占い師が見て、あいつはベラが自殺したと思ったんだろ。それでなにもかもが狂っちまったんだ。気づいてる？ ベラが予定どおり、おれを待っててくれたらあの……吸血……アリスはきみがジャンプするところを見ることもなかった。なにも変わってなかったはずだ。きっといまだって、おれたちはうちのガレージにいた。いつもの土曜日みたいに。フォークスに吸血鬼はいなくて、おれとベラは……」

深い思いにとらわれ、ジェイコブは話をやめた。

ジェイコブの話し方に胸がザワザワした。フォークスに吸血鬼がいないのはいいことだといわんばかり。ジェイコブの思い描いたうつろな情景に、あたしの鼓動《こどう》は激しく乱れた。

「エドワードはどのみち、もどってきたもの」

「そういいきれるのかよ」エドワードの名前を出したとたん、ジェイコブはまた険悪な態度になってきいた。

「離ればなれでいるのは……あたしたちふたりにとってあまり得策じゃなかった」

ジェイコブはなにかいいかけた。表情から察すると、なにか怒りの言葉を。でも、こらえてひと息つき、また話しはじめた。

「サムはベラのこと、おこってるんだ。知ってた？」

「あたしを……？」一瞬、間があいた。「あ、そうか。あたしがここにいなければ、吸血鬼がもどってくることもなかったと思ってるのね」

「ちがう、そうじゃない」

「じゃ、なにが気にいらないの？」

ジェイコブはかがんでまた小石を拾いあげた。指先でなんどもひっくり返している。黒い石にじっと視線をあわせたまま、低い声で話す。

「サムは……最初のころのベラを見てたし、ひどい状態だってチャーリーがすごく心配してるってこともビリーから聞かされててさ。そしたら、ベラは崖《がけ》から飛びおりたりしはじめたし……」

あたしはしかめ面をした。みんなそろいもそろって、あのときのことを忘れさせてくれないんだから。

ジェイコブはさっとあたしを見あげた。「思ったんだよ。ベラは自分とおなじくらいカレンたちを憎む理由をもつ、この世界でただひとりの人だって。だから、裏切られたような気がしてる。まるで傷つけられたことなんてないみたいに、ベラがあいつらをまた自分の人生に迎えいれたから」

まちがいない。そう感じているのはサムひとりじゃないはず。あたしのトゲトゲしい返事は、サムとジェイコブの両方にむけられていた。

「サムに伝えてよ、あのね……」

「見ろよ、あれ」ジェイコブは話をさえぎり、信じられないような高さから海めがけて飛びこんでいくワシを指さした。最後の最後ですっととまり、かぎ爪だけで波間を――ほんの一瞬――かすめて飛び去っていく。つかみとった大きな魚の重みにあらがうように、翼をはためかせて。

「どこにでもあることさ」ジェイコブの口調はとつぜん、よそよそしくなる。「自然の法則。狩るものと狩られるもの。はてしなく続く生と死のサイクル」

自然についての講義をされても、わけがわからない。話題を変えようとしただけなのかな……。と、そこでジェイコブはあたしを見た。瞳からは辛辣《しんらつ》なユーモアが感じられる。

「それでも、ワシにキスをしようとする魚はいないんだよ。絶対にね」からかうように、にやりと笑う。

あたしはぎこちなく笑い返した。でも、口のなかにはさっきのトゲトゲしさが残っている。「しようとしてたのかもよ」といってみる。「魚の考えてることなんてわからないもの。ほら、ワシってかっこいいし」

「結局、そこかよ！」ジェイコブはいきなり語気《ごき》を荒らげた。「見てくれがいいからって？」

「ばかいわないで」

「それじゃ、カネかよ」ジェイコブは引きさがらない。

「いってくれるわよね」とつぶやき、流木から立ちあがる。「感激よ。あたしのこと、ずいぶん高く買ってくれてるみたいで」背中をむけてすたすたと離れていく。

「なあ、おこるなよ」ジェイコブはすぐうしろにいて、あたしの手首をつかんで振りむかせた。「真剣なんだよ！　おれは理解しようとしてるんだ、さっぱりわかんないから」

ジェイコブは腹立たしげに眉根《まゆね》を寄せた。その下の陰のなかで、瞳は黒々していた。

「あたしはあの人を愛してるの。美しいからでも、リッチだからでもないんだって！」ジェイコブにむかって吐きだした。「むしろ、どっちでもなかったらどんなによかったかと思ってる。あたしとのギャップがほんの少し埋まるもの。それでもとても追いつけないけど。エドワードはあたしがこれまで出会ったなかで最高に誠実で思いやりがあってかしこくてまともな人だから。そうよ、あたしはエドワードを愛してる。それがそんなに理解に苦しむこと？」

「理解不能だよ」

「なら、教えてもらえる？　ジェイコブ」たっぷり皮肉をこめた。「人を愛する正当な理由ってなに？　どう見ても、あたしはまちがってるみたいだもの」

「まずなにより第一に、自分の〈種〉のなかで相手を探すことだろ。それでたいてい、うまくいく」

「そんなの、ごめんだわ！」鋭く反論した。「結局、あたしはマイク・ニュートンとくっつくことになるでしょ⁉」

ジェイコブはギクッとして唇をかんだ。自分の言葉がジェイコブを傷つけたのはわかったけれど、頭に血がのぼりすぎていて、いまは悪いなんて思えない。ジェイコブはあたしの手首を放すと、腕組みをして顔をそむけ、海をにらみつけた。

「おれだって人間だよ」ほとんど聞きとれない声でつぶやく。

「マイクほどじゃないでしょ」あたしは容赦なく続けた。「それでもまだ……そこがいちばん大事なポイントだっていうつもり？」

「それとこれとはちがうだろ」ジェイコブはグレーの波から目を離さずにいった。「おれは自分で選んでこうなったわけじゃない」

信じられない……あたしはハハッと笑った。「エドワードは自分で選んだと思ってるの？　あなたとおなじくらい、エドワードだって自分の身になにが起こっているのかわからなかったのよ。みずから志願したわけじゃない」

ジェイコブは頭をこきざみに前後に振った。

「あのね、ジェイコブ。あなたってすごくひとりよがりよ。自分も狼人間だってことを考えると」

「だから、話がちがうんだって」ジェイコブはあたしをにらみ、繰り返した。

「あたしにはそうは思えない。カレンたちのこと、もうちょっと理解してあげてもいいんじゃない？　ほんとうに——徹底的に——いい人たちなのに、あなたはまるでわかってないのよ！」

ジェイコブはますます顔をしかめた。「あいつらは存在すべきじゃない。存在そのものが自然に反してるんだ」

あたしは片方の眉《まゆ》をつりあげ、あぜんとしてジェイコブをじっと見つめた。しばらくして、ジェイコブが気づいた。

「なんだよ?」

「自然に反するっていうなら……」とほのめかす。

「ベラ」ジェイコブの口調は重く、さっきまでとはちがう。大人っぽい。とつぜん、あたしより年上になったみたい。まるで親か先生のよう。「いまのおれは生まれながらにしておれのなかに存在してたんだ。おれの、そして家族の、部族の一部であり、おれたちがいまだにこの地にいる理由なんだ。それに……」ジェイコブはあたしを見た。黒い瞳から表情は読みとれない。「おれはまだ人間だよ」

ジェイコブはあたしの手をとり、熱っぽい自分の胸もとに押しつけた。Tシャツごしに、ジェイコブの心臓のしっかりした鼓動《こどう》が手のひらに伝わってくる。

「普通の人間はあなたみたいにバイクを思うままに動かせないわよ」

ジェイコブはかすかな半笑いを浮かべた。「普通の人間はバケモノから逃げるんだよ、ベラ。おれは自分が普通だとは決していってない。ただ人間だっていってるんだ」

ジェイコブに腹を立てたままでいるのは、かなりしんどい。あたしは口もとをゆるめ、ジェイコブの胸から手を離した。

「まあ、あたしの目にはなかなか人間らしく見えるわ」と認める。「いまはね」

「人間だって……そう感じてるんだ」ジェイコブの視線はあたしを通りすぎていく。どこか遠い顔つき。ジェイコブは震える下唇をぎゅっとかみしめた。

「ジェイコブ、そんな……」とささやき、ジェイコブの手をとろうとした。

このために、あたしはここにいる。うちに帰ったあと、なにが待ち受けていようとかまわない。だって、ありったけの怒りと皮肉の裏で、ジェイコブは苦しんでいるんだもの。いまこのとき、瞳にありあり浮かんでいる。どうやって助けてあげればいいのかわからない。でも、なんとかしなきゃ。恩があるから……それだけじゃない。ジェイコブが苦しんでいると、あたしもつらいから。ジェイコブはあたしの一部になっていて、いまさらそれは変えようがない。

5　刻印

「ジェイコブ、大丈夫なの？　このところ、大変そうだってチャーリーがいってた。ちょっとはよくなってる？」

ジェイコブのあたたかい手があたしの手をつつみこんだ。「それほどひどくないよ」と答えるけど、視線はあわせようとしない。

ジェイコブは流木のベンチへゆっくり歩いてもどり、色とりどりの小石を見つめながらあたしをわきに引き寄せる。あたしはまた流木に座った。でも、ジェイコブはそのとなりではなく、濡《ぬ》れた岩場に腰をおろす。そのほうが顔を隠しやすいからかな……。ジェイコブはあたしの手を離さなかった。

沈黙を埋めようと、あたしはとりとめもなく話しはじめた。「こっちに来たの、かなりひさしぶりよね。きっとあれこれ逃してるんだろうな。サムとエミリーは元気にしてる？　エンブリーは？　クイルはもう……」

あたしは途中で話をやめた。クイルはジェイコブの友だちで、彼の話題は気をつかわなきゃいけないんだった。

「ああ、クイルか」ジェイコブはため息をついた。

ということは、起こってしまったにちがいない。クイルも群れの一員になったんだ。

「残念だったわね」とつぶやく。

驚いたことに、ジェイコブはふんと鼻で笑った。「そんなこと、本人にはいうなよ」

「それ、どういう意味？」

「クイルはあわれみなんて求めてない。正反対さ。元気いっぱいで、すっかり興奮してわくわくしてるよ」

「えっ？」わけがわからない。友だちのクイルが自分たちとおなじ運命をたどる――そう考えて、ほかの狼人間はみんなすごく憂鬱《ゆううつ》そうだったのに。

ジェイコブは頭を軽くそらしてあたしを見た。ほほえみ、あきれたように上を見あげる。

「人生最高のクールな体験だって思ってるんだ。やっと事情がのみこめたってこともあるけど。それにまた友だちをとりもどせたのが、うれしいんだよ。〈内輪〉の一員になれたことが」ジェイコブはまたふんと笑った。「驚くことじゃないけどね。いかにもクイルらしいよ」

「いまの自分を……気にいってるってこと？」

「正直、大半のみんなはそうなんだ」ジェイコブはのろのろと認めた。「たしかにプラスの面はある。スピードとか解放感とか強靱《きょうじん》さとか。家族みたいな絆《きずな》とか。本気で苦々しい思いをしたことがあるのはサムとおれだけさ。それもサムはずいぶん前に乗りこえたし。というわけで、いまじゃ、ぐずぐず文句をいってるのはおれだけだよ」ジェイコブは自分を笑った。

あたしには知りたいことがやまほどあった。「どうしてジェイコブとサムはちがうの？というか、サムにはなにがあったの？　あの人はなにが気にくわないの？」答える間もなく矢継ぎばやに質問が飛びだしたせいか、ジェイコブはまた笑った。

「それは長い話だから」

「あたしは長話をしてあげたでしょ。それに、べつに帰りを急いでいるわけじゃないし」

帰ったら、どんなトラブルが待っていることやら……。あたしは顔をしかめた。

あたしの言葉になにかべつの意味を聞きつけ、ジェイコブはすばやくこちらを見あげた。「あいつにおこられる？」

「そうね」と認めた。「ものすごくいやがるから。あたしが……危険に思えることをすると」

「狼人間とつるむとか」

「そう」

ジェイコブは肩をすくめた。「なら、帰ることない。うちに泊まりなよ。おれがソファで寝るからさ」

「それは名案よね」とぼやく。「だって、そうしたらあの人、きっと探しにくるもの」

ジェイコブは身をかたくして、それから冷たく笑った。「ホントに？」

「あたしがケガしたんじゃないかとか……心配したら、きっとね」

「ますます名案に思えてきたな」

「お願いだから、ジェイコブ。あたし、そういうの本気でいやなの」

「なにが？」

「ふたりしていまにも相手を殺してやろうって感じでいること！」あたしは不満をぶちまけた。「そのせいで、どうかなりそうよ。どうして、ふたりともちょっと行儀よくできないの？」

「あいつ、おれを殺してやるって感じなんだ？」ジェイコブはあたしの怒りなど気にもとめず、不敵な笑みを浮かべてきいた。

「あなたほどじゃないけど！」気づくと、あたしは怒鳴っていた。「少なくとも、エドワードはこの件では大人の態度をとれるから。あなたを傷つければあたしが傷つくって知ってる。だから、絶対にしない。あなたはそんなことどうでもいいみたいよね！」

「ああ、そうだよ」ジェイコブはつぶやいた。「あいつはたいした平和主義者なんだろうさ」

「もうっ！」あたしはジェイコブの手を振りほどいて、頭をこづいてやった。そして自分のひざをぎゅっと抱きしめる。

かんかんになって、水平線をにらみつけた。

ジェイコブはしばらく静かにしていた。やがて地面から立ちあがり、となりに座ると肩に腕をまわしてくる。あたしは振りはらった。

「ごめん」ジェイコブはそっといった。「これからはちゃんとするから」

あたしは答えない。

「サムの話、まだ聞きたい？」ジェイコブはもちかけてくる。

あたしは肩をすくめた。

「いったとおり、長い話なんだ。しかもかなり……不思議な話。この新しい生き方には不思議なことが山ほどあってさ。時間がなくてまだベラには半分も話してない。それにこのサムの話はなんていうか……えっと、きちんと説明できるかもあやしいんだよね」

いらついていたはずなのに、ジェイコブの言葉に好奇心をくすぐられた。

「聞いてあげる」そっけなくいった。

視界のすみで、ジェイコブの横顔に笑みが浮かんだのが見えた。

「サムはおれたちよりずっと大変だったんだ。一番手で、ひとりきりで。事情を説明してくれる人がいなかった。じいさんはサムが生まれる前に死んじまってて、親父さんはそばにいたためしがない。だから、だれも兆候に気づかなかった。はじめてそうなったときは――変化したときってことだけど――正気を失ったと思ったたって。落ち着いてもとの姿にもどるまでに二週間かかった。ベラがフォークスに来る前のことなんだ。だから、ベラは覚えているはずないけど。あのとき、サムの母親とリアは森林監視員に頼んで捜索してもらったんだよ、警察にもね。事故かなにかあったんだとみんな思ってさ」

「リアが……？」驚いてきいた。リアはハリーの娘だ。かわいそうに……名前を聞いたとたん、ふいに悲しみがこみあげてきた。チャーリーの長年の親友だったハリー・クリアウォーターはこの春、心臓発作でなくなった。

ジェイコブの口調が重たくなる。「そう、リアとサムは高校で恋人同士だったんだ。リアがまだ一年生のときにつきあいはじめてさ。サムが失踪したときはあいつ、半狂乱になっちゃってさ」

「でも、サムはいまエミリーと……」

「それはまたあとで──話の一部だから」といって、ジェイコブはゆっくり息を吸いこんでいっきに吐きだした。

サムはエミリーの前にだれも愛したことがない──なんて思うのは、きっとあたしがばかなのよね。たいていの人は一生になんども恋に落ちたり、冷めたりする。あたしはただエミリーと一緒にいるサムを見たことがあって、ほかの人といるところは想像がつかないだけ。エミリーを見るサムの目つきは、ときどきエドワードの瞳に浮かぶ表情を思い起こさせる──エドワードがあたしを見るときの感じを。

「サムはもどってきた」ジェイコブがいった。「でも、どこにいたのかだれにも話そうとしなくて。うわさが飛びかった。ほとんどが、サムはなにかよからぬことにかかわってるって話だった。そこでサムはある午後、たまたまクイルのじいさんと顔をあわせたんだ。クイル・アテアラ老人がウーレイのおばさんを訪ねたときに。サムと握手をして、アテアラ老人は卒倒しそうになったって」ジェイコブはいったん話をやめて笑った。

「どうして?」

ジェイコブはあたしのほほに手をあてて、自分のほうをむかせた。そして身を乗りだしてくる。顔は数センチしか離れていない。ジェイコブの手のひらがあたしの肌を焦がす。まるで発熱しているみたい。

「あ……そっか」あたしはいった。なんだか気まずい。こんなに顔を近づけていて、ジェイコブの燃えるような手があたしの肌にふれているのは。「サムは熱を出してたってことね」

ジェイコブはまた笑った。

「熱いコンロに置きっぱなしにしてあったみたいだったらしい」

接近しすぎていて、ジェイコブのあたたかい吐息が感じとれるくらい。あたしはさりげなくジェイコブの手をどかし、顔を離した。でも、気持ちを傷つけないように指と指を絡《から》めて手をつなぐ。ジェイコブはほほえみ、身を引いた。あたしのなにげないふりにはだまされずに。

「それで、アテアラ老人はほかの長老たちのところへ直行した」ジェイコブは先へ進んだ。「長老たちはいまでも知識と……記憶をもつ唯一の人たちなんだ。アテアラ老人とうちの親父とハリーは、自分のじいさんたちが姿を変えるのをその目で見たことがある。アテアラ老人から話を聞いて、長老たちは内密にサムに会って説明したんだ。

事情を理解すると、サムはずっと楽になった。ひとりじゃなくなったからね。影響を受けるのはサムひとりではすまないってことも、あの人たちは知ってたんだ――カレンたちがこの土地にもどったことで」ジェイコブは無意識にトゲのあるいい方でその名前を口にした。「でも、ほかはみんなまだ若くて。だから、サムはおれたちが仲間になるのを待ってたってわけさ」

「カレンたちは知らなかったのよ」あたしはささやいた。「この土地にいまでも狼人間が存在しているとは思ってなかった。ここへ来ることが、あなたたちを変えてしまうなんて……」

「だからって起こった事実は変わらない」

「そんな、いちいちツンケンしなくても」

「おれにもベラみたいな寛容の精神をもてっていうのかよ。おれたちは聖人でも殉教者《じゅんきょうしゃ》でもないんだ」

「大人になりなさいよ、ジェイコブ」

「なれたらいいんだけどね」ジェイコブは小声でぶつぶついった。

なれたらいいって……どういう意味？　あたしはジェイコブを見つめた。

「なんですって?」

ジェイコブはくすっと笑った。「さっき話した山ほどある不思議なことのひとつだよ」

「大人に……なれないってこと?」ぼんやりといった。「なんなの? 歳をとらないってこと? 冗談のつもり?」

「ううん」といって、ジェイコブは軽く舌を鳴らした。

顔に血がどっと流れこむのを感じた。涙が、怒りの涙が目にあふれる。ギリギリと音がするくらい歯を食いしばった。

「どうしたの、ベラ。なにかまずいことといった?」

あたしはまた立ちあがり、両手を握りしめた。全身が震えている。

「あなたは……歳を……とらないのね」食いしばった歯のすきまから、うなるようにいった。

ジェイコブは優しくあたしの腕を引っぱり、座らせようとする。

「おれら全員そうだよ。ベラ、どうしちゃったんだよ」

「歳をとらなきゃいけないのはあたしだけなのね。あたしは毎日、歳をとっていくのよ!」悲鳴のような声とともに、両手を投げだす。チャーリーまがいの癇癪《かんしゃく》だってことは、心のかたすみでわかっていた。でも、感情が理性を圧倒していた。「なんなのよ! これってどういう世界なわけ? 正義はどこにあるのよ!」

「落ち着きなよ、ベラ」

「だまっててよ、ジェイコブ。いいからっ！　こんなの、あんまりじゃない！」

「いま、まじで〝地団駄《じだんだ》〟ってやつ踏んだ？　あれって女の子がテレビのなかだけでやるんだと思ってた」

ぜんぜん、笑えない。あたしは不満の声をあげた。

「そんなの、ベラが思うほどひどいことじゃないよ。座って、説明するから」

「いい、立ってる」

ジェイコブはあきれて天を見あげた。「オーケー。好きなようにして。でも聞いてよ、おれだって歳はとるんだ……いつかはね」

「説明して」

ジェイコブは流木を軽くたたいた。あたしは一瞬、こわい顔をして、やっぱり腰をおろした。怒りの炎は燃えあがったと思ったらすぐにあっけなく燃えつきた。それなりに気分がおさまってきて、自分がばかみたいな態度をとっていることに気づいた。

「やめられるくらいまで自分で〝制御〟できるようになったら……つまり、一定のあいだ変身するのをやめたら、また歳をとるんだ。かんたんなことじゃないけど」ジェイコブはとつぜん、自信を失ったように首を振った。「そんな自制心を身につけるにはホントに長い時間がかかる。サムだって、まだそこまでいってない。もちろん、道のすぐ先に吸血鬼の大集団がいるってのもプラスにならない。部族が守護官を必要としているのに、やめるなんて考えることもできないからね。だけどさ、そんなにいきりたつことないんだよ。どのみち、少なくとも肉体的にはもうベラより年上なんだから」

「なにいってるの？」

「ベラ、よく見ろよ。このおれが十六歳に見える？」

先入観をもたないようにして、ジェイコブの巨大な体格を上から下までざっと見た。

「見えない……かも」

「かも、どころじゃないよ。狼人間の遺伝子にスイッチが入ると、数カ月間で完全に成長しきってしまうからなんだ。にょきにょき育つ感じだよ」ジェイコブはしかめ面をした。

「肉体的には、二十五歳かそのくらいだね。だから、少なくともあと七年はおれとの年の差のことでびびることないよ」

二十五歳かそのくらいって……。頭が混乱してきた。でも、にょきにょき育っていたのは覚えてる。ジェイコブはあたしの目の前でみるみる上へ、横へと大きくなった。昨日と今日ではまるでちがって見えたっけ。めまいがして、あたしは頭を振った。

「それで、サムの話を聞きたい？　それとも、おれにはどうしようもないことで、まだ怒鳴りつけるつもり？」

あたしは深く息をついた。「ごめん。年齢はあたしにとって微妙な話題なのよ。痛いところを突かれたから」

ジェイコブの目つきが厳しくなった。なにかについて、どんな言葉で表現するか決めかねているみたい。

ほんとうにきわどいこと――あたしの今後の計画とか、その計画によって破られかねない協定とかの話題は避けたいから、先をうながすことにした。「サムはいったん事情を理解して、ビリーとハリーとアテアラさんがついていてくれるようになったら、それほどつらくなくなったわけね。それに、こうもいったわね、クールな面もあるって……」そこで一瞬、ためらった。「なのにサムはどうしてカレンたちをそれほど憎んでるの？　あたしまでみんなを憎めばいいのになんて思うの？」

ジェイコブはため息をついた。「それがまじで変わってるところなんだ」

「変わってることにかけては、あたし、プロだから」

「だよな」ジェイコブはにやっとして先を続けた。「たしかにベラのいうとおり、事情がのみこめたら、すべてはまあオーケーになった。おおまかにいってサムの人生はまあ……普通にもどったとはいえないけど、ましになった」そこでジェイコブの表情がこわばった。なにかつらいことが迫っているように。「サムはリアには話せなかった。知る必要のない相手に教えちゃいけないことになってるんだ。サムがリアのそばにいるのは、あんまり安全でもなかった。でも、サムはズルをしてた。おれがベラに会ってたみたいに。リアはなにが起きているのか教えてもらえなくて、すごくおこってた。どこに消えていたのか、夜になるとどこへ行くのか、どうしていつもへとへとなのか。でも、なんとかつきあってた。努力してたんだ。本気で愛しあってたから」

「リアは真相を知ってしまったの？　そういうこと？」

ジェイコブは首を横に振った。「いや、問題はそこじゃない。ある週末、リアのいとこのエミリー・ヤングがマカ族の居留地から遊びにきたんだ」

あたしは息をのんだ。「エミリーって、リアのいとこだったの？」

「ああ、またいとこだ。すごく仲がよくて。子どものころは姉妹みたいだった」

「そんな、ひどい。なんだってサムは……」首を振りながら、途中で言葉をきった。

「まだサムが悪いって決めつけないで。だれかベラに話したことあるかな……〝刻印〟のこと、聞いたことある？」

「刻印……？」耳慣れない言葉を繰り返す。「ううん。それがなんなの？」

「おれたちがむきあわなきゃいけない不気味なことのひとつ。全員には起こらないんだ。というより、めずらしい例外で、決まりごとじゃない。サムはそれまでにいろんな昔話を聞いていた。おれたちみんながただの伝説だと思ってた昔話を。だから刻印のことは耳にしていたけど、夢にも思ってなかったんだ……」

「なんなの、それって」と探りを入れる。

ジェイコブの視線がすっと海へ移った。「サムはリアを愛してた。でも、エミリーを見たら……すべて関係なくなってしまった。ときどき、理由ははっきりわからないけど、おれたちはそんな風にパートナーを見つけるんだ」ジェイコブはすっと視線をあたしにもどして顔を赤らめた。「その……運命の人を」

「それって……ひと目ぼれってこと？」冗談めかしていった。

ジェイコブは笑わない。黒い瞳はあたしの反応をとがめていた。「それよりもうちょっと強烈だね。もっと決定的なんだ」

「ごめん」とつぶやいた。「まじめな話なのね」

「ああ、そうだよ」

「ひと目ぼれ。でも、もっと強烈……」まだ半信半疑の口調になってしまう。ジェイコブも気づいたみたい。

「かんたんには説明できないよ。まあ、どうでもいっか」ジェイコブはそっけなく肩をすくめた。「ベラはサムになにがあったのか知りたかったんだよね。自分を変えてしまった吸血鬼を憎み、そして自分自身を憎むことになった理由を。こういうことさ。サムはリアを傷つけた。リアにしてきた約束をことごとく破ることになったんだ。サムは毎日、リアの瞳に浮かんだ非難を目のあたりにして、自覚させられてる。それもしかたがないって」

ジェイコブはいきなり話をやめた。いうつもりのなかったことまで口にしてしまったかのように。

「エミリーはどう受けとめたの？　リアとそんなに仲がよかったなら……」サムとエミリーはほんとうにお似あいだもの。ぴったりはまるようにかたどられた、ふたつのパズルのピースのよう。それでも。エミリーはどうやって乗りこえたんだろう。サムがほかのだれかとつきあっていた事実を。しかも、姉妹同然の子と。

「はじめのうちはすごくおこってた。でもあれほど誠実に、大事にされたら、いやとはいえないよ」ジェイコブはため息をついた。「それにサムはエミリーにはすべてを話せた。運命の伴侶《はんりょ》を見つけたら、掟には縛られないんだ。エミリーがケガをしたいきさつは知ってる？」

「うん」

フォークスではクマに襲われたことになっているけど、あたしは秘密を知っている。人狼は不安定なんだ――エドワードはそういった――そばにいる人間はケガをする。

「そっか。妙な話だけどさ、ある意味、それで問題は解決したんだ。サムは打ちのめされて、自己嫌悪におちいって、自分のしたことを激しくのろってた。エミリーの気がそれですむなら、トラックの前に身を投げだしただろうね。そうでなくても、やってたかも。ただ自分のしたことから逃れるために。もうボロボロでさ。でも、どういうわけか、そこでサムをなぐさめたのがエミリーだったんだ。そのあとは……」

ジェイコブはその先は言葉にしなかった。きっと、他人に話すにはあまりに個人的なことなんだ。

「かわいそうなエミリー」あたしはささやいた。「サムもリアも気の毒ね……」

「ああ、リアがいちばん貧乏くじを引いたな」ジェイコブはうなずいた。「平気な顔をしてるけど。結婚式では花嫁の付き添いをやるんだ」

あたしは遠くを見つめた。入江の南のほうでは、へし折られた指のような形のごつごつした岩が海面からつきだしている。頭のなかで、いまの話を整理する。あたしの顔をとらえているジェイコブの視線を感じる。なにかいうのを待っているみたい。

「ジェイコブにもあった？」そっぽをむいたまま、ようやくきいた。「そういうひと目ぼれ」

「ううん」ジェイコブはきっぱり答えた。「サムとジャレッドだけ

「そう」きかないのも失礼だからきいてみただけ……といった口調で答えた。でも、ほっとした。どうしてそう感じたのか自分に説明しようとする。きっとこういうこと。あたしたちのあいだに、なにやら謎めいた狼がらみの絆《きずな》があるといわれなくてほっとしただけ。それでなくても、あたしたちの関係は面倒なんだもの。現実離れした問題をなにもこれ以上、かかえこむことはない。

ジェイコブもだまっていた。ちょっとぎこちない沈黙。直感が告げる。ジェイコブがいま考えていることは聞かないほうがいい……。

「ジャレッドはどうだったの？」沈黙を破ってきいた。

「たいしたドラマはない。相手はキムっていって、学校で一年間、毎日となりに座ってたのにジャレッドは目もくれていなかったんだ。でも、変化のときが訪れて、あらためて彼女を見たら、もう目が離せなくなった。キムはうきうきしてた。ずっとジャレッドに夢中だったんだ。日記のあちこちで、自分の名前のうしろにジャレッドの名字をくっつけてたんだってさ」

ジェイコブはおかしそうに笑った。

あたしは顔をしかめた。「ジャレッドがそういったの？　おしゃべりね」

ジェイコブは唇をかんだ。「笑っちゃいけないんだろうけど。おもしろいじゃん」

「たいした運命の人よね」

ジェイコブはため息をついた。「ジャレッドは話そうと思って話したわけじゃないんだ、なにひとつ。そのことは話したよね、覚えてる？」

「あ、うん。あなたたちはおたがいに考えてることが聞こえるって。でも、狼の姿でいるときだけ……よね？」

「そう。きみんとこの吸血野郎と一緒だ」ジェイコブはこわい顔をする。

「エドワードでしょ」と訂正する。

「はいはい。おれがサムの気持ちをよく知ってるのも、それが理由なんだ。自分の意思でどうにかなるなら、そこまで洗いざらい話しちゃいないよ。じっさい、この点についてはみんなうんざりしてる」皮肉めいた口調がいきなりきつくなる。「ひどいもんだよ。プライバシーもなければ、秘密もない。はずかしいこともひとつ残らず、みんなの目の前にさらされる」

ジェイコブはぶるっと身震いをした。

「サイアクね」あたしは小声でいった。

「連携するときには、たしかに役に立つこともある」ジェイコブはいやいや認めた。「ほんのときたまだけど、どっかの吸血野郎がおれらの陣地に侵入したときとか。ローランはおもしろかった。それにカレンたちが邪魔しなきゃ、先週の土曜だって……ああ、もうーっ！」と不満そうにうめき、腹立たしげにぎゅっと拳《こぶし》を握りしめる。「あの女をしとめられたのに！」

ギクッとした。エメットやジャスパーがケガをするのも心配だけど、ジェイコブがヴィクトリアと戦うと考えただけでこみあげる強烈な不安とは比べものにならない。エメットとジャスパーはあたしが想像できる〈無敵〉にいちばん近い存在だもの。ジェイコブはまだあたたかいし、どちらかといえばまだ人間らしい。かぎりある命。ジェイコブがヴィクトリアと対決することを思って――あのあざやかな髪が不気味なほど猫に似た顔のまわりで風に揺れている――ぞっとした。

ジェイコブは不思議そうな顔であたしを見あげた。「でも、ベラはいつだってそんな気分なんだろ。あいつが頭のなかに入りこんでるんだからさ」

「あ、ちがうの。エドワードがあたしの頭のなかに入ったことはないの。彼にしてみれば、かなわぬ願いってところ」

ジェイコブの表情にとまどいの色が浮かんだ。

「えっと、エドワードにはあたしの考えていることはわからないの」と説明する。いつものクセでほんのちょっぴり得意げに。「そういうの、あたしだけなんだって。エドワードにとっては。理由はあたしたちにもわからないけど」

「ヘンなの」ジェイコブはいった。

「そうね」得意げな気持ちはしぼんでく。「きっと、あたしの頭はどこかおかしいってことなのよ」と認めた。

「ベラの頭がどこかおかしいのはもう知ってるよ」ジェイコブはつぶやいた。

「それはどうも」

とつぜん、太陽が雲のあいだからのぞいた。予想外だった。水面に反射する光がぎらぎらして、思わず目を細める。

すべてが色を変えていく。波はグレーから青に。木立はくすんだオリーブ色から明るい翡翠色《ひすいいろ》に。そしていろとりどりの小石は宝石のようにきらめく。

あたしたちはしばらく、目をすがめて慣らそうとした。聞こえてくるのは、ひっそりした入江のあちこちから響いてくるうつろな波音、海の底で波にもまれてこすれあう小石のかすかなさざめき、はるか頭上のカモメの鳴き声。

なんてやすらかなんだろう。

ジェイコブはあたしに近づき、腕に寄りかかってきた。とてもあたたかい。そのましばらくして、あたしは丈の短いレインコートを脱いだ。ジェイコブはのどの奥を満足そうに鳴らすと、あたしの頭のてっぺんにほほをのせた。太陽のぬくもりが肌に広がる。でも、ジェイコブのほうがあたたかい。ぼんやり思った。どのくらいで日焼けしてしまうかな……。

なんの気なしに右手をひねり、ジェームズが残した傷痕《きずあと》に陽光がほのかに反射するのをぼんやり眺めた。

「なに考えてるの？」ジェイコブはつぶやいた。

「お日さまのこと」

「そっか。気持ちいいよね」

「あなたはなに考えてるの？」

ジェイコブはくすっと思い出し笑いをした。「ベラに連れていかれたくだらない映画のこと。あとマイク・ニュートンがそこらじゅうに吐いてたこと」

あたしも笑った。そして驚いた。時間がいかに記憶を変えてしまうか。以前はストレスとまどいの思い出だったのに。あの晩でいろんなことが変わってしまった。でも、いまは笑える。ジェイコブが祖先から受け継いだ運命を知る前にふたりですごした最後の夜。人間としての最後の思い出。いまでは不思議なほど楽しい思い出。

「なつかしいな。すごく気楽で……フクザツじゃなかったあのころの感じ。よかったよ、おれ、記憶力がよくて」ジェイコブはため息をついた。

ジェイコブの言葉にある記憶を呼びおこされ、あたしの身体にとつぜん緊張が走った。ジェイコブも気づいたみたい。「どうしたの？」ときいてくる。

「記憶力がいいっていえば……」表情が読めるように、あたしは身体を離した。まだなんの話かわかっていないみたい。「月曜日の朝、なにをしてたの？　エドワードがいやがるようなことを考えてたんでしょ」いやがる……なんて言葉は手ぬるい。でも、答えがほしかったから、出だしからあまりガミガミいわないほうがいいと思った。

ピンときたらしく、ジェイコブは顔を輝かせて笑った。「考えてたのはベラのことさ。あいつ、あんまり気にいらなかったって？」

「あたしのこと？　あたしのなにを考えてたの？」

ジェイコブは笑った。こんどはもっとトゲがある感じ。「サムが森でベラを見つけた晩、どんな様子だったか思い出してたんだ。おれはサムの頭のなかに入って見たからね、まるで自分もその場にいたみたいに。あのときの記憶はサムの脳裏からずっと離れないんだ。それから、ベラがはじめてうちに来たときのベラの姿を思い出した。自分がどれほどボロボロだったか、ベラはわかってないんだろ。もう一度、人間らしく見えるようになるまで数週間はかかった。あとはいつも、自分の身体に腕をまわして、ばらばらにならないようにしてたこと……」ジェイコブは顔をゆがめ、それから首を振った。「ベラがどれほど悲しんでいたか思い出すのは、おれだってつらいんだよ。おれが悪いわけでもないのに。だから、あいつにはもっときついだろうと思った。それに、自分がしたことを見るべきだと思ったから」

あたしはジェイコブの肩をひっぱたいた。手が痛い。「ジェイコブ・ブラック。もう二度とあんな真似《まね》しないで。しないって約束して」

「やだよ。あんなに楽しかったの、数カ月ぶりだったんだから」

「本気で頼んでいるのよ、ジェイコブ」

「まったく、おたおたすんなよ。ベラ。おれがこんどいつ、あいつに会うっていうのさ。心配することないって」

あたしは立ちあがった。歩み去ろうとすると、ジェイコブが手をつかんだ。あたしはぐいっと引き離そうとする。

「もう帰るから」

「そんな、まだ行くなよ」ジェイコブは引きとめ、あたしの手を握りしめる。「ごめん。あと……わかった。もう二度としないから。約束する」

あたしはため息をついた。「ありがと、ジェイコブ」

「おいで、うちに帰ろう」ジェイコブは元気よくいった。

「でもね、あたし、ほんとうにもう行かないと。アンジェラ・ウェーバーが待ってるのよ。アリスも心配してるはずだし。あんまりおこらせたくないんだ」

「でも、いま来たばっかりじゃん！」

「たしかにそんな気がする」と認めた。太陽をうらみがましく見あげる。どういうわけか、もう真上にある。どうして時間がこんなに飛ぶようにすぎてしまったんだろう。

ジェイコブの眉《まゆ》が目にかぶさるようにぐっとさがる。「こんどいつ会えるかわからないのに」傷ついた口調だった。

「こんどエドワードが留守のとき、また来るから」とっさに約束した。

「留守だって？」ジェイコブはあきれて天を見あげた。「あいつのやってること、ずいぶんきれいな感じにいうよな。うす汚い寄生虫どもが」

「失礼な態度をとるなら、もう絶対に来ないから！」と脅して、手をほどこうとする。ジェイコブは放そうとしない。

「そうおこるなって」ジェイコブはにやりと笑った。「反射的に出ちゃうんだよ」

「あたしがまた遊びにくる努力をするなら、はっきりさせておきたいことがあるの。いい？」

ジェイコブは待っている。

「あのね」と説明する。「あたしはだれが吸血鬼でだれが狼人間だろうとかまわない。関係ないの。あなたはジェイコブで、彼はエドワード。あたしはベラ。ほかのことはどうでもいい」

ジェイコブの目がかすかに細くなる。「でも、おれは狼人間だよ」としぶしぶいって、嫌悪感もあらわにつけ加える。「それにあいつは吸血鬼だろ」

「あっそう、あたしは乙女座だけど！」うんざりして叫んだ。

ジェイコブは眉《まゆ》をあげ、不思議そうな目つきであたしの表情を観察している。そして最後に肩をすくめた。

「本気でそう思えるなら……」

「思える、じっさい思ってるの」

「わかったよ。ベラとジェイコブだけ。ここには不気味な乙女座はいないってことで」ジェイコブがほほえみかけてくる。あたたかく、なつかしい笑顔。この笑顔が恋しくてたまらなかった。お返しのほほえみがあたしの顔に広がっていく。

「すっごく会いたかったんだから」あたしはつい認めてしまった。

「おれだって」ジェイコブはますます笑顔になる。しあわせそうな澄んだ瞳はいっとき、怒りのこもった苦々しさから解放された。「ベラにはわかんないくらいにね。また近いうちに来てくれる？」

「できるだけ近いうちに」あたしは約束した。

6　人質ごっこ

帰りの車を走らせながら、あたしは太陽にきらめく濡《ぬ》れた道にあまり注意をはらっていなかった。ジェイコブから聞いた話にあれこれ思いをめぐらせながら、整理してなんとかつじつまをあわせようとする。限界を超える量の情報をかかえているのに、気分は軽くなった。ジェイコブの笑顔を見て、秘密をすべて打ちあけて――状況は完璧《かんぺき》とはいかないけれど、ましになった。行ってよかった。ジェイコブはあたしを必要としている。それにどう見たって――そこでまばゆい光に目を細めた――危険はなかったし。

それはどこからともなくあらわれた。

ついさっきまで、バックミラーにはまぶしいハイウェイのほかになにも映っていなかった。次の瞬間には、シルバーのボルボがすぐうしろで太陽にキラリと輝いていた。

「やだ、どうしよう……」あたしは半泣きになった。

車を停めようかと思った。でも、あたしはすごい小心者だから、すぐにはエドワードと顔をあわせられない。少しくらい準備する時間があると見こんでいたのに……それにチャーリーに〝緩衝材《かんしょうざい》〟としてそばにいてもらえると思ってた。そうすれば少なくとも、エドワードは大声を出すわけにはいかないもの。

ボルボはぴったりついてくる。あたしは前の路面から目を離さないようにした。

とことん意気地なしのあたしは、エドワードの視線を――バックミラーを焼け焦がして穴をあけているような気がするけど――一度もとらえることなく、アンジェラの家に直行した。

あたしがウェーバー家の前に車を寄せるまで、エドワードはついてきた。でも、自分は停まらない。ボルボが通りすぎていくとき、あたしは目をあげなかった。エドワードがどんな顔をしているか見たくなかった。ボルボが視界から消えたとたん、コンクリートの短い歩道をアンジェラの家の玄関へと走っていく。

ノックも終わらないうちにベンが玄関に出てきた。ドアのすぐうしろにいたみたい。

「やあ、ベラ！」ベンはびっくりしていった。

「どうも、ベン。あの、アンジェラはいる？」あたしとの約束を忘れちゃったのかしら。早めにうちへ帰ることになったら……と考えて、たじろいだ。

「うん」ベンがいったちょうどそのとき、アンジェラが「ベラ！」と声をあげて、階段のてっぺんに姿をみせた。

車の音がして、ベンはあたしのうしろをのぞいた。でも、あたしはびくびくしなかった。エンジンはがたがたと音をたててとまり、そのあとにバックファイヤーの大きな音が続いた。ボルボの静かなエンジン音とは似ても似つかない。ベンが待っていたお客さまにちがいない。

「オースティンだ」アンジェラがとなりに来ると、ベンがいった。

道でクラクションが鳴った。

「またあとで来るから」ベンは約束する。「離れるのはさみしいけどさ」

ベンはアンジェラの首に腕をまわすと、自分とつりあう高さまでアンジェラの顔を引き寄せて熱っぽくキスをした。一拍置いて、オースティンがまたクラクションを鳴らす。

「それじゃ、アンジェラ！　愛してるよ！」ベンは大声でいうと、ダッシュであたしの横を通りすぎていった。

アンジェラは顔をほのかなピンクに染め、ぽーっとしていた。そして気をとりなおすと、ベンとオースティンが見えなくなるまで手を振った。

そこでやっとアンジェラはあたしのほうへむきなおり、浮かない顔で笑った。

「今日はありがとう、ベラ。ホントに感謝してるの。おかげであたしの両手が一生使いものにならなくならずにすむだけじゃないのよ。ろくなプロットもない、効果音のズレまくった武闘派アクション映画にまるまる二時間とられずにすんだわ」アンジェラはほっと息をついた。

「お役にたててなによりよ」パニックはわずかにおさまり、ちょっぴりまともに呼吸できるようになった。ここにいると、すごく普通な感じがする。アンジェラの気楽な、いかにも人間っぽいエピソードに不思議と気持ちがやすらいだ。普通の暮らしが営まれている場所もあるんだと知って、うれしくなる。

アンジェラについて二階の部屋にむかった。途中でアンジェラはおもちゃを蹴《け》ってどかす。うちのなかはいつになく静かだった。

「家族はお出かけ？」

「ポートアンジェルスで誕生日パーティがあって、両親が双子ちゃんを連れていったのよ。ベラがホントに手伝ってくれるなんて、信じられない。ベンは手首を痛めたふりをしてるの」

アンジェラはしかめ面をした。

「あたしはぜんぜんかまわないから」といってアンジェラの部屋に入ると、待ちかまえていた封筒の束が目に入った。

「うわっ……！」思わず息をのんだ。アンジェラは振りむいてあたしを見た。申し訳なさそうな目つき。先のばしにしてきた理由がわかった。どうしてベンが逃げだしたのかも。

「おおげさにいってるだけだと思ってた」と本音をもらした。

「残念ながら、このとおりなの。ホントにかまわない？」

「さあ、なにをすればいい？　あたし、まる一日あいてるから」

アンジェラは封筒の山を半分にわけ、お母さんの住所録をふたりのあいだにくるように置いた。

しばらく作業に集中する。聞こえるのは、静かに紙を走るペンの音だけだった。

「エドワードは今晩、どうするの？」数分たってからアンジェラがきいた。

とりかかっていた封筒にペンが食いこんだ。「エメットが週末、家にもどってるから。キャンプに行くはずだけど」

「はっきりわからない……ってことね」

あたしは肩をすくめた。

「ベラはラッキーよね。エドワードにはキャンプやトレッキングにつきあってくれるお兄さんたちがいて。ベンにオースティンがいなかったら、あたし、どうしてたかわかんないもの。ほら、男の子の趣味につきあうのに」

「そうね。あたし、あんまりアウトドア派じゃないし。ついていけるはずもないしね」

アンジェラは笑った。「あたしもインドア派なの」

アンジェラは少しのあいだ自分の作業に集中していた。

あたしはさらに四人分の宛名《あてな》を書きあげた。アンジェラのそばでは、沈黙をくだらないおしゃべりで埋めなきゃというプレッシャーがぜんぜんない。チャーリーのように、アンジェラはだまっていてもくつろげる。

でも、チャーリーのように、アンジェラはときどき観察眼が鋭すぎる。

「なにかあったの？」小声できいてくる。「なんだか……心配事があるみたいだけど」

あたしは情けなくほほえんだ。「そんなにみえみえかな？」

「それほどじゃないけど」

きっと、あたしの気をやわらげようとウソをついてるんだ。

「話したくないならいいのよ」アンジェラは安心させるようにいった。「ベラの気がやすまるなら、話を聞くから」

ありがとう。でも、いいの、といいかけた。いずれにせよ、守らなければならない秘密が多すぎる。〝人間〟を相手に悩みを相談するわけにはいかないんだもの。掟に反するから。

それでも。なぜかとつぜん、まさにそうしたくてたまらなくなった。普通の人間の女友だちと話がしたい。同年代のほかの女の子たちみたいに、軽くグチをこぼしたい。あたしの悩みがそのくらいシンプルだったらいいのに。それに、状況を正しくとらえるためにも、吸血鬼と狼人間のゴタゴタとは関係がない人がいてくれたらいいんだろうな。先入観のない人が。

「おせっかいはやめておくわね」アンジェラはきっぱりいうと、ほほえみながら、書きかけの宛名に視線を落とした。

「ううん」あたしはいった。「アンジェラのいうとおりなの。不安なのよ、その……エドワードのことで」

「なにかあったの？」

アンジェラはとても話しやすい。こういう質問をしても、ただ好奇心にとりつかれているわけでも、ゴシップをあさっているわけでもないのがわかる。ジェシカだったら、きっとそうだろうけど。アンジェラは、動揺しているあたしを気にかけてくれている。

「あのね、おこってるのよ。あたしのこと」

「そんなことってあるの？」アンジェラはいった。「なににおこってるの？」

あたしはため息をついた。「ジェイコブ・ブラックって覚えてる？」

「ああ、そのこと」アンジェラはいった。

「うん」

「エドワードはやいてるのね」

「まさか、やいてるなんて……」だまっていればよかった。どうやっても、うまく説明できるはずがないもの。でも、とにかく話を続けたかった。人間らしい会話にかなり飢えていたことに、自分でも気づいていなかった。「エドワードはジェイコブが……悪影響になるって思ってるのよ、たぶん。なんていうか……危険だって。ほら、数カ月前にけっこうなトラブルに巻きこまれたじゃない。まあ、ホントばかみたいなんだけど」

意外なことに、アンジェラは首を横に振った。

「なに？」ときいてみる。

「ジェイコブ・ブラックがベラを見る目つき、あたし、気づいてたもの。まちがいない。ほんとうの問題は嫉妬よ」

「ジェイコブとはそんなんじゃないもの」

「ベラにとってはね、そうかも。でも、ジェイコブは……」

あたしは顔をしかめた。「あたしの気持ちはジェイコブも知ってるのよ。全部、話したから」

「エドワードだってただの人間だもの、ベラ。ほかの男の子と変わらないリアクションをするのよ」

そういわれると、答えようがない。顔がゆがんでしまう。

アンジェラはあたしの手を軽くたたいた。「そのうち、おさまるわよ」

「だといいけど。ジェイコブはこのところちょっと大変で。あたしが必要なの」

「ベラとジェイコブってすごく仲がいいのね」

「家族同然だから」と認める。

「そして、エドワードはジェイコブが気にいらないと……面倒よね。ベンだったら、どうするかしら」アンジェラは考えこんだ。

あたしは軽くほほえんだ。「きっとほかの男の子と変わらないわよ」

アンジェラはにっこり笑った。「でしょうね」

そこで、アンジェラは話題を変えた。アンジェラは根掘り葉掘りさぐるタイプじゃない。あたしがこれ以上、話さない——話せない——ことにも気づいたようだった。

「昨日、学生寮の部屋割りの通知が来たの。大学のキャンパスからいちばん遠い寮だっ

「ベンはどこの寮にするの？　ツキはベンがひとりじめよ。ベラはどうするの？　どこの大学にするか決めた？」

「キャンパスにいちばん近い寮。ツキはベンがひとりじめよ。ベラはどうするの？　どこの大学にするか決めた？」

あたしはうつむき、自分のつたない字に意識を集中した。でも、そこであることがひっかかった。アンジェラとベンはワシントン大学に行く。あと数カ月もすれば、シアトルへ旅立つはず。そのころ、あっちは安全になっているだろうか。凶暴な若い吸血鬼の脅威はどこかよそへ移っているのかな。それまでには新しい場所が、どこかべつの街が、ホラー映画さながらの新聞の見出しに戦々恐々《せんせんきょうきょう》としているのだろうか。

そしてその新しい見出しは……あたしのせい？

そんな思いを振りはらい、一拍遅れて、アンジェラの質問に答えた。「アラスカにすると思う。ジュノーにある大学」

アンジェラの声には驚きがにじんでいた。「アラスカ？　そうなんだ。本気なの？　というか、うん、すごくいいんじゃない。ただベラはもっと……あたたかい場所に行くのかと思ってたから」

封筒をじっと見つめたまま、ハハッと笑った。「まあね。フォークスがあたしの人生観を一変させたのよ」

「エドワードは？」

その名前に胃のあたりがザワついたけれど、顔をあげ、アンジェラに笑いかけた。

「エドワードも、アラスカの寒さならしのげるみたい」

アンジェラも笑顔でこたえた。「もちろん、そうでしょうね」といって、ため息をつく。

「ずいぶん遠くね。あんまり帰ってこられないでしょ。さみしくなるわ。メール、してくれる？」

　さみしさが静かにこみあげてきて、のみこまれそうになる。いまになってアンジェラと親しくするのはまちがいかも。でも、こういう最後のチャンスを逃すのはもっと悲しいことのはず。あたしは憂鬱《ゆううつ》な思いを振りはらった。からかいながら、返事ができるように。

「この作業が終わったあとでも、キーボードが打てたらね」しあがった封筒の山にむかって軽くうなずく。

　ふたりで声をあげて笑った。そこから先は気楽に、残りの封筒を片づけながら、講義や専攻について明るくおしゃべりをした。そう、別れや今後の不安なんていまは考えなくていい——どのみち、今日は気にかけるべきもっとさしせまった問題があるし。

　帰るのがこわくて、あたしは切手を貼るのも手伝った。

「手の具合はどう？」アンジェラがきいた。

　あたしは指を曲げのばしした。

「もとどおり使えるまでには回復すると思う……そのうちに」

　階下で玄関がバタンとあき、あたしとアンジェラは視線をあげた。

「アンジェラ！」ベンが呼んでいる。

ほほえもうとしたのに、唇が震える。「あたしの退場の合図かな」

「帰ることないわよ。ベンはあたしに映画の話をすると思うけど。ことこまかにね」

「でも、チャーリーが心配するから。娘はどこに行ったんだって」

「手伝ってくれて、ありがとう」

「楽しかったもの、ホント。こういうこと、また一緒にやろうよ。女の子だけの時間っていうのも、なかなかいいよね」

「きっとよ」

アンジェラの部屋のドアを軽くノックする音が聞こえた。

「入って、ベン」アンジェラがいった。

あたしは立ちあがり、身体をのばした。

「やあ、ベラ！　無事だったんだね」ベンはすばやくあたしに声をかけ、アンジェラのとなりのポジションにかわりに入ると、あたしたちの仕事ぶりに目をやった。「よくやったね。やることが残ってないなんて、残念だな。ぼくも……」そこで話を切りあげ、興奮ぎみにまた口をひらく。「アンジェラ、あの映画を逃すなんてヤバいって。傑作だったよ。最後のアクションシーンがもう……あんな殺陣《たて》はありえないって感じでさ！　ある男がいるんだけど、こいつが……まあ、とにかく観なきゃ話にならないな」

アンジェラはあきれたように目を丸くしてこっちを見た。

「また学校でね」あたしは緊張ぎみに笑っていった。

アンジェラはため息をついた。「またね」

びくびくしながら外に出てピックアップにむかう。でも、道はがらんとしていた。運転しているあいだも、ずっとあちこちのミラーに不安げに視線を走らせていたけど、シルバーの車は影も形もなかった。

うちの前にもエドワードの車はなかった。でも、そこにたいした意味はない。

「ベラか？」玄関をあけると、チャーリーが声をかけてきた。

「ただいま、パパ」

チャーリーはリビングにいた。テレビの前に。

「おう、今日はどうだった？」

「楽しかった」全部、報告したほうがいい。そのうち、ビリーから聞くだろうし。それに、チャーリーはよろこぶはずだ。「バイトは人手がたりてたから、ラプッシュに行ったの」

チャーリーはそれほど驚いた顔をしない。ビリーからもう聞いたんだ。

「ジェイコブはどうしてた？」チャーリーはなにげなくきいてくる。

「元気よ」おなじくらい軽い口調でいった。

「ウェーバーさんのうちには行ったのか」

「うん。挨拶状《あいさつじょう》の宛名《あてな》書きを終わらせてきた」

「そりゃ、よかった」チャーリーはにっこり笑った。スポーツ番組の途中だってことを考えると、やけによく話をきいてる。「よかったよ、今日は友だちとしばらく一緒だったんだな」

「うん、よかった」

なにか時間を潰せる仕事はないかな……と思いながら、ふらふらとキッチンへむかった。残念ながら、チャーリーは昼食の片づけをすませていた。しばらくそこに立って、床のまばゆい日だまりを見つめる。でも、いつまでもあとまわしにはできない。

「勉強してくる」むっつりとチャーリーに告げ、階段をのぼっていく。

「あとでな」チャーリーがうしろから声をかけてきた。

それまで生きていたらね。心のなかでつぶやいた。

寝室のドアをおそるおそる閉め、振り返って部屋のなかを見る。

もちろん、エドワードはそこにいた。むかいの壁に寄りかかっている。あいている窓の横の影のなかに。顔はけわしく、姿勢も張りつめていた。だまったまま、射るような視線をむけてくる。

あたしはたじろいだ。怒濤《どとう》のような怒りの言葉を待ちかまえる。でも、予想ははずれた。エドワードはひたすらにらみ続けている。あまりの怒りに口もきけないのかも。

「どうも」あたしはようやくいった。

エドワードの顔は石を彫りこんだみたいだった。頭のなかで百まで数えたけれど、まるで変化がない。

「あの……あたし、無事に生きてるみたい」と切りだした。

　エドワードの胸のあたりからうなり声が響く。でも、表情は変わらない。

「ダメージはゼロってことね」きっぱりいって肩をすくめた。

　エドワードが動いた。瞳を閉じ、右手の指先で眉間《みけん》のあたりを押さえる。

「ベラ」エドワードはささやいた。「少しはわかってるのか。今日、ぼくがあと一歩のところであの境界線を踏みこえるところだったってこと。協定を破ってきみを追っていこうとした。それがどういうことか」

　あたしははっと息をのんだ。エドワードは目をあけた。闇夜《やみよ》のように冷たく厳しい瞳。

「そんな、だめよ！」声が大きすぎた。チャーリーに聞こえないようにボリュームをなんとか調節する。でも、ホントは叫びたかった。「エドワード、あの子たちはどんなことでも戦いの口実にする。あっちの思うツボよ。協定を破ったりしちゃだめ！」

「戦いを楽しむのは、あいつらだけとはかぎらないかもしれないよ」

「いいかげんにして」鋭く答えた。「協定を結んだなら、ちゃんと守って」

「あいつにベラがケガでもさせられたら……」

「もういいって！」と途中でさえぎった。「心配することはなにもないの。ジェイコブは危険じゃないんだってば」

「ベラ」エドワードはあきれて天井を見あげた。「なにが危険でなにが危険じゃないか見わけるのは、それほど得意じゃないだろ」

「わかってるの、ジェイコブのことは心配しなくていい。あたしも、あなたも」

エドワードは歯を食いしばった。わきにおろした両手をぎゅっと握りしめている。壁ぎわに立ったまま。あたしはふたりの距離が気にいらなかった。

深くひと息つき、部屋を横切っていく。あたしが腕をまわしても、エドワードはじっとしていた。窓から流れこんだ沈みゆく太陽のぬくもり。そのとなりでは、エドワードの肌はいっそう冷たく感じる。身体もまるで氷のよう。そのままの体勢でぴたりと凍りついている。

「心配かけてごめんなさい」とささやく。

エドワードはため息をつき、わずかに緊張をといた。あたしの腰に腕をまわしてくる。

「心配という言葉ではちょっと控えめすぎる。とても長い一日だった」

「あなたには内緒のはずだったのよ」と指摘する。「もっと長いこと、狩りをすると思ってた」

エドワードの顔を見あげた。伏し目がちな瞳。緊迫したムードのせいで気づいていなかったけど、色が暗すぎる。クマもかなり深い紫だった。あたしはとがめるように顔をしかめた。

「きみが消えるのをアリスが見た時点でもどってきたから」エドワードは説明した。

「そんなことしなくても。また遠出しなきゃいけないじゃない」顔はますますけわしくなる。

「まだ大丈夫さ」

「そんなの、ばかみたいよ。だって、アリスにはあたしがジェイコブといるところが見えなくても、エドワードはちゃんとわかってたでしょ……」

「いや、そんなことない」エドワードがさえぎった。「それにぼくが許すと思うなよ、きみが……」

「そんな、なにいってるの」途中でさえぎる。「もちろん、あたしは自由にさせてもらうから……」

「こういうことはもう、二度とない」

「そうよ！　こんどはあなたが〝過剰反応〟しないから」

「そもそも〝こんど〟がないからだよ」

「あなたが出かけるときは、あたし、理解してるでしょ。たとえ、いやだと思っても……」

「それとこれとはちがう。ぼくは命を危険にさらしてるわけじゃない」

「あたしだって」

「人狼族は危険なんだ」

「そんなことない」

「ベラ、この件は話しあうつもりはないよ」

「あたしだって」

エドワードはまた手をぎゅっと握りしめた。拳があたしの背中にあたる。

考えもなしに言葉が口をついた。「これって、ホントにあたしの身の安全の問題なの?」

「どういう意味?」エドワードが問いつめてくる。

「まさか……」アンジェラの説はさっきにましてばかばかしく思えた。最後まで口するのもむずかしい。「あの、まさか嫉妬なんてしてないわよね?」

エドワードは片方の眉《まゆ》をあげた。「どうかな」

「ふざけないで」

「あたりまえだろ。とてもじゃないけど、ふざけるようなことじゃない」

あたしはけげんそうに顔をしかめた。「となると……なにかまったくべつのことなの? 吸血鬼と狼人間は永遠の敵だとか、そういうくだらない話? 男の意地とメンツをかけた……」

エドワードの瞳がギラッと燃えあがる。「これはベラにかぎった問題だ。ぼくが気にかけているのはベラの身の安全だけだよ」

エドワードの瞳に浮かんだ漆黒《しっこく》の炎には、疑いをはさみようがなかった。

「わかった」とため息をつく。「それは信じる。でも、わかっておいてほしいことがあるの。この〝宿敵〟がらみのくだらない話なら、あたしは抜けさせてもらう。あたしは中立国みたいなもの、スイスってこと。伝説の生きものたちのなわばり争いに左右されるのはごめんだから。ジェイコブは家族なの、エドワードは……そうね、生涯の恋人とはいえないかな。それよりずっと長く愛していくつもりだから。あたしが存在するかぎりの、恋人ね。だれが狼人間でだれが吸血鬼でも関係ない。アンジェラが魔女だったってことになったら、仲間に入れてあげちゃう」

エドワードは目をすっと細め、だまってあたしを見つめていた。

「スイスだから」念を押してもう一度いった。

エドワードはしかめ面であたしを見てから、ため息をついた。「ベラ……」といいかけてやめると、げんなりしたように鼻にシワを寄せる。

「こんどはなに？」

「あのさ……気を悪くしないでほしいんだけど。ベラ、犬みたいなにおいがするんだ」

そしてエドワードはいわくありげに笑みを浮かべた。つまり、これで喧嘩《けんか》は終わりってこと。とりあえず、いまは。

エドワードは途中で引きあげた狩りの埋めあわせをしなければならなかった。だから、ジャスパーとエメット、そしてカーライルと金曜日の夜に発《た》ち、クーガーの被害が出ている北カリフォルニアの保護区を攻めるという。

狼人間とのことはなにも約束していない。でも、エドワードがボルボで自宅に帰ってあたしの部屋にもどってくるまでのわずかの合間に、ジェイコブに電話をかけ、土曜日にまた遊びにいくと伝えても、べつにうしろめたくはなかった。こそこそしてるわけじゃないもの。エドワードはあたしの気持ちを知っている。またピックアップが動かないように細工されたら、ジェイコブに迎えにきてもらう。フォークスは中立地帯だ。まさにスイス、そしてまさにあたしのように。

だから、木曜日にバイトが終わったとき、ボルボのなかで待っていたのがエドワードではなくアリスだったことにも、最初のうちは疑いをいだかなかった。助手席のドアがあいていて、あたしの知らない音楽がベースの演奏にあわせて車体を揺らしていた。

「ちょっと、アリス!」けたたましい音に負けじと叫びながら、乗りこんだ。「エドワードはどうしたの?」

アリスは曲にあわせて歌っていた。歌声は流れているメロディーより一オクターブ高く、むずかしそうなハーモニーで主旋律に絡《から》みあう。アリスは音楽にすっかり夢中で、質問を無視してあたしにむかってうなずいた。

あたしはドアを閉めて両手で耳をふさいだ。アリスはにやりと笑って、BGMといえるところまで音楽のボリュームを落とす。それから、一瞬のうちにキーをまわしてアクセルを踏みこんだ。

「どうなってるの?」不安になってきた。「エドワードはどこにいるの?」

アリスは肩をすくめた。「早めに発《た》った」

「そっか」ばかみたいにがっかりしないの……と、自分にいいきかせる。早めに発ったということは、早めに帰ってくるんだから。

「男性陣が出はらったから、あたしたち、お泊まり会をするの！」アリスは歌うような澄んだ声で告げた。

「お泊まり会……？」と繰り返した。ようやく疑問をいだきはじめる。

「楽しみでしょ」アリスは得意げにいった。

キラキラと輝くアリスの目をじっと見た。

「あたしを〝誘拐〟するつもりなのね」

アリスは声をあげて笑い、うなずいた。「土曜日までね。チャーリーにはエズミが話をつけたから。二晩、あたしと一緒よ。明日、学校まであたしが車で送り迎えするから」

ウインドウのほうに顔をそむけ、歯ぎしりをする。

「ごめんね」アリスはいった。反省はみじんも感じられない。「買収されちゃったのよ」

「どういう条件で？」食いしばった歯のすきまから鋭くいった。

「例のポルシェ。イタリアであたしが盗んだのとそっくりおなじの」アリスは満足げにため息をついた。「フォークス周辺では乗っちゃいけないことになってるの。でも、ベラの望みなら、ここからLAまでどのくらいかかるか試してみてもいいのよ。真夜中までにはちゃんと連れてもどってあげるから」

あたしは深くひと息をついた。「やめとく」ため息をつき、身震いしそうになるのをがまんした。

長い私道をカーブにそって――猛スピードのまま――進んでいく。アリスはガレージのほうに車を停めた。並んだ車にすばやく目をやった。エメットの大きなジープ、ロザリーの赤いオープンカー。そのあいだにはつやつやしたあざやかな黄色のポルシェがあった。

アリスは優雅に車から跳びおり、ワイロにもらった車を片手ですーっとなでる。

「きれいでしょ？」

「きれいどころじゃすまないわね」信じられない思いで、むっつりといった。「あたしを二日間、人質にするだけで……それをくれたわけ？」

アリスは顔をしかめた。

一瞬ののち、はたとひらめいた。あたしはぞっとして息をのんだ。「エドワードが出かけるときは毎回ってこと？」

アリスはうなずいた。

助手席のドアをバタンと閉め、足を踏みならして邸宅へむかう。アリスは踊るような足どりでとなりに並んだ。悪びれる様子もない。

「アリス、これってちょっと束縛しすぎだと思わない？　ほんの少し……精神的に問題ありっていうか」

「そうかな」アリスは軽くあしらう。「ベラはわかってないみたいね、若い人狼がどれほど危険か。とりわけ、あたしに見えないとなるとね。エドワードはベラの無事をたしかめようがないんだから。ベラはあんまりむこうみずな真似《まね》をしないほうがいいのよ」

あたしの口調はトゲトゲしくなる。「そうよね、吸血鬼のお泊まり会はまさに安全に配慮した行動の決定版だものね」

アリスは笑って約束する。「ペディキュアとか、あれこれしてあげるから」

自分の意思に反して拘束《こうそく》されてる――という事実をのぞけば、お泊まり会はそれほど悪くなかった。エズミははるばるポートアンジェルスから高級イタリア料理をケータリングして、アリスはあたしの好きな映画を用意してくれていた。ロザリーも目立たないようにそっと顔を出していた。アリスはペディキュアをするといってきかない。リストでもあるんじゃないか……そんな気がしてきた。悪趣味な青春ドラマを参考にして書きためておいたリストかなにか。

「どのくらい遅くまで起きてる？」あたしの足の爪が血のような赤でぴかぴかになったところでアリスがきいた。あたしの機嫌には、まったくやる気をそがれていない。

「夜更かしはしたくないな。明日の朝は学校があるし」

アリスは口をとがらせた。

「ところで、あたしはどこで寝ればいいの？」ソファを目測してみた。ちょっと幅がたりないみたい。「アリスがうちであたしを監視するんじゃだめなの？」

「それって、どういうお泊まり会よ」アリスはうんざりして首を振った。「ベラはエドワードの部屋で寝るの」

あたしはため息をついた。エドワードの黒いレザーソファのほうが、たしかに幅はある。それどころか、あの部屋のゴールドの絨毯はふかふかだもの、床で寝るのだってそれほど悪くないくらい。

「せめて、いるものをとりに帰ってもいい？」

アリスはにんまり笑った。「それはもう手配ずみ」

「電話は使わせてもらえる？」

「チャーリーはもう居場所を知ってるわよ」

「チャーリーにかけるんじゃないの」あたしは顔をしかめた。「どうやら、キャンセルしておく予定があるみたいだから」

「そっか」アリスは考えこんだ。「それはどうかな……」

「アリスってば！」大声で泣きつく。「お願いだから！」

「オーケー、わかった」といって、アリスは部屋からひらりと出ていき、一秒もしないで携帯電話を片手にもどってきた。「これは具体的には禁止されなかったから……」ぶつぶつひとりごとをいいながら、電話を渡してくれた。

ジェイコブの番号にかける。今晩は仲間と森に出ていないといいけど。

ツイていた。電話に出たのはジェイコブだった。

「もしもし」

「あ、ジェイコブ。あたし」アリスは一瞬、無表情な目つきであたしを観察すると、背をむけてソファのほうへ行き、ロザリーとエズミのあいだに座った。

「やあ、ベラ」ジェイコブはとつぜん、警戒するような口調になる。「なにがあった？」

「いいことはなにも。結局、土曜日は遊びにいけなくなったの」

しばらく沈黙が流れた。「ばかな吸血野郎が」と、ようやくつぶやく。「あいつ、出かけるんだと思ってた。やつが留守のあいだ、ベラは人生を楽しむこともできないのか。それとも、棺桶に閉じこめられるのかよ」

思わず、声をあげて笑ってしまった。

「笑いごとじゃないよ」

「笑ったのは、あたらずとも遠からずだから。でも、エドワードは土曜日にはこっちにいるのよ。だから、そういう問題じゃないの」

「じゃ、フォークスでエサをあさるつもりなのか」ジェイコブは辛辣《しんらつ》にいった。

「ちがうの」ジェイコブの挑発には乗らない。あたしだって、ジェイコブに負けずおとらずキレそうなんだから。「早めに発《た》ったの」

「そっか。それなら、いま遊びにおいでよ」ジェイコブはとつぜん元気になっていった。「まだそんな遅くないし。じゃなきゃ、おれがそっちに行こうか」

「ぜひっていいたいところだけど、いまはうちにいないの」がっかりしていった。「とらわれの身というか」

ジェイコブは無言でその言葉の意味をのみこみ、不満そうにうなった。「おれたちが迎えにいくよ」感情のない口調でいう。無意識のうちに、主語は〝おれたち〟に変わっていた——群れのみんなでってことだ。

背筋がぞくっとしたけれど、冗談まじりに軽く答えた。「それはいいかも。あたし、拷問されてるの。アリスったら、あたしのつま先にマニキュアを塗ったのよ」

「おれはまじだよ」

「やめておいて。みんなはあたしを守ろうとしてるだけ」

ジェイコブはまた不満げにうなった。

「ばかみたいだってことは、あたしもわかってる。でも、みんなのハートは善意にあふれているのよ」

「あいつらにハートなんてあるかよ！」ジェイコブは皮肉っぽくいった。

「とにかく、土曜日のことはごめん」あたしは謝った。「もうベッドに入る時間だから」

——まあ、正確にはソファだけど——と、ひそかに訂正する。「また近いうちに電話する」

「電話させてもらえるっていいきれるのかよ」ジェイコブは手厳しい口調できいた。

「百パーセントじゃないけど」あたしはため息をついた。「おやすみ、ジェイコブ」

「じゃ、またな」

アリスはあっという間にとなりにきて、電話に手を差しだした。でも、あたしはすでに番号を押していた。アリスが番号を確認する。

「ケータイは持ち歩いてないと思うけど」

「メッセージを残すから」

四回の呼び出し音のあと、ピーッと留守電のスタート音が鳴った。

応答メッセージはない。

「ただじゃすまないんだから」ゆっくり、一言ずつ強調していった。「覚悟しておいてよ。こっちで待ちかまえてるものに比べたら、おこったグリズリーなんてペットみたいに思えるはずですからね」

パチンと携帯電話を閉じ、差しだされたアリスの手にのせた。「これでいいわ」

アリスはにやりと笑った。「この人質ごっこ、なかなか楽しいわね」

「もう寝る」と宣言して階段へむかう。アリスは一緒についてきた。

「アリス……」あたしはため息をついた。「こっそり抜けだしたりしないから。あたしがその気ならアリスにはわかるんだし、行動に移したらどうせつかまえるんでしょ」

「荷物をどこに置いてあるか教えようと思っただけ」アリスは無邪気にいった。

エドワードの部屋は三階の廊下のつきあたりにあって、この壮大な邸宅にそれほどなじみがなくても、そうそうまちがえようがない。でも、部屋の明かりのスイッチを入れたとき、あたしはまごついて一瞬、とまってしまった。

ちがうドアをあけたのかしら。

アリスはくすくす笑っている。

おなじ部屋だと、すぐに気づいた。家具の配置が変わっただけ。ソファは北側の壁に押しつけられ、ステレオは大きなＣＤの棚の上に追いやられて——部屋の中央に陣どっている巨大なベッドのためにスペースをあけている。

南むきの壁一面のガラス窓が黒い鏡のようにその光景を映しだしていて、そのせいでなおさらどぎつく見えた。

部屋にはぴったりあっている。ベッドカバーは壁よりほのかに明るいくすんだゴールド。フレームは黒く、繊細な模様がついた鉄でできていて、金属でかたどられたバラが四方の高い支柱に絡《から》みつき、天蓋《てんがい》のラティスに葉をしげらせている。あたしのパジャマはベッドの足もとに丁寧にたたんであって、そのわきに洗面用具の入ったバッグがあった。

「これ……いったいなんなの？」しどろもどろにいった。

「あの人がベラのこと、ソファに寝かせると本気で思った？」

言葉にならない言葉をつぶやきながら、つかつかと前進してベッドから自分の荷物をつかみとる。

「ちょっとひとりにしてあげる」アリスは声をあげて笑った。「また朝にね」

歯をみがいて着替えてから、ふかふかの羽毛の枕を巨大なベッドから引っつかみ、ゴールドのカバーをソファへずるずる引きずっていく。ばかみたいだってことはわかってる。でも、かまわない。ポルシェをワイロにして、だれひとり眠らない家にキングサイズのベッドを入れるなんて——しゃくにさわるにもほどがある。パチンと明かりを消してソファの上で丸くなる。こんなにいらいらしてたら、眠れないかも……。

闇《やみ》のなかでは、ガラス窓が黒い鏡になって部屋を倍に見せつけることもない。月明かりが窓の外の雲を照らしている。目が慣れるにつれ、霧のように広がるほのかな明かりに木々の梢《こずえ》が浮かびあがり、わずかにのぞく川面がキラキラときらめくのが見えた。

銀色の光を見つめ、まぶたが重くなるのを待つ。

ドアを軽くノックする音がした。

「なんなの、アリス」鋭くきいた。つい身構えてしまう。この急ごしらえのベッドを見たら、きっとおもしろがるもの。

「あたしよ」ロザリーの静かな声がしてドアがあいた。銀の月明かりがその完璧《かんぺき》な顔にあたるのが見えた。「入ってもかまわないかしら？」

7　冷たい花嫁

ロザリーはドアのところでためらい、息をのむほど美しい顔に迷いの色を浮かべていた。

「も、もちろん」あたしは答えた。びっくりして声が一オクターブ跳ねあがる。「入って」身体を起こしてソファのすみに寄って場所をあけた。緊張で胃がよじれる。あたしのことが好きじゃない唯一のカレン家のメンバーは音もなく近づき、あいたスペースに座った。ロザリーがあたしに会いにきた理由を探そうとしたけれど、さっぱり心あたりはなかった。

「ちょっと話につきあってもらってもいいかしら」ロザリーはきいた。「起こしてしまったわけじゃないわよね？」ロザリーの視線はカバーをはぎとられたベッドに移動し、あたしがいるソファへもどってきた。

「ううん。起きてたから。もちろん、話すのはかまわないし」口調ににじんだ警戒感はあたしとおなじくらい、ロザリーにもはっきり聞こえてしまっただろうか……。

ロザリーは軽く笑った。まるで響きあう鈴の音のよう。「このチャンスを最大限にいかさなきゃと思って」

エドワードの前では話せないことなんだ。ロザリーはなにがいいたいんだろう。あたしの手はベッドカバーのすみをねじったりほどいたりしていた。

「ひどいおせっかいだなんて思わないでね」ロザリーは優しく、哀願するようにいった。両手を組んでひざに置き、その手を見つめて話をする。「あたし、これまでにあなたの気持ちはじゅうぶん、傷つけてしまったでしょ。またそんなことはしたくないの」

「気にしないで、ロザリー。あたしの気持ちは……もうばっちりだから。それで、なに？」

ロザリーはもう一度、笑った。やけにばつが悪そうに。「理由を話そうと思って。どうしてあなたは人間のままでいるべきだと思うのか。あたしがあなただったら、どうして人間のままでいると思うのか」

「あっ……そのこと」

ショックを受けたあたしの口調に、ロザリーはほほえみ、そしてため息をついた。

「どういういきさつでこうなったか、エドワードはあなたに話した？」ロザリーは永遠の命を宿したゴージャスな肢体《したい》を指して問いかける。

あたしはゆっくりうなずいた。とたんに憂鬱《ゆううつ》になる。「ポートアンジェルスであたしに起こったようなこと。でも、あなたを助けてくれる人はいなかったって……」あやしげな男たちに襲われかけたことを思い出し、身体が震えた。

「ほんとうにそれだけ？」

「うん」困惑してぼんやりといった。「それだけじゃないの？」

ロザリーはあたしを見あげてほほえんだ。けわしく、苦々しい――それでもはっとするほど美しい――顔つきだった。

「そうね」ロザリーはいった。「それだけではないの」

ロザリーが窓の外を見つめるあいだ、あたしは待っていた。ロザリーは気持ちを落ち着かせようとしているようだった。

「ベラ、あたしの話が聞きたい？　ハッピーエンドではないのよ。でも、あたしたちはみんなそうね。ハッピーエンドだったら、いまごろ墓石の下で眠っているはずだもの」

トゲのあるロザリーの口調におびえながらも、あたしはうなずいた。

「ベラ、あたしはあなたとはちがう世界に暮らしていたの。あたしが生きてた人間の世界はもっと素朴な場所だった。一九三三年のことよ。あたしは十八歳で、美しかった。人生はまさに完璧《かんぺき》だった」

ロザリーは窓ごしに銀色の雲を見つめた。はるか遠くを思っているような顔つきで。

「両親は典型的な中流階級だった。父は銀行で安定した職につき、いまにして思えば、それを自慢にしていたの。成功は自分の才能と努力で得たものだと考えていたわ。運に恵まれたと認めるよりも。あたしはすべてを当然のように受けとめていた。わが家では大恐慌なんて気がかりなうわさ話にすぎなかった。もちろん、貧しい人たちを見かけることはあったのよ。それほど星まわりに恵まれなかった人たち。でも、父はあたしにそれも自業自得だと思わせた。

母の務めは、わが家——そしてあたしとふたりの弟を、完璧にしたてあげておくことだった。あたしが母のいちばんの宝もので、お気にいりだってことはあきらかだったわ。そのころはきちんと理解はしていなかったけれど、最初からなんとなく気づいてた。両親はいまの生活に満足していないと——多くの人たちよりはるかに恵まれているとしてもね。ふたりはさらなるものを求めていた。社会的な野心があったのよ。上昇志向が強かったといってもいいでしょうね。あたしの美貌《びぼう》は両親にとって天の贈りものだった。本人のあたしより、はるかに大きな可能性をそこに見ていたの。

両親は満足していなくても、あたしは満たされていた。自分が自分であること、ロザリー・ヘイルであることが楽しくてしかたなかった。十二歳にもなると、行く先々で男性の視線を集めることに得意になったものよ。女友だちはあたしの髪にふれ、羨望《せんぼう》のため息をもらす。それがうれしくて。母の自慢の娘であること、そして父がきれいなドレスを買い与えてくれることに満足していた。

自分が人生になにを望んでいるか。それもわかっていたし、望みどおりのものが手に入らないはずはないように思えたの。あたしは愛され、あこがれられる存在になりたかった。盛大で華々しい結婚式がしたかった。街じゅうの人が父と腕を組んでバージンロードを歩くあたしを見て思うのよ——こんなに美しいものはいまだかつて見たことがないと。ベラ、あたしにとって、賞賛は空気のようなものだったの。あたしはおろかであさはかで、それでも満たされていた」そんな自己分析をおもしろがっているように、ロザリーはほほえんだ。

「両親から大きな影響を受け、あたしも目に見える豊かさを求めた。大きな家を夢見ていたわ。だれかが掃除してくれる美しい調度品、そしてだれかが料理をしてくれるモダンなキッチン。いったでしょ、あさはかだったと。若くて、とてもあさはかだった。そういったものをあたしが手にできない理由はないと思っていた。

ほかにもほしいものはいくつかあった。もっと意味のあるもの。とくにひとつ……。あたしにはヴェラという大親友がいたの。彼女は若くして結婚したのよ、十七歳で。うちの両親なら娘の相手にどうかなどと絶対に考えない——大工とね。一年後には息子が生まれた。えくぼのある黒い巻き毛の愛らしい男の子だった。そのとき、あたしは生まれてはじめて本気で自分以外の人間をうらやましいと思ったの」

ロザリーはなんともいえない目であたしを見た。「時代がちがったのよ。いまのあなたとおなじ歳だったけれど、あたしはすっかりその心づもりができていた。赤ちゃんがほしくてたまらなかった。自分の家庭が、仕事から帰ってきてキスをしてくれる夫がほしかった。そう、ヴェラのように。思い描いていたのはまったくちがうタイプの家だったけれど……」

ロザリーの暮らしていた世界はあたしには想像もつかない。昔話というよりおとぎ話のよう。軽くショックを受けながら、あたしは気づいた。エドワードが人間だったら、きっとごく似たような世界で暮らしていたはず。エドワードはそんな世界で育ったんだ。ロザリーがしばらく無言で座っているあいだ、あたしは思いをめぐらせた。ロザリーの世界があたしにとって不可解なのとおなじくらい、あたしの世界はエドワードにも理解しがたいものなのかしら？

ロザリーはため息をついた。再び話をはじめたときには、口調はどこかちがっていて、憂いは消えていた。

「ロチェスターの街には王族のようなある一族がいたの。その名もキング家。皮肉でしょ。ロイス・キングはうちの父が勤めていた銀行を所有していた。ほかにもあの街で金のなる木といえる事業はほとんどすべて。それがきっかけで彼の息子のロイス・キング二世は……」食いしばった歯のすきまからその名を出したとき、ロザリーは口もとをゆがめた。「あたしを見そめたの。彼は銀行を引き継ぐことになっていて、いろいろな部署を視察することになって。その二日後、母はタイミングよく父に昼食をもたせるのを忘れた。おかしいと思ったのを覚えてる。銀行までおつかいに行くだけなのに、白いシルクの服を着て髪をアップにするようしつこくいわれたから」ロザリーは冷たく笑った。

「ロイスに見られていたことはとくに意識しなかった。みんながあたしを見ていたもの。

でも、その晩、最初のバラの花束が届いた。おつきあいをしているあいだ、ロイスは毎晩、バラの花束を届けてくれた。部屋はいつもバラであふれんばかりで、出かけるときにもあたしからバラの香りがするほどだった。

それに、ロイスはハンサムだった。あたしよりあわい金髪。うすいブルーの瞳。あたしの瞳はスミレのようだと、彼はいったわ。それからバラのわきにはスミレが添えられるようになったの。

両親も認めてくれた——というのは控えめないい方ね。これこそ、両親が夢見てきたすべてだった。そしてロイスはあたしが夢見てきたすべてにも思えたの。おとぎ話の王子さま。ある日、やってきてあたしを妃にしてくれる……。望んでいたすべてだった。それでも、かなわない夢とは思っていなかったけれど。

あたしたちは知りあって二カ月もしないうちに婚約したの。

ふたりきりですごすことはそれほどなかった。ロイスは仕事でいろいろまかされているからといっていたし、一緒にいるときは自分たちを——自分と腕を組んでいるあたしを——みんなに見せたがった。あたしもそれが楽しかったの。たくさんのパーティにダンスに美しいドレス。キング家の一員になれば、すべての扉はひらかれた。どこでも赤いカーペットが迎えてくれた。

婚約期間は長くなかった。豪華絢爛《ごうかけんらん》な結婚式にむけて準備はとんとん拍子に進んだの。あたしの望みはことごとく実現しそうだった。しあわせそのものだったわ。ヴェラの家を訪ねても、もう、うらやましいとは感じなかった。明るいブロンドの自分の子どもたちがキング邸の広々した芝生で遊んでいる姿を思い描き、ヴェラをかわいそうに思ったものよ」

ロザリーはとつぜん言葉を切り、ぐっと歯を食いしばった。そこであたしはロザリーの物語の世界から抜けだし、気づいた。恐ろしい場面はそこまで迫っている。ロザリーが予告したように、ハッピーエンドではないんだもの。ロザリーがカレン家のなかでもとりわけ苦々しい思いをかかえているのは、そのせいなのかしら。望んでいたすべてが手に届くというときに、人間としての命を絶ちきられてしまったから……。

「その晩はヴェラの家にいたの」ロザリーはささやいた。大理石のようになめらかで、かたい顔つき。「ヘンリー坊やはとても愛らしかった。笑顔もえくぼも。ちょうどお座りができるようになったところで。帰りがけにヴェラは玄関まで送ってくれた。赤ちゃんを抱いて、夫に寄り添って。彼はヴェラの腰に手をまわし、あたしが見てないと思ったすきにヴェラのほほにキスをしたの。そのキスが気になった。ロイスがあたしにするキスはなんとなくちがったから――それほど優しくないというか――でも、そんな考えは振りはらった。ロイスはあたしの王子さまで、いつの日かあたしは王妃になるはずだった」

月明かりのもとでよく見えなかったけれど、骨のように白いロザリーの顔はさらに青ざめたようだった。

「通りは暗くなっていて、すでに街灯がついていた。そんなに遅い時間だとは気づいてなかったのよ」ロザリーは聞きとれないくらいの小声で続けた。「それに寒かった。四月の終わりにしてはとても。結婚式は一週間先に迫っていて、あたしは家路を急ぎながら、天気のことを心配していた。そのことは、はっきり覚えている。あの晩のことはすみずみまで覚えているの。忘れまいと必死だったから……はじめのころ。それ以外はなにも考えなかった。だから覚えているのよ。たくさんの楽しい思い出はすっかり消え失せてしまったのに……」

ロザリーはため息をつき、またささやくように話をはじめた。「そう、あたしは天気の心配をしていたの。結婚式はガーデンパーティにする予定だったから、会場を屋内に移さなければならないのがいやで。

家まであと数ブロックのところで、ざわめきが聞こえた。壊れた街灯のたもとに男たちの一団がいて、騒々しく笑っていた。酔っぱらって。父に電話をして迎えにきてもらえばよかったと悔やんだけれど、ほんの目と鼻の先だったから、ばかばかしいと思ったのよ。

そのとき、彼があたしの名前を呼んだ。

『ロザリー!』あの人は怒鳴った。ほかの連中はばかみたいに笑っていた。

酔っぱらいたちがとても上等な身なりをしていたことに、あたしは目をとめていなかったの。ロイスと友人たちだったのよ。仲間の御曹司《おんぞうし》たち。

『おれのロザリーが来たぜ!』ロイスは叫んだ。みんなと一緒にへらへら笑って。『遅かったじゃないか。すっかり冷えちまったぜ、あんまり長いこと待たせやがるから』

それまで、あんなに酔ったロイスを見たことはなかった。ときどき、パーティで乾杯をするくらいで。シャンパンは好きじゃないと聞かされていたの。もっと強い酒のほうが好みだとは知らなかった。ロイスには新しい友だちがいた。友人を通じて知りあったアトランタ出身の男だったわ。

『なあ、おれの言葉にウソはないだろ。ジョン』ロイスはあたしの腕をつかんで引き寄せ、自慢げにいった。『ジョージアのお嬢さんたち総がかりでも、かなわないくらいの美人だろうが』

ジョンと呼ばれたその男は黒髪で、日に焼けていた。そして馬の値踏みをするようにあたしを見た。

『なんともいえないな』男は南部なまりでいった。『こうすっぽりおおわれているんじゃな』

男たちはいやらしそうに笑った。ロイスも一緒になって。するととつぜん、ロイスはあたしのジャケットを――彼からの贈りものだったのよ――肩からはぎとったの。真鍮《しんちゅう》のボタンがとれて、道のあちこちに散らばった。

『ロザリー、おまえがどんなもんか見せてやれよ』ロイスはまた笑い声をあげると、あたしの帽子をもぎとった。ピンにひっかかって髪が根もとから抜けたわ。あたしは痛くて叫び声をあげた。男たちはよろこんでいた――あたしの悲鳴を……」

ロザリーははっとあたしを見た。まるでそこにいるのを忘れていたかのように。あたしの顔もロザリーとおなじくらい真っ白になっているはず。さもなければ、きっと青ざめているはず。

「そのあとのことは……聞かせないでおくわね」ロザリーはそっといった。「あの男たちはあたしを路上に置き去りにしたのよ。笑ったまま、千鳥足で。あたしが死んだと思ったのね。こうなったら、新しい花嫁を見つけなきゃいけないなってからかわれ、ロイスが笑って答えるのが聞こえた。それよりまず、がまんすることを身につけないとって。

ボロボロにされたあたしは路上で死を待っていた。寒かった。とても痛くて苦しいのに、寒さが気になるなんて自分でも驚いたものよ。雪が降りはじめていて……どうして死なないのか不思議だった。早く死が訪れ、苦痛が終わるのを待ちのぞんでいた。なのにとても時間がかかって……。

そのとき、カーライルがあたしを見つけたの。血のにおいがしたから、探りにきたのね。なんとなくいらっとしたのを覚えてる。カーライルがあたしの命を救おうと手をほどこしているのが。カレン先生と奥さんと彼女の弟のことは――エドワードは当時、エズミの弟ってことになっていたの――ずっと好きじゃなかった。あたしよりも美しいことが気にくわなくて。なかでも、カーライルとエドワードは男性なのに……。カレンたちは地元の社交界には入りびたっていなかったから、一度か二度しか見かけたことはなかったけれど。

自分は死んだ――そう思ったのよ、カーライルがあたしを抱きあげて走りはじめたとき。ものすごいスピードで、まるで飛んでいるようだったから。でも、こわかった。痛みがとまらないんですもの。

気づくと、明るい部屋にいた。あたたかかった。意識が遠のき、痛みが鈍くなりはじめてほっとした。でもとつぜん、なにか鋭いものがあたしに突きささったの。首に、手首に、そして足首にも。ショックで悲鳴をあげ、カーライルはあたしをもっと痛めつけようとここに連れてきたんだと思った。

そこで炎が身体じゅうを駆けめぐりはじめ、ほかのことはどうでもよくなった。

殺してとカーライルにせがんだわ。エズミとエドワードが家へ帰ってくると、ふたりにも殺してとすがった。カーライルはそばにいてくれた。手を握り、ほんとうにすまないといって、痛みはいずれおさまると約束した。そしてすべてを話してくれた。ところどころ、あたしも耳をかたむけた。カーライルは自分の正体について、あたしがなろうとしているものについて語ったけれど、あたしは信じなかった。あたしが絶叫するたびに、カーライルは謝った。

エドワードは不満そうだった。あたしの話をしているのが聞こえた。たまに叫ぶのはやめていたの――叫んでもなんのたしにもならないから。『カーライル、どういうつもりなんだ。なんでロザリー・ヘイルなんか』エドワードはそういったわ」ロザリーはエドワードのいらだった口調を完璧《かんぺき》に真似《まね》した。

「あたしの名前のいい方がしゃくにさわった。あたしにはなにか問題があるとでもいわんばかりで。『見殺しにはできなかった』カーライルは静かにいった。『いくらなんでも……あまりにむごく、あまりに惜しい』

『わかってるよ』エドワードはそういった。さげすんだ口調に聞こえて、あたしは怒りに駆られた。あの子にはカーライルが目にした光景がありありとわかるなんて……そのときは知らなかったから。

『あまりにも惜しい。置き去りにはできなかった』カーライルはささやくように繰り返した。

『もちろんよ、そんなこと』エズミは同調した。

『人の死は避けられないものなんだ』エドワードはカーライルに厳しくクギをさした。『彼女はちょっと人目につきすぎると思わないか。姿が見えないとなれば、キング家は大がかりな捜索をするに決まってる。まあ、真犯人に疑いがかかることはないだろうけど』

エドワードは吐き捨てるようにいった。

ロイスに罪があることをこの人たちは知ってるらしい。そう思ってあたしはほっとした。自分では気づいていなかった。そろそろ終わると——自分が強くなっていて、だから周囲の話に意識を集中できるようになったということを。痛みは指先からだんだん消えはじめていた。

『彼女をどうするんだ?』エドワードはうんざりしていった。少なくとも、あたしにはそう聞こえたの。

カーライルはため息をついた。『もちろん、彼女次第だよ。ひとりで生きることを望むかもしれない』

ぞっとしたわ。その程度はカーライルの語った言葉を真に受けていたのね。人間としての人生は終わった、あともどりはできないと。ひとりになるなんてとても耐えられなかった……。

痛みはついに消えた。そこでもう一度、あたしが何者になったのかについて説明されたの。こんどは信じた。渇きを覚え、自分のかたい肌にふれ、あざやかな赤い瞳を見て……」

「さすがにあさはかというのかしら、鏡に映った姿をはじめて見たときには気をよくしたわ。瞳はべつとして、自分でもあたしほど美しいものは見たことがなかったもの」ロザリーは一瞬、自分を笑った。「美貌《びぼう》をのろうようになったのは、しばらくしてからね。そのせいでこんな目にあい、その末路を見せつけられるのだと。みにくいとはいわないけれど……普通だったらよかったのにと思うようになった。ヴェラのように。もしそうだったなら、あたし自身を愛してくれる人と結婚し、かわいい赤ちゃんを産むことも許されたはず。それこそがほんとうに望んでいたことなんだもの……ずっと。身のほど知らずの夢だったとはいまでも思えないの」

ロザリーはふと考えこんだ。またあたしの存在を忘れてしまったのかも。でも、そこでロザリーはあたしにほほえんだ。ふいに勝ち誇ったような表情を浮かべて。

「知ってる？　あたしの経歴はカーライルに負けないくらいほとんどキズがないの。エズミよりも、エドワードよりはるかにね。人間の血は一度も味わったことがない」ロザリーは誇らしげに告げた。

ほ、ほとんどキズがない……というのはどういうことだろう。あたしの困惑した表情にロザリーは気づいた。

「五人の人間を殺したことがあるから」ロザリーは満足げな口調でいった。「ほんとうに彼らを人間と呼べるならね。でも、血が流れないように細心の注意をはらったのよ。血の誘惑に自分があらがえないのはわかっていたし、連中の一部だってこの身体に入れたくなかったから……。

ロイスは最後にとっておいたわ。仲間の死を聞かされ、しっかり理解するように。自分を待ちうける運命を思い知るようにね。その恐怖によって、死がいっそう恐ろしいものになればいいと思っていた。うまくいったみたいね。あたしが居場所をつきとめたとき、ロイスは窓のない部屋に隠れていたのよ。銀行の金庫のように分厚いドアのむこうで、外には武装した警護をたてて。そうだわ……殺したのは七人かしら」ロザリーは訂正した。「護衛を忘れてた。ものの一秒で片づけたのよ」

「あたし、かなり芝居がかっていたのよね。ある意味、子どもじみていたと思う。この日のために盗んだウエディングドレスを着たりして。あたしを見てロイスは悲鳴をあげた。あの晩はかなり泣き叫んでいたわ……あの人を最後にしたのは名案だった。おかげで自分をコントロールしやすくなったし、たっぷり時間をかけられたもの」

ロザリーはいきなり話をやめ、あたしをちらっと見た。「ごめんなさい」いたたまれないといった口調だった。「こわがらせてしまった？」

「あたしなら平気よ」ウソをついた。

「調子に乗りすぎたわ」

「そんなの、気にしないで」

「エドワードがそこまで話をしていなかったなんて意外だったわ」

「エドワードはほかの人の話をするのが好きじゃないの。信頼を裏切っているような気がするんじゃないかな。エドワードは相手が聞かせようと思ってることより、はるかにたくさんのことが読めてしまうから」

ロザリーはほほえみ、首を振った。「もっとあの子を認めてあげるべきなのかもね。ホント、とてもまともでしょ」

「あたしは……そう思ってる」

「でしょうね」ロザリーはそこでため息をついた。「ベラにもずっとひどい態度をとってきてしまったわ。エドワードは理由を話した？　それもふれてはいけない秘密だったのかしら？」

「あたしが人間だからだっていってた。〝部外者〟に知られることをロザリーはみんなよりいやがるって」

ロザリーの歌うような笑い声があたしの話をさえぎった。「こうなると、ほんとうに気がとがめてくるわ。あの子はあたしに対して寛大だったのね……とてももったいないくらい」笑うと、ロザリーは優しく見える。あたしの前では絶対にはずすことのなかったガードを少しゆるめてくれた感じ。「まったく、あの子はなんてウソつきなのかしら」ロザリーはまた笑った。

「ウソだったの？」とつぜん、不安になってきいた。

「それはちょっといいすぎかも。全部、話さなかっただけね。あなたに教えたのは真実よ。いまは前よりもますますそうなの。でも、当時は……」話をやめて緊張ぎみにくすくす笑う。「みっともないわね。そう、最初のころはほとんど嫉妬だったのよ。あの子があなたを選んだから。あたしではなく」

ロザリーの言葉を聞いて、戦慄《せんりつ》が全身を駆けぬけた。銀色の光のなかに座っているロザリーは想像を絶するほど美しい。あたしとは勝負にならない。

「でも、ロザリーはエメットを愛してるでしょ」とつぶやいた。

ロザリーはおかしそうになんどかうなずいた。「そういう意味でエドワードがほしいわけじゃないのよ、いまだかつて一度だって。兄弟として大切に想っているの。だけど、エドワードの第一声を聞いた瞬間から、しゃくにさわっていたものだから。どうかわかってちょうだいね。あたしは……求められることに慣れっこになっていた。なのにエドワードはまるで見むきもしなかったでしょ。いらいらしたし、最初は傷ついたものよ。でも、エドワードはだれのことも求めなかった。だからいずれ気にならなくなった。デナリでターニャの仲間にはじめて会ったときも——ものすごい美女ぞろいだったけど！——これっぽっちも好意を示さなかった。それから、エドワードはあなたと出会った」ロザリーはとまどいぎみの目でこちらを見た。あたしはたいして注意をはらっていなかった。エドワードと〝ターニャとものすごい美女たち〟のことを考えていたから。唇が真一文字になる。

「ベラ、なにもあなたが美人じゃないとはいってないのよ」ロザリーはあたしの表情を誤解していった。「でも、あたしよりあなたのほうがエドワードには魅力的だったということね。そこがひっかかるくらい、あたしはうぬぼれ屋なの」

「でも、それは〝最初のころ〟でしょ。いまはもう……気にさわらないのよね。だってロザリーが地球上で最も美しい人だって、おたがいわかってるし」

こんなことわざわざ口に出さなきゃいけないなんて。あたしは笑ってしまった。いうまでもないことなのに。こんな風に安心させてあげる必要があるのは、すごく不思議。

ロザリーも笑った。「ありがとう、ベラ。そうね、もうそれほど気にならないわ。エドワードは昔からちょっと変わってたし」といって、また笑う。

「でも、あたしのことはやっぱり好きじゃないのね」小声でいった。

ロザリーの笑顔が消えていく。「ごめんなさい」

しばらく無言で座っていた。ロザリーは先を続けたくないみたい。

「理由を教えてもらえる？　あたし、なにかした？」ロザリーの家族を——愛するエメットを――危険にさらしたことをおこってるの？　なんども。ジェームズのときもそう。そしてこんどはヴィクトリア。

「いいえ、あなたはなにもしてない」ロザリーはささやいた。「まだ」

どういうこと？　まごついてロザリーを見つめた。

「ベラ、わからない？」ロザリーの口調はとつぜん、これまでより熱っぽくなる。あの悲しい話をしていたときよりも。「あなたはもうすべてを手にしてるの。末永い人生が待ち受けているのよ――あたしの望むものすべてが。なのにベラはそれを投げ捨てようとしている。あなたになれるなら、あたしはもてるすべてを差しだす。ベラには、あたしにはなかった選択肢があるの。なのに、まちがった選択をしようとしてるのよ！」

ロザリーの激しい表情にあたしはぎょっとした。気づくと、ぽかんと口をあけていたのであわてて閉じる。

ロザリーは長いこと、あたしを見つめていた。ゆっくりと、瞳に浮かんだ熱気は冷めていく。そしていきなり、決まりが悪そうな顔をした。

「あたしったら……もっと冷静に話をできるって思ってたのに」ロザリーは軽く頭を振った。津波のような感情にちょっとのまれてしまったみたい。「ただね、いまのほうがむずかしいってことなの。あたしのうぬぼれだけが問題だったたときよりも」

ロザリーはだまって月を見つめた。少ししてから、あたしは勇気を奮いたたせ、もの思いにふけるロザリーに声をかけた。

「あたしが人間のままでいると決めたら、もっと好きになってくれる？」

ロザリーはこちらにむきなおった。唇にかすかに笑みを浮かべて。「たぶん」

「でも、ロザリーにもそれなりにハッピーエンドはあったでしょ」と指摘した。「エメットと出会ったんだもの」

「そうね、それで半分はとりかえしたかしら」ロザリーはにっこりした。「あたしがクマに襲われていたエメットを助け、カーライルのもとへ連れていった話は知ってるわね。でも、あの人をクマの餌食《えじき》にさせなかった理由はわかる？」

あたしは首を横に振った。

「黒い巻き毛……苦痛に顔をゆがめていてもなお、浮かんでいたえくぼ……大人の男性の顔にはまるでそぐわないほどやけに無邪気で……エメットはね、ヴェラのヘンリー坊やを思い出させた。死なないでほしいと思ったの。この生き方をのろいながら、身勝手にも、あたしのために〝変身〟させてほしいとカーライルに頼むくらいに。

身にあまる幸運だったわ。エメットはあたしが求めていたはずの——あたしが自分をきちんと知って、なにを求めるべきかわかっていたならね——すべてを備えていた。あたしみたいな人間には、まさに必要な相手よ。そして不思議なことに、あの人もあたしが必要なの。その点では、これ以上望めないほどうまくいった。でもね、あたしたちは永遠にふたりきり。どこかのポーチに座って、白髪まじりのエメットに寄り添い、孫に囲まれることは決してないの」

ロザリーは優しい笑みを浮かべている。「すごくヘンなことに聞こえるでしょ。ある意味、あなたはあたしが十八歳のころよりずっと大人だもの。でも一方で……きっとあなたが真剣に考えたことのない問題がたくさんある。十年後、十五年後に自分がなにを求めるかを知るには、ベラは若すぎる。よく考えずに投げだしてしまうには若すぎるのよ。永遠に続くことはね、あせらないほうがいいの」ロザリーはあたしの頭を軽くなでた。でも、子どもあつかいされている気はしなかった。

あたしはため息をついた。

「ちょっとでいいから考えてみて。いったんなってしまえば、とりかえしはつかないのよ。子どもをなくしたエズミはあたしたちを〝身がわり〟にしてしのいできた。アリスは人間のころの記憶がないから、なつかしむこともできない。でも、あなたは覚えているはず。手放すものは大きいの」

でもかわりに得るものはもっと大きい。そう思ったけれど、声には出さなかった。「ありがと、ロザリー。わかってよかった……ロザリーのこと」

「ひどいバケモノみたいな態度をとってごめんなさいね」ロザリーはにっこりした。「これからは行儀よくするから」

あたしもにっこり笑い返した。

まだ友だちとはいえない。でも、かなり確信はある。この先は四六時中、ものすごい敵意をむけられることはないって。

「さあ、もう眠らせてあげるわ」ロザリーの視線がベッドをかすめる。唇がぴくりと動いた。「こんな風に監禁されていらいらするでしょ。でも、エドワードがもどってきたら、あまり責めないであげて。エドワードはあなたが思いもよらないくらい、あなたを愛してるの。離れるのがこわくてたまらないのよ」ロザリーは音もなく立ちあがり、無言でドアのほうへ行く。「おやすみ、ベラ」とささやき、ロザリーはドアをうしろで閉めた。

「おやすみ、ロザリー」と一瞬、遅れて答えた。

そのあと、眠りに落ちるまでずいぶんかかった。

やっと眠ると、悪夢を見た。あたしは見覚えのない暗く冷たい石畳の通りをはっていた。はらはらと落ちる雪のもとで、血痕をあとに残して。白いロングドレスを着た謎の天使は非難にみちた瞳で、あたしが進んでいくのを見つめていた。

翌朝、アリスの運転で学校へむかいながら、あたしは不機嫌にフロントガラスのむこうをにらんでいた。睡眠不足でぼーっとして、おかげで監禁されていることへのいらいらがますますつのる。

「今晩はオリンピアかどっかに出かけるから」アリスは約束した。「きっと楽しいよ、ねっ？」

「もう、いいから地下室にでも閉じこめたら」と提案した。「そういう見せかけのおもてなしはやめにして」

アリスは顔をしかめた。「ポルシェをとりあげられちゃうな。あたし、あんまりうまく任務をこなせてないし。ベラは楽しくすごすことになってるのよ」

「アリスは悪くないのよ」ぼそっといった。信じられない、本気でこっちがかわいそうなことをした気分になるなんて。「じゃ、またランチでね」

重い足どりで国語のクラスへむかう。エドワードがいないなら、耐えられないような一日になるのは確実だ。一時間目はむっつりしてすごす。こんな態度をとっても、なんのプラスにもならないことはよくわかっているけど。

授業終了のベルが鳴ると、あたしはけだるそうに立ちあがった。マイクが教室のドアを押さえて待っていてくれた。

「エドワードは今週末、キャンプなんだ？」小雨のなかへ出ていきながら、マイクは愛想よくきいてきた。

「うん」

「今晩、どっか遊びにでも行く？」

どうして、いまだに期待しているようないい方ができるんだろ。

「無理なの。お泊まり会があるから」とぼやく。マイクは妙な目つきであたしを見て機嫌をうかがっている。

「だれと――」

背後の駐車場に響きわたったけたたましい轟音《ごうおん》が、マイクの質問を途中でさえぎった。

歩行者用通路にいた全員が振りむき、あぜんとして見つめている。うるさい黒いバイクは鋭い音をたてて、コンクリートの通路ぎりぎりに停まった。エンジンはまだ甲高い音を響かせている。

ジェイコブはあわててあたしに手を振った。

「ベラ、走って!」エンジンの轟音に負けまいと叫んでいる。

あたしは一瞬、凍りつき、事情をのみこんだ。

すばやくマイクのほうを見た。数秒の猶予しかない。

人目のある場所であたしをとらえるのに、アリスはどこまでやるだろう。

「ものすごく具合が悪くなって帰ったってことにして、ねっ?」マイクにいった。声はあっという間に元気いっぱいになった。

「わかった」マイクはつぶやく。

そそくさとマイクのほほにキスをした。「ありがと、マイク。ひとつ、借りができたわね!」声をかけながら、駆けだしていく。

ジェイコブはにやりと笑ってエンジンをふかした。シートのうしろに跳びのって、ジェイコブの腰にしっかり腕をまわした。

アリスの姿が見えた。カフェテリアのすみで凍りついている。激しい怒りに瞳はきらめき、唇はゆがんで歯がのぞいていた。

あたしはすがるような視線を送った。

そしてアスファルトを猛スピードで走りだす。あまりのスピードに、胃をうしろのどこかに落としてきてしまったような感じ。

「つかまって！」ジェイコブが叫んだ。

ハイウェイを疾走していくジェイコブの背中に顔を埋めた。

キラユーテの領内に入ったら、スピードは落とすはず。そこまでしがみついていればいいだけ。そして心のなかで必死に祈った。アリスが追いかけてきませんように。チャーリーに見つかりませんように。

安全地帯に入ったのはすぐにわかった。バイクは減速し、ジェイコブは身体を起こして大声で笑った。あたしは目をあけた。

「やったね！」ジェイコブは叫んだ。「あざやかに脱獄したもんだろ、なっ？」

「なかなかやるわね、ジェイコブ」

「思い出したんだよ。ベラがいっただろ、あのサイキックのヒル野郎には、おれがやろうとしていることは予知できないって。ベラがこの方法を思いつかなくてよかったよ。あいつ、ベラを学校に行かせなかっただろうし」

「でしょ。だから、あたしは思いつかないでおいたのよ」

ジェイコブは勝ち誇ったように笑った。「今日はなにがしたい？」

「なんでも！」あたしもこたえて笑った。自由になって最高の気分だった。

8　導火線

あたしたちは結局、またラプッシュのビーチへ行き、あてもなくぶらぶらすることになった。ジェイコブはうまくあたしを脱出させたことで、まだ得意顔をしている。

「あいつら、ベラのことを探しにくると思う？」期待をこめてきいてくる。

「ううん」それは確信がある。「今晩、あたしは大目玉を食らうだろうけど」

ジェイコブは石を拾って海に放りなげた。「なら、帰るなよ」とまたいう。

「そんなことしたら、きっとチャーリーがよろこぶわ」皮肉っぽくいった。

「チャーリーはぜんぜん、気にしないよ」

あたしは答えなかった。きっと、ジェイコブのいうとおり。だから、あたしは歯ぎしりをしてしまう。チャーリーはキラユーテ族の友だちをあからさまにひいきしているけれど、それってすごく不公平だもの。現実には吸血鬼と狼人間のどちらを選ぶかってことだとわかっても、チャーリーの気持ちは変わらないのかな……。

「それで？　群れの最新スキャンダルを教えてよ」軽い調子できいた。

ジェイコブはいきなり立ちどまり、ぎょっとしたような目であたしをまじまじ見た。

「なによ、ちょっとした冗談でしょ」

「そっか」ジェイコブは視線をそらした。

ジェイコブがまた歩きはじめるのを待つ。でも、ぼんやり考えごとをしているみたい。

「なにかスキャンダルがあるの？」と問いかける。

ジェイコブはくすっと笑った。「忘れてたよ、四六時中まわりのみんなになにもかもバレてないのがどういう感じか。静かな自分だけの場所が頭のなかにあるのが……」

しばらく、砂利の海岸を静かに歩いた。

「それで、なんなの？」やがてあたしはきいた。「頭のなかにいるみんなは、もう知ってることなんでしょ？」

ジェイコブは一瞬、ためらった。どこまで話をしようか、自分でもはかりかねているみたいに。それからため息をついていった。「クイルにも〝刻印〟があったんだ。これで三人だろ。残りのみんなも不安になりはじめてる。昔話でいわれてるより、よくあることなんじゃないかって」ジェイコブは顔をしかめ、あたしをじっと見つめた。なにもいわずにあたしの瞳をのぞきこみ、意識を集中して眉間《みけん》にシワを寄せる。

「なにをじろじろ見てるのよ」ドギマギしてきいた。

ジェイコブはため息をついた。「なんでもない」

ジェイコブはまた歩きはじめた。とくに考えることもなく、手をのばしてあたしの手を握る。ふたりでだまって砂利の上を歩いた。

手をつないでビーチを散歩するあたしたちはどんな風に見えるんだろう。カップルみたいに決まってる。やめてって、いったほうがいいのかな。でも、ジェイコブと一緒のときはいつもこうだったし。いまここで、がたがたする理由はない。

「クイルの刻印がどうしてそんなスキャンダルなの？」ジェイコブが話を続けそうにないので、きいてみた。「いちばん最近のことだから？」

「それは関係ない」

「じゃ、なにが問題なの？」

「またべつの伝説のことでさ。ああいうのがどれもこれも真実だって、驚かされてばっかりだよな……ったく」ジェイコブはひとりごとをいう。

「話してくれるの？　それとも、あてなきゃだめ？」

「ベラには絶対にわかんないよ。ほら、クイルはつい最近になるまで、おれたちとつるんでなかっただろ。だから、エミリーの家にはあんまり出入りしてなかったんだ」

「クイルが刻印されていた相手もエミリーだったのね……」あたしは息をのんだ。

「ちがうよ。勝手にあてるなっていっただろ。エミリーのところに親戚の……めいがふたり遊びにきてたんだ。で、クイルはクレアに出会った」

ジェイコブは先を続けない。あたしはしばらく考えてみた。

「エミリーは自分のめいが狼人間と一緒になるのに反対なの？　ちょっと自分のことを棚にあげてる感じがするけど」

でも、ほかのだれよりエミリーがそう感じる理由は理解できる。エミリーの顔をだいなしにして右腕にまで続いているあの長い傷痕《きずあと》のことがまた頭に浮かんだ。サムはたった一度、自分を抑えられなかっただけ。エミリーの近くにいすぎたときに。たった一度だけで……。

あたしはサムの瞳に浮かんだ苦悩の色も見てきた——エミリーにしてしまったことを目のあたりにするときに。じつのめいにそんな経験をさせたくないと、エミリーが望むのもわかる。

「あのさ、あれこれあてようとするの、やめてくれないかな。ぜんぜんあたってないし。エミリーが気にしてるのはそのことじゃないよ。ただ、なんていうか、ちょっと早いって」

「早いってどういうこと？」

ジェイコブは細目であたしの反応をうかがう。

「すぐにいいとか悪いとか決めつけるなよ、いい？」

慎重にうなずいた。

「クレアは二歳なんだ」

雨が落ちてきた。顔に雨粒があたり、あたしは激しくまばたきをした。

ジェイコブは無言で待っている。いつものように上着を着ていない。雨は黒いTシャツのあちこちに濃いシミをつけ、ボサボサの髪にしたたる。ジェイコブは無表情な顔であたしを観察している。

「クイルの刻印の相手は……二歳児なの？」やっとのことで質問できた。

「そういうこともあるんだ」ジェイコブは肩をすくめると、かがんでまた石をつかみ、ひゅーんと入江に放りこんだ。「まあ、昔話によればね」

「でも、赤ちゃんなのよ」と反論する。

ジェイコブは冷たくからかうようにあたしを見た。「クイルは歳をとらないんだよ」と指摘する。かすかなトゲがにじんだ口調だった。「あと二十年くらい、がまんすればいいだけさ」

「そんな……ちょっと絶句」

批判の目をむけないように精いっぱい努力したけれど、正直、ぞっとした。これまで、狼人間のことで気にさわることはなにもなかったのに。森で行方不明になっていたハイカーを殺しているのでは……という疑いが晴れてからは。

「決めつけてるんだろ」ジェイコブがとがめる。「顔に書いてあるよ」

「ごめん」とつぶやく。「でも、ホントに不気味っていうか……」

「そういうんじゃないんだ。ベラはまるで勘ちがいしてるよ」ジェイコブはとつぜん火がついたように仲間を弁護した。「おれはクイルの目を通して、どんな感じがするのか見てきた。恋愛感情なんてまるでないんだ。クイルにしてみたら。いまは」いらいらして深く息をつく。「すごく表現しづらいんだけどさ。ホントにひと目ぼれとはちがう。もっと……引力がはたらくって感じなんだ。運命の女《ひと》をひと目見たら、とつぜん、自分をこの場所にとどめているのは地球じゃなくなる、彼女になるんだ。ほかのことはどうでもよくなる。彼女のためならなんでもやるし、なんにだってなる……相手が求めるものになる。それが保護者でも、恋人でも、友人でも、兄弟でも。

クイルはどんな子だってもったことがない最高の、とびきり優しいアニキになるさ。あの子ほど大事に面倒をみてもらえる赤ちゃんはこの地球上にいないよ。それに大きくなって友だちが必要になれば、クイルはあの子が知ってるだれより、理解があって、誠実で、頼りになる友だちになるはずだ。で、あの子が大人になったら、ふたりはエミリーとサムとおなじくらいしあわせになるんだ」最後の最後でサムの話をしたとき、いつにない苦々しいトゲで語気が鋭くなった。

「クレアには選択権はないの？」

「もちろんあるさ。でも、最終的にクイルを選ばない理由なんてないだろ。クイルは完璧《かんぺき》にぴったりの相手だ。あの子ひとりのためにつくられたみたいに」

あたしたちはしばらく無言で歩いた。やがてあたしは足をとめ、石を海に投げた。海まで数メートル届かず、浜に落ちてしまう。ジェイコブは笑った。

「だれもかれもけたはずれのパワーをもってるわけじゃないのよ」とつぶやいた。

ジェイコブはため息をついた。

「自分にはいつ起こると思ってるの?」そっときいた。

ジェイコブはそっけなく即答する。「絶対にない」

「自分でコントロールできるものなの?」

ジェイコブは少しのあいだ無言だった。無意識のうちに、あたしたちの足どりはゆるみ、もうほとんど進んでいない。

「それはできないはず……だけど」ジェイコブは認めた。「でも、まず相手に出会わなきゃはじまんないだろ。運命づけられてる相手にさ」

「これまでに会ってないから、どこにもいないってこと?」納得できずにきいた。「そんなことといっても、まだそれほど世間なんて見てないでしょ。このあたしより見てないくらいよ」

「そうだね、見てない」ジェイコブは低い声でいうと、とつぜん、射抜くような視線であたしの顔を見た。「でも、ベラ、おれはほかのだれにも絶対に目をむけない。きみだけを見てる。瞳を閉じて、ほかのものを思い浮かべようとするときだってそうだ。クイルかエンブリーにきいてみなよ。あいつら、まじでキレそうになってるから」

あたしは足もとの小石に視線を落とした。

ふたりとも、すでに足をとめていた。聞こえるのは、岸辺に打ちつける波の音だけ。雨音は潮騒に消されていた。

「あたし、うちに帰ったほうがいいかも」とささやいた。

「そんな！」ジェイコブは反対した。どうしてそうなるのか意外だったみたい。

もう一度、ジェイコブを見あげてみた。不安そうな瞳。

「まる一日、あいてるんだろ？　吸血野郎はまだもどらない」

あたしはジェイコブをにらんだ。

「ごめん、悪気はなかったんだ」ジェイコブはすぐにいった。

「そうよ、まる一日、あいてる。でもね、ジェイコブ……」

ジェイコブは降参したように両手をあげた。「ごめん」と謝る。「さっきみたいのはもうなしにするから。いつもどおりのジェイコブでいるからさ」

あたしはため息をついた。「でも、内心ではそんな風に思ってるなら……」

「おれのことは気にするなって」ジェイコブはいいはった。陽気な、明るすぎるつくり笑いを浮かべて。「自分のことはちゃんとわかってる。いやだって思ったら、ただそういってよ」

「そんなことといっても……」

「いいだろ、ベラ。ほら、家へもどってバイクをとってこようよ。いいコンディションをたもつためにも、バイクはちょくちょく乗っておかないと」

「ホントに、バイクはお許しが出てないと思う」

「だれの？　チャーリーか、それとも吸血……あいつ？」

「どっちも」

ジェイコブはあたしの好きな笑みを浮かべた。とつぜん、なつかしくてたまらなかったジェイコブになる。太陽のように明るく、あたたかい。

にっこり笑い返さずにいられなかった。

雨あしは弱まり、霧雨になる。

「だれにもいわないよ」ジェイコブは約束した。

「仲間の全員をのぞいて、でしょ」

ジェイコブは真剣な顔をして首を振り、右手をあげた。「約束する、このことは頭に浮かべない」

あたしは笑った。「もしケガをしたら、転んだってことにするのよ」

「ベラのいうとおりにする」

あたしたちはラプッシュのまわりの裏道でバイクに乗った。雨で道がどろどろになり、おなかがすいて失神しそうだとジェイコブがいうまで。

家に着くと、ビリーは気やすく迎えてくれた。あたしのとつぜんの再訪にフクザツな事情はなく、ただあたしが友だちとすごしたくなっただけかのように。ジェイコブがつくったサンドイッチを食べてガレージへ行き、ジェイコブがバイクを洗うのを手伝った。ここに来るのは数カ月ぶり、エドワードがもどってきて以来だった。でも、それほど特別な感じはしない。ガレージですごすいつもの午後というだけ。

を出す。「ここがなつかしかったの」

「こういうの、いい感じよね」あたしはいった。ジェイコブは買い物袋からぬるいソーダを出す。「ここがなつかしかったの」

ジェイコブはほほえみ、ネジでとめられた頭の上のプラスチック板を見渡した。

「わかるよ。タージマハールみたいに立派だろ。インドまで旅行する手間とカネもかからないし」

「ワシントン州の小さなタージマハールに」ソーダ缶を掲げて乾杯した。

ジェイコブは自分の缶をあたしの缶にカチンとあてた。

「この前のバレンタインデーのこと、覚えてる？ あれがここに来た最後だったよね、まだ……いろいろ普通だったときの最後って意味だけど」

あたしは笑った。「もちろん、覚えてる。メッセージつきのハートのキャンディひと箱とひきかえに、死ぬまであなたのものって約束したのよ。忘れられるようなことじゃないもの」

ジェイコブも一緒になって笑う。「そうだな。そっか、おれのものか。なにしてもらおうかな、いいこと考えないと」そこでため息をつく。「何年も前みたいな気がする。べつの時代というか、もっとしあわせだった時代って」

そうね……とはいえない。あたしのしあわせな時代はいまだから。でも、意外なことに気づいた。あたしのあの暗黒時代にも、なつかしいものはたくさんあるんだということに。戸口のむこうの薄暗い森をのぞきこんだ。雨あしはまた強くなっている。それでも、小さなガレージでジェイコブのとなりに座っているとあたたかい。ジェイコブはまるでストーブみたい。

ジェイコブの指先があたしの手をなでた。「ホント、あれこれ変わっちゃったよね」

「そうね」といってから、手をのばして自分のバイクの後輪を軽くたたいた。「チャーリーも昔はあたしをいい子だと思ってたし。ビリーが今日のこと、なにもいわなきゃいいけど……」あたしは唇をかんだ。

「いわないよ。チャーリーみたいにうるさくないから。そうだ、一度もちゃんと謝ってなかったよね。バイクの件でばかな真似《まね》をしたこと。ホント、チャーリーにいいつけたりしてごめん。できるものなら、とりけしたいよ」

あたしは天を見あげた。「できるものならね」

「ホント、まじでごめん」

ジェイコブは期待をこめてあたしを見た。すがるような顔のまわりで濡《ぬ》れてもつれた黒髪があっちこっちにはねている。

「もう、いいって！　許してあげる」

「ありがと、ベラ！」

ふたりで一瞬、にっこり笑いあう。と、そこでジェイコブの顔が曇った。

「あの日、バイクを届けたとき……ベラにききたいことがあったんだ」ジェイコブはのろのろといった。「でもやっぱり……ききたくなくて」

あたしはじっとかたまった。ストレスに対する反応で――これはエドワードからうつったクセだった。

「おれにむかついていたから、ただ意地をはってたの？　それとも本気だった？」ジェイコブはささやいた。

「なんのこと？」と小声で答えた。なんのことかはっきりわかっていたけれど。

ジェイコブはあたしをにらんだ。「わかってるだろ。おれには関係ないことだっていった……あいつがベラを……かんだとしても」最後のところで、ジェイコブは目に見えるほどたじろいだ。

「ジェイ……」のどがつまって最後までいえない。

ジェイコブは目をつぶって深くひと息ついた。「本気だったのか」

ほんのかすかに震えている。目は閉じたままだ。

「うん」あたしはささやいた。

ジェイコブはゆっくり、深く息を吸いこんだ。「だと思ってた」

ジェイコブの顔を見つめ、目をあけるのを待った。

「それ、どういうことかわかってる？」ジェイコブはいきなり問いただした。「わかってるんだよね？　あいつらが協定を破ったらどうなるのか」

「まずここを離れるから」消えそうな声でいった。

ジェイコブの目がぱっとひらいた。その暗い奥底で怒りと苦悩が渦巻いている。「協定には地理的な制限はないんだよ、ベラ。ひいじいさんたちが和平に応じたのは、カレンたちが自分たちはちがう、人間にとって危険な存在ではないと誓ったからだ。もう二度とだれも殺さない、仲間も増やさないと約束した。その言葉を破ったら、協定は意味を失う。あいつらもほかの吸血鬼と変わらない。いったんそうなったら、次に出くわしたときには……」

「でも、ジェイコブ。あなただって協定を破ったことあるでしょ?」わらにもすがる思いできいた。「協定では吸血鬼について他言してはいけないってことになってなかった? でも、あたしに話したでしょ。つまり、協定はどのみち実効性がないってことじゃない?」

ジェイコブはいまの指摘が気にいらなかったらしい。瞳に浮かんだ苦悩が悪意に変わる。「そうだな、おれは協定を破った。そんな話をまるで信じていなかったころに。そのことは連中にしっかり伝わってるってわけだ」ジェイコブはうしろめたそうなあたしの視線をよけ、おでこのあたりをむっとしてにらんだ。「でも、だからってあいつらがペナルティを免除されるなんてことにはならない。反則に対して反則で返すなんてさ。おれのしたことに抗議するなら、選択肢はただひとつ。あいつらが協定を破ったとき、おれたちに残される選択肢もおなじだ。攻撃する、戦いをはじめるしかない」

避けようがないことのように、ジェイコブはいった。あたしはぞっとした。

「ジェイコブ、なにもそう決まってるわけじゃないでしょ」

ジェイコブは歯を食いしばった。「決まってる」

その宣告に続いた沈黙が耳に突きささった。

「あたしのこと、絶対に許してくれないってことね」とささやいた。その言葉を口にした瞬間、やめておけばよかったと思った。答えを聞きたくない。

「きみはもうベラじゃなくなる。おれの友だちは存在しなくなるんだ。許す相手はどこにもいない」

「つまりノーってことね」とささやく。

永遠に続くように思えた一瞬のあいだ、あたしたちはじっとむきあった。

「なら、ジェイコブ。これでさよならってこと……？」

ジェイコブはすばやくまばたきをした。びっくりして、張りつめていた顔がゆるんだ。

「どうして？　まだ何年かあるだろ。時間切れになるまで、友だちでいられないわけ？」

「何年か……？　そんな、ジェイコブ。何年もない」首を振って、ハハッとそっけなく笑う。「何週間……のほうが正確かな」

ジェイコブのリアクションは予想外だった。

ジェイコブはいきなり立ちあがった。

パーンッ！　大きな音がして、手のなかの缶が破裂した。ソーダがホースでまかれたようにあたり一面に飛び散り、あたしをずぶ濡《ぬ》れにする。

「ジェイコブ……！」文句をいいかけ、ジェイコブの全身が怒りでこきざみに震えているのに気づいて口をつぐんだ。ジェイコブはあたしを激しくにらみつけ、胸のあたりからうなり声を響かせている。

あたしはその場にぴたりと凍りついた。ショックで動き方が思い出せない。ジェイコブの身体を震えが――加速しながら――駆けぬけ、まるで全体が振動しているように見える。姿がぼやけて……。

と、そこでジェイコブは歯を食いしばった。うなり声はやんだ。集中して目をきつく閉じている。かすかな振動はおさまり、最後には震えているのは両手だけになった。

「数週間か」すげなく、一本調子にいう。

反応できない。あたしはまだ凍りついていた。

ジェイコブが目をあけた。激しい怒りはもう消えていた。

「あいつはほんの数週間のうちに、ベラをうす汚い吸血野郎に変えようっていうのか！」歯のすきまから鋭く吐きだす。

あまりにぼうぜんとしていて、ジェイコブの言葉に反感すらわいてこない。あたしは無言でうなずいた。

ジェイコブの赤褐色の顔が青ざめる。

「もちろんそうよ、ジェイコブ」長い沈黙のあと、あたしはささやいた。「エドワードは十七歳なのよ、ジェイコブ。あたしは日を追うごとに十九歳に近づいている。それに待つ意味なんてどこにあるの？　あたしが求めているのはエドワードだけ。ほかにどうすればいいっていうの？」

答えを期待してきいたわけじゃなかった。

ジェイコブはムチをふるうようにぴしゃりと答えた。「どんなことでも。ほかのなんだって。死んでくれたほうがましだよ。おれはまだそのほうがいい」

平手打ちを食らったように、あたしはひるんだ。じっさいにひっぱたかれたとしても、ジェイコブの言葉のほうがずっとこたえただろうけど。

と、そこで痛みに貫かれ、あたしの怒りの炎も燃えあがった。

「ジェイコブにツキがめぐってくるかもよ」冷ややかにいって、よろよろと立ちあがる。「あたし、帰り道でトラックに轢《ひ》かれるかもしれないし」

バイクを引ったてて雨のなかへ出ていく。わきをすりぬけても、ジェイコブは動かない。ぬかるんだ小道に出るとすぐ、バイクにまたがってキックスタートでエンジンをかける。後輪がガレージにいきおいよく泥を吐きかけた。ジェイコブにもひっかかってたらいいのに。

滑りやすいハイウェイをカレン邸にむかって急ぐうちに、すっかり濡《ぬ》れねずみになってしまう。肌にあたる雨はまるで風で凍りついているみたい。中間点にも達しないうちに、震えて歯がカチカチ鳴った。

バイクはワシントン州ではあまりに実用的じゃない。こんなくだらないもの、チャンスがあればすぐにでも売ってやるんだから。

カレン邸の洞窟《どうくつ》のようなガレージにバイクを押していった。

驚くまでもなく、アリスがポルシェのボンネットにちょこんと座って待っていた。光沢のあるイエローの塗装をすーっとなでる。

「まだ一回も運転してないんだ」アリスはため息をついた。

「ごめん」歯をがたがたいわせながらしぼりだす。

「熱いシャワーを浴びたほうがいいみたいね」アリスはそっけなくいうと、軽やかに立ちあがった。

「うん」

アリスは唇をすぼめ、あたしの表情を注意深く観察した。「なにか話しておきたいことある？」

「ううん」

アリスはわかったとうなずいた。でも、瞳には好奇心が渦巻いている。

「今晩、オリンピアまで出かけたい？」

「あんまり。うちに帰ってもいい？」

アリスは顔をゆがめた。

「ごめん、いいの。アリスの助けになるなら、あたし、泊まるから」

「ありがと」アリスはほっとしていった。

その晩は早めに寝ることにして、またエドワードのソファの上で丸くなった。目覚めたとき、あたりはまだ暗かった。朦朧《もうろう》としていたけれど、まだ朝までは時間があるとわかった。目を閉じ、のびをして寝返りをうった。

一拍遅れて気づいた。あれ、いまみたいな動きをしたら、床に落ちていたはず。それにやけに心地いい……。

確認しようと、また寝返りをうった。昨夜よりも暗い。雲が厚すぎて月明かりが届いていないからだ。

「ごめん」ささやき声がした。あまりにもひそやかで闇《やみ》にとけこんでいる。「起こすつもりはなかったんだ」

あたしは身構えた。激しい——エドワードと自分の——怒りを予想していたから。でも、闇につつまれたエドワードの部屋はただひっそりと落ち着いていた。宙にただよう甘美な再会のよろこびは、この舌で味わえそうなくらい。エドワードのかぐわしい吐息とはまたちがう香り。離ればなれでいるときの空虚感は苦い後味を残していた。こうしてとりのぞかれてみて、はっきり気づいた。

ふたりのあいだの空間には摩擦はいっさいない。その静けさはやすらかで——嵐の前の静けさとはちがう——さながら、嵐の夢にすら乱されることのない美しい夜のようだった。

エドワードに腹をたてているはずだったけれど、もういい。みんなに腹をたてているはずだったのに――そんなこと、もういい。手をのばして闇のなかでエドワードの手を見つけた。そっとエドワードに寄り添う。エドワードの腕があたしをつつみ、胸もとに引き寄せる。あたしの唇はエドワードの首すじを、あごを探るようになぞり、ようやく唇にたどりつく。

エドワードはそっとあたしにキスをして、静かに笑った。

「すっかり覚悟を決めてたんだよ。グリズリーもかすむほどの怒りにそなえてね。それが、こんな風にしてもらえるんだ。もっとひんぱんにおこらせてみようかな」

「ちょっと待ってて、準備するから」とからかって、またキスをする。

「ベラが望むだけぼくは待つよ」エドワードはあたしの唇にささやき、髪に指を絡《から》ませた。

呼吸が乱れていく。「やっぱり、朝にしようかな」

「好きなようにして」

「おかえりなさい」エドワードの冷たい唇があごの下に移動したスキにいう。「帰ってきてくれてうれしい」

「そういってもらえると、ぼくもうれしいよ」

「うん……」と答えて、エドワードの首にしっかり腕を巻きつけた。

エドワードの手はゆっくりあたしの腕をなぞり、ひじをたどってわき腹からウエストへ、腰から脚へとおりてき、ひざをなでた。そこでとまり、ふくらはぎをそっとつかむ。

とつぜん、エドワードはあたしの脚を引きあげ、自分の腰に巻きつけた。

息がとまる。こういうこと、ふだんはだめなのに……。エドワードの手は冷たいけれど、あたしは急にほてってきた。エドワードの唇はあたしの鎖骨のくぼみをさまよう。

「準備ができてないうちにおこらせようってわけじゃないけど」エドワードはささやいた。「このベッドのどこが気にいらなかったか教えてもらえる?」

答えるひまもなく、意識を集中してエドワードの言葉の意味を理解できてもいないうちに、エドワードはあたしが上になるようにして寝転がった。両手をあたしの顔に添えて、自分の口もとがあたしの首すじに届くようにする。

呼吸が荒くなる——ほとんど気まずいくらい。でも、恥ずかしがるだけの余裕もなかった。

「ベッドは?」エドワードはもう一度きいた。「ぼくはいいと思うんだけどな」

「必要ないでしょ」なんとか息をついていった。

エドワードはあたしの顔をまた引き寄せた。あたしの唇はひとりでにエドワードの唇ぴったりにかたどられていく。こんどはゆっくり、エドワードは身体を反転させてあたしの上になった。重さがかからないように、慎重に自分の身体を支えている。それでも、ひんやりした大理石のような身体がそっと押しつけられるのを感じた。心臓は早鐘のように騒々しく打っていて、エドワードの静かな笑い声がよく聞きとれない。

「それはどうかな」エドワードは反論した。「ソファだとこんな風にはできないだろ」

氷のように冷たいエドワードの舌があたしの唇のラインをそっとなぞる。

頭がくらくらする。呼吸は限界を超えて速く、そして浅くなる。

「気が変わったの？」息を切らしてきいた。いつもの慎重なルールを見直したのかも。あたしが最初に考えていたより、このベッドにはもっと重要な意味があるのかも。痛いくらいに胸をドキドキさせてエドワードの答えを待った。

エドワードはため息をつき、体勢をもどした。ふたりとも身体を横にむけてむきあう。

「ばかなこというなよ、ベラ」強くとがめている口調。あたしのいった意味を理解したのは、はっきりしてる。「ぼくはベッドのいい面を身をもって教えてあげようとしただけさ。ベラは気にいらなかったらしいから。調子に乗るなよ」

「いまさら遅いわよ」とつぶやき、「あと、ベッドは気にいったから」とつけ加えた。

「よかった」エドワードはあたしのおでこにキスをした。ほほえんでいるのが口調でわかる。「ぼくも気にいったよ」

「でも、やっぱり必要ないと思う」と続けた。「この先も調子に乗らないつもりなら、意味ないでしょ？」

エドワードはため息をついた。「これで百回目だけどね、ベラ——それは危険すぎるんだよ」

「あたし、危ないのって好きよ」といいはった。

「知ってる」トゲのあるいい方だった。そこで気づいた。ガレージにあったバイクを見られたのかも……。

「なにが危険か教えてあげる」エドワードが新しい話題に移らないうちにあわてていった。「あたし、近いうちに自然発火して燃えあがっちゃうかも。そうなったら、ほかでもないあなたのせいだから」

エドワードはあたしを押しのけようとした。

「なにしてるのよ」文句をいって、エドワードにしがみつく。

「きみが燃えあがらないように。もし、こうしているのが大変なら……」

「大丈夫だってば」といいはった。

エドワードは手をゆるめ、あたしはもぞもぞとエドワードの腕のなかへもどっていく。

「誤解させたなら謝るよ」エドワードはいった。「がっかりさせるつもりはなかったんだ。

やめておけばよかった」

「ううん。すごく、すごくすてきだった」

エドワードは深く息をついた。「疲れてるんじゃない？　眠らせてあげたほうがいいね」

「ううん、疲れてない。また誤解させたいなら、それもかまわないし」

「それは名案じゃないかもな。調子に乗りすぎるのはベラだけじゃないんだ」

「ちがう、あたしだけよ」すねていった。

エドワードはくすっと笑った。「ぜんぜんわかってないな、ベラ。きみがそうやってど
うにかぼくの自制心を揺るがそうとするから、こまるんだよ」

「それについては、謝らないから」

「なら、ぼくは謝っていいかな」

「なにを？」

「おこってたんだろ、ぼくを。忘れた？」

「ああ、それね」

「悪かった。ぼくがまちがってたよ。ずっとまともにものが見えるようになるんだ、ベラがこうしてここに無事にいると……」エドワードはきつくあたしを抱きしめた。「でも、置いていくとなると、ちょっと自分を見失ってしまう。こんな遠出はもう二度としない。するだけの価値はないから」

あたしはほほえんだ。「クーガーは見つからなかったの？」

「いや、見つけたよ。でも、あれほどの不安には値しない。アリスにきみを監禁させるなんて、悪かった。まずいアイデアだった」

「そうよ」

「もう二度と、しないから」

「わかった」すなおにいった。もう許しているもの。「でも、お泊まり会はそれなりにいいこともあるわね……」身体を丸めてエドワードに寄り添い、その鎖骨の上のくぼみに唇を押しつけた。「あなたは、いつでも好きなときにあたしを人質にしていいのよ」

「そうか……」エドワードはため息をついた。「楽しみにしてるよ」

「それじゃ、こんどはあたしの番ね？」

「きみの番？」とまどった口ぶり。

「謝るってこと」

「謝るってなにを？」

「おこってないの？」ぽかんとしてきいた。

「いや」

本気でいっているみたい。

あたしは眉根《まゆね》をぎゅっと寄せた。「帰ってきてから、アリスに会った？」

「ああ。どうして？」

「あのポルシェをとりあげるつもり？」

「とんでもない。あれはプレゼントなんだ」

表情が見えたらいいのに。まるで失礼なことをいわれたみたいな口調だった。

「あたしがなにをしたか、知りたくないの？」まるで気にしていないようなエドワードの様子にとまどい、きいてみた。

肩をすくめる気配がした。「いつだって、きみのすることすべてが知りたい。でも、望んでないのに話す必要はないよ」

「でも、あたし、ラプッシュに行ったのよ」

「知ってる」

「学校もサボッたの」

「それはぼくもおなじだ」

エドワードの声がするほうをじっと見つめた。指先で顔をなぞり、どんな気分でいるのか探ろうとする。「このものわかりのよさは、いったいどういうこと?」と問いつめた。

エドワードはため息をついた。

「ベラのいうとおりだとわかったんだ。これまでのぼくの問題はどちらかというと——ほかでもない、ぼくの人狼族に対する偏見にあった。今後はもっと理性的になって、ベラの判断を信用する。きみが安全だというなら、そう信じるよ」

「……びっくり」

「それになにより……このことでぼくたちのあいだにヒビが入るのがいやなんだ」

あたしはすっかり満足して、エドワードの胸もとに頭をもたせかけ、目を閉じた。

「それで」エドワードはさりげなくいった。「近いうちにまたラプッシュへ行く予定はある?」

あたしは答えなかった。エドワードの質問がジェイコブのさっきの言葉をよみがえらせた。とつぜん、のどがしめつけられる。

あたしの沈黙と身体のこわばりを、エドワードは誤解したみたい。

「そのときは、ぼくも予定を入れられるから」すばやく説明する。「ぼくがじっと待ってるから、急いで帰らなきゃなんて思わせたくない」

「ちがうの」自分でもどこか妙な声に聞こえた。「もう出かける予定はないの」

「そんな。ぼくのためにそんな風にしなくていいんだよ」

「もう歓迎されないと思うし」小声でいった。

「だれかのペットの猫を轢《ひ》いたとか?」エドワードは軽い調子できいた。無理に話を引きだしたくないんだ。でも、あたしはその言葉の裏に燃えるような好奇心を聞きとった。

「ううん」深くひと息ついて、早口でぶつぶつと説明する。「あたし、ジェイコブはわかってるって……いまさら驚いたりしないって思ってたの……」

あたしは先をためらった。エドワードは待っている。

「ジェイコブは予想してなかったのよ、そんなにすぐだとは」

「そうか」エドワードはそっといった。

「まだましだって、あたしが……死んだほうが」最後のところで声が揺らいだ。

エドワードは一瞬、不自然なほどぴたりと静止した。あたしに見せたくないリアクションを抑えこんでいる。

それから、エドワードはあたしを優しく胸もとに抱きよせた。「つらかっただろ」

「よかったっていうと思ってた」小声でいった。

「きみが傷つくようなことをよかったって?」エドワードはあたしの髪にささやきかける。「そんなはずないだろ、ベラ」

あたしはため息をついてリラックスした。エドワードの石のような身体にぴったりくっつこうとする。でも、エドワードはまた動かなくなった。緊張が走る。

「どうかした？」ときいた。

「なんでもない」

「話して」

エドワードは一瞬、だまりこくった。「きみをおこらせてしまうかも」

「それでも知りたいの」

エドワードはため息をついた。「きみにそんなことをいうなんて、ぼくは文字どおり、あいつを殺してやってもいい。いや、殺してやりたいね」

あたしはハハッと気の抜けた笑い声をあげた。「よかった、エドワードにものすごい自制心があって」

「うっかりってこともありうるよ」なにか考えているような口調。

「うっかり道を踏みはずすなら、もっといいことがあるわ」エドワードの顔に手をのばし、引き寄せてキスしようとした。エドワードはあたしを抱く腕に力をこめて引きとめると、ため息をついた。

「責任ある行動をとるのは、いつもぼくの役目なのかな」

あたしは闇《やみ》のなかでにっこり笑った。「ううん。責任をとるのはあたしにまかせて。ほんの二、三分……じゃなきゃ、あと何時間か……」

「おやすみ、ベラ」

「待って……ほかにもききたかったことがあるの」

「なに？」

「昨夜、ロザリーと話したの」

エドワードの身体にまた緊張が走った。「ああ。ぼくがもどったとき、ロザリーはそのことを考えてた。あれこれ吹きこまれただろ」

不安げな口調だった。ロザリーから聞かされた人間であるべき理由について、あたしが話したがってると思ってるみたい。

でも、興味があるのはもっとさしせまった問題だった。

「ロザリーが少しだけ話題にしたの……デナリで暮らしてたときのこと」

短い沈黙が流れた。そうくるとは、エドワードも思っていなかったらしい。

「それがどうかした？」

「女吸血鬼の一団と……あなたのこと」

エドワードは答えない。でも、あたしは長いあいだ待っていた。

「心配しないで」沈黙にいたたまれなくなっていった。「ロザリーは教えてくれたの、エドワードはぜんぜん好意を示さなかったって。でも、どうだったのかなって、その……あっちは。だれかが好意を寄せてたのかしらなんて」

またエドワードはなにもいわない。

「どんな人だったの？」軽い口調を心がけた。たいしてうまくいかなかったけれど。「それとも、ひとりじゃない……とか」

答えはない。顔が見えたらいいのに。そうしたら、この沈黙がなにを意味するのかあてがつくのに。

「アリスなら教えてくれる、いまきいてこようかな」

エドワードの腕に力がこもる。身をよじって一センチ離れることもできないくらい。

「もう、遅いから」かすかにトゲがある口調。でも、これまでとはちがう。そわそわしていて……ちょっとばつが悪そう。「それに、アリスは出かけたよ」

「すごかったんだ」と、いいあててみる。「ホント、すごかったんでしょ」パニックが襲ってきて鼓動《こどう》がどんどん速まる。これまで思ってもみなかった、永遠の命をもつゴージャスなライバルを想像して……。

「落ち着けよ、ベラ」エドワードはあたしの鼻先にキスをした。「考えすぎだって」

「そう？　なら、どうして教えてくれないのよ」

「教えることがなにもないから。ベラはおおげさに騒ぎすぎなんだよ」

「なんて人？」しつこくきいた。

エドワードはため息をついた。「ターニャがちょっと気のあるそぶりを見せた。ぼくはきわめて丁重に、紳士らしく、そのつもりはないと伝えた。それで終わりだよ」

できるだけ平然とした声をキープする。「ひとつ教えて。ターニャって……どんな感じの人なの？」

「ぼくたちと変わらないよ。白い肌にゴールドの瞳」エドワードは不自然なくらいすばやく答えた。

「それにもちろん、究極の美女なんでしょ」

肩をすくめる気配がした。

「だろうね、人間の目から見れば」エドワードはそっけなくいった。「でも、わかってる?」

「なにを?」すねてるようないい方になってしまった。

エドワードはあたしの耳に唇をあてた。ひんやりした吐息がくすぐったい。「ぼくはダークブラウンの髪のほうが好きなんだ」

「つまり、ターニャはブロンドってことね」

「ストロベリーブロンドなんだ。ぜんぜんぼくのタイプじゃない」

しばらく思いをめぐらす。エドワードの唇がゆっくりほほから首すじへ、そしてまた上へもどっていくなか、意識を集中させようとする。エドワードが三往復したところで、あたしは口をひらいた。

「なら、いいや。たぶん」そういうことにした。

「よかった」エドワードのささやきが肌にあたる。「やきもちを焼いてるベラってすごくかわいいね。びっくりするくらいおもしろいよ」

あたしは闇《やみ》のなかで顔をしかめた。

「さあ、もう遅いから」エドワードはまたいった。ささやく……というか、甘く歌うように。エドワードの声はシルクよりしなやかだ。「おやすみ、ぼくのベラ。すてきな夢を見るんだよ。ぼくのハートをとらえたのはきみだけ。ぼくの心は永遠にベラのものだ。おやすみ、ぼくの愛しいたったひとりの人」

エドワードは子守唄を口ずさみはじめた。あたしのためにつくってくれたあの子守唄。わかってる。あたしが降参するのは時間の問題だって。だからおとなしく目を閉じて、エドワードの胸もとにそっともたれた。

9　標的

朝には、アリスが車で家まで送ってくれた。お泊まり会のお芝居の続きで。エドワードもそのうち、〝キャンプ旅行〟から正式にもどって姿を見せるはず。こういう見せかけの演技はだんだん疲れてきた。人間の生活のこの部分は、きっと恋しくならないだろうな。

車のドアがバタンと閉まった音を聞きつけ、チャーリーは正面の窓から外をのぞき、アリスに手を振った。それから玄関をあけてくれる。

「楽しかったか?」チャーリーはきいた。

「うん、とても。もう……女の子気分を満喫って感じ」

荷物をもってなかへ入り、階段の下に全部放っておいて、軽く食べるものを探しにキッチンへむかった。

「伝言があるぞ」チャーリーがうしろから声をかけた。

キッチンのカウンターでは、電話用のメモ帳がわざとらしく小鍋に立てかけてあった。

「ジェイコブから電話」と、チャーリーは書いていた。

本気じゃなかった、反省してる、電話をもらいたいとのこと。

意地をはらないで、許してやりなさい。

動揺してるようだったぞ。

あたしは顔をしかめた。チャーリーはふだん、あたし宛《あ》てのメッセージに意見を添えたりしないのに。

ジェイコブは勝手に動揺でもしてればいいんだ。話したくない。このあいだ聞いた話では、〝敵〟からの電話はあまり望ましくないようだし。あたしが死んだほうがましだというなら、音沙汰《おとさた》がないことに慣れておいたほうがいいかもしれない。

食欲はすっかり消えてしまった。まわれ右をして荷物を片づけにいく。

「ジェイコブに電話しないのか」チャーリーがきいた。リビングから身を乗りだすようにして、あたしが片づけにかかるのを見ている。

「しない」

階段をあがっていく。

「ベラ、それはちょっとかわいげがないな。許すというのは気高い行為だぞ」

「よけいなお世話よ」ぼそっとつぶやいた。チャーリーには聞こえないくらいの小声で。

洗濯ものがたまっているのはわかっていた。だから、練り歯みがきをしまって自分の汚れた服をランドリー用のバスケットに入れ、チャーリーのベッドのシーツをはがしにいく。それから階段のてっぺんにチャーリーのシーツをまとめて置き、自分のシーツをとりにいった。

あれ、枕はどこだろう？　ベッドのわきで一瞬とまり、首をかしげた。

ぐるりとまわってあたりを見渡した。枕はない。部屋はやけに片づいている。グレーのトレーナーはベッドの足もとの支柱にひっかかってたはずじゃ……？　誓っていえるけど、ロッキングチェアのうしろに脱ぎすてた靴下があったはず。それに赤いブラウスも──二日前の朝に着てみて、学校にはオシャレすぎると思って──ひじかけにかけておいたのに。

もう一度、ぐるっとまわってみる。あたしのランドリー用のバスケットはからっぽではないけど、いっぱいにもなっていない。最後に見たときはいっぱいだったはずなのに。

チャーリーが洗濯をしたのかな？　らしくもない。

「パパ、いつから洗濯するようになったの？」部屋の戸口から叫んだ。

「んっ……いや、してないよ」チャーリーはうしろめたそうに大声で返した。「父さん、自分でやろうか？」

「いいの、あたしがやるから。なにかあたしの部屋で探しものでもした？」

「いや、どうして？」

「見つからないのよ、ブラウスが……」

「おまえの部屋には入ってないぞ」

そこで思い出した。そうだ、アリスがあたしのパジャマをとりにここに来たんだっけ。あたしの枕までもっていってたなんて気づかなかった。あのベッドにあんまり近寄らなかったせいかな。通りがかったついでに掃除をしてくれたみたい。自分のだらしなさに顔が赤くなる。

でも、あの赤いブラウスはべつに汚れてなかったのに。だから、バスケットから取りだすことにした。

バスケットの上のほうにあるかと思ったけれど、見あたらない。奥まで探っても、やっぱりない。被害妄想だとは思うけど、なにかほかにもなくなっている気がする。たぶん、ひとつじゃすまない……。これじゃ、ふだんの量の半分にもならないもの。

自分のシーツをはがして、途中でチャーリーのシーツをつかんで洗濯機置き場へむかった。洗濯機はからっぽだった。乾燥機もチェックする。きれいになった洗濯ものが待ってるとなかば期待していた。アリスがやっておいてくれたのよ、きっと。

なにもない。

どういうこと？　狐につままれ、顔をしかめた。

「探しものは見つかったか？」チャーリーが大声をあげた。

「まだ」

ベッドの下を探そうと二階へもどった。ホコリの塊《かたまり》のほかにはなにもない。ドレッサーをあさってみる。あの赤いブラウスをしまったのに、忘れてしまったのかも。

玄関のベルが鳴ったところであきらめた。きっと、エドワードだ。

「玄関に……」足どりも軽く通りかかったあたしに、チャーリーが知らせる。

「パパはゆっくりしてて」

満面の笑みを浮かべて玄関をあけた。

エドワードのゴールドの瞳はカッと見ひらかれ、口もとはゆがんで歯がのぞいていた。

「エドワード」その表情を読みとるうちに、ショックで語気が鋭くなる。「なにが……？」

エドワードはあたしの唇に指をあて、「二秒待って」とささやく。「そのままで」

あたしは玄関先で凍りつき、エドワードは……消えた。あまりにすばやかったから、チャーリーにはエドワードが通ったのも見えなかったはずだ。

気をとりなおして二まで数える間もなく、エドワードはもどってきた。あたしの腰に手をまわしてすばやくキッチンへ連れていく。室内にくまなく視線をくばり、なにかからあたしを守るようにしっかり抱きしめる。

あたしはソファのほうにいるチャーリーをちらっと見た。でも、あたしたちのことはあくまでも無視している。

「だれかがここにいた」エドワードはキッチンの奥へあたしを連れていって耳打ちした。緊張した口調だった。洗濯機の音のせいで聞きとりづらい。

「誓っていうけど、狼人間はひとりだって……」といいかけた。

「あいつらじゃない」エドワードは首を振ってすぐに口をはさんだ。「こっちのひとりだ」

そのいい方がはっきりと示していた。それがカレン家のメンバーではないことを。

顔から血の気がすっかり失せるのを感じた。

「ヴィクトリア……なの？」としぼりだす。

「ぼくには覚えがないにおいだ」

「なら、ヴォルトゥーリのだれかね」といいあてみる。

「おそらく」

「いつ？」

「ヴォルトゥーリだと思う理由はそこなんだ。つい最近だ。今日の早朝、チャーリーが眠っているあいだ。それにだれであれ、チャーリーがいるのに手を出していない。つまり、目的はべつにあるってことだ」

「あたしを探してたのね……」

エドワードは答えなかった。身体は彫像のように凍りついている。

「なにをこそこそ話してるんだ？」チャーリーはからのポップコーンのボウルを手にキッチンへ入ってくると、けげんそうにきいた。

青ざめてしまう。チャーリーが眠っているあいだに、あたしを探して吸血鬼がうちに入ったなんて。パニックが襲いかかってきて、のどをしめつける。答えられない。ぞっとしてただチャーリーを見つめるだけ。

チャーリーの表情が変わった。いきなり、にやりと笑う。「喧嘩《けんか》をしてるなら……まあ、邪魔はしないよ」にやにやしたまま、チャーリーはボウルをシンクにおき、ゆっくりと部屋を出ていった。

「行こう」エドワードは低く厳しい口調でいった。

「でも、チャーリーが！」恐怖が胸をしめつけ、息苦しくなる。

エドワードは一瞬、考えをめぐらせて携帯電話を手にした。

「エメットか」小声でつぶやく。ものすごい早口で話しはじめたので内容はわからなかった。話は三十秒もしないで終わった。エドワードはあたしを玄関へ連れていく。

「エメットとジャスパーがもうむかってる」あたしが動くまいとするのを感じとり、エドワードはささやいた。「ふたりが森をくまなく調べる。チャーリーは大丈夫だよ」

そこで、エドワードに引っぱられるまま移動する。あまりに動転していてはっきりものが考えられない。チャーリーは愉快そうに笑みを浮かべてあたしのおびえた目をとらえ……とつぜん、とまどいの表情を浮かべた。でも、チャーリーに話しかけるひまを与えず、エドワードはあたしを玄関から出した。

「どこに行くの？」車に乗っても、まださささやくような声しか出せない。

「アリスと話をする」エドワードの声は大きさこそ普通だけれど、口調は暗かった。

「アリスがなにか見ていたかもしれないっていうの？」

エドワードは不満げに目をすがめ、前をじっと見た。「たぶん」

みんなはエドワードの電話を受け、張りつめた雰囲気であたしたちを待っていた。まるで美術館に足を踏みいれたみたい。全員、それぞれに緊張感のあるポーズで彫像のように静止している。

「なにがあった?」エドワードは玄関を抜けたとたん、問いただした。

そんな……あたしはその様子を見てショックを受けた。エドワードはアリスをにらみつけ、おこって拳《こぶし》を握りしめている。

アリスはしっかりと腕組みをして立っていた。唇だけが動く。「さっぱりわからない。なにも見えなかったもの」

「そんなこと、あるはずないだろ」エドワードは鋭くいった。

「エドワード」あたしはそっとしかるようにいった。アリスにむかってそんな口をきいてほしくない。

カーライルはなだめるように口をはさんだ。「エドワード、アリスの能力は方程式どおりに働くわけじゃないんだ」

「ベラの部屋に入りこんでいたんだぞ、アリス。まだあそこにいた可能性だってある……ベラの帰りを待って」

「それなら、見えたはずよ」

エドワードはうんざりしたように両手を投げだした。「そうか。それはたしかなのか?」

アリスは冷たい口調で答えた。「ヴォルトゥーリが決断をくだすのを見張らせて、ヴィクトリアがもどってくるか監視させて、ベラの一挙一動を見守らせて……そのうえ、まだなにかやれっていうの？　チャーリーだけ監視すればいいの？　それとも、ベラの部屋？あの家？　それとも近所一帯も？　エドワード、あんまりあれこれやろうとすると、ほころびが出てしまうのよ」

「もう出てるみたいだけどな」エドワードはぴしゃりと返した。

「ベラにはなんの危険もなかった。予知することはなにもなかったの」

「イタリアを監視してたなら、なぜ見えなかったんだ。彼らが送りこんで――」

「ヴォルトゥーリとは思えない」アリスはいいはった。「それなら、見えたはずだもの」

「それ以外にだれがチャーリーを生きたままにしておく？」

あたしは身震いをした。

「わからない」アリスがいった。

「参考になるな」

「やめてよ、エドワード」あたしはささやいた。

エドワードはこっちをむいた。顔はまだギラギラしていて、きつく歯を食いしばっている。ほんの一瞬、あたしをにらみ、とつぜん、息を吐きだした。目を見ひらき、あごをゆるめる。

「そうだな、ベラ。ごめん」エドワードはアリスを見た。「許してくれ、アリス。やつあたりなんかして。いいわけのしようもないよ」

「わかってるから」アリスは安心させるようにいった。「あたしだって、今回のことは気にいらないもの」

エドワードは深くため息をついた。「オーケー、冷静に検証してみよう。どんな可能性が考えられる？」

全員、瞬時に氷の呪縛《じゅばく》をとかれたようだった。アリスはリラックスしてソファの背もたれに寄りかかり、カーライルはもの思いに沈んだ目をして、ゆっくりアリスに近づいていく。エズミはアリスの正面に座り、ソファの上に脚を引きあげた。ロザリーだけが動かない。あたしたちに背をむけ、壁一面のガラス窓から外を見ている。

エドワードに引っぱられ、あたしはエズミのとなりに座った。エズミはあたしに腕をまわす。エドワードは両手であたしの手をしっかりつつみこんだ。

「ヴィクトリアということは？」カーライルがきいた。

エドワードは首を横に振った。「ちがう。ぼくの知らないにおいだった。ヴォルトゥーリの一味かもしれない。面識のないだれかが……」

アリスはかぶりを振った。「アロはまだだれにもベラを探せといってない。それは見えるはず、それを待ってるんだもの」

エドワードははっと顔をあげた。「正式な指令を予想してるのか？」

「だれかが勝手に動いているっていうの？　どうして？」

「カイウスの思いつきか」エドワードの顔がまたこわばる。

「あるいはジェーンか……」アリスがいった。「どちらも、知られていない人物を送りこんでくるだけの才覚はありそうね」

エドワードは顔をしかめた。「動機もある」

「でも、それはおかしいわね」エズミがいった。「だれであれ、ベラがもどるのを待つはずだったなら、アリスに予知できたはずでしょ。彼には——あるいは彼女かしら——ベラを傷つけるつもりはなかった。それをいうなら、チャーリーもね」

父親の名前を出され、あたしはギクッとした。

「ベラ、大丈夫よ」エズミはささやき、髪をなでてくれる。

「だが、それなら目的はなんだ？」カーライルは考えこんだ。

「あたしがまだ人間かどうかチェックするとか」といってみる。

「ありうるな」カーライルはいった。

ロザリーはふーっとため息をついた。あたしにも聞こえるくらいの大きさで。凍りついていた姿勢をゆるめ、顔に期待の色をにじませてキッチンのほうをむく。それにひきかえ、エドワードはがっかりしたようだった。

エメットがキッチンのドアからいきおいよく入ってきた。ジャスパーもすぐうしろにいる。

「とっくに消えてる、数時間前だな」エメットは落胆して報告した。「痕跡《こんせき》を追ってきた。

東へむかってから南に進んで、わき道で消えた。車を待たせてあったんだ」

「ツイてなかったな」エドワードはつぶやいた。「西へ行っていればな……まあ、あの犬どもに役に立ってもらうのも悪くなかったんだが」

あたしは顔をゆがめた。エズミが肩をさすってくれる。ジャスパーはカーライルを見た。「ぼくもエメットもこいつは認識できなかった。でも、これを」といって、グリーンのくたくたになったなにかを差しだす。カーライルは受けとって顔に近づけた。受け渡しのときにちらっと見えた――もぎとられたシダの葉だ。「においに覚えがあるかと思って」

「いや」カーライルはいった。「知らないな。面識のある相手ではない」

「わたしたち、きっと思いちがいをしているのよ。ただの偶然ってことも……」と切りだしたものの、エズミは全員の信じられないといった顔に気づいて言葉を切った。「偶然といっても、赤の他人がたまたまベラの家を選んだという意味じゃないのよ。だれかが興味をそそられただけじゃないかしら。ベラのまわりのいたるところにわたしたちのにおいがついているでしょ。なにに引き寄せられているのか不思議に思ったってことは？」

「なら、どうしてここへ来ないんだ。興味をそそられたなら？」エメットが問いただす。

「あなたなら、そうするでしょうけど」エズミはふいに優しい笑みを浮かべていった。「みんなはつねにそこまで単刀直入とはかぎらないのよ。うちの家族はかなりの大所帯ですもの。怖《お》じ気《け》づいたのかもしれないわね。でも、チャーリーに危害はおよばなかった。敵と決まったわけではないわ」

興味をそそられただけ。ジェームズやヴィクトリアが最初に興味をもって近づいてきたように？　ヴィクトリアのことを考えると震えが走る。でも、ひとつみんなが確実だとみているのは、あたしの部屋にいたのは彼女じゃなかったってことだ。今回はちがう。ヴィクトリアなら決まったパターンを守るはず。今回はほかのだれか、赤の他人だったんだ。

じわじわと実感する。あたしが考えていたより、吸血鬼はこの世界にずっとおおぜいいる。普通の人間はまったく気づかないうちに、何回くらい遭遇するのだろう。現実にはどのくらいの死が——もちろん、事件や事故として報道されているとしても——彼らの渇きによるものなの？　あたしがついに仲間入りをはたしたとき、新しい世界にはどのくらいの住人がいるのかしら……。

謎めいた未来に思いをはせると、背筋に冷たいものが走った。

カレンたちはさまざまな表情でエズミの言葉について考えている。エドワードはエズミの説を受けいれていない。カーライルはぜひそうであってほしいと思っている。

アリスは唇をきゅっと結んだ。「それはないと思う。タイミングがあまりに完璧《かんぺき》すぎるもの。この訪問者は念には念を入れて接触を避けてる。まるであたしが予知すると知っているみたいに」

「接触をもたなかったのにはべつの理由があるのかも……」エズミが指摘した。

「相手の正体なんてそれほど意味がある？」あたしはきいた。「だれかがあたしを探していた可能性がある。それだけでじゅうぶんな理由にならない？　卒業まで待つのはやめたほうが……」

「だめだ、ベラ」エドワードはすぐにいった。「そこまでひどくない。きみの身がほんとうに危ないなら、ぼくらにはわかる」

「お父さんのことを考えなさい」カーライルがクギをさした。「きみが姿を消したら、どんなに心を痛めるか」

「チャーリーのことを思えばこそなの！　あたしが心配しているのは、チャーリーなんだもの！　あたしを訪ねてきたこの訪問者が昨夜、たまたまのどが渇いていたらどうなってたと思う？　あたしがそばにいるかぎり、チャーリーも標的になる。なにかあったら、全部あたしのせいよ！」

「そんなことないわ、ベラ」エズミはまたあたしの髪を軽くなでていった。「それにチャーリーの身にはなにも起きません。わたしたちはね、もうちょっと用心すればいいだけよ」

「これまで以上に？」半信半疑で繰り返す。

「なにもかもうまくいくわよ、ベラ」アリスが約束した。

エドワードはあたしの手を握りしめる。

そしてあたしは察した――みんなの美しい顔を順ぐりに見ながら――なにをいったところで、みんなの気持ちは変わらないと。

帰りの車のなかは静かだった。納得がいかない。不本意ながら、あたしはまだ人間のままなんだもの。

「これからは、一瞬たりともきみをひとりにしない」チャーリーの家へ車を走らせながら、エドワードはいった。「かならずだれかをつける。エメットにアリス、ジャスパー……」

あたしはため息をついた。「こんなの、どうかしてる。みんなうんざりして自分であたしを殺そうとするかもよ。ほんの退屈しのぎに」

エドワードは不機嫌そうにあたしを見た。「最高に笑えるよ、ベラ」

あたしたちが帰ると、チャーリーはご機嫌だった。ふたりのあいだの緊張感に気づき、誤解して満足げな笑みを浮かべ、あたしがありあわせのもので夕食を用意する様子を眺めている。エドワードはしばらく席をはずしたのに――きっとあたりを監視してくるつもりだ――チャーリーはわざわざ彼がもどるのを待ってからあたしにメッセージを伝えた。

「ジェイコブがまた電話してきたぞ」エドワードが部屋に入ってきたとたん、チャーリーはいった。あたしは顔色を変えないようにして、その目の前に皿をおいた。

「あっそう」

チャーリーは顔をしかめた。「つまらん意地をはるなよ、ベラ。ほんとうに落ちこんでるみたいだったぞ」

「そうやってジェイコブのことアピールするけど、報酬でももらってるの？　それともボランティアでやってるわけ?」

チャーリーはなにやらぶつぶついったけれど、食事のおかげで意味不明の文句には終止符が打たれた。

チャーリーは気づいていないけれど、痛いところを突かれた。

いまこの瞬間、あたしの人生はサイコロゲームのようなもの。この次は、はずれの数字が並んでしまうかも。現実にあたしの身になにか起こったら? 昨日の発言を悔やんでいるジェイコブをほったらかしにしておくのは、つまらない意地ではすまない。もっとひどいことに思える……。

でも、チャーリーのそばでは話したくない。まずいことをいわないように一言ひとこと気をつかわなきゃいけないのはいや。そう考えると、ジェイコブとビリーの関係がうらやましくなった。一緒に暮らしている相手に隠しごとがないのは、すごく気楽にちがいない。

朝まで待とう。どのみち、今晩死ぬことはなさそうだし。ジェイコブにあと十二時間、罪悪感を味わわせても問題はないはず。むしろ、いいクスリになるかも。

エドワードが表むき、おやすみのあいさつをして帰っていったとき、あたしは思った。土砂降りのなかでは、だれがあたしとチャーリーを見守っているんだろう。アリスでもほかのだれでも、申し訳なくてたまらない。それでも、気持ちはやすらぐ。正直なところ、ひとりぼっちじゃないとわかっているとほっとする。

それにエドワードは記録的なスピードでもどってきた。

エドワードはまた子守唄で寝かしつけてくれた――夢うつつに、エドワードがそばにいるのを感じながら――あたしは悪夢から解放され、眠った。


朝、あたしが起きる前にチャーリーは部下のマークと釣りに出かけていた。この監視のスキをうまく利用するにかぎる。

「ジェイコブのこと、大目に見てあげようと思うの」朝食をとりながら、エドワードにあらかじめ伝えた。

「許してやるとは思ってたよ」エドワードは自然な笑みを浮かべていった。「ベラの数ある才能のなかに、〝根にもつ〟っていうのは入ってないからね」

なにいってるんだか……あたしは天井を見あげた。でも、よかった。エドワードは狼人間に対する敵意をすっかり克服したみたい。

時計を見たのは、番号を押したあとだった。電話をするにはちょっと早い。ビリーとジェイコブを起こしてしまうのではと心配だったけれど、二度目の呼び出し音が鳴らないうちに相手が出た。ということは、電話からそれほど遠くない場所にいたにちがいない。

「もしもし？」だるそうな声が聞こえた。

「ジェイコブ？」

「ベラ！」ジェイコブは歓声をあげる。「あ、あのさ、ベラ。ホントにごめん！」つっかえながら、あわてて言葉を口にする。「誓って本気じゃなかった。ホント、ばかだったよ。むしゃくしゃしてさ……でも、それはいいわけにならない。おれの人生で最悪の発言だった。ごめん。頼むから、おこらないでくれよ。頼むよ。一生、きみのものになって尽くすからさ。ベラはただ許してくれるだけでいい」

「おこってない。許してあげる」

「よかった」ジェイコブは激しく息をついた。「あんなイヤミな態度をとったなんて、自分でも信じらんないよ」

「それは気にしないで。あたしは慣れてるから」

ジェイコブは声をあげて笑った。安堵《あんど》感《かん》でいっぱいだ。「会いにおいでよ」としきりにせがむ。「おわびがしたいから」

あたしは顔をしかめた。「どうやって？」

「ベラがやりたいことならなんでもいいよ。クリフダイビングとか」と提案して、また笑い声をあげる。

「おっと、それは名案ね」

「おれが守ってあげるよ」ジェイコブは約束した。「ベラがなにをやろうっていっても」

あたしはエドワードをちらっと見た。とてもおだやかな顔をしてるけど、いまはやめておいたほうがいい。

「すぐには無理かな」

「あいつ、おれのことが気にくわないんだろ」ジェイコブはいった。今回ばかりはトゲトゲしくというより、決まり悪そうに。

「問題はそこじゃないの。あの、べつの問題があるのよ。生意気で青くさい狼人間よりもちょっと気がかりな……」冗談めかしていこうとしたのに、ジェイコブはだまされない。

「なにがあったんだよ？」と問いつめてくる。

「えっと」なんて話せばいいのかな……あたしにはわからない。

エドワードは受話器に手を差しだした。あたしはおずおずとその顔色をうかがった。それなりに落ち着いて見える。

「ベラ……？」ジェイコブが呼んだ。

エドワードはため息をつき、手をさらにのばした。

「エドワードと話してくれる？」気づかわしげにきいた。「いいたいことがあるんだって」

長い間があいた。

「いいよ」ジェイコブはようやく納得した。「おもしろくなりそうだ」

エドワードに受話器を渡した。あたしが視線で警告したことに、気づいてくれたならいいけど。

「やあ、ジェイコブ」エドワードはいった。完璧《かんぺき》に礼儀正しく。

沈黙が流れる。ジェイコブの答えを想像しようとして、あたしは唇をかんだ。

「だれかがここに来ていたんだ。ぼくには覚えのないにおいだった」エドワードは説明した。「きみらの群れはなにか新しくつかんでないか?」

また沈黙。エドワードは意外そうな顔もせずにうなずいている。

「ようするにこういうことだ、ジェイコブ。この問題を片づけるまで、ぼくはベラから目を離すつもりはない。悪くとらないでもらいたい……」

そこでジェイコブは口をはさんだ。受話器からぶつぶつと話し声が聞こえる。なにをいっているにせよ、さっきより熱がこもってる。内容を聞きとろうとしたけど、よくわからない。

「たしかにそうかもしれないが」エドワードが話しはじめたのに、ジェイコブはまた反論する。少なくとも、どちらもおこってはいないみたい。

「それはなかなかおもしろい提案だな。こちらは再交渉には乗り気だよ。サムがすんなり応じるなら」

ここにきてジェイコブの声が小さくなった。エドワードの表情を読もうとしながら、あたしは親指の爪をかみはじめる。

「感謝する」エドワードは答えた。

そこでジェイコブがなにかいって、エドワードの顔を意外そうな表情がかすめた。

「いや、ぼくはひとりで行くつもりだった」エドワードは予想外の質問に答えていった。

「ベラはみんなにあずけて」

ジェイコブの声がまた大きくなる。

説得しようとしているように、あたしには聞こえた。

「その件は客観的に検討してみる」エドワードは約束した。「できるかぎり、私情をはさまないで」

こんどのエドワードの沈黙は、さっきより短かった。

「それも悪くないアイデアだな。いつ？　いや、それでかまわない。いずれにせよ、ぼくも自分で痕跡《こんせき》を追ってみたかったんだ。十分だな……了解だ」といって、エドワードは受話器をあたしに差しだした。「いいよ、ベラ」

とまどいながら、のろのろと受けとる。

「いったいどうなってるの？」すねた口調でジェイコブにきく。子どもっぽいのはわかっているけれど、仲間はずれにされた気がした。

「一時休戦ってやつかな。あのさ、頼みがあるんだけど」ジェイコブがもちかけてきた。

「そこの吸血野郎を説得してみて。ベラにとっていちばん安全な場所は——とくにそいつがそばにいないときは——こっちの居留地だって。おれたちなら、なんであれしっかり対応できる」

「それをアピールしてたのね」

「そういうこと。もっともな話だろ。チャーリーもきっとこっちにいたほうがいいよ。できるだけ」

「それはビリーに頼んでみて」と応じる。あたしをつけ狙う敵の標的のなかにチャーリーを置いておくのは絶対にいやだ。「ほかには？」

「境界線を設定しなおそうってだけ。フォークスに近づきすぎたやつがいたら、おれたちがつかまえられるように。サムが認めるかわからないけど、首をたてに振ってくれるまで、おれが目を光らせておくから」

「目を光らせておくって？」

「きみんちのまわりで狼が走りまわってても、撃たないでくれってこと」

「そんなことするもんですか。でも、ホントに……危ないことしちゃだめよ」

ジェイコブはふんと鼻で笑った。「ばかいうなよ。おれは自分の面倒は自分でみられる」

あたしはため息をついた。

「あと、ベラをこっちに遊びにこさせろって説得しといた。そいつ、おれたちに偏見があるんだ。だから、身の安全だのなんだのくだらないことには耳を貸すなよ。ベラはここでは安全だって、そいつだっておれとおなじくらいわかってるんだから」

「考えておく」

「じゃ、あとで」ジェイコブはいった。

「こっちに来るの？」

「ああ、そっちにあらわれた訪問者のにおいを確認する。もどってきたら、おれたちで追跡できるように」

「ジェイコブ、ホントにどうかと思うの、あなたたちで追跡するのは……」

「ったく、頼むよ。ベラ」ジェイコブはあたしの話をさえぎった。
そして笑い声を残し、電話は切れた。

10 残り香

子どもじみているにもほどがある。ジェイコブがうちに来るからって、どうしてエドワードが帰るのよ。こういうガキみたいなことは卒業したはずじゃなかった？

「なにもあいつに個人的な悪意があるわけじゃないんだ、ベラ。ただこのほうがおたがいやりやすいんだよ」エドワードは玄関でいった。「遠くへは行かない。ベラの身は安全だから」

「そこはべつに、心配してないもの」

エドワードはほほえんだ。そしてひそかになにかたくらんでいるような目つきをしてあたしを引き寄せ、髪に顔をうずめる。ひんやりした吐息が髪に広がっていくのがわかる。うなじに鳥肌がたった。

「すぐにもどるよ」といって、エドワードはアハハッと大声で笑った。なにか笑えるジョークでもいったみたいに。

「なにがそんなにおかしいの？」

でも、エドワードは答えずにただにやりと笑い、軽やかな足どりで森へ去っていった。

なんなの……。ぶつぶつつぶやきながら、キッチンを片づけにいく。洗いものの水がシンクにたまりきらないうちに、玄関のベルが鳴った。ジェイコブが車なしでこれほど速く移動できるってことに、なかなかなじめない。みんなそろいもそろって、あたしよりはるかにすばしっこいみたい……。

「ジェイコブ、こっちよ！」と大声でいった。

シンクにはった水に洗剤をまぜて皿を次々と入れていく。作業に意識を集中していて、ジェイコブが最近、幽霊のように動くことも忘れていた。だから、いきなり背後で声がしたときはぎょっとした。

「あんな風に玄関の鍵をかけないままにしておいていいのか……あ、ごめん」

あたしは不意打ちをくらって、洗剤入りの水をもろに浴びていた。

「あたしが心配してるのは、ドアに鍵をかけておけば避けられるような相手じゃないから」といって、シャツの前をふきんでぬぐう。

「そりゃそうだ」ジェイコブは納得した。

ジェイコブのほうをむき、とがめるようにまじまじと見る。「服を着るのって、そんなにうざいこと？」ときいた。またしても、ジェイコブは胸板をむきだしにしていて、古いカットオフジーンズのほかはなにも着ていない。あたしはひそかに思った。ジェイコブは新しくついた筋肉がご自慢で、隠していられないだけじゃないのかな。たしかにすごいし。でも、あたしはこれまで一度だって、ジェイコブをナルシストだと思ったことはない。「なんていうか、いまではもう寒くならないんだって知ってるけど。それにしたって」

濡《ぬ》れた髪が目にかかりそうになり、ジェイコブはかきあげた。

「このほうが楽なんだよ」ジェイコブは説明した。

「楽ってなにが？」

ジェイコブは生意気な笑みを浮かべる。「短パンを持ちあるくだけでも面倒なんだよ。ましてや上から下までひとそろいなんて。どんな風に見えると思うんだよ、荷物運びのラバじゃないんだからさ」

あたしは顔をしかめた。「どういうこと？」

ジェイコブは偉そうな顔をする。まるであたしがあたりまえのことを見落としているかのように。「姿を変えるとき、おれの服はぱっと消えたりあらわれたりするわけじゃないんだ。狼の姿で走っているあいだは、自分で持ち運ぶんだよ。だからさ、悪いね、いつも身軽にさせてもらって」

あたしは顔を赤らめ、小声でいった。「それは……思いつかなかった」

ジェイコブはハハッと笑うと、黒い革ひもを指さした。毛糸くらいの細さで、アンクレットのように左のふくらはぎに三重に巻かれている。見ると靴もはいていない。

「これはただのオシャレじゃないんだ。ジーンズをくわえて持ってるのってマジでめんどくさいから」

そういわれても、返す言葉がない。

ジェイコブはにやりと笑った。「おれが裸みたいな格好してると、ベラは気になるんだ？」

「べつに」

ジェイコブはまたハハッと笑った。

あたしは背をむけ、皿洗いに集中する。顔が赤いのは、さっきの話にピンとこなかった自分のニブさが恥ずかしいからで、いまの質問とは関係ないってことにどうか気づいてくれますように……。

「さてと、仕事にとりかかるか」ジェイコブはため息をついた。「こっちがたるんでるなんて、あいつにいわせたくないからな」

「なにも、これはジェイコブの〝仕事〟じゃないのよ……」

ジェイコブは片手をあげ、あたしの話をさえぎった。「ボランティアでやってるから。それで、侵入者のにおいがいちばんきついのはどこ？」

「あたしの部屋だと思う」

ジェイコブは不満げにすっと目を細めた。エドワードに負けずおとらず、今回のことが気にくわないみたい。

「じゃ、ちょっと見てくる」

あたしは淡々と手にした皿をこすっていた。聞こえるのは皿洗い用ブラシがカシャカシャと陶器をこする音だけ。上のほうからなにか聞こえないか耳をそばだててみる。床板がミシッときしむとか、ドアがカチリと開閉するとか。

なにも聞こえない。気づくと、あたしはとっくにきれいになっている皿をずっと洗っていた。目の前の作業に身を入れなおす。

「やれやれ……っと！」ジェイコブがいきなりまうしろで声をあげ、またしてもあたしをぎょっとさせた。

「あーもう、ジェイコブ。そういうの、やめてよ！」

「ごめん。ほら」ジェイコブはふきんをとって、またこぼれてしまった水をきれいにふいてくれた。「おわびはするって。ベラが洗いなよ、おれがすすいでふいてやるから」

「わかった」あたしはさっそく皿を手渡した。

「そうそう、例のにおいはすぐにわかったよ。それはともかく、ベラの部屋、すげーくさいんだけど」

「消臭スプレーを買っておくわね」

ジェイコブは笑った。

しばらく、気のおけない沈黙のなか、あたしが洗った皿をジェイコブがふいていく。

「ちょっときいてもいいかな」

あたしはもう一枚、皿を渡した。「なにを知りたいかによるけど」

「イヤミをいいたいわけでもなんでもない。本気で興味があるんだ」ジェイコブはまじめな顔でいう。

「わかった。いってみて」

ジェイコブはほんの一瞬、だまった。「どういう感じ？　吸血鬼のカレシがいるのって」

またそういう話……。あたしは天井を見あげた。「サイコーよ」

「まじめにきいてるんだって。気にならない？　背筋がぞっとするようなことは一度もないわけ？」

「ありませんっ」

ジェイコブは無言であたしが持っていたボウルに手をのばす。顔をのぞき見ると、ジェイコブはしかめ面で、下唇をとがらせていた。

「ほかにまだなにかあるの？」

ジェイコブはまた鼻にシワを寄せた。「その、思ったんだけど。ベラはあいつに……ほら、キスとかするわけ？」

あたしは笑った。「するわよ」

ジェイコブはぶるっと身震いした。「げっ……」

「人それぞれで考え方はちがうのよ」あたしはつぶやいた。

「心配じゃないわけ、牙とかさ」

あたしはジェイコブの腕を思いきりたたき、洗剤入りの水を浴びせかけた。「うるさいんですけど！　エドワードに牙なんかないって、知ってるでしょ」

「似たようなもんだろ」ジェイコブはつぶやいた。

　あたしは歯ぎしりをして、必要以上に力をこめてペティナイフをごしごしこすった。

「もうひとついい？」あたしがナイフを渡すと、ジェイコブはそっときいた。「ちょっと興味があるんだ、このことも」

「どうぞ」ぴしゃりと答える。

　ジェイコブは流れる水の下でナイフをなんどもひっくり返す。口をひらいたときには、ほんのささやき声になっていた。「数週間っていったけど。いつなんだよ、具体的には……」最後までいいきることもできない。

「卒業したら」とささやき返し、おそるおそる顔をうかがった。この前みたいに、またキレてしまうかも……。

「そんなにすぐ……」ジェイコブはため息まじりにいうと、目を閉じた。質問には聞こえなかった。まるで嘆きの言葉のよう。ジェイコブの腕の筋肉がぴんと張りつめ、肩がこわばる。

「うわっ！」ジェイコブは叫んだ。室内はかなりしんとしていたから、とつぜんの大声にあたしは大きく跳びあがった。

　ジェイコブは無意識に右手でナイフの刃をきつく握っていた。指先をゆるめると、ナイフが音をたててカウンターに落ちた。手のひらに長く深い切り傷ができている。血は指をつたってぽたぽたと床へ落ちていく。

「イテッ！　くそっ！」ジェイコブは悪態をついた。

めまいがして、胃のあたりがむかむかする。片手でカウンターにしがみつき、口をあけて深く息を吸いこむ。もう、しゃっきりしてよ……。これじゃ、ジェイコブの手あてができない。

「ちょっと、ジェイコブ！　なにやってるのよ！　ほら、これを巻いて！」あたしはふきんを押しつけ、ジェイコブの手をつかもうとした。ジェイコブは振りはらおうとする。

「なんでもないよ、ベラ。心配すんなって」

視界がぼやけ、部屋のすみのほうがかすかに揺らぎはじめた。

もう一度、深く息を吸った。「心配すんなですって⁉　そんな風に手をざっくり切っておいてよくいうわよ！」

ジェイコブはあたしが押しつけたふきんには目もくれない。蛇口《じゃぐち》に手をのばし、傷口をすすいでいる。水が赤く染まる。頭がふらふらした。

「ベラ……」ジェイコブがいった。

傷から目をそらし、ジェイコブの顔を見る。しかめ面をしているけど、表情は落ち着いていた。

「なによ」

「いまにも失神しそうじゃないか。それに唇をかみきりそうになってる。よせよ。リラックスしてちゃんと呼吸するんだ。おれは大丈夫だってば」

口から息を吸いこみ、歯を下唇からはずした。「強がらないでよ」

ジェイコブはあきれて天井を見あげた。

「ほら、行こう。あたしが救急外来まで乗せてってあげる」運転しても大丈夫って自信はある。少なくとも、壁はもうゆらゆらして見えないし。

「そんなのいいよ」ジェイコブは水をとめ、あたしの手からふきんを受けとると、手のひらにゆるく巻きつけた。

「待って。見せて」傷を目のあたりにしてまたふらつくといけないから、力をこめてカウンターにつかまり、足を踏んばった。

「いつのまに医者の卵になったわけ？　そんな話、聞いてないけどな」

「いいから、ちょっと見せなさい。しかりとばしてでも病院に連れていったほうがいいか、あたしが決めるから」

ジェイコブはわざとおびえてみせる。「頼むから、おこらないで！」

「手を見せないなら、そうするしかなくなるけど」

ジェイコブは深く息を吸いこみ、ふーっといっきに吐きだした。「わかった」

ジェイコブはふきんをほどいた。受けとろうとあたしが手をのばすと、ジェイコブはそこに自分の手をのせた。

……どういうことなの？　理解するまで数秒かかった。手を甲のほうにひっくり返してもみた。ケガをしたのが手のひらだったのはまちがいないけれど。もとにもどして、ようやく気づいた。炎症を起こしてピンク色になっている溝のような線。傷の痕跡《こんせき》はそれだけだった。

「そんな。血が出てたのに、あんなにたくさん」

ジェイコブは手を引っこめた。しっかりした真剣なまなざしであたしを見る。

「治りが早いんだよ」

「そう……みたいね」声にならず、口だけ動かす。

さっき、あたしは長い切り傷をはっきり見た。シンクに流れこんだ血も。サビと塩がまざったようなにおいのせいで、卒倒しかけたんだもの。縫わなきゃいけないくらいの傷だったはず。かさぶたになるまでに数日、そしていまジェイコブの手のひらについているようなピンク色のなめらかな傷痕になるまでには――数週間はかかるはずだ。

ジェイコブは口もとをきゅっとひねって薄笑いを浮かべ、胸のあたりを拳《こぶし》でドンとたたいてみせた。「おれ、狼人間なんだよ、忘れた？」

ジェイコブの瞳があたしをとらえた。無限にも思えるようなひととき。

「そうだった」やっとのことでいった。

ジェイコブはあたしの顔つきを見て笑った。「この話、いつかしたよね。ポールの傷だって見たことあるじゃん」

頭を振ってすっきりさせようとする。「話を聞くのとはちがうもの、じっさいに治っていくところを直接見るのって」

ひざまずき、シンクの下のキャビネットから漂白剤を探してとりだした。ぞうきんに少量注いで、床掃除にとりかかる。鼻にツンとくる漂白剤のにおいのおかげで、頭のなかの最後のもやもやも消え去った。

「自分でやるよ」ジェイコブはいった。

「あたしがやるからいい。そのふきん、洗濯機に放りこんできて」

床から漂白剤のにおいしかしないことを確認すると、あたしは立ちあがってジェイコブの血がついたシンクの右側も漂白剤を使ってすすいだ。それから食料棚のわきにある洗濯機置き場に行って、漂白剤を一カップ入れてからスイッチを入れた。ジェイコブはとがめるような顔つきであたしを観察していた。

「潔癖症にでもなった？」ひと仕事終えたあたしに質問する。

そう……かも。でも、少なくとも、今回はマグネットをぴっちり一直線に並べようというわけじゃない。ちゃんとした理由がある。「うちではね、血にはちょっと気をつかうの。どういうことかはわかるでしょ」

「あ、そっか」ジェイコブはまた鼻にシワを寄せた。

「エドワードができるだけ楽でいられるようにしてあげたいの。それでなくたって、大変な思いをしてるんだもの」

「はいはい。そうだよね」

水栓をはずし、よごれた水をシンクから流した。

「きいてもいいかな、ベラ」

あたしはため息をついた。

「どういう感じ？　狼人間の親友がいるのって」

この質問には意表をつかれた。あたしは大声で笑った。

「背筋がぞっとすることは？」答える間もなく、ジェイコブはたたみかけた。

「ないわね。狼人間がいい子でいるときは」と条件をつける。「サイコーよ」

ジェイコブはにっこり笑った。赤褐色の肌に歯がまばゆく映える。「ありがと、ベラ」

ジェイコブはあたしの手をつかむと、ぐいっと引っぱり、いつものように骨が砕けそうなくらい力をこめて抱きしめた。

抵抗するひまもなく、ジェイコブは腕をおろしてあとずさった。

「うげっ……」といって、鼻にシワを寄せる。「ベラの髪、部屋にもましてくっせーんだけど」

「悪かったわね」とつぶやき、はたと気づいた。さっき、あたしに息を吹きかけたあとで、エドワードがなんで笑っていたのか。

「吸血鬼とつきあうリスクが山ほどあるけど、そのひとつは……」ジェイコブは肩をすくめていった。「ひどいにおいになることだな。まあ、どっちかっていえば、たいしたことないリスクだけど」

あたしはジェイコブをにらんだ。「くさいって感じるのは、ジェイコブだけですから」

ジェイコブはにやっとした。「じゃまたね、ベラ」

「帰るの？」

「おれが帰るのをあいつが待ってる。外にいるのが聞こえる」

「あ……そう」

「裏口から出るよ」といって、ジェイコブはふととまった。「そうだ、ちょっと待った。あのさ、今晩ラプッシュに来られない？　かがり火をたいてパーティをやるんだ。エミリーもいるし、キムにも会えるよ。それに、クイルもベラに会いたがってる。自分より先にベラが事情を知ってたってんで、かなりへそを曲げてたし」

そこであたしはにやりとした。クイルがどれだけくやしがったか想像がつくもの。自分がまだカヤの外に置かれていたときに、ジェイコブの〝人間の〟女友だちが狼人間たちとよろしくやっていたなんて。と、そこでため息をつく。「そうね……でも、なんともいえないな。ほら、いまはちょっとぴりぴりしてるし」

「いいじゃん。ベラに手を出せるやつがいるはずないだろ？　おれたちみんな……六人全員を出しぬいてさ」

質問の最後のところで口ごもったとき、妙な間があいた。〝狼人間〟って言葉を口に出すのがいやだったのかしら。あたしがよく〝吸血鬼〟って言葉をいうのに苦労しているみたいに。

ジェイコブの黒い瞳は恥ずかしげもなく、一緒に遊ぼうとせがんでいる。

「きいてみる」自信がないままいった。

ジェイコブはのどの奥で軽くうなった。「あいつ、いまじゃベラの〈看守〉もやってるってわけだ。先週、テレビのニュースで見たよ。相手を支配したり虐待したりするティーンエイジャーの恋愛はよくな……」

「もういいから！」話を途中でさえぎり、ジェイコブの腕をこづいた。「狼人間は退場する時間よ！」

ジェイコブはにやりとした。「それじゃ、ベラ。忘れずに〝お許し〟をもらいなよ」やりかえす言葉が見つからないうちに、ジェイコブは裏口からひょいと出ていった。あたしはからっぽの空間にむかってぶつぶつ文句をつけた。

ジェイコブが去ってすぐ、エドワードがゆっくりキッチンに入ってきた。雨粒がブロンズ色の髪にはめこまれたダイヤのようにきらめいている。なにか探るような目つきをしている。

「喧嘩《けんか》したの？」

「エドワード！」あたしは歌うようにいって、抱きついた。

「よしよし」エドワードは笑ってあたしに腕をまわす。「ぼくの気をそらすつもり？　なかなかうまいね」

「ちがう、喧嘩なんてしてない。たいしたやつは。どうして？」

「どうしてナイフで刺したのかと思っただけ。責めるつもりはないけどさ」エドワードはあごでカウンターの上のナイフを指した。

「しまった！　ぬかりないと思ったのに！」

エドワードから身体を引きはなしてナイフを流しにおき、漂白剤につけた。

「あたしが刺したわけじゃないの」手を動かしながら説明した。「ジェイコブがね、ナイフを手に持ってるのを忘れてちょっと」

エドワードはくすっと笑った。

「もっとはるかにおもしろいことを想像してたんだけどな」

「意地悪いわないで」

エドワードは上着のポケットから大きな封筒をとりだし、カウンターに軽く放った。

「郵便が届いてたよ」

「いい知らせ？」

「ぼくはそう思うけどね」

ぼくは……？　そのいい方に不審をいだき、あたしはすっと目を細めた。いったいなんなのか調べてみなきゃ。

エドワードは大型の封筒を半分に折っていた。広げてみて、その上質な紙の重みに驚く。

差出人は……。

「ダートマス大学？　これ、なにかの冗談？」

「きっと合格通知だよ。ぼくが受けとったのとそっくりだから」

「もうホント……エドワード。いったいなにをしたの？」

「きみの願書を送っておいた。それだけ」

「あたしね、ダートマス大にふさわしい人材ではないけど、そんな話を信じるほどばかでもないわよ」

「あっちはベラのこと、ふさわしい人材だと思ったんだよ」

深くため息をついて、ゆっくり十まで数えた。「それはなんとも、ありがたい話ね」ようやく口をひらく。「そういうけど、合格だろうがなんだろうが学費っていうささやかな問題が残るのよ。あたしには無理だもの。それにこの秋からダートマス大に進学するふりをするためだけに、お金を無駄にさせるつもりもない。それだけあれば、新しいスポーツカーが一台買えるでしょ」

「ぼくは新しいスポーツカーなんていらないし、ベラだってなにかの〝ふり〟をする必要はないんだよ」エドワードは小声でいった。「大学生活を一年送るのもそれほどひどくないって。けっこう、気にいるかもしれない。ベラ、考えるだけ考えてごらん。想像してみなよ、チャーリーとレネがどんなによろこぶか……」

とめるまもなく、エドワードのベルベットのような声があたしの脳裏にイメージを描きだしていく。もちろん、チャーリーは娘が誇らしくて狂喜乱舞するだろう。その興奮からフォークスの住人は全員、逃れられっこない。

それにママはあたしの成功をよろこんで大はしゃぎするはず。もちろん、ぜんぜん驚いてなんかいませんって、いいはるだろうけど。

その光景を頭から振りはらおうとする。「あたしは生きて卒業式を迎えられるか心配している身なのよ。ましてこの夏や秋のことなんて……」

エドワードの腕が再びあたしをつつみこんだ。「だれもきみを傷つけたりしない。きみには好きなだけ時間があるんだ」

ため息が出てしまう。「明日、銀行にあずけてあるお金をアラスカに送るつもり。あたしに必要なアリバイはそれでそろうの。あれだけ遠ければ、チャーリーだって早くてもクリスマスまでは里帰りを期待しないだろうし。そのときになったら、また口実を考える。ホントに……」あたしはからかい半分にいった。「こういう秘密とかごまかしってある意味、面倒よね」

エドワードの表情がけわしくなる。「だんだん楽になるよ。二、三十年して知りあいがすべて世を去ったら。問題は解決する」

あたしはギクッとした。

「ごめん、いまのはひどかった」

大きな白い封筒にぼんやりと視線を落とした。「でも、真実なのよね」

「今回の侵入者の件はとにかく、ぼくが解決する。そうしたら、ベラはもう少し待つことを考えてみてくれないかな」

「だめ」

「相変わらず、ホントに強情だな」

「そのとおり」

洗濯機がバシャバシャと音をたて、つかえたようにとまった。

「もう、オンボロの役立たず」といって、あたしはエドワードから離れた。洗濯槽には小さなふきん一枚しか入っていないのに、それがひっかかってバランスを狂わせていた。ふきんを移動させて、またスイッチを入れる。

「そうだ、思い出した。アリスにきいてもらえる？　部屋を片づけてくれたとき、あたしのものをどこにやったか。見つからないのよ」

エドワードは困惑した目であたしを見た。「アリスがベラの部屋を片づけたって？」

「うん、たぶんそうだと思うの。パジャマとか枕とかをとりにきたとき——あたしを人質にするのに」一瞬、エドワードにこわい顔をする。「散らかってたものを全部、拾ってくれたみたいなのよ。ブラウスとか靴下とか。それをどこに置いたのかわからなくて」

エドワードはほんの一瞬、とまどった様子のままだった。と、そこでいきなり硬直する。

「ものが消えてるって、いつ気づいた？」

「にせのお泊まり会から帰ってきたとき。どうして？」

「アリスはなにももっていっていないはずだ。服も枕も。なくなったのはベラが身につけたり……さわったり……寝たりしていたものだろ？」

「そうよ。どうしたの、エドワード？」

エドワードの表情は張りつめていた。「きみの残り香がついているものだ」

「そんな！」

あたしたちはしばらく、たがいの目をじっとのぞきこんでいた。

「例の訪問者なのね」あたしはつぶやいた。

「そいつは手がかりを……証拠を集めてたんだ。きみを見つけたことを証明するためじゃないかな」

「なんのために？」あたしはささやいた。

「わからない。でも、ベラ。誓ってぼくがつきとめてみせる。かならず」

「わかった、信じてる」といって、エドワードの胸に頭をもたせかけた。そうして寄りかかっていると、エドワードのポケットのなかの携帯電話が振動した。

エドワードは電話をとりだし、番号に目を走らせた。「まさに話をしたかったんだ」とつぶやき、パチンと電話をあける。「カーライル、ぼくだ……」そこで話をやめ、耳をかたむける。しばらく、集中して緊張した顔つきだった。「チェックしてみるよ。あと……」

エドワードはあたしの部屋から消えたものについて説明した。でも、聞こえてくる範囲では、カーライルにも思いあたることはないみたい。

「ぼくが行ってもいいけど……」といって、エドワードはあたしのほうへ視線をゆらりと移し、言葉じりを浮かせた。「いや、やめておこうかな。エメットをひとりで行かせないほうがいい。あいつのことだからどうなるか。少なくとも、アリスに目を光らせておくよう頼んで。その件はあとでつきとめよう」

エドワードはパチンと携帯を閉じてきいた。「新聞はある？」

「えっと、どうだろ。なんで？」

「確認したいことがあるんだ。チャーリーがもう捨ててしまったかな」

「たぶん……」

エドワードは姿を消した。

そして一秒もしないでもどってくる。髪には新しいダイヤのしずく。手には濡《ぬ》れた新聞をもっていた。テーブルに新聞を広げ、すばやく見出しに目を通していく。身を乗りだし、熱心になにかを読んでいる。そしてとりわけ興味をひかれた記事を指でなぞった。

「カーライルのいうとおりだ。たしかに、かなりずさんだ。未熟で……イカれているのか。あるいは自殺願望でもあるのか」エドワードはひとりつぶやいた。

あたしはエドワードの肩ごしにのぞきこんだ。

〈シアトルタイムズ〉の見出しにはこうあった。

連続殺人に歯どめかからず――警察は手がかりゼロ

数週間前にチャーリーが文句をいっていた記事とほとんどおなじ。シアトルを〝全米殺人多発地帯〟の上位に押しあげている大都会の凶悪事件。でも、正確にはおなじ記事じゃない。数字はずっと増えている。

「悪化するばかりね」あたしは小声でいった。

エドワードは顔をしかめた。「まったくやりたい放題だ。〝新生〟した吸血鬼ひとりだけのしわざとは思えない。どうなってるんだ？ まるでヴォルトゥーリの存在など聞いたこともないみたいだ。その可能性も……なくはないな。だれも掟を教えこんでいない。では、だれがこいつらを生みだしているんだ？」

「ヴォルトゥーリ……って？」身震いをして繰り返した。

「彼らがふだん殲滅《せんめつ》しているのは、まさにこういう連中なんだ。ぼくたちの存在を明るみに出しかねない不死の者たち。ほんの数年前、アトランタでおなじようなゴタゴタに始末をつけた。でも、当時だってここまではひどくなかった。なんとかして鎮静化をはからないと、ヴォルトゥーリがそろそろ——かなり近いうちに——介入してくる。できるなら、いまは彼らにシアトルへ来てもらいたくないんだ。ここは目と鼻の先だからね、ベラの様子をチェックしようとするかもしれない」

また身体に震えが走る。「どうすればいいの？」

「それを決めるにはもっと情報をつかまないと。この若い連中に話をして掟について説明できれば、平和的な解決も可能だ」エドワードの顔が曇った。その見こみは高くないと思っているみたいに。「アリスが状況をつかむまで待つことになる。やむにやまれない状況にならないかぎり、介入したくない。しょせん、ぼくたちの責任ではないからね。だが、ジャスパーがいてくれてよかった」と、ひとりごとのようにつけ加える。「〝新生者〟を相手にするなら、頼りになるからね」

「ジャスパーが……どうして？」

エドワードは憂鬱《ゆううつ》そうにほほえんだ。

「ジャスパーはある意味、若い吸血鬼の専門家なんだ」

「専門家って？」

「それは本人にきいてくれ。こみいった話だから」

「もう、なんかメチャクチャね」あたしはつぶやいた。

「たしかにそんな感じだね。このところ、四方八方から攻撃されているような気がするよ」エドワードはため息をついた。「ぼくを愛したりしなければ、人生はもっと楽だったって思うことはない？」

「そうかもしれないけど、そんなの、たいした人生にならないもの」

「ぼくにとってはね」エドワードはすばやく訂正した。「ところで、思ったんだけど……」

エドワードはひねた笑みを浮かべて続けた。「なにかききたいことがあるんじゃない？」

ぽかんとエドワードを見つけた。「そう……だっけ？」

「ちがったかな」エドワードはにやりと笑った。「そんな印象を受けたんだけど。今晩、人狼族の夜会かなにかに行くお許しをもらうって約束していた……」

「また盗み聞きしたの？」

エドワードはにっこりした。「ほんの少し。最後の最後だけ」

「そっか。どのみち、きくつもりはなかったの。それでなくても、エドワードは気が重い問題をいっぱいかかえてるから」

エドワードは片手をあたしのあごに添えて顔を押さえると、瞳から表情を読みとろうとした。「行きたいの？」

「たいしたことじゃないもん。気にしないで」

「ぼくの許可なんて求める必要はないよ、ベラ。父親じゃないんだから。ホント、その点は天に感謝しないとね。でも、チャーリーにはきいてみたら？」

「チャーリーはいいっていうに決まってる。そんなの、わかってるでしょ」

「たしかにぼくは普通の人よりほんの少し、チャーリーがなんと答えるか読める。ベラのいうとおりだよ」

あたしはひたすらエドワードを見つめた。理解したい。あたしにどうしてほしいのか。ラプッシュへ行きたいという強い想いを頭から消し去ろうとする。自分の願望に踊らされないように。恐ろしい不可解な出来事がたくさん起こっているこのときに、軽はずみな狼人間の男の子たちと遊びたがるなんてばかげているもの。

もちろん、だからこそ行きたいわけだけれど。ほんの数時間、死の危険から逃れ、大人げのない、もっとむこうみずなベラになって、ジェイコブと一緒に不安や心配を笑いとばしてしまいたい。ほんのひとときでいいから。

でも、あたしの望みはこのさい問題じゃない。

「ベラ」エドワードはいった。「いったはずだよ、ぼくは冷静になって、きみの判断を信用するって。本気なんだ。きみが人狼を信用するなら、ぼくもあいつらのことは心配しない」

「……びっくり」あたしはいった。昨夜とおなじように。

「それにジェイコブのいうとおりだ——まあ、一点にかぎった話だけど——人狼族の群れなら、いくらベラでも、ひと晩くらい守れるだろう」

「ホントに？」

「もちろん、ただ……」

あたしは身構えた。

「いくつか予防策をとってもいいかな。まず、境界線までぼくが車で送っていく。そして携帯電話を持っていってほしい。いつ迎えにいけばいいか連絡がつくように」

「それは……とても理にかなってると思う」

「よし、完璧《かんぺき》だ」

エドワードはあたしにほほえんだ。宝石のようなその瞳に懸念の影はかけらもなかった。

案の定、ラプッシュのかがり火のパーティに出かけることについて、チャーリーはぜんぜん反対しなかった。電話で知らせると、ジェイコブは臆面もなく大よろこびして、よほど楽しみなのか、エドワードが提案した〝安全対策〟も受けいれた。あたしたちは領地をはさんだ境界線のところで、六時に落ちあうことにした。

あたしはしばらくのあいだ葛藤《かっとう》して……決めた。やっぱり、あのバイクは売らない。ラプッシュへもどそう。あるべき場所に。あたしに必要なくなったら……そのときはジェイコブになんらかの形で労力にあった見返りを得てもらう。売っても友だちにあげてもいい。そこはあたしが口をだすことじゃない。

今晩はバイクをジェイコブのガレージに返すいい機会になりそう。最近の出来事のせいでこうしてブルーな気分でいると、毎日が残された最後のチャンスって気がする。やるべきことを先のばしにするひまはない。どんなにささいなことであっても。

そんな気持ちを説明すると、エドワードはだまってうなずいた。でも、動揺の色が瞳をかすめたのが見えた気がした。わかってる。あたしがバイクに乗ることについて、エドワードはチャーリーに負けずおとらずいい顔をしないから。

エドワードの車についてピックアップでカレン邸へもどり、バイクを置いてあるガレージへむかった。車を停めて、おりていったところで気づいた。さっきエドワードが見せた動揺は——今回だけは——あたしの身の安全に限ったことではないのかもしれない。

小さな年代物のバイクのとなりには——圧倒的な存在感を放って——もう一台の乗りものがあった。この乗りものを「バイク」と呼ぶのは、ぜんぜんそぐわない気がする。とつぜんしょぼく見えてきたあたしのバイクと、おなじ仲間だとはとても思えない。大きくて、つややかで、シルバーに輝き——ぴたりと静止しているのに——いかにも速そうに見える。

「あれは……なに？」

「なんでもない」エドワードは小声でいった。

「なんでもないようには見えないけど」

エドワードはなにげない顔をしている。軽く受けながすつもりだ。「ベラがあいつを許すのか、あっちがベラのことを許すのか……わからなかっただろ。それでも、ベラはバイクには乗りたがるかなと思って。楽しんでるみたいだったから。ベラがそうしたいっていうなら、ぼくがツーリングにつきあおうかなって」エドワードは肩をすくめた。

あたしは美しいマシンをじっと見つめた。そのとなりに置いてあると、あたしのバイクはまるで壊れた三輪車だ。とつぜん、悲しくなってきた。これって、なかなか鋭いたとえだもの。エドワードのとなりにいるあたしがどう見えるかの……。

「あたし、きっと足手まといになるし」とささやいた。

エドワードは顔を正面から見ようと、あたしのあごに手を添えて引き寄せた。そして、指先であたしの唇のはしをあげようとする。

「ベラのペースにあわせるよ」

「それじゃ、エドワードは楽しくないでしょ」

「もちろん、楽しいよ。ふたり一緒なら」

あたしは唇をかんで一瞬、想像してみた。「あたしがスピードを出しすぎてるとか、このままだと倒れるって思ったら、どうする？」

エドワードはためらった。正しい答えを探しているのが一目瞭然。真実はいうまでもない。クラッシュしないうちに、どうにかしてあたしを救うはず。

そこでエドワードはほほえんだ。とても自然に。でも、瞳は身構えるようにわずかにけわしくなる。

「バイクはジェイコブとやること……なんだね。いま気づいた」

「というか……ただジェイコブとなら、あたしがそんなに足をひっぱることもないし。エドワードと乗ってみてもいいけど……」

自信がもてずに、シルバーのバイクを見た。

「気にしないでいいよ」といって、エドワードは軽く笑った。「ジャスパーが見とれてたんだ。あいつもそろそろ、新しい移動手段に慣れておいてもいいころだし。アリスだって、自分のポルシェを手に入れたんだから」

「エドワード、あたし……」

すばやいキスでさえぎられた。「気にしないでっていっただろ。でも、ひとつ頼みをきいてもらえるかな」

「なんでもいって」とっさに約束した。

エドワードはあたしの顔から手を離すと、大きなバイクのむこうに乗りだして、しまってあったなにかをとりだした。

ひとつは黒くてへなへなしたもの。もうひとつは赤く、正体はすぐにわかった。

「いいかな?」ときいて、エドワードはあのいわくありげな笑みを浮かべた。これにはいつも、抵抗する気持ちを打ちくだかれてしまう。

赤いヘルメットを受けとり、手で重さをはかった。「きっとマヌケに見えるわ」

「いや、かしこく見えるはずだよ。ケガを防ごうとするだけかしこいって」エドワードは黒いものを——いったいなんなのかしら——腕にひっかけ、両手であたしの顔をつつんだ。「いまこの手のなかにあるものを失ったら、ぼくは生きてはいけない。大事にしてもらいたいね」

「オーケー、わかった。で、そっちはなんなの?」疑わしげにきいた。

エドワードは笑って、ライナーつきのジャケットらしきものをささっと広げてみせた。

「ライダースジャケットだよ。バイク事故のすり傷はかなりやっかいだっていうから。ぼくは体感しようがないけどね」

エドワードはジャケットを差しだした。あたしは深いため息をつき、髪をうしろにはらってヘルメットをかぶり、ジャケットに腕をつっこんだ。エドワードはファスナーをあげると、唇のはしに笑みをのぞかせながら、一歩さがった。

なんだか、もこもこする。

「正直にいってね。かなりみっともない？」

エドワードはもう一歩さがって、唇をきゅっと結んだ。

「そんなにみっともないんだ……」とつぶやく。

「いや、そんなことないよ、ベラ。というより……」エドワードは正しい言葉をひねりだすのに苦労しているみたい。「……セクシーだよ」

あたしは大声で笑った。「あっそう」

「すごくセクシーだよ、ホントに」

「そういっておけば、着ると思ってるんでしょ。でも、いいの。エドワードのいうとおり。このほうがかしこいもの」

エドワードはあたしに腕をまわして胸に引き寄せる。「ばかだな、そういうとこがベラの魅力なんだけど。でもたしかに、このヘルメットには欠点があるな……」

そこでエドワードはヘルメットを脱がせた。あたしにキスができるように。

そのあと、エドワードがラプッシュへ車で送ってくれた。はじめてのことなのに、不思議となつかしい気がする。一瞬、考えてみる。わかった……デジャブのもとが。

「この感じ、なにに似てるかわかる?」あたしはきいた。「子どものころ、夏のあいだにママがあたしをチャーリーにあずけたときよ、まさにそっくり。まるで小学生になった気分」

エドワードは声をあげて笑った。

あえて口には出さなかったけれど、あのころといまの最大のちがいは、ママとチャーリーはエドワードとジェイコブより友好的だったってことだ。

ラプッシュまであと半分あたりのところで、カーブを曲がるとジェイコブの姿が見えた。スクラップから自分で組み立てた赤いフォルクスワーゲンに寄りかかっている。あたしが助手席から手を振ると、ジェイコブのすました顔はゆるんで笑顔になった。

エドワードは三十メートルほど手前でボルボをとめた。

「帰る気になったらいつでも電話して。ここまで迎えにくる」

「遅くはならないから」と約束した。

エドワードはバイクと新しい装備を引っぱりだした。全部、おさまっていたなんてホントにびっくり。でも、小さなバイクはもちろん、フルサイズのバンだって自在にあやつれるだけの力があれば、なんのことはないのかも。

ジェイコブは近づこうともせず、見守っている。笑顔は消えさり、黒い瞳は解読不能だった。

あたしはヘルメットをわきにかかえ、バイクのシートにジャケットをかけた。

「忘れものはない？」エドワードがきいた。

「大丈夫よ」と安心させた。

エドワードはため息をつき、あたしのほうへ身を乗りだした。別れぎわの軽いキスだと思って顔をあげた。でも、エドワードは意外なことに、あたしをしっかり抱きしめ、さっきのガレージでのキスとおなじくらい熱いキスをした。しばらくすると、苦しくて息が乱れてしまう。

エドワードはなにがおかしいのか静かに笑って、あたしを放した。

「またあとで」エドワードはいった。「そのジャケット、ぼくはすごく気にいったよ」

エドワードに背をむけるとき、その瞳をなにかがかすめるのが見えた。あたしには見せないはずだったもの。それがなんなのかはっきりはわからない。不安……かもしれない。一瞬、パニックのように思えたけど、きっと、あたしはまた火のないところに煙を見ているんだ。いつものように。

エドワードの視線を背中に感じながら、ジェイコブと落ちあうために吸血鬼と人狼族の見えない境界線にむかってバイクを押していく。

「それ、なんなんだよ」ジェイコブが警戒ぎみに声をかけてきた。なんともいえない顔つきで、バイクをじろじろ見ている。

「あるべき場所にもどそうと思って」あたしは告げた。

ほんの一瞬、ジェイコブは考えをめぐらせてから、顔いっぱいに笑みを浮かべた。

自分がどこで狼人間の領地に入ったのか、はっきりわかった。ジェイコブが車から離れ、大きく三歩で距離をつめ、すばやく近づいてきたから。ジェイコブはバイクを引きとり、スタンドを出してたたせると、あたしをいつものようにがっちり抱きしめた。

ボルボのエンジンが激しくうなる。

あたしはジェイコブを振りほどこうとしてもがいた。

「いいかげんにしてよ、ジェイコブ！」あえぎながらいった。

ジェイコブは声をあげて笑い、あたしをおろした。エドワードに手を振ろうとしたのに、シルバーの車はすでに道の先のカーブを消えていくところだった。

「やってくれるわよね」ちょっとイヤミをこめていった。

ジェイコブは無邪気をよそおい、目を丸くする。「なんのこと？」

「エドワードは今晩のこと、すごくこころよく受けいれてくれたのよ。それだけでも運がいいんだから、調子に乗らないの」

ジェイコブはまたハハッと笑った。さっきよりも大声で。あたしの言葉がものすごくおかしかったみたい。なにが笑えるんだろ……ジェイコブがゴルフの助手席のほうへまわってドアをあけてくれるあいだ、あたしは考えていた。

「ベラ」ジェイコブはドアを閉めながらようやくいった。まだくすくす笑っている。「そもそも運がないやつは、調子にも乗れないんだぜ」

11 キラユーテ

「そのソーセージ、食うのか?」ポールがジェイコブにきいた。その視線は狼人間たちがたいらげた盛大な夕食の最後の残りものにクギづけになっている。

ジェイコブはあたしのひざに背中をもたせかけ、のばしたワイヤーハンガーに刺したソーセージをもてあそんでいた。かがり火の炎が破けたソーセージの皮をなめる。

ジェイコブは大きく息を吐き、軽くおなかをたたいた。どういうわけか、おなかのあたりはまだすっきりしている。十本をすぎたあたりでソーセージを何本食べたのか数えきれなくなってしまったのに。特大サイズのポテトチップスや二リットル入りのソーダはいうまでもなく。

「そうだなあ」ジェイコブはゆっくりいった。「腹がいっぱいで吐きそうなくらいだけど、無理になら……つめこめそうな気がする。ぜんぜん、うまいとは思わないだろうけど」残念そうに、また息を吐く。

少なくともジェイコブとおなじくらいの量を食べていたのに、ポールはこわい顔をして、両手を丸めてげんこつにした。

「まあまあ」ジェイコブは笑った。「冗談だよ、ポール。ほら」

ジェイコブは手づくりの串を円陣のむこうにひょいと投げた。ソーセージを下にして砂地に落ちる……と思ったのに、ポールは苦もなく持ち手のほうを見事にキャッチした。

けたはずれに運動神経がいい人たちにいつも囲まれていると、あたしはコンプレックスをかかえてしまいそう。

「ごちそうさん」ポールはいった。カッとなったこともあっさり水に流して。

たき火がパチパチと音をたてて、少しずつ崩れていく。まばゆいオレンジの火花がぱっと舞いあがり、真っ黒な空を照らした。

あれ、おかしい……太陽が沈んでいたなんて気づかなかった。そこではじめて思った。もう何時くらいなんだろう。時間がたつのをすっかり忘れていた。

キラユーテ族の友だちと一緒にいるのは、予想していたより気楽だった。

ジェイコブとバイクをガレージまで運びながら――ヘルメットはいいアイデアだし、自分が気づくべきだったと、ジェイコブはくやしそうに認めた――あたしはかがり火のパーティに一緒に顔を出すことに不安を覚えはじめていた。いままでは〝裏切り者〟と思われているんじゃないかしら。あたしを誘ったりしてジェイコブはおこられない？　パーティがだいなしになったらどうしよう……。

でも、ジェイコブに連れられて森を抜け、崖《がけ》のてっぺんの集合場所へ行ってみると――たき火はすでに雲にかすんだ太陽よりまばゆく燃えていて――その場の雰囲気はとてもカジュアルで陽気だった。

「よう、吸血娘！」エンブリーは大声で迎えてくれた。

クイルは跳ねるように立ちあがり、あいさつがわりにパチンと片手をあわせ、ほほにキスをしてくれた。エミリーとサムのとなりでひんやりした岩場に腰をおろすと、エミリーはあたしの手をきつく握りしめた。

なんどかあてつけに文句をいわれたけれど――相手はほとんどポールで、吸血野郎のにおいがするから風下にいろよとかなんとか――あとはみんな身内のように接してくれた。

参加していたのは若者だけではなかった。ビリーもいて、その車椅子は円陣の上座らしき場所に置かれていた。そのとなりの折りたたみのガーデンチェアには、クイルの年老いた白髪のおじいさん、アテアラ老人がかなりよぼよぼした感じで座っている。ビリーをはさんで反対にはスー・クリアウォーター、チャーリーの友人ハリーの未亡人の席があった。スーのふたりの子ども、リアとセスもいて、あたしたちとおなじように地べたに座っていた。

これにはびっくりした。でも、クリアウォーター家の三人もいまでは秘密を知っているのはあきらかだった。ビリーとアテアラ老人が話しかける様子からみて、スーは部族評議会でハリーのあとを継いだらしい。だから、スーの子どもたちも自動的にラプッシュの

〝最高秘密結社〟のメンバーになるのかしら。

リアは円陣をはさんでサムとエミリーのむかいに座っている。どれほどつらい想いをしているだろう。リアの美しい顔は感情をいっさいのぞかせていないけれど、その視線が炎から離れることもなかった。リアの完璧《かんぺき》な顔だちを見ていると、どうしてもエミリーの傷ついた顔と比較してしまう。リアはエミリーの傷痕《きずあと》のことをどう思っているんだろう。その裏にある真相を知ったいまでは？　リアの目にはしかるべき報いに映るのだろうか。

おさなかったセス・クリアウォーターはもうそれほど小さくはない。屈託のない陽気な笑顔と長身のひょろっとした体格に、以前のジェイコブの姿がありありと浮かんでくる。その面影にあたしは顔をほころばせ、そしてふと思った。ほかの男の子たちのように、セスの人生も劇的に変化する運命なのかな。将来そうなるから、セスとセスの家族はここにいることを許されているの？

群れのメンバーは勢ぞろいしていた。サムはエミリーを連れていて、あとはポール、エンブリー、クイル。ジャレッドはキムと一緒だった——例の〝刻印〟された女の子だ。

キムの第一印象は、ひとあたりのいい子で、ちょっとひっこみ思案で、地味という感じだった。顔は幅が広く、ほお骨が張っていて、そのわりに目は小さい。いわゆる美人というには鼻も口も大きすぎる。まっすぐな黒髪は細くてこしがなく、崖《がけ》の頂上で弱まる気配のない風になびいている。

それが第一印象だった。でも、キムを見つめるジャレッドを数時間眺めているうちに、とてもこの子を地味だなんて思えなくなった。

なんて目で見つめるの！　まるではじめて太陽を目にした人のよう。埋もれていたレオナルド・ダ・ヴィンチの作品を見つけた美術収集家か、生まれたばかりの赤ちゃんの顔をのぞきこんでいる母親か……。

うっとりしているジャレッドの視線も手伝って、キムの新しい面が見えてきた。たき火に照らされた肌は赤褐色のシルクさながら。唇は完璧な二重の曲線を描いていて、その奥には真っ白な歯。まつげは長く、目を伏せるとほほを軽くなでる。

ほれぼれしているジャレッドの視線に気づき、キムはときどき顔を赤らめ、はにかむように視線を落とした。でも、ほんのわずかなあいだでもジャレッドの瞳から目を離すことはできないみたい。

ふたりを眺めていると、ジェイコブがしてくれた刻印の話がよく理解できる気がした。

——あれほど誠実に、大事にされたら、いやとはいえないよ。

キムはジャレッドの胸にもたれ、腕にいだかれて、うとうとしていた。きっととてもあたたかいんだろうな……。

「もう遅いでしょ」ジェイコブにひそひそといった。

「そんなこと、まだいうなって」ジェイコブはささやき返す。ここにいる半分はどのみち、あたしたちの話が聞こえるくらい耳がいいはずだけど。「いちばんおもしろいのはこれからなんだからさ」

「いちばんおもしろいって？　ジェイコブが牛一頭を丸のみするとか？」

ジェイコブはくっくっといつものように低くハスキーに笑った。「いや。それはフィナーレにやる。おれたちはただ一週間分の食料をたいらげるために集まったんじゃない。厳密には、これは評議会の会合なんだ。クイルが参加するのははじめてで、あいつはまだ昔話を聞いてないから。まあ、聞いたことはあるけど、ホントのことだと知ってからはじめてなんだ。そうなると、もっと真剣に聞くようになるしね。キムとセスとリアも初参加なんだよ」

「昔話って？」

低い岩壁に寄りかかっていたあたしのとなりに、ジェイコブはすっとさがってきた。あたしの肩に腕をまわして、さらに声をひそめて耳打ちしてくる。

「おれたちがずっと伝説だと思っていた史実だよ。はじまりにまつわる昔話。まずは〝精霊の戦士たち〟の物語だ」

ジェイコブのひそやかなささやきが冒頭のあいさつだったかのように、ゆるゆると燃えるたき火のまわりの雰囲気がいきなり変わった。ポールとエンブリーは姿勢を正した。ジャレッドはキムを軽くつつき、そっと抱きあげてまっすぐ座らせる。

エミリーはらせん綴じのノートとペンをとりだした。まさに大事な講義にそなえる学生そのもの。となりにいたサムがほんのわずかに身体をひねり、むこうどなりにいるアテアラ老人とおなじ方向をむく。とつぜん、あたしは気づいた。この場にいる評議会の長老は三人じゃない――サムを入れて、四人なんだ。

リア・クリアウォーターはやはり美しく無表情な仮面をまとったまま、目を閉じた。疲れたからではなく、集中しようとしているみたいに。弟のセスは長老たちのほうへしきりに身を乗りだしている。

たき火がパチパチと音をたて、また夜空へと火花をキラキラとまきあげる。

ビリーはせきばらいをすると、さっきの息子のささやきに前口上を加えることもなく、趣のある低い声で物語を語りはじめた。言葉はよどみなく流れだす。まるで暗記しているみたい。でも情感がこもり、かすかな抑揚がついている。詩人が自作の詩を朗読しているようだった。

「キラユーテ族はもともと小さな部族だった」と、ビリーはいった。「いまでも小さな部族だが、その存在が途絶えたことはない。かねてより生まれもっている不思議な力のおかげだ。昔から姿を変える力だったわけではない。それはあとからあらわれた。もともと、われわれは精霊の戦士だったのだ」

これまで一度だって、あたしはビリー・ブラックの声の威厳のある響きに気づいたことがなかった。でも、いまわかった。この重々しさはずっとそこに存在していたのだと。

ビリーの言葉に追いつこうと、エミリーのペンは軽やかにノートの上を走っていく。

「はじめのころ、われわれの部族はこの入江に住みつき、腕ききの船大工や漁師になった。だが、部族は小さく、入江には魚がふんだんにいて、この土地をほしがる者たちがほかにもいた。領地を守るにはわれわれはあまりにも無勢《ぶぜい》だった。

やがて大きな部族が攻めてきて、われわれは船に乗って逃れた。

カヘレハは最初の精霊の戦士ではないが、カヘレハ以前の物語は伝えられていない。この不思議な力を最初に見つけたのはだれだったのか、これから語る苦難の前にどのように使われていたのか――キラユーテの記憶には残っていないのだ。カヘレハが部族史上はじめての偉大な精霊の族長だったことはたしかだ。存亡の危機に直面し、カヘレハは不思議な力を使って部族の土地を守った。

海へ逃れていたカヘレハと部下の戦士たち――肉体ではなく、その精霊――は船を離れた。女たちは残された肉体と海を見守り、男たちの精霊は入江へもどった。

敵の部族にじっさいに手を出すことはできないが、彼らにはほかの戦い方があった。

昔話によれば、精霊の戦士たちは敵陣にすさまじい風を吹きこむことができたという。彼らは風に阿鼻叫喚《あびきようかん》のざわめきをのせ、敵をおののかせた。さらに昔話によると、動物たちは精霊の戦士たちの姿を見ることができ、その意思を理解できた。動物たちは戦士の命令に従った。

カヘレハは精霊の軍団を連れ、侵略者たちを大混乱におとしいれた。侵略してきた部族は豊かな毛なみの大きな犬の群れを連れていた。極寒の北方地帯でソリを引かせていたのだ。精霊の戦士たちは犬が主人に牙をむくようしむけ、崖《がけ》の洞窟からコウモリに大襲撃をかけさせた。騒がしい風は、犬が敵の部族をかく乱する助けにもなった。そして犬とコウモリが勝利をおさめた。生き残った者たちは散り散りになり、この入江をのろわれた場所と呼んだという。

犬たちは精霊の戦士たちによって解放され、野生にもどった。そしてキラユーテの男たちはみずからの肉体と妻のもとへ凱旋《がいせん》した。

近くにいたべつの部族、ホー族とマカ族はキラユーテ族と協定を結んだ。不思議な力をもつわれわれといさかいを起こしたくなかったからだ。その後、彼らとは平和的に暮らした。敵が攻めてきたときには、精霊の戦士が追いはらった。

そうして世代は移り変わり、最後の偉大なる精霊の族長タハアキの時代になった。タハアキはその知恵と平和を重んじる精神で知られていた。タハアキに守られ、人々はすこやかに、満たされて暮らしていた。

だが、ある男は満たされていなかった——ウトラパだ」

たき火のまわりで低いうなり声が響いた。ビリーは無視して、そのまま伝説を語りつづけた。それがどこからあがったのかわからなかった。あたしはぼんやりしていて、それがどこからあがったのかわからなかった。

「ウトラパは族長タハアキが率いる最強の戦士たちのひとりだった——強さに恵まれていたが、欲深くもあった。そしてこう考えた。キラユーテ族は不思議な力を使って領地を広げ、ホー族とマカ族をわがものにして、帝国を築くべきだと。

戦士たちは精霊の姿をとるとき、たがいの考えていることがわかった。タハアキはウトラパの野望に気づき、腹をたてた。そして部族のもとを去って二度と精霊の姿をとらないよう命じたのだ。いくらウトラパが勇猛とはいえ、族長が率いる戦士たちには数でかなわない。ウトラパはいわれるまま、去るよりほかなかった。そして怒りに燃えたはぐれ者は近くの森に身をひそめ、族長に復讐するチャンスを狙っていた。

平和なときでも、精霊の族長は民を守るために警戒をおこたらなかった。ときどき山あいの秘密の聖域におもむき、そこで肉体を離れると、森を抜けて海岸を舞い、脅威が迫っていないことをたしかめていた。

ある日、タハアキがこの務めに出かけたとき、ウトラパはあとをつけた。はじめはただ族長を殺すつもりだったが、この計画には問題があった。精霊の戦士たちに命を狙われることになるのは確実だったからだ。彼らの追跡はすばやく、逃げきれないかもしれない。ウトラパは岩陰に隠れ、肉体を離れようとする族長をうかがっていたが、そこでべつの計画が頭に浮かんだ。

タハアキは秘密の場所で肉体を離れ、部族の民を見守るため、風にのって飛んでいった。ウトラパは、族長の精霊が遠くへ行ってしまうまで待った。

ウトラパが精霊の世界に入るとすぐ、タハアキはそれに気づいた。ウトラパが自分を暗殺しようとしていることにも。タハアキは秘密の場所へ急いでもどったが、疾風も族長を救うには遅すぎた。帰還したとき、タハアキの肉体はすでに消えていて、かわりにウトラパの肉体が捨ておかれていた。だが、ウトラパは族長に逃げ道を残していかなかった。のりうつったタハアキの手で、もとの自分の肉体の首をかききったのだ。

タハアキは精霊の姿のまま、ウトラパにのっとられた肉体を追って山をおりた。声のかぎりにウトラパを呼んだものの、ウトラパはただの風を相手にしているかのように知らぬ顔を決めこんだ。

ウトラパが自分にかわってキラユーテ族の族長の座におさまるのを、タハアキは絶望して見ていた。数週間、ウトラパは自分がタハアキだと全員に信じこませることにすべてをついやした。それから、改革がはじまった。ウトラパは第一の布告として、戦士たちに精霊の世界へ入ることを禁じた。危険なビジョンを見たからだとしていたが、じつはおそれていたのだ――タハアキがことの次第を語るチャンスを待ちかまえているとわかっていたから。ウトラパはみずから精霊の世界に入ることもおそれていた。タハアキがすぐさま肉体を奪い返すだろうと知っていたからだ。

そうして精霊の戦士団による征服の野望はかなわなくなり、ウトラパはキラユーテ族を支配することで満足しようとした。ウトラパは部族の重荷になった――タハアキが望んだこともない特権を求め、戦士たちとともに務めをはたすことを拒み、タハアキの妻が生きているにもかかわらず、若い第二の妻、そして第三の妻をめとった――それは部族では前例のないことだった。タハアキはなすすべもなく深い怒りに駆られ、精霊の姿のまま見守っていた。

やがて、ウトラパの放埒《ほうらつ》なふるまいから部族を救おうと、タハアキは自分の肉体を滅ぼすことにした。そこで山から屈強な狼を一頭送りこんだが、ウトラパは戦士たちのうしろに隠れていた。狼はにせものの族長を守っていた若者を殺してしまい、タハアキは深く悲しみ、狼に去るよう命じた。

あらゆる昔話が伝えているように、精霊の戦士になるのはたやすいことではない。肉体から解放されるのは爽快《そうかい》というより、むしろ恐ろしいことだ。だから、この不思議な力は必要なときにしか使わなかった。

族長の孤独な監視の旅は重荷であり、犠牲でもあったのだ。肉体をもたずにいると、混乱し、落ち着かず、恐怖を覚える。このときまでに、タハアキはかなり長いあいだ肉体を離れていた。そのせいで、深く苦しんでいた。自分は破滅する運命にあり、祖先が待つ最後の地へ渡ることは決してなく、この拷問《ごうもん》のような〝無〟の世界に永遠に閉じこめられるのだと感じていたのだ。

タハアキの精霊は苦悩に身もだえしながら森を抜けていった。巨大な狼はそのあとを追いかけた。狼はその種のなかでもかなり大きく、美しかった。タハアキはとつぜん、そのおろかな獣がうらやましくなった。少なくとも、狼には肉体があり、命がある。いまわしいからっぽの意識としてより、獣として生きるほうがまだましだ……。

そこでタハアキは――われわれを一変させることになった――あることを思いついた。大きな狼に自分が入る場所をあけ、肉体を共有させてくれと頼んだのだ。狼は要求をのんだ。タハアキは安堵《あんど》と感謝をいだいて狼の肉体に入っていった。人間の肉体ではないが、うつろな精霊の世界よりましだった。

ひとつとなったタハアキと狼は入江の村へもどった。人々はおびえて逃げだし、戦士たちを大声で呼びよせた。戦士たちは槍を手に、狼と対決しようと駆けつけた。ウトラパはもちろん、安全な場所に隠れたままだった。

タハアキは戦士たちを襲うことなく、ゆっくりとあとずさった。目で語りかけ、鋭い鳴き声で部族の歌を歌おうとした。戦士たちはうすうす気づいた――この狼はただの獣ではない、精霊がついていると。ユトという名の年かさの戦士はにせものの族長の命令にそむき、狼と交流することにした。

ユトが精霊の世界に渡ったとたん、タハアキは狼から離れ、語りかけた――狼はおとなしくタハアキの帰りを待った――ユトは瞬時に真実をつかみ、真の族長の帰還を歓迎した。

このとき、ウトラパは狼が始末されたかどうかたしかめにきた。ユトが戦士たちに守られ、ぐったりと地面に横たわっているのを見て、ウトラパはなにが起こっているのか気づいた。そしてナイフを抜き、ユトの精霊が肉体にもどらないうちに殺そうと突進していった。

「謀反人《むほんにん》だ！」ウトラパは叫んだ。戦士たちはうろたえた。族長は精霊の世界へ行くことを禁じていた。従わなかった者をどう罰するかは族長が決めることだったからだ。

ユトは自分の肉体にすぐさまもどった。だが、ウトラパはナイフをユトの首に突きつけ、片手で口をふさいだ。タハアキの肉体は強靭《きょうじん》で、ユトは老いて弱っていた。ユトは仲間に一言の警告を発する間もなく、ウトラパによって永遠に沈黙させられた。

タハアキはユトの精霊が最後の地へすーっと消えていくのを見守った――自分には永遠に許されることのない場所に。タハアキは激しい怒りを覚えた。それまで感じたことのないほど強烈な感情だった。タハアキはウトラパの首を引き裂いてやるつもりで、大きな狼の肉体に再び入りこんだ。

だが、狼と一体になったとき、世にも不思議なことが起こった。

タハアキの怒りは人間の怒りだった。タハアキの部族の人々に対する愛、そして彼らを抑圧する者への憎しみは狼の肉体におさまるにはあまりにスケールが大きく、あまりに人間くさかった。狼はぶるぶる震えて――あぜんとする戦士たちとウトラパの目の前で――人間へ姿を変えた。

その新しい男の姿はタハアキの肉体とはちがっていた。はるかに神々《こうごう》しかった。それはタハアキの精霊が血となり肉となってあらわれたものだった。それでも、戦士たちはすぐにそれが族長であることに気づいた。タハアキの精霊と空を翔《かけ》たことがあったからだ。

ウトラパは逃げようとしたが、タハアキの新しい肉体には狼の力がそなわっていた。タハアキは盗人をとらえ、ウトラパが盗んだ肉体を離れないうちにその精霊を滅ぼした。

人々はことの次第を知ってよろこんだ。タハアキはすぐにすべてを正し、部族の民とともに務めをはたし、若い妻たちを家族のもとへ返した。ウトラパの改革のなかでただひとつ残したのは、精霊の旅に終止符を打つことだった。他人の人生を盗みとるという道があるとわかった以上、危険が大きすぎると考えたのだ。こうして精霊の戦士たちはいなくなった。

そのときから、タハアキは狼と人間のいずれをも超える存在になった。偉大な狼タハアキ、あるいは霊人タハアキと呼ばれた。老いを知らず、長年にわたって部族を率いた。危機が迫ると、再び狼の姿になって敵を威嚇《いかく》し、戦ったものだ。部族の民は平和に暮らした。タハアキは多くの息子に恵まれ、なかには――一人前の男になる時期を迎えたあと――狼に姿を変えられるようになる者もいた。狼にはそれぞれ個性があった。なぜなら、彼らは精霊を宿した狼であり、なかにいる人間を映しだしていたからだ」

「だから、サムの狼姿は真っ黒なのか」クイルは小声でつぶやき、にやっと笑った。「腹黒いから毛も黒いんだな」

あたしは物語に没頭していたので――いまこの場所に――消えそうなたき火を囲んだ円陣に意識をもどされ、ドキッとした。そしてこの円陣に集っているのは――世代こそばらばらだけれど――タハアキの子孫たちなのだと気づき、あらためてドキッとする。

炎は空にいきおいよく火花を散らした。おどる火花はゆれながら、あと一歩で正体がつかめそうななにかの形を描きだす。

「なら、おまえのチョコレート色の毛はなんだ」サムは小声でやり返した。「おまえがどれほど甘ったるいかってことか?」

ビリーはふたりの軽口を受けながした。「息子の数人はタハアキとともに戦士となり、老いることもなかった。残りの者たちは姿を変えることをきらって人狼の群れに加わらなかった。彼らは再び老いるようになり、霊狼《れいろう》になることをやめれば、またほかのみんなのように歳をとることもわかった。タハアキは普通の人間の寿命の三倍生きた。最初のふたりの妻がこの世を去ると、第三の妻をめとり、彼女のなかに真に魂で結ばれた妻を見つけた。ふたりの前妻も愛していたが、彼女はべつだった。タハアキは霊狼としての自分を捨てることを決めた。妻が死んだとき、自分も逝《ゆ》けるように。

ここまでが、われわれに宿る不思議な力のてんまつだ。もっとも、物語はこれで終わりではない……」

ビリーはクイル・アテアラ老人を見た。アテアラ老人は座ったまま体勢を変え、弱々しい肩をまっすぐにする。ビリーはミネラルウォーターをひと口飲み、額をぬぐった。エミリーはいっときもペンを休ませることなく、すごいいきおいでノートをとっている。

「これで精霊の戦士たちの物語はみな聞いたな」アテアラ老人はかぼそい高めの声で語りはじめた。「さて、次は第三の妻の犠牲の物語じゃ」

「タハアキが霊狼としての自分を捨てて長い歳月が流れ、老人になったころ、北のほうでマカ族といざこざが起こった。マカ族の若い娘が何人か行方知れずになり、マカ族はそれを近くにいる狼たちのせいにしたのだ。彼らは狼たちをおそれ、信用しておらんかった。

人狼たちは狼の姿でいるとき、やはりおたがいの考えを読むことができた――祖先が精霊の姿でいたときとおなじようにな。彼らは仲間のだれひとり、責められるいわれはないと知っておった。タハアキはマカ族の族長をなだめようとしたが、マカ族は恐怖におびえていた。それでも、タハアキは戦争の重責をになうことをよしとしなかった。もはや部族の民を率いる戦士ではなくなっていたからじゃ。そこで最年長の人狼の息子であるタハウイに、対立に火がつかないうちに真犯人を探すよう命じた。

タハウイは群れの狼五匹を率いて山あいを捜索した。行方不明のマカ族につながる証拠はないかとな。そこでこれまで遭遇したことのないものと出くわした。森に漂う奇妙な甘いにおい。それは痛みを覚えるほど鋭く鼻をついたといわれておる――」

あたしはちょっとひるんでジェイコブにすり寄った。ジェイコブはおかしそうに口のはしをぴくっと動かし、あたしにまわした腕に力をこめた。

「どんなバケモノがそんなにおいを残すのかわからなかったが、彼らはあとを追った」と、アテアラ老人は続けた。かすかに震える声にはビリーのような威厳はなかったけれど、不思議な、激しい緊張感をはらんでいた。アテアラ老人が早口になるにつれ、あたしの鼓動《こどう》も速まっていく。

「かすかな人間のにおいも見つかった。そしてその痕跡《こんせき》にそって人間の血も。これが探していた敵だと、タハウイたちは確信した。

進むうちにかなり北まで来た。タハウイは群れの半分の――若い者たちを先に返した。入江にもどってタハアキに報告するようにと。

だが、あとに残ったタハウイとふたりの兄弟が帰還することはなかったのじゃ。

先にもどっていた弟たちが探しまわったが、沈黙が迎えるばかり。タハアキは息子たちの死を嘆き、復讐を望んだが、すでに老体の身。やむなく喪服《もふく》に身をつつんでマカ族の族長を訪ね、ことの次第をすべて伝えた。マカ族の族長はタハアキの深い悲しみにうたれ、ふたつの部族の対立はおさまった。

それから一年後、マカ族の娘ふたりがひと晩のうちに自宅から姿を消した。マカ族はすぐさまキラユーテの狼に助けを求め、狼たちはマカの村じゅうに例のいまわしい甘いにおいがすることを知った。そしてまた追跡に乗りだしたのじゃ。

帰還したのはただひとり。タハアキの第三の妻の長男で、群れではいちばんおさないヤハウタだった。ヤハウタはあるものをたずさえていた――キラユーテ族のはじまりの日から、ついぞ目撃されたことのなかったもの。それは奇妙な、冷たい石のようなばらばらの遺骸だった。タハアキの血を引く者はみな――一度も狼になったことがない者すら――鋭く鼻をつく死んだバケモノのにおいをかぎとった。これこそ、マカ族の仇敵《きゅうてき》だった。

ヤハウタはことのてんまつを語った。群れの仲間と見つけたそのバケモノは人の姿をしているが、花崗岩のようにかたく、マカ族の娘ふたりを連れていたという。娘のひとりはすでに息絶え、血の気もなく青ざめて大地に横たわっていた。バケモノはもうひとりを腕に抱き、首すじに口をあてていた。そのおぞましい場面にヤハウタたちが出くわしたとき、娘はまだ生きていたのかもしれん。だが、彼らが近づくと、バケモノはすばやく娘の首をひねり、生気を失った身体を大地に放りだした。なんでもバケモノの青白い唇は娘の血にまみれ、瞳は赤く輝いていたそうじゃ。

ヤハウタはバケモノのすさまじい力とスピードについて語った。仲間のひとりはその力を軽んじて、あっという間に犠牲になってしまった。まるで人形のようにずたずたに引き裂かれて。ヤハウタたちはより慎重になった。協力して横から攻め、相手の裏をかいた。狼の力とスピードの限界ぎりぎりまで出さなければならなかったが、それは過去に挑んだことのない領域じゃった。

敵は石のようにかたく、氷のように冷たかった。ダメージを与えられるのは牙だけだと気づき、狼たちは戦いながら、敵を少しずつかみちぎりはじめた。

だが、そのバケモノはすばやく察し、すぐに狼たちの試みにあわせて戦術を変えた。そしてヤハウタの兄のひとりを手にかけた。ヤハウタはバケモノの首のあたりにスキを見つけて襲いかかった。牙で頭を引きちぎっても、敵が手をゆるめることはなかったという。

ヤハウタは原形をとどめなくなるまで、敵をばらばらに引き裂いた。兄を救おうと無我夢中で断片をちぎったとか。遅きに失したが、最終的にバケモノは滅ぼされた。

……と、ヤハウタは思っていた。そして長老たちに見せようと、悪臭を発する遺骸の断片を並べた。切断された片手は花崗岩のような腕の切れはしのかたわらにあった。棒でつつくと、そのふたつの断片はするすると結びついた。引きちぎられた手は腕の断片を探りもとめ、みずからを再構築しようとしたわけじゃな。

おそれおののき、みなは残骸を燃やした。むせかえるような毒々しい煙が大気を汚した。灰だけになると、たくさんの小袋にわけて入れ、遠く離れた場所にばらばらにした。海に、森に、崖《がけ》の洞窟に。ひとつはタハアキが首にさげた。またあのバケモノが再生しようとしたとき、警告になるようにとな」

アテアラ老人は一瞬間をあけ、ビリーを見た。ビリーは首にかけた革ひもを引っぱりだした。その先には古くなって黒ずんだ小袋がついていた。数人が息をのんだ――あたしもそのひとりだったかもしれない。

「彼らはその者を〈冷人〉〈血を飲む者〉と呼び、仲間がいるのではとおそれておった。狼の姿をとる守護官はもはやひとり、若きヤハウタしか残っていなかった。

そんな日々も長くは続かなかった。あのバケモノにはパートナーが、またべつの〈血を飲む者〉がいて、キラユーテ族に復讐をしようとやってきたんじゃ。

いいつたえによれば、その〈冷たい女〉はおよそ人が目にしたなかで最も美しい存在だった。その朝、村へ入ってきたときは、さながら暁の女神のようだったという。めずらしく太陽が輝いていて、その白い顔にキラキラと反射していた。黄金色の髪はひざのあたりまで流れおち、顔は美しく魅惑的だった。白い肌に黒い瞳。ひざまずき、女をあがめた者もいた。

女は甲高い声でなにかをたずねた。だれも聞いたことのない言葉だった。部族の民は答えあぐね、ぼうぜんとしておった。目撃者のなかで、タハアキの血を引く者はひとりの少年だけ。少年は母親にしがみつき、においに鼻をやられると悲鳴をあげた。そのとき、部族評議会へ行く途中だったひとりの長老が少年の声を聞きつけ、侵入者の正体に気づいた。長老は人々に逃げろと叫んだが、女はまず長老を手にかけた。〈冷たい女〉がやってくるのを目撃したのは二十人。ふたり生き残ったが、それもひとえに女が血に気をそがれ、渇きを満たそうと手をゆるめたからにすぎん。ふたりはタハアキのもとへ駆けつけた。タハアキはほかの長老と息子たち、そして第三の妻と評議会の場にいた。

ヤハウタは知らせを聞き、すぐさま霊狼《れいろう》に姿を変えた。そしてひとりで〈血を飲む者〉を滅ぼしにいったんじゃ。タハアキと第三の妻、息子たち、そして長老たちがそのあとに続いた。

はじめは襲撃の痕跡《こんせき》だけで、バケモノの姿は見つからなかった。傷ついた遺体は——いくつかは血を抜かれ——女があらわれた道にそって散乱していた。そこで悲鳴を聞きつけ、みなは入江へ急いだ。

ひと握りのキラユーテ族は船へ逃げこんでいた。女はサメさながらの泳ぎでそのあとを追い、常軌を逸した力で船首を打ちこわした。船が沈むと、泳いで逃げようとした者たちをとらえ、彼らをも打ちのめした。

岸辺にいる巨大な狼を見て、女は逃げまどう者たちのことは忘れてしもうた。姿がかすむほどのスピードで泳いでくると、水をしたたらせた神々《こうごう》しい姿でヤハウタの前に立った。そして白い指でヤハウタを指さし、また理解できない言葉で問いかけた。ヤハウタは身構えた。

きわどい戦いじゃった。女はパートナーに匹敵するほどの戦士ではなかったが、こんどはヤハウタもひとりきり。女の怒りの矛先をそらしてくれる仲間はもういない。

ヤハウタが倒れると、タハアキは矢もたてもたまらず叫んだ。そして足をひきずって進みでて、白い鼻面の年老いた狼に変わった。老いてはいたが、そこはやはり霊人タハアキのことだ。深い怒りが彼に強さを与えた。

戦いがまたはじまった。

タハアキの第三の妻もその場にいた。息子の死を目のあたりにしたばかりで、こんどは夫が戦っている。勝つ望みはないと、妻にはわかっていた。目撃者が凶暴な殺し屋について評議会に語った言葉をすべて聞いておったからじゃ。ヤハウタの最初の勝利の話も聞いておった。あのときは、仲間が敵の気をそらしたおかげでヤハウタが救われたが……。

第三の妻はとなりに立っていた息子たちのひとりの腰ひもからナイフをつかみとった。残った息子たちはみなおさなく、一人前になっていなかった。父が倒れれば、息子たちの命はない。

第三の妻は短剣を高く掲げ、〈冷たい女〉に突進していった。〈冷たい女〉はにたりと笑っただけで、老いた狼との戦いの手をほとんどゆるめない。かよわい人間の女や、自分の肌にかすり傷すら負わせるはずのない短剣など、おそれるにたりぬ。女はタハアキにとどめの一撃を食らわそうとした。

と、そのとき第三の妻は〈冷たい女〉の予期していなかった行動に出た。〈血を飲む者〉の足もとにひざまずき、ナイフをみずからの心臓に突きたてたんじゃ。第三の妻の指のあいだから血がほとばしり、〈冷たい女〉に飛び散った。第三の妻の身体から流れでる新鮮な血の誘惑に、〈血を飲む者〉はあらがいきれんかった。本能的に、死に瀕《ひん》した女のほうをむいた――ほんの一瞬、完全に渇きにのみこまれてな。

そこで、タハアキの牙が女の首をとらえた。

戦いはそれで終わりではなかったが、タハアキはもうひとりきりではなかった。母の死を目にしたふたりのおさない息子は、すさまじい怒りを覚えて霊狼《れいろう》に姿を変えたのじゃ――まだ一人前の男ではなかったのに。ふたりは父親とともにそのバケモノを始末した。

タハアキはその後、二度と部族のもとに帰らず、人の姿にもどらなかった。第三の妻のなきがらにまる一日寄り添い、だれかが近寄ろうとすると威嚇《いかく》した。そして森へ入っていき、消息を絶った。

その後、〈冷人族〉とのいさかいはほとんどなかった。タハアキの息子たちはさらにその息子たちが引き継げる年齢になるまで部族を守った。一度に三頭を超える狼がいたことはない。それでことたりたんじゃよ。ときどき、〈血を飲む者〉がこの土地を通りかかっても、狼がいるとは思いもよらず、不意を突かれた。ときに狼が死ぬこともあるが、最初のときのように大きな犠牲が出たことはなかった。われわれは〈冷人族〉との戦い方を身につけ、その知識を受け継いできた。狼の意識から狼の意識へ、精霊から精霊へ、父から息子へとな。

時は流れ、タハアキの子孫たちは大人になっても狼になることはなくなった。ごくまれに〈冷人〉が近づくと、狼がもどってくる。〈冷人族〉はつねにひとりかふたりでやってくる。だから、狼の群れは小さなままだった。

そこへもっと大きな集団がやってきた。おまえたちのひいじいさんたちは駆逐しようとしたが、あちらの頭領はあたかも人間のように、エフライム・ブラックに対話をもちかけ、キラユーテ族に危害は加えないと約束した。その奇妙な黄眼《おうがん》は男が主張するとおり、彼らがほかの〈血を飲む者〉とはちがうことの証《あか》しになった。狼たちは数で負けておった。戦えば勝てるのじゃから、本来、〈冷人族〉は協定を提案する必要はなかった。そこでエフライムは彼らを信じて話をのんだ。彼らは約束を守っているが、その存在がほかの連中を引き寄せることもままある。彼らの数によって、われわれの群れは部族史上最大にならざるをえなかった」アテアラ老人はいった。そのシワに縁どられ落ちくぼんだ黒い瞳が、一瞬、あたしをとらえたように感じた。「もちろん、タハアキの時代をのぞいての話だがの」といってから、アテアラ老人はため息をついた。「そういうわけで、わが部族の息子たちはまた重荷を負い、祖先の父たちがしのんできた犠牲をわかちあうことになったんじゃ」

しばらく、水を打ったように静まりかえっていた。不思議な力と伝説を受け継いだキラユーテの子孫たちは憂鬱《ゆううつ》そうな瞳をして、たき火ごしに見つめあっている——ひとりをのぞいて。

「重荷ねえ」その子は低い声で軽くあしらった。「おれはクールだと思うけどな」クイルは分厚い下唇を不満げに軽く突きだす。

消えかけのたき火のむこうで、セス・クリアウォーターがうんうんとうなずいた。見ひらいた瞳には部族の〝守護官〟たちへの賞賛がにじんでいる。

ビリーは小声でゆったりと笑った。魔法のようなひとときは輝くたき火の燃えさしのなかへすーっと消えたようだった。とつぜん、ただの仲間の集まりへ逆もどり。ジャレッドに小石を投げつけられ、クイルがびくっとすると、みんな声をあげて笑う。まわりではひそひそと会話が交わされている。冗談まじりに、さりげなく。

リア・クリアウォーターは目を閉じたままだった。なにかがほほでキラキラ光っている……涙みたい。でも、すぐあとにもう一度見ると、それはもう消えていた。

ジェイコブもあたしも話をしない。ジェイコブはとなりでじっと動かずにいる。呼吸は深く落ち着いている。うとうとしているのかしら……。

あたしの意識ははるか千年の彼方にあった。考えていたのは、ヤハウタやほかの狼たちのことでも、美しい〈冷たい女〉のことでもなかった――彼女のことはなんなく想像がつくもの。考えていたのは不思議な力とはまったく縁がない人のこと。ひとつの部族を救った名もなき女性、第三の妻の顔をあたしは思い描こうとしていた。

ただの人間の女性。特別な才能もパワーもない。物語に出てくるどんなバケモノたちより肉体的には弱く、スピードもなかった。でも、彼女こそカギであり、解決の道だった。彼女が夫と若い息子たち、そして部族を救ったんだ。

名前が伝わっていればよかったのに……。

なにかがあたしの腕を揺らした。

「さあ、ベラ」ジェイコブが耳もとでいった。「着いたよ」

目をしばたたく。どうしたんだろう……。火は消えてしまったみたい。予想外の暗闇《くらやみ》に目をこらし、まわりの様子をつかもうとする。もう崖《がけ》にはいないと気づくまで、しばらくかかった。ジェイコブとふたりきりだ。ジェイコブはまだあたしに腕をまわしている。でも、地べたに座ってはいない。

あたし、どうやって、ジェイコブの車に乗ったんだろう。

「あっ、やばい!」眠りこんでしまったと気づき、息をのんだ。「もうかなり遅いの? もうサイアク。あのケータイ、どこにやったかな」あたふたしてポケットをぱたぱたとたたいた。からっぽだ。

「落ち着けよ。まだ午前〇時はまわってない。あいつには電話しておいた。ほら、あそこで待ってる」

「……午前〇時」ばかみたいに繰り返す。方向感覚がまだもどらない。暗闇をじっとのぞきこんだ。三十メートルほど先にボルボの輪郭が見えると、心臓がドキドキした。ドアのハンドルに手をのばす。

「ほら、これ」ジェイコブはあたしの片手に小さなものをのせた。携帯電話だ。

「エドワードに電話してくれたの？」

目が慣れてきたおかげで、ジェイコブのキラキラと輝くような笑顔が見えた。「きちんとしておけば、ベラと一緒にいられる時間が増えるってわかったからさ」

「ありがと、ジェイコブ」ちょっと感動していった。「ホントにありがとう。今晩、誘ってくれたことも。すごく……」言葉が出てこない。「うん、貴重な経験になった」

「とかいってさ、おれが牛一頭丸のみするのを見届ける前に寝ちゃうんだもんな……」ジェイコブは笑った。「なんてね。楽しんでもらえてなによりだよ。おれも……よかった。ベラがあの場にいてくれて」

遠くの暗がりでなにかが動いた。なにか青白いぼんやりしたものが黒い木立に浮かびあがる……歩きまわってるの？

「なるほどね。あいつ、わりにせっかちなんだ」ジェイコブはあたしのよそ見に気づいていった。「行っていいよ。でも、近いうちにまたおいで。いい？」

「もちろんよ、ジェイコブ」と約束して、車のドアをガチャリとあけた。冷たい空気が脚をなで、思わず身震いする。

「ゆっくりおやすみ、ベラ。なにも心配することないよ。今晩はおれが見張りにつく」

片足を地面につけたところでとまる。「いいのよ、ジェイコブ。少しは休んでよ、あたしは大丈夫だから」

「はいはい」ジェイコブはいった。でも、了解というより、あたしをなだめようとしているように聞こえた。

「おやすみ、ジェイコブ。ありがとね」

「ベラ」暗闇《くらやみ》にむかって急ぐあたしにジェイコブはささやいた。

エドワードは境界線であたしをつかまえた。

「ベラ」声には安堵《あんど》感《かん》が色濃くにじんでいる。エドワードの腕があたしにしっかり巻きつく。

「うん。ごめんなさい、こんなに遅くなって。あたし、眠っちゃって……」

「知ってる。ジェイコブから聞いたよ」エドワードは車にむかいはじめた。あたしはとなりでぎこちなくよろめいた。「疲れてる？　抱いていこうか」

「あたしは平気よ」

「さあ、うちへもどって眠るんだ。楽しかった？」

「うん……すごかったんだから。エドワードも一緒だったらよかった。あたしにはうまく説明できっこないもの。ジェイコブのお父さんが昔の伝説を話してくれたの、それがもう……魔法みたいで」

「それはぜひ、教えてもらわなきゃ。ちゃんと眠ったあとで」

「あたしじゃ、ちゃんと話せないもの……」といって、大きくあくびをした。

エドワードはくすっと笑った。助手席のドアをあけ、あたしをのせるとシートベルトをしめてくれる。
まばゆいライトがぱっと輝き、あたしたちを照らした。あたしはジェイコブのヘッドライトにむかって手を振った。見えたかどうかはわからなかったけれど。

その晩——といっても、チャーリーの相手をしたあとでのこと。ジェイコブがチャーリーにも電話をしておいてくれたので、予想していたほどやかましいことはいわれずにすんだ——あたしはすぐにベッドに倒れこまずに、あけた窓から身を乗りだしてエドワードがもどるのを待った。夜の空気は驚くほど冷え冷えしていて、まるで冬みたい。風が吹きつけるさっきの崖《がけ》では気づかなかったのに。かがり火というより、ジェイコブのとなりに座っていたせいだろうな……。

そこで雨が降りはじめ、氷のように冷たいしずくが顔にあたった。
暗すぎて、風にかしいで震えているトウヒの黒い三角のシルエット以外はほとんどなにも見えない。それでも、激しい雨のなかになにか見えないかと目をこらす。暗闇を亡霊のように移動してくる青白い影か、巨大な狼のぼんやりした輪郭か。でも、あたしの目はあまりに頼りなかった。

と、暗がりでなにかが動いた。あたしのすぐ横で。エドワードはあいた窓から滑りこんできた。その手は雨より冷たい。
「ジェイコブは外にいるの？」エドワードの腕のなかに引き寄せられ、あたしはかすかに震えながらきいた。

「ああ……どこかにいる。エズミはうちに帰った」

あたしはため息をついた。「すごく冷えるし、雨も降ってるのよ。こんなの、ばかげてるわ」また震えが走る。

エドワードは軽く笑った。「寒がりはベラだけだよ」

その晩は夢のなかも寒かった。エドワードの腕のなかで眠ったせいかもしれない。夢では、あたしは外にいて嵐にさらされていた。風が髪を顔にたたきつけ、目が見えない。ごつごつした三日月形のファースト・ビーチに立ち、すばやく動きまわる物影の正体をつかもうとする——海岸のすみで闇《やみ》にまぎれ、ぼんやりとしか見えない。はじめのうちは断片的なイメージだけだった。白いものと黒いものがたがいに突進し、身を翻《ひるがえ》して遠ざかる。そこでとつぜん、雲のあいだから月がのぞいたように、すべてが見えた。

ロザリーが巨大な狼に襲いかかろうとしている。ブロンドの髪は濡《ぬ》れてゆらゆらと揺れ、ひざのうしろまでたれていた。狼の鼻面は白髪まじりで、あたしは直感した——ビリー・ブラックだと。

あたしは駆けだした。でも、その動きは夢を見ている者にありがちな、いらいらするスローモーション。大声で呼びかけようとする——やめて、と。でも、声は風にかき消され、まったく届かない。腕を振りまわして注意を引こうとする。なにかが手もとでキラリと光った。そこではじめて気づいた。自分の右手がからっぽではないことに。

ついている。

あたしは長く鋭い刃物を握っていた。とても古く、銀色で、乾いて黒ずんだ血がこびり

ぎょっとして身をすくめ、目をあけた。寝室のしんとした暗闇《くらやみ》が目に入った。真っ先に気づいた。あたしはひとりきりじゃない。エドワードの胸に顔を埋める。エドワードの肌の甘い香りはほかのなによりもすばやく、確実に、悪夢を追いはらってくれるから。

「起こしてしまった？」エドワードがささやいた。紙の音がする。ページをめくるカサカサという音。なにかがフローリングの床に落ちるかすかなパタンという音。

「ううん」きつく抱きしめられ、満足して息をもらしながら、あたしはつぶやいた。「いやな夢を見たの」

「話してみる？」

あたしは首を横に振った。「もうくたくただから。覚えてたら、朝にでも」

エドワードは声に出さずに笑い、身体を震わせている。「じゃ、朝にでも」

「なにを読んでたの？」ねぼけたままつぶやいた。

「《嵐が丘》だよ」

あたしは眠たそうに顔をしかめる。「好きじゃないんでしょ」

「置きっぱなしになってたから」エドワードの優しい声があたしを無意識の世界へと誘う。「それに……ベラと長く一緒にいればいるほど、人間らしい感情がますます理解できる気がしてきた。前にはありえないと思っていた形で、ヒースクリフに共感できる自分が

いるんだよ」

「ふうん」あたしはため息をついた。

エドワードはまたなにか声をひそめていった。でも、あたしはもう眠ってしまっていた。

翌朝、あたりはあわいグレーに染まり、ひっそりしていた。エドワードに夢のことをきかれたけれど、なんのことかさっぱりわからない。覚えているのは寒かったこと、そして目覚めたときにエドワードがそばにいてうれしかったことだけ。エドワードは――あたしの鼓動《こどう》が速まるのに十分なくらい――キスをして、着替えて車をとってくるためにうちへ帰った。

あたしは手早く着替えた。あれこれ選べるわけでもないし。洗濯もの用のバスケットを荒らしたやつがだれであれ、あたしのワードローブには致命的なダメージを負わせていった。おびえるようなことじゃないけど、かなり不愉快ではある。

朝食をとろうと下へ行こうとすると、ボロボロになった《嵐が丘》の本が床に落ちていた。昨夜、エドワードが落とした場所に。いつものように、よれよれになった背表紙が読みかけのページをキープしている。

興味に駆られ、手にとった。エドワードはなんていっていたっけ。よりによってあのヒースクリフに共感するとかなんとか。まさかね。そこは夢だったにちがいない。

ひらいたページの一節が目にとまった。顔を近づけ、その段落をもっときちんと読んでみる。ヒースクリフの言葉だ。あたしもよく知っている。

さあ、これでわかるだろう、おれたちの想いのはっきりしたちがいが。あいつがおれの立場に、そしておれがあいつの立場にいたら、おれは生きるのがつらくなるほどあいつを憎むだろうが、手をあげることはしなかったはずだ。信じられないという顔をしたければするがいい！　彼女がやつを求めるかぎり、おれは彼女のそばからあいつを消し去ることもしない。だが、彼女の想いが消えた瞬間、あいつの心臓を八つ裂きにして、その血を飲みほしてやる！　しかし、それまでは――ウソだというなら、おれという人間をわかっていないな――それまで、死ぬほどの苦しみを味わおうとも、あいつの髪の一本にだってふれてなるものか！

目にとまったのは「その血を飲みほしてやる！」という一節だった。

震えが走る。

そうよ、きっとあたしが夢を見ていたんだ。エドワードがヒースクリフを認めるようなことをいったなんて。このページはたぶん、べつにエドワードが読んでいたところじゃない。落ちたときにたまたまどのページがひらいていたって、おかしくないんだから。

12　シアトルの殺人者

「あたし、予知したのよね……」アリスは不吉な口調で切りだした。

エドワードがアリスのわき腹にひじ鉄を食らわそうとすると、アリスはさっとよけた。

「わかったわよ」アリスがぼやいた。「エドワードにいわれたから、話すんだけど。予知したっていうのも、ウソじゃないんだから。サプライズをしかけたら、ベラはますますへそを曲げるって」

あたしたちは放課後、車にむかって歩いていた。アリスがなんの話をしているのかさっぱり見当がつかない。

「わかるようにいって」と頼んだ。

「だだっ子みたいな真似《まね》はなしね。泣いたりわめいたりしないでよ」

「なんか……こわくなってきた」

「あのね、ベラの……というか、あたしたちの卒業パーティをやるの。たいしたことじゃないのよ。騒ぎだてするような。でも、サプライズパーティにしようものなら、ベラが大騒ぎするってわかったから……」エドワードが手をのばしてアリスの髪をくしゃくしゃにしようとする。アリスは軽くステップを踏んでよけた。「わかったってば。エドワードがベラに教えなきゃだめだっていったの。でも、なんてことないんだから、約束よ」

あたしは大きくため息をついた。「やだっていったら、どうにかなるの？」

「ぜんぜんならない」

「オーケー、アリス。参加する。そしてパーティのあいだ、一分一秒をのろってやるんだから。約束する」

「そうこなくちゃ！　ところで、ベラのプレゼント、すっごく気にいった。べつによかったのに……」

「プレゼントなんて、あげてないでしょ！」

「うん、それはわかってる。でも、くれるんだな」

あたふたと頭のなかをひっかきまわし、思い出そうとする。アリスの卒業プレゼントに、あたし、なにかあげることにしたんだっけ。アリスはそれを見たのかも……。

「やってくれるよな」エドワードはぶつぶついった。「こんなチビにどうしてここまでいらいらさせられるんだか」

アリスは声をあげて笑った。「才能なの」

「この話をするの、あと数週間待ってもらえなかったの？」すねてきいた。「おかげで、そのぶんストレスにさらされる期間が増えるじゃない」

アリスはあたしにむかってしかめ面をした。

「ベラ……」と、もったいぶっていう。「今日が何曜日かわかってる?」

「月曜日でしょ?」

アリスはあきれて天を見あげた。「そう、月曜日。でもって、もう六月だから」そこであたしのひじをつかんでくるっと横をむかせると、体育館のドアにテープでとめられた大きな黄色のポスターを指さす。そこには、はっきりした黒い文字で卒業の日付が書かれていた。今日から一週間後だ。

「六月? あと一週間なの? まちがいない?」

エドワードもアリスも、うんともすんともいわない。アリスはがっかりしたふりをして悲しげに首を振った。エドワードは眉《まゆ》をひそめる。

「そんな! いつの間にそうなるの?」頭のなかで逆算しようとした。でも、それだけの日数がいったいどこに消えたのかわからない。

いきなり足ばらいでもかけられたみたい。緊張と不安の数週間を送るうちに――〝残された時間〟のことが頭を離れなかったのに――あたしの時間は消滅していた。あれこれ整理して計画をたてる余裕はもうない。時間切れだ。

でも、覚悟ができていない。

どうすればいいの。どうやってチャーリーとママに、ジェイコブに、そして人間であることに、別れを告げればいいんだろう。自分がほしいものははっきりしてる。それを手に入れるのがとつぜん、こわくなってきた。

頭のなかでは、かぎりある命のかわりに不滅の命を手に入れたくてうずうずしている。やっぱり、それが永遠にエドワードと一緒にいるためのカギだもの。それに正体のわかっている相手とわからない相手、ヴィクトリアと謎の侵入者の両方に狙われているという事実がある。相手につかまるのを——なすすべもなく、美味しそうな存在のまま——待っているのはいや。

頭では、まさにそのとおりだとわかっている。

でも、いざ実行するとなると……あたしは人間の生き方しか知らない。その先の未来は大きな暗い裂け目のようで、跳びこんでみるまでわからない。

今日の日付というなんでもない情報のせいで——きっと、このことは無意識にもみ消していたにちがいない——はやる気持ちでカウントダウンしてきた〝期限〟が銃殺隊とむきあう日のように思えてきた。

ぼーっとしているうちに、エドワードが助手席のドアをあけ、アリスが後部座席からあれこれ話しかけ、雨はフロントガラスを激しくたたいていた。あたしの意識がどこかよそへ行っているってことに、エドワードは気づいているみたいだけど、現実の世界に引きもどそうとはしない。引きもどそうとしていたのに、あたしが気づかなかったのかもしれないけれど。

やがて家に着き、エドワードはあたしをソファに連れていってとなりに座らせてくれた。あたしは窓ごしにグレーの雨霧を見つめ、答えを探していた。あたしの決意はどこへ消えてしまったの？ どうして、いまになってあたふたするの？ 〝そのとき〟が迫っているのはわかっていたはず。ここまできて、どうして怖じ気《け》づいたりするのよ。

無言で窓の外を見つめる。エドワードはかなり長いこと、そのままでいさせてくれた。でも、雨が暗闇《くらやみ》にのまれていくと、ついにしびれをきらした。

ひんやりした両手をあたしのほほにあてて、ゴールドのまなざしでしっかりあたしの目をとらえる。

「なにを考えてるのか、お願いだから教えてくれないか。ぼくがどうにかなってしまわないうちに」

なんていえばいい？ 臆病風《おくびょうかぜ》に吹かれたって？ あたしは言葉を探した。

「唇が真っ青だよ。話してごらん、ベラ」

ふーっと大きく息を吐いた。どのくらい息をつめていたんだろう。

「日付を知って、あせっちゃって」とささやいた。「それだけよ」

エドワードは不安と迷いでいっぱいの顔をして、先を待つ。

あたしは説明しようとした。「どうすればいいんだろうって……チャーリーになんていうのか……話を……どんな風に……」声が消えていく。

「パーティのこと？」

あたしは顔を曇らせた。「ちがう。でも、それもそうね、思い出させてくれてありがと」

エドワードがあたしの表情を読みとるうちに、雨音は大きくなっていく。

「覚悟ができてないんだね」エドワードはささやいた。

「できてる」即座にウソをついた——反射的なリアクション。見抜かれたのがわかったから、大きく息をついて白状する。「できてなきゃいけないの」

「無理することはなにもないんだよ」

「でも、ヴィクトリアが……ジェーンとかカイウスとか、あたしの部屋にいたやつが……！」声にならない声で理由を列挙するうちに、目にパニックの色が浮かんでくるのがわかった。

「だからこそ、なおさら待つべきなんだ」

「そんなの、理屈にあわないってば！」

エドワードはあたしの顔にあてた手に力をこめ、わざとゆっくり話した。

「ぼくらはだれひとり選択肢を与えられなかった。その結果はベラもわかってるよね……とくにロザリーを見れば。みんな苦しんできたんだ。自分ではどうにもならない問題になんとかケリをつけようとして。きみにそんな思いをさせたくない。ベラは自分で選べるんだから」

「もう選んだの」

「命を狙われているからって理由ではだめだよ。ゴタゴタはぼくたちが片づけるし、ベラにはぼくがついてる」エドワードは誓った。「ここを乗りきったら、ベラにプレッシャーをかけるものはなにひとつなくなる。それでも、きみが望むというなら、ぼくと運命をともにすればいい。でも、恐怖に駆られてなんて理由じゃだめだ。この生き方を強《し》いられるようなことは」

「でも、カーライルは約束してくれたもん」ぶつぶつと、いつものクセで反論する。「卒業したらって」

「覚悟ができるまではだめだ」エドワードは毅然《きぜん》といった。「ましてなにかにおびえているあいだは絶対になしだよ」

あたしは答えなかった。反論するだけのガッツがない。さしあたり、不屈の決意はどこかに行ってしまったみたい。

「ほらほら」エドワードはあたしのおでこにキスをした。「なにも心配しなくていいから」

あたしは神経質な笑い声をあげた。「迫りくる死の影のほかはね」

「ぼくを信じて」

「信じてる」

エドワードはあたしの顔に目をすえたまま、緊張がとけるのを待っている。

「ちょっときいていい？」あたしはいった。

「なんでも」

ためらって唇をかんだ。それから、気がかりだったこととはまたべつの質問をする。

「あたしがアリスにあげる卒業祝いってなに？」

エドワードはふっと笑った。「コンサートのチケットをとろうと思ってたらしいよ。ぼくとアリスのふたりに」

「そう、そうだった！」ああ、ほっとした。思わず笑みがこぼれそうになる。「タコマでやるコンサート。先週、新聞で広告を見たの。それで、エドワードが好きそうだなって思ったのよ、CDがよかったっていってたから」

「名案だね、ありがとう」

「まだ売りきれてないといいけど」

「大事なのは気持ちだよ。このぼくがいうんだ、まちがいない」

あたしはため息をついた。

「ほかにきくつもりだったことがあるだろ」

あたしは顔をしかめた。「鋭いわね」

「ベラの表情を読みとる訓練はかなりしてるからね。いってみて」

目を閉じてエドワードに寄りかかり、胸もとに顔を隠した。「あたしが吸血鬼になるの、いやなのね」

「うん、そうだよ」エドワードは優しくいってから、続きを待った。「いまのは質問じゃないだろ」しばらくしてから、先をうながす。

「ちょっと……不安なの、どうしてそんな風に思うのか」

「不安って？」エドワードは驚いてその言葉をとりあげる。

「理由を教えてもらえる？　ありのまま、あたしがどう思うか気にしないで」

エドワードは一瞬ためらった。「質問に答えたら、どうしてそんなこときくのか説明してくれる？」

あたしはうなずいた。顔は隠したまま。

エドワードは深く息を吸ってから答えた。「きみはもっといい人生が送れるんだよ。ぼくに魂があるってベラが信じてるのは知ってる。でも、ぼくはそのことについて百パーセントの確信はない。それなのに、きみの魂を危険にさらすなんて」エドワードはゆっくりかぶりを振った。「そんなことを許すのは――この先、決してベラを失わずにすむからといって、自分とおなじ身にするというのは――これ以上ないほど身勝手なふるまいだ。ぼく自身のためには、なによりそれを望んでいるんだ。でも、ベラにはもっとしあわせになってもらいたい。自分の勝手な想いに屈するのは……罪深いことのような気がする。この先永遠に生きたとしても、ぼくがそこまでわがままな真似《まね》をすることはないだろうね。きみのために人間になる方法があるなら、ぼくはどんな犠牲もいとわない」

あたしはじっとして、エドワードの言葉をじっくり考えていた。

エドワードは自分のこと、わがままだと思ってたんだ。

ゆっくりと顔に笑みが広がるのがわかった。

「つまり、あたしが変わってしまったら、いまほど好きじゃなくなるかもしれないのがこわい……ってわけじゃないのね。やわらかさもぬくもりも消えてしまって、おなじ香りがしなくても？　あたしがどうなっても、本気でそばにいてほしいって思ってる？」

エドワードは鋭く息を吐いた。「ぼくがベラを好きでなくなるって、そんなことが心配だったのか！」と問いつめる。そしてあたしが答える間もなく、声をあげて笑った。「ベラって、すごく勘が鋭いわりに、ときどき恐ろしくニブいんだよな！」

ばかみたいって思われるのはわかっていた。でも、ほっとする。エドワードが本気であたしを求めているなら、ほかのことは乗りこえられるもの、なんとか。〝わがまま〟という言葉がとつぜん、すてきに思えてきた。

「ぼくにとってどれだけ楽になるか、わかってないんだな」エドワードは冗談めいた響きを残していった。「きみを殺さないようにって、絶えず神経をとがらせなくてすむようになったら。たしかに、なつかしく思うことはあるだろうけど。ひとつはこれ……」

エドワードはあたしの瞳をのぞきこみ、ほほをなでた。血がいきおいよくのぼってきて肌を染める。エドワードは優しく笑った。

「それに心臓の音」エドワードは続けた。さっきより真剣に、でもまだかすかに笑みを浮かべて。「ぼくのなかでなにより大事な音なんだ。いまではすっかり〝同調〟してるから、数キロ先からでも聞きとる自信がある。でも、そのどちらも問題じゃない。この……」エドワードは両手であたしの顔をつつんだ。「きみの……そばにずっといられるんだ。ベラはいつまでも、ぼくのベラだよ。ほんの少し、もろくなくなるだけさ」

あたしは満足してほっと息をつき、目を閉じてエドワードの手にもたれた。

「それじゃ、こんどはぼくの質問に答えてくれる？　ありのまま、ぼくがどう思うかなんて気にしないで」

「もちろんよ」すぐに答えた。驚いて目を大きく見ひらく。エドワードはいったいなにを知りたいの？

エドワードはゆっくりその言葉を口にした。「ベラはぼくの妻になりたくないんだよね」

心臓がとまり、それからいきおいよく動きだす。冷や汗がうなじに浮かびあがり、手が凍りつく。

エドワードはあたしの反応を目と耳で観察して、答えを待っている。

「それは質問じゃないでしょ」ようやく小声でいった。

エドワードは目を伏せた。まつげがほお骨に長い影を落とす。エドワードはあたしの顔から手を放し、かわりに、がちがちにかたまっていた左手をとった。そして、あたしの指先をもてあそびながら話をする。

「不安なんだよ、どうしてきみがそんな風に思うのか」

息を吸いこもうとする。「それも質問じゃないわよね」とささやく。

「頼むよ、ベラ」

「ほんとうのこと？」声にならず、口だけ動かしてきいた。

「もちろん。どんなことでも、ぼくは大丈夫だから」

深くひと息ついた。「きっと笑われちゃう」エドワードはぱっと視線をあげた。ショックを受けている。「笑うなんて。それはありえないよ」

「どうかな」とつぶやき、ため息をついた。とつぜん、燃えるような恥ずかしさに、青ざめていた顔が真っ赤になる。「わかった、いうわよ！　エドワードには、まるで冗談みたいに聞こえるに決まってるんだから。でも、本気でそう思ってるの。すごく……すごく……みっともないって！」と告白して、もう一度、エドワードの胸に顔を隠した。

短い沈黙が流れた。

「話が見えないんだけど」

軽く頭をそらしてエドワードをにらみつけた。決まりが悪くて、つい喧嘩腰《けんかごし》にまくしたててしまう。

「あたしはそういうタイプじゃないのよ、エドワード。高校を卒業してすぐ結婚するような……ボーイフレンドに妊娠させられちゃう田舎娘じゃないんだって！　世間にどう思われる？　いまが何世紀かわかってる？　十八歳でちゃかちゃか結婚したりしないの！　賢明で責任感があって、常識のある人たちは！　そういう娘になるつもりはないの、あたしらしくないもの……」いきおいを失い、言葉は途切れていく。

エドワードはじっくり考えている。表情は読みとれない。

「あとは？」と最後にきく。

あたしは目をぱちくりさせた。「それだけじゃたりない？」

「つまり、ぼくより……不滅の命がほしくてたまらないとか、そういうことじゃないんだね」

そこであたしは──笑うのはエドワードだと予想していたのに──とつぜん、ヒステリックに笑いはじめた。

「エドワード！」発作でも起こしたようにくすくす笑いながら、その合間に息も絶え絶えにいった。「いっつも……エドワードのほうが……あたしなんかより……ずっとかしこいって思ってたのに！」

エドワードはあたしを抱きしめた。一緒になって笑っているのがわかる。

「エドワード」ちょっと努力して、なんとかはっきり話した。「あなたのいない永遠なんてなんの意味もない。一日だってあなたと離れたくないのに」

「なるほど、それはひと安心だな」

「だからって、なにがどうなるわけじゃないのよ」

「それでも、わからないままでいるよりいいよ。それにベラ、きみの見方もわかるんだ。ほんとうに。でも、ぼくの見方についても考えてみてくれないかな」

笑いの発作はすでにおさまっていたから、あたしはうなずき、必死に顔をしかめないようにした。

エドワードのうるんだゴールドの瞳があたしの瞳をとらえる。まるで催眠術をかけているみたい……。

「いいかい、ベラ。ぼくはずっとそういうタイプだったんだ。ぼくが生きていた世界では、もう一人前の男だった。恋に焦がれていたわけじゃない——軍人になりたいという気持ちが強すぎて。考えることといえば、政府が未来の召集兵に喧伝《けんでん》していた輝かしい戦争の栄光のことばかり。でも、もし出会っていたら……」エドワードは軽く首をかしげて言葉を切った。「……だれかと、っていおうと思ったけど、それじゃだめだな。もし……ベラと出会っていたら、自分がどうしていたかはっきりわかる。そういうタイプだったから——きみこそ探しもとめてきた相手だとわかったらすぐ——ひざまずいて結婚の約束をとりつけようとしたはずだ。きみとの永遠を望んだ。その意味が、たとえいまとはちがっていたとしても」

エドワードはあのいわくありげな笑みをあたしにむけた。

あたしは凍りついたように目を見ひらき、エドワードを見つめた。

「ベラ、息をして」エドワードはほほえんで注意した。

あたしは息をついた。

「ぼくの見方もわかってくれるかな、少しくらいは？」

ほんの一瞬、あたしにも見えた。ロングスカートにハイネックのレースのブラウスというでたちで、髪をおだんごにまとめた自分の姿が。エドワードはあわい色のスーツがはっとするほど似あっていて、野花の花束をもち、ポーチのぶらんこであたしのとなりに座っている。ううん……頭をぶんぶん振って息を吸いこんだ。それは、ただの《赤毛のアン》の回想シーンじゃない。

「ようするにね、エドワード」質問をはぐらかし、震える声でいった。「あたしのなかでは、結婚と永遠は絶対にべつってわけじゃないけど、イコールってわけでもないの。いまはおたがいあたしの世界に暮らしているわけだし、時流にあわせるべきじゃないかしら。わかってもらえるかな」

「でも、それをいうなら」エドワードは反論した。「ベラはすぐに時代なんてものとは完全に別れを告げるんだ。なら、かぎられた社会の一時的な慣習にそこまで左右されなくてもいいはずだろ？」

あたしは不満げに口をすぼめた。「郷に入っては……っていうでしょ」

エドワードは笑った。「ベラ、なにも返事は今日じゃなくていいよ。それでも、両方の立場を理解しておくにこしたことはない。そう思わない？」

「つまり、エドワードの条件は……？」

「そのままだ。ベラのいい分はわかった。でも、ぼくに〝変身〟させてほしいなら……」

「ダン、ダーダ、ダーン……」と、小声でハミングしてみる。結婚行進曲のつもりだったのに、なんとなく葬送曲のように聞こえた。

時間は相変わらず、矢のようにすぎていく。

その晩は夢も見ないうちに去り、朝になったら、卒業式は目前に迫っていた。期末試験の勉強が山ほどあるのに、残された数日では半分もこなせそうにない。

朝食をとりに下へおりていくと、チャーリーはもう出かけていた。テーブルに置きっぱなしにされた新聞を見て、あたしは買いものがあることを思い出した。あのコンサートの広告がまだ載っているといいけど。チケットをとるのに電話番号が必要だし。いまとなってはサプライズにもならないし、たいした贈りものにはなりそうにない。もちろん、アリスを驚かせようなんて、そもそも最高の計画とはいえなかったけど。

エンターテインメント欄まで新聞をめくろうとしたところで、黒い太字の見出しに目がとまった。身を乗りだして第一面の記事を読むうちに、ぞくっと戦慄を覚える。

流血の惨事にシアトルが震撼

ワシントン州シアトルがアメリカ史上最凶の連続殺人者の「猟場」となってから、まだ十年もたっていない。グリーンリバー殺人鬼ことゲーリー・リッジウェイは四十八人の女性を殺害した罪で有罪判決を受けた。そしていま、悩めるシアトルは再びある可能性に直面している――さらにおそるべきバケモノが、いまこの瞬間、街にまぎれこんでいる可能性があるのだ。

最近、頻発している失踪・殺人事件について、警察は連続殺人犯のしわざとはしていない。少なくとも、現時点では。これほどの大量殺人がひとりの人間の犯行だとは信じたくないようだ。この殺人犯は——もし、じっさいに単独犯であるなら——過去三カ月だけで関連性があるとみられる失踪・殺人三十九件を起こしている。対して、リッジウェイの四十八件の犯行は二十一年かけて散発的に行われた。今回の死亡事件が単独犯によるものなら、アメリカ史上最も凶悪な連続殺人事件となる。

被害者の数があまりにも多く、被害者の選別に特定のパターンが存在しないことから、警察は「犯罪組織」関与説にかたむきつつある。

切り裂きジャックからテッド・バンディにいたるまで、連続殺人者のターゲットはたいてい年齢や性別、人種、またはこの三つをあわせた共通点をもつ。今回の被害者の場合、年齢は十五歳の模範的な中学生アマンダ・リードから六十七歳の元郵便配達員オマル・ジェンクスまでと幅広い。

関連するとみられる死者のうち、女性は十八人、男性は二十一人でほぼ同数。人種は白人からアフリカ系アメリカ人、ヒスパニック、アジア系とさまざまだ。

被害者の選別に法則性はない。動機は「殺しのための殺し」以外のなにものでもないといえそうだ。

ならば、単独犯による連続殺人と考える理由はなにか？

まず犯行の手口に、共通点がある。

犠牲者はいずれも損傷の激しい焼死体で発見され、身元確認には歯の診療記録が必要だった。激しい燃焼の状況はガソリンあるいはアルコールのような促進剤の使用を示しているものの、これまで促進剤の痕跡《こんせき》はいっさい見つかっていない。また遺体はすべて隠蔽《いんぺい》した様子もなく放置されていた。

さらに凄惨《せいさん》なことに、多くの遺体には激しい暴力の痕跡が見受けられる。なんらかのすさまじい圧力によって骨が砕け、折れているのだ。検死官はこれらの骨折は生存中に受けた暴力によるものとみるが、遺体の状況からみて断定はむずかしい。

連続犯の可能性を示す共通点がもうひとつある。いずれの事件も遺体以外の証拠はゼロ。指紋も、タイヤの跡も、第三者の毛髪もいっさい残されていない。失踪時に疑わしい人物が目撃されたケースもない。

さらに失踪時の状況そのものが挙げられる。人目を気にしていたようにはとうてい思えない。いずれの被害者もかんたんなターゲットとはいえない。家出人やホームレスなら姿を消すことはめずらしくなく、行方不明の届けが出されることもめったにないが、シアトルの三十九人の被害者に、該当する者はひとりもいない。

被害者は自宅および四階建てのアパート、スポーツジム、結婚式の披露宴会場から姿を消している。なかでももっとも衝撃的なのは、三十歳のアマチュアボクサー、ロバート・ウォルシュのケースだろう。ウォルシュはデート相手と映画館に入ったが、上映開始から数分後、ウォルシュが座席にいないことに連れの女性が気づいた。遺体はそのわずか三時間後、三十キロ離れた大型ゴミ収集箱の火災現場で、通報を受けて駆けつけた消防士に発見された。

殺人にはもうひとつ、べつのパターンも存在する。すべての被害者は夜間に消息をたっているのだ。

なにより警戒すべきは、犯行のエスカレートだろう。殺人件数は最初の一カ月で六件、二カ月目は十一件、過去十日間だけで二十二件に達した。だが、最初の焼死体を発見してから、捜査はほぼ足踏み状態だ。

矛盾する証拠、恐るべき手がかり。背後にいるのは非道な新犯罪組織か、乱行ざんまいの連続殺人鬼か。あるいはいまだ警察も想定していない存在なのか。

議論の余地がない結論はただひとつ。

世にもおぞましいなにかがシアトルを徘徊《はいかい》している。

三回読みなおして、ようやく最後の一行が読みとれた。そこで邪魔をしていたのは、自分の震える手だということに気づいた。

「ベラ……？」

すっかり気をとられていて、エドワードの声に——静かだったし、まったく予想していなかったわけでもないのに——あたしは息をのみ、ぐるりとむきなおった。

エドワードは戸口に寄りかかり、眉根《まゆね》を寄せている。と、目にもとまらぬ速さでとなりに来て、あたしの手をとった。

「驚かせたね、ごめん。ノックしたんだけど……」

「ちがう、ちがうの」あたしはすばやくいった。「これ、もう見た？」といって、手もとの新聞を指さす。

エドワードの額に不安げなシワが寄る。

「今日のニュースはまだ見てない。でもひどくなっていたのは知ってる。ぼくらが手を打たないと。すぐに」

そんなの、あたしはいや。カレン家のみんなにはひとりとして、危険な真似《まね》をしてほしくない。それにシアトルにいるのがなんであれ――あるいは、だれであれ――本気でこわくなってきた。ヴォルトゥーリがやってくるのも、負けずおとらずおそろしいけれど。

「アリスはなんていってるの」

「そこが問題なんだ」エドワードのけわしい顔がこわばる。「アリスにはなにも見えないんだ……確認のために、やろうってことでもう五、六回決断はしてるんだけど。アリスは自信を失いかけてる。最近、あまりにいろんなことを見逃してる、どこかおかしいんじゃないかって感じてるんだよ。予知能力が弱まってるのかもしれないって」

あたしは目を見はった。「そんなこと、あるの？」

「どうかな。だれも研究したことはないからね。でもぼくは正直、ないと思ってる。ああいう力は時がたつにつれて強まるものだし。アロやジェーンを見ればわかる」

「それなら、なにが問題なの？」

「自己暗示みたいなものだろ。ぼくらはアリスのビジョンを待って出動しようとしてる。なにか見えるまでぼくらが行動に出ることはない。だから、アリスは予知できないんだ。だからあっちでどうなるかが見えない。ここはもう、ビジョンに頼らずやるしかないかもしれない」

あたしは身震いした。「それはやめて」

「今日はどうしても授業に出たい？　期末試験まであとほんの数日だし、なにも新しいことはやらないだろ」

「一日くらい学校に行かなくても、あたしは大丈夫。なにするの？」

「ジャスパーと話があるんだ」

ジャスパー……そうなんだ。ちょっと不思議。カレン家のなかでジャスパーはいつもちょっと影が薄い。一緒にいるけど、絶対に中心にはならない。あたしはひそかに思っていた。ジャスパーはアリスのためだけにここにいるんだと。アリスにはどこまでもついていくけど、いまの生き方はジャスパーのいちばんの望みではないって。ほかのみんなより苦労しているのはたぶん、それだけ真剣に誓いをたてていないせいじゃないかしら。

いずれにせよ、エドワードがジャスパーを頼りにするところは見たことがない。ジャスパーには専門知識があるっていってたけど、あれはどういう意味なの？　ジャスパーの過去について、あたしはあまりよく知らない。アリスと出会う前に南部のどこかにいたってことだけ。どういうわけか、ジャスパーに関する質問にエドワードはいつも言葉をにごす。あたしも、あのすらっとしたブロンドの吸血鬼にはいつも気おくれして、面とむかって質問できずにいた。まるで物憂《ものう》げな映画スターみたいなんだもの。

カレン邸に着くと、カーライルとエズミ、ジャスパーは真剣にニュースを見ていた。音声はかなりしぼられていて、あたしには聞きとれない。

アリスは大階段のいちばん下の段にちょこんと座り、元気のない顔に両手をあてている。エドワードとなかへ入っていくと、エメットがキッチンの戸口からふらりと姿をあらわした。余裕しゃくしゃくだ。エメットはなにがあっても動じたりしない。

「よう、エドワード。おっ、ベラ、今日はサボリか」といってにやりと笑う。

「ぼくだってそうだよ」エドワードがクギをさす。

エメットは声をあげて笑った。「まあな。でもほら、ベラにとっちゃ〝はじめての高校生活〟だろ。サボッたら、なにか大事なことを逃しちまうかもしれないぜ」

エドワードはあきれたように上を見あげる。でもそれ以上、兄のことは相手にせず、カーライルに新聞を軽く投げた。

「いまでは連続殺人犯だって話も出てるらしい。知ってた?」

カーライルはため息をついた。「朝からずっと、CNNでその可能性について専門家ふたりが議論してる」

「このままにしておくわけにいかないよ」

「よしっ、行くか！」エメットはとつぜん、色めきたった。「おれ、死ぬほど退屈なんだよ」

とがめるような鋭いため声が二階から階段をつたって響きわたる。

「あいつ、悪いほうにばっか考えるんだよな」エメットはひとりつぶやく。

エドワードはエメットに賛成らしい。「いずれ、ぼくらが出ていかないと」

そこでロザリーが階段のてっぺんにあらわれ、ゆっくりおりてきた。落ち着きはらった無表情な顔つき。

カーライルは首を横に振った。「どうも気がかりだ。うちの家族はいままでこうした問題に介入したことがない。われわれの問題ではないんだ。ヴォルトゥーリではないのだから」

「そのヴォルトゥーリをこっちへ来させたくないんだよ」エドワードがいった。「うかうかしていられなくなるだろ」

「それにシアトルの罪もない人間たちを……」エズミはつぶやいた。「こんな風に死なせてしまうのはよくないわ」

「わかっている」カーライルはため息をついた。

「なんだって？」エドワードは語気鋭くいうと、かすかに顔をかたむけてジャスパーを見た。「それは考えてなかった。なるほど、いうとおりだな。そうにちがいない。それですべてが変わってくる」

わけがわからずエドワードを見つめたのは、あたしだけではなかった。でも、ちっとも不満そうな顔をしていないのはあたしだけだったかも。

「きみからみんなに説明してくれ」エドワードはジャスパーにいった。「今回の事件の狙いはなにか……」エドワードはフロアを見つめ、考えこみながら歩きまわりはじめた。

気づかぬうちにアリスは立ちあがり、あたしのとなりにいた。「エドワードはなにをごちゃごちゃいってるの？」とジャスパーにきく。「ねえ、なにを考えてるの？」

ジャスパーは注目を浴びて気まずそうだった。ためらいがちに――話を聞こうと輪になって集まっていた――みんなの顔をぐるりと観察し、あたしのところで視線をとめる。

「とまどってるね」深みのある声はとても落ち着いていた。いいあてるその口調には疑問のかけらもない。あたしがなにを感じているのか、みんながなにを感じているのか、ジャスパーにはわかっているからだ。

「おれたち全員、とまどってるんだけどな」エメットが文句をつける。

「エメットはおとなしく待っているだけの時間の余裕があるだろ」ジャスパーは答えた。

「この件はベラも知っておいたほうがいい。もう仲間なんだから」

ジャスパーの言葉は意外だった。交流なんてほとんど――この前の誕生日に殺されかけてからはとくに――なかったから、あたしのことをそんな風に考えているなんて気づかなかった。

「ぼくのこと、どのくらい知ってる？」ジャスパーがきいた。

エメットは仰々しくため息をついてソファにどっかり座りこみ、これみよがしにいらいらと待っている。

「あんまり」と認めた。

ジャスパーがじっと見つめると、エドワードは顔をあげ、その視線をとらえた。「いや」エドワードはジャスパーが声にしなかった問いに答える。「その話はしてない。理由はわかってくれるだろ。でも、こうなったらベラも聞いておいたほうがいい」

ジャスパーは慎重にうなずき、オフホワイトのセーターのそでをまくりはじめた。なにをしているんだろう。とまどいと好奇心をいだいて見守る。ジャスパーは手首をランプシェードの下にあてて電球の明かりに近づけると、青白い肌を指でなぞった。

三日月形に隆起した傷痕《きずあと》。

ヘンなの、すごく見慣れている気がする。その理由に気づくまで、ちょっとかかった。

「あっ……」ふと思いついて声がもれた。「ジャスパー、あなたの傷、あたしのにそっくり」といって、手を差しだす。石膏《せっこう》のように真っ白でなめらかなジャスパーの肌より、クリーム色のあたしの肌のほうが、青ざめた三日月形は目立って見える。

ジャスパーはそっとほほえんだ。

「ぼくにはきみのに似た傷がたくさんあるんだよ、ベラ」

ジャスパーは薄手のセーターをさらに上へたくしあげる。その顔からはなんの感情も読みとれない。最初は、その肌に層になって広がる模様がなんなのかわからなかった。半月の弧が羽毛のように交錯している。白い肌に白い傷。ランプのまばゆい光で輪郭が薄い影になり、かすかに隆起した模様がレリーフのように浮かびあがる。おかげでやっと見てとれるけれど……。

そこで気づいた。ジャスパーの手首、そしてあたしの手についた傷痕。それに似た傷がひとつひとつ重なってこの模様になっているんだ。

たったひと筋だけの、小さな自分の傷に視線をもどし、どうやってその傷を受けたのか思い出した。

あたしの肌に永遠に刻みこまれたジェームズの歯痕。

はっと息をのみ、あたしはジャスパーを見つめた。

「いったい……あなたの身になにがあったの？」

13 ジャスパー

「きみの手に起こったことが」ジャスパーは静かに答えた。「千回は繰り返されたってところかな」ちょっと悲しげに笑って腕をなでる。「ぼくたちの肌に傷痕を残せるのはぼくたちの毒だけだから」

「どうして……？」おののいてつぶやく。ぶしつけだと思いながら、うっすら見える一面の傷から目が離せない。

「ぼくは少しばかり育ちがちがうんだよ……ここにいる義理のきょうだいたちとは。はじまりがまったくのべつものだったから」と厳しい口調でいいきる。

あたしはぞくっとして、ジャスパーをぼんやり見つめた。

「ぼくの話をする前に、理解してもらわないと。ぼくたちの世界には不老の者の寿命が数世紀ではなく、数週間の単位で刻まれる場所があるんだ」

ほかのみんなはこの話を聞いたことがあるみたい。カーライルとエメットはまたテレビに注意をもどし、アリスはそっとエズミの足もとに座る。でも、エドワードはあたしとおなじくらい集中していた。その視線はあたしの顔をとらえ、あらゆる感情の揺らぎを読みとっている。

「ほんとうの意味で事情を理解するには、べつの角度から世界を見なければならない。強靭《きょうじん》で、欲望に駆られ——永遠の渇きをかかえる者たちに、世界はどう見えるのか想像するんだ。

いいかい、この世界にはぼくらにとってとくに魅惑的な場所がある。それほど欲求を抑えることなく、正体をさとられずにすむ場所がね。思い描いてごらん、そうだな、南北アメリカの地図を。その上にすべての人の命を小さな赤い点で示す。赤が濃ければ濃いほど、ぼくたち——まあ、こうした姿で存在する者たち——は注目を引くことなくエサをあさることができる」

思い浮かべた地図のイメージ、そしてエサをあさるという言葉に震えが走った。だけど、ジャスパーはあたしをこわがらせることなんて気にしていない。エドワードはいつも過保護だけど、ジャスパーはちがう。休むことなく、話を続ける。

「もっとも、南方にいる集団はしょせん人間が気づくかどうかはおかまいなしだ。秩序を守らせているのは、ヴォルトゥーリなんだよ。南の連中がおそれる唯一の存在だ。ヴォルトゥーリがいなければ、ぼくたちの存在はすぐにでも白日のもとにさらされる」

あたしは顔をしかめた。ジャスパーが敬意を、感謝に近いものをにじませてヴォルトゥーリの名前を呼んだから。どんな事情であれ、あのヴォルトゥーリが善玉だなんて考え方はなかなか受けいれられない。

「それに対して、北はとても進んでいる。多くは放浪生活を送っていて夜だけでなく昼も活動できるし、疑いをいだかせずに人間とも交流をもつ。素性を知られないことは、ぼくら全員にとって大切なことだ。

でも、南は別世界だ。不死の者がおもてへ出るのは夜だけ。昼間は次の作戦を練り、敵の動向を予想する。南ではぼくらの種族は戦争をしているからね。数世紀にわたっていっときの休戦もはさまず、絶えず続いてきたんだ。連中は人間の存在などほとんど気にとめない。せいぜい兵士が道ばたの牛の群れに目をとめるのとおなじ程度――手をのばせば手に入る食料といったところだろう。牛の群れに見つからないよう身をひそめている理由はただひとつ、ヴォルトゥーリの存在だ」

「でも、なんのために戦っているの？」あたしはきいた。

ジャスパーはほほえんだ。「赤い点をつけた地図のこと、覚えてる？」

ジャスパーは答えを待っている。あたしはうなずいた。

「いちばん赤が濃い領域の覇権《はけん》を争っているんだ。いいかい、あるときだれかがこう思った。自分がもし――たとえば、メキシコシティにいる――唯一の吸血鬼だったら、毎晩、エサをあさることができる。二度でも三度でも、だれにも気づかれることはないと。そこで、ライバルを消そうと策をめぐらせた。

おなじことを考えたやつはほかにもいた。そして優れた戦術が編みだされていったんだ。だが、最も効果的な戦術はベニートという名のうら若き吸血鬼が考えたやり方だった。ベニートの名がはじめて知られるようになったのは、やつがダラス北部のどこかからやってきて、ヒューストン近郊で共存していたふたつの小さな吸血鬼集団を殲滅《せんめつ》したときのことだ。それから二晩ののち、ベニートは北メキシコのモンテレーをなわばりにしていたはるかに強大な吸血鬼の同盟と対決し、そこでも勝利をおさめた」

「どうやって？」好奇心に駆られ、おそるおそるきいた。

「新生した吸血鬼の部隊を創設した。どんどん人間を狩って殺すかわりに、仲間にして自分の兵隊にしたんだ。ベニートは最初の発案者だった。はじめのうち、ベニートは破竹のいきおいだった。転生直後の吸血鬼は興奮しやすく、凶暴で、ほとんど制御不能だ。ひとりならいいきかせて節制するようにしこめても、十人、十五人いっぺんにとなると悪夢だね。さしむけた先の敵とおなじくらいたやすく、仲間にも襲いかかる。ベニートは新生者の数をどんどん増やすしかなかった。同士討ちをしてしまうし、敵の集団を壊滅させる前にベニートの部隊も半分以上は殺《や》られたからだ。

いいかい、新生者は危険だ。それでも、戦い方を知っていれば倒せない相手ではない。たしかに最初の一年ほどは身体も信じられないほど強靱《きょうじん》だし、力を発揮させてやれば、年かさの吸血鬼でもたやすく潰せる。だが、彼らは本能のなすがままだから、先が読みやすいんだ。たいていは戦闘能力もない。あるのは腕力と凶暴性だけだ。そしてベニートの場合は……圧倒的な数を味方につけていた。

南メキシコの吸血鬼たちは迫りくる脅威に気づき、ベニートを迎え撃つためにただひとつ思いついた作戦を実行した。おなじように、自分たちの部隊をつくりあげたんだ……。

そして、地獄の扉がこの世にひらかれた。まさしく——想像をはるかに超えるほど——文字どおりの意味で。ぼくら不死の者たちにも歴史がある。この戦いは永遠に忘れられることはないだろう。もちろん、メキシコに暮らす普通の人間にとっても、あの当時は暮らしやすい時代ではなかった」

あたしはぶるっと身震いをした。

「死者数が異常な数に達したところで——きみたち人間の歴史では、病気が人口減少の原因ということになっている——ヴォルトゥーリがついに介入してきた。護衛官が総がかりでやってきて、アメリカの南部からメキシコにかけて新生者をひとり残らず追いつめた。当時、ベニートはプエブラを拠点にして、標的のメキシコシティを陥落《かんらく》させるためにフル回転で部隊を整えていたんだ。ヴォルトゥーリはまずベニートから手をつけ、それから残りの連中を片づけていった。

新生者と一緒にいたものは残らず、即時に処刑された。だれもがベニートの攻撃から身を守ろうとしていたこともあって、いっとき、メキシコから吸血鬼の姿は消えた。

ヴォルトゥーリは掃討《そうとう》にほぼ一年をかけた。これもまたぼくらの歴史に永遠に刻まれるであろう出来事のひとつだ。まあ、後日談を語れる生存者はほとんど残されなかったわけきの様子を遠くから見ていた者から……」

ジャスパーは身震いをした。ジャスパーが不安や恐怖をのぞかせたところなんて、あたしは一度も見たことがなかった――これがはじめて。

「そのおかげで、征服の野望があの一帯から広がることはなかった。残りの世界はまともなままだ。ぼくらがいまこうして暮らせるのは、ヴォルトゥーリのおかげなんだよ。

だが、ヴォルトゥーリがイタリアへ帰ると、南ではもどってきた生き残りたちがすぐになわばりを主張するようになった。

集団間の抗争が勃発《ぼっぱつ》するまで、それほど時間はかからなかった。血がたぎるほどの激しい憎悪が渦巻いていたんだ……悪趣味な表現だが。あちこちで復讐が繰り広げられた。新生者を使うというアイデアはすでにあったからね、そこに手を出してしまう者もいた。だが、ヴォルトゥーリの記憶は消えていなかった。南の集団もこんどは慎重にことを運んだ。新生者は〝予備集団〟である人間から念入りに選ばれ、さらなる訓練をほどこされた。部隊は周到に配備され、人間にもほとんど気づかれなかった。こんどの〝創造者〟たちはヴォルトゥーリに再訪の理由を与えなかった。

そして戦闘は再開された……ただし、前より小さな規模で。ときどき、だれかが一線を踏みこえて人間界の新聞にあれこれ推測が飛びかうと、ヴォルトゥーリがもどってきて街を掃討《そうとう》する。だが、ほかの……慎重な連中にはそのまま続けさせていて……」

ジャスパーは宙を見つめた。

「それで、あなたは〝変身〟したのね」そう気づいてささやく。

「そうだ」ジャスパーは認めた。「人間だったころ、ぼくはテキサス州のヒューストンで暮らしていた。十七歳になろうというとき、南軍に入隊した。一八六一年のことだ。南北戦争だよ。開戦してすぐ、新兵募集の担当官にウソをつき、二十歳だと申告したんだ。それで通用するくらい背も高かったから。

ぼくの軍歴はすぐに終わりを告げることになったが、将来はかなり有望だった。みんなはいつもぼくに……好意をもち、意見に耳をかたむけた。カリスマがある……父はそういっていた。もちろん、いまではおそらくそれ以上のなにかだったとわかっているけれど。理由はともかく、ぼくはみるみる階級をあげ、もっと経験がある年上の士官を追い抜いていった。南軍は創設して日が浅く、組織の編成を急いでいた。それだけチャンスもあったということだね。ガルヴェストンの最初の戦いのときには——まあ、小競りあい程度のものだったが——ぼくはテキサス最年少の少佐になっていた。それもほんとうの歳ではなく、いつわりの年齢でね。

北軍の軍船が港に迫ったとき、ぼくが指揮をとって街から女性と子どもを避難させることになった。準備に一日かかり、それから民間人の第一陣をヒューストンに移送するため、ぼくは街を離れた。

その晩のことは、とても鮮明に覚えている。

ヒューストンには暗くなってから到着した。ぼくは全員が無事に落ち着くのを確認するまでとどまり、それが片づくとすぐさま新しい馬に乗りかえてガルヴェストンへもどった。休んでいるひまはなかったんだ。

街から一キロ半ほどのところで、歩いている三人の女に出会った。道に迷っているのだと思い、すぐに馬をおりて助けを申してた。だが、かすかな月明かりに照らしだされたその顔を見て、驚きに言葉を失った。あれほど美しい女性はまちがいなく、それまで見たことがなかった。

肌はとても青白くて――見ほれてしまったのを覚えている。おさない黒髪の少女は見るからにメキシコ系の顔だちだったが、それでも月光のもとでは陶器のように白かった。全員、若く見えた。少女と呼んでいいくらいに。ぼくたちの集団からはぐれたのではない。それはわかった。この三人がいたなら、記憶に残っているはずだ。

『言葉も出ないみたいよ』いちばん背の高い娘が美しく、繊細な――風鈴のような声でいった。髪はブロンドで、肌は雪のように白かった。

もうひとりはさらにあわい金髪で、肌はおなじくらい真っ白だった。顔だちは天使さながら。その娘は軽く目を閉じ、ぼくのほうへ身を乗りだして深々と息を吸いこんだ。そして『……んんっ』と息をもらした。『すてき』

小さな娘は――黒髪の小柄な少女だ――あわい金髪の娘の腕に手を置くと、すばやく話しかけた。あまりに優しく歌うような声で鋭い口調にはならなかったが、本人はそのつもりのようだった。

『集中しなさい、ネッティ』黒髪の少女はいった。

ぼくは昔から人間関係を読みとるのが得意だった。すぐにはっきりわかったよ。黒髪の娘はほかのふたりを指揮している。軍でいうなら、上官といったところだと。

『彼はよさそうね。若くて、強靭《きょうじん》で。軍人だもの』黒髪の娘はそこで言葉をとめた。ぼくは言葉を発しようとしたが無理だった。『それだけじゃない……ほら、感じない？』とほかのふたりに問いかける。『なにか心に訴えかけてくるものがあるの』

『ええ、そうね』ネッティはすぐに認め、またぼくのほうへ乗りだした。

『がまんしなさい』黒髪の娘が警告した。『こいつは生かしておきたいわ』

ネッティは顔をしかめ、不満そうだった。

『あなたがやってよ、マリア』背の高いブロンドがまた口をひらいた。『この男が大事だっていうなら。あたしは生かすより殺してしまうのがおちだもの』

『そうね、自分でやる』マリアは了解した。『こいつはすごく気にいったわ。ネッティを遠くへ連れていってちょうだい。集中しようってときに、うしろから襲われやしないか気にしたくないから』

うなじのあたりがぞくっとした。でも、この美しい者たちがなにを話しているのか理解できなかった。本能的に危険は察知していた。天使のような娘は本気で殺しの話をしていると。だが、ぼくの価値観は本能が送ってきたメッセージを切り捨てた。ぼくはずっと女性はおそれるものではなく、守ってやるものだと教えられてきたから。『さあ、狩りに行こう』ネッティはよろこび勇んで応じると、背の高い娘に手をのばした。ふたりはくるりと――なんとも優雅に――背をむけて街へ走っていった。まるで飛びたったかのようだった。疾風のようなスピードで――白いドレスは翼のように背後ではためいていた。ぼくがあっけにとられてまばたきしているあいだに、ふたりは姿を消した。

ぼくはむきなおってマリアを見つめた。マリアもこちらを興味深そうに眺めていた。生まれてこのかた、ぼくは迷信にとらわれたことはなかった。その瞬間まで、幽霊やそういうくだらないことは信じていなかったんだ。だがとつぜん、確信がもてなくなった。

『兵隊さん、お名前は？』マリアがきいた。

『ジャスパー・ウィットロック少佐と申します』口ごもりながら答えた。たとえ幽霊であっても、女性に礼を失するわけにはいかなくて。

『ぜひとも生き抜いてちょうだいね、ジャスパー』マリアは優しくいった。『あなたのこと、気にいったんですもの』

マリアは一歩近づき、キスをしようとするかのように首をかしげた。ぼくはその場に凍りついた。本能は逃げろと叫んでいたのに……」

ジャスパーは思いつめた表情で話をいったんやめた。

「……それから数日して」ようやくジャスパーは口をひらいた。あたしを気づかって話を省略したのか、エドワードが発散する緊張感に――あたしでも感じとれるくらいだったし

——反応したのかはわからない。「ぼくは新しい人生へと導かれた」

「彼女たちの名はマリアとネッティ、そしてルーシーといった。それほど長いこと一緒にいたわけではなく、三人とも負け戦を生きのびたばかりで、マリアがほかのふたりを寄せあつめたんだ。たがいの都合で結ばれた関係だ。マリアは復讐を望んでいた。自分のなわばりを奪還しようと。残りのふたりも〝餌場《えさば》〟を広げたがっていた……といえる。

彼女たちは軍隊を組織していたんだ。それまでにまして注意深くことを進めながら。それがマリアの計画だった。より優れた軍隊を望んでいたわけだね。だから、見こみのある特定の人間を探していた。そしてぼくたちに目をかけ、訓練をほどこした。それまでだれもあえてやろうとしなかったほどに。マリアはぼくらに戦い方を、そして人間の目をくらます方法を教えた。うまくやれば褒美を与えられた……」

ジャスパーはだまった。またなにか省略している。

「だが、マリアはあせっていた。新生者の圧倒的なパワーは一年をめどに弱まると知っていたからだ。ぼくらに力があるうちに、行動を起こしたかったんだ。

ぼくが加わったとき、マリアの仲間は六人いた。二週間のうちに、四人増員された。男ばかりで——マリアは軍人を求めていたから——そのぶん、内輪もめを防ぐのはむずかしくなった。ぼくの最初の戦いの相手も、新しい同志たちだった。ぼくはスピードでも、戦闘能力でも勝っていた。マリアはぼくに満足していたよ、ぼくが滅ぼしてしまった分を随時補充しなければいけないことに腹をたてはいたけどね。ぼくはよく褒美をもらい……

おかげで、ますます強靭《きょうじん》になっていった。マリアには人を見る目があった。そしてぼくに仲間の指揮をまかせたんだ——昇進したようなものかな。まさしく適任だったよ。死傷者は大幅に減り、仲間は二十人ほどに膨れあがった。

当時、慎重に身をひそめていたことを考えると、かなりの数だ。ぼくには感情が生みだす場の雰囲気をコントロールする能力があって——当時はまだそうとわかっていたわけではないが——それがきわめて効果的だった。ほどなく、ぼくたちはそれまでの新生者にはなかった協力体制を組めるようになった。マリアとネッティとルーシーの三人ですら、あれほどうまく連携はできなかった。

マリアはぼくをとても気にいって……頼るようになった。ある意味、ぼくも彼女を崇拝《すうはい》していた。ほかの生き方がありうるなんて思いもよらなかった。いまの自分たちの生き方があるべき姿だと、マリアは説いた。そしてぼくらはそれを信じたんだ。

戦闘の用意が整ったら知らせるようマリアに指示されていて、ぼくはなんとしても自分の力を証明したかった。最終的には、二十三人からなる部隊をまとめあげた。かつてない組織力と戦闘能力を身につけた、想像を絶するほど強靭な若い吸血鬼二十三人。マリアは狂喜した。

ぼくたちはひそかにマリアのかつての根城《ねじろ》モンテレーへむかった。そしてマリアはぼくたちを仇敵《きゅうてき》にさしむけた。当時、敵陣にいた新生者はわずか九人で、年かさの吸血鬼ふたりが彼らを支配していた。ぼくたちは、マリアも目を疑うほどあっさりと敵を片づけ、身内の犠牲も四人にとどめた。前例のない圧勝だった。

訓練は行き届いていたから、人目を引くこともなかった。人間が気づかないうちに、モンテレーの街では闇《やみ》の支配者の首がすげかえられたんだ。

成功に味をしめ、マリアは貪欲になった。ほどなく、ほかの街にも目をつけるようになり、最初の一年で、テキサスのほぼ全域と北メキシコを掌握《しょうあく》した。そこでマリアを駆逐しようと、ほかの吸血鬼たちが南からやってきた」

ジャスパーは二本の指で腕のかすかな傷痕《きずあと》をすっとなでた。

「熾烈《しれつ》な戦いだった。多くはヴォルトゥーリの再訪をおそれた。マリアの部隊の創設メンバー二十三人のうち、最初の一年半を生き残ったのはぼくひとり。勝利することもあれば、敗北を喫《きっ》することもあった。ネッティとルーシーもやがてマリアに牙をむいたが、その戦いではぼくたちが勝った。

マリアとぼくはモンテレーを守りきった。戦争は続いていたが、少しは下火になった。征服の野望は塵《ちり》と消えた。あとには復讐と反目が残されたといったところだ。多くがパートナーを失った。ぼくらの種族にとってそれは許しがたいことだ……。

マリアとぼくはつねに十数人の新生者を確保していた。彼らは個人的なつながりなどほとんどない——歩兵であり、使い捨ての存在だった。使えなくなれば、じっさいに捨てていたしね。ぼくの人生は相変わらず殺戮《さつりく》の繰り返しで、そのまま歳月はすぎていった。ぼくはすべてにうんざりしていた……かなり長いあいだ……なんの変化もないままに。数十年がすぎ、ある新生者と親しくなった。予想に反して最初の三年を生き残り、能力も衰えていなかった男で、名前はピーターといった。ぼくは彼が気にいったんだ。あいつは……進んでいた。その言葉があてはまると思う。戦いに長《た》けていたが、楽しんではいなかった。

ピーターは新生者の相手をまかされた。お守りをするというのかな。その仕事にかかりきりだったよ。

そしてまた粛清《しゅくせい》の時がやってきた。新生者たちはピークをすぎつつあり、入れ替えが必要だった。ピーターはぼくとともに連中を始末することになっていた。それぞれ呼びだすんだ――そう、ひとりずつ――いつも、とても長い夜になる。このとき、ピーターはまだ数人は使えると訴えた。しかし、マリアから全員抹殺《まっさつ》せよと指示されていたこともあって、ぼくはだめだと答えた。

途中、ピーターがそのことでかなり参っていることに気づいた。先に帰らせて、残りは自分で片づけようかと考えながら、次のターゲットを呼んだ。驚いたことに、そこでピーターはとつぜん、いきりたち、怒りを爆発させた。その怒りがどんな展開を招くことになるか――ぼくは覚悟を決めた。ピーターは優れた戦士だったが、しょせん、ぼくの敵ではなかったから。

呼びだされていた新生者はシャーロットという名の女で、転生から一年すぎたばかりだった。彼女の姿が見えたとたん、ピーターの感情がいっきに噴きだしたんだ。ピーターはシャーロットに逃げろと叫び、飛ぶようにそのあとを追っていった。追跡しようと思えばできたが、やめておいた。ピーターを……滅ぼしたくなくて。

その件で、マリアはぼくに不満をいだいた。

そして五年後、逃げのびたピーターはひそかにぼくに会いにきた。いい日を選んでやってきたものだ……。

当時、ぼくの気持ちはすさむばかりで、マリアもとまどっていた。彼女は一瞬たりとも、憂鬱《ゆううつ》など感じたことがなかったからだ。どうして自分はちがうのかと、ぼくは悩んでいた。それから、そばにいるときのマリアの感情の変化に気づくようになった――ときには恐怖、そして悪意――ネッティとルーシーが攻撃に転じる前にも、おなじような感情が流れていた。あのころ、ぼくは肚《はら》をくくろうとしていた。ただひとりの盟友にして、自分という存在の核である人を滅ぼそうと。ピーターはそこへもどってきたんだ。

シャーロットとの新しい暮らしについて、ピーターは話してくれた。夢にも思っていなかった選択肢について。五年間、北でほかの同胞におおぜい出会ったが、戦ったことは一度もない。のべつまくなしに騒乱を繰り広げることなく、共存できる吸血鬼もいるのだと。

たった一度きりの会話で、ピーターはぼくを説得した。旅立つ準備はできていた。これでマリアを殺さずにすむと、どこかでほっとしていた。カーライルとエドワードとおなじくらい、ぼくはマリアと長い年月をすごした。絆《きずな》の強さではとても足もとにはおよばないけどね。戦いのために、血のために生きていると、他人との関係は希薄になり、たやすく壊れてしまうものなんだ。ぼくは過去を振り返ることもなく、そこから去った。

数年間はピーターとシャーロットと旅をして、この新しい、平穏な世界の感覚をつかんでいった。だが、憂鬱な気持ちがやわらぐことはなく、なにが問題なのか自分でもわからなかった。狩りのあとでかならずひどくなると、ピーターが気づくまで。

そのことについてよく考えてみた。長きにわたる殺戮《さつりく》と流血で、ぼくは人間らしさをほとんど失っていた。ぼくはまぎれもない悪鬼、凶暴きわまりないバケモノだった。それでも新しい人間の獲物を見つけるたび、かつて人間だったころのことを思い出し、かすかなうずきを覚えた。美しいぼくの姿にぼうぜんと見とれる彼らの目を前にすると、マリアとその仲間たちの姿が脳裏に浮かんだ。ぼくがジャスパー・ウィットロックだったあの最後の夜、彼女たちがどんな風に見えたか。こうした他人の感情は、ぼくにとって――ほかのだれとも比べものにならないほど――強烈なものだった。ぼくは獲物がなにを感じているか体感できたから。殺しながら、その相手の感情をみずから味わっていたから……。

ぼくがまわりの感情をあやつれるのは、ベラも身をもって知ってるだろ。でも、おなじ空間にいる人たちの感情にぼくがどれだけ影響されるかは気づいていないんじゃないかな。ぼくは毎日、感情がつくりあげる環境のなかで生きている。生まれて最初の一世紀は血に飢えた復讐の世界で生きた。憎悪がぼくの誠実なる友だった。マリアのもとを去ってそれは少しやわらいだが、やはり獲物の恐怖と不安を感じとらずにいられなかった。それにだんだん、耐えられなくなってきていたんだ。

ぼくはますますふさぎこみ、ピーターとシャーロットから離れていった。進んでいるといっても、ぼくが覚えはじめていたような嫌悪感をふたりは感じていなかった。戦いのない、平穏な暮らしを求めていただけだ。ぼくは疲弊《ひへい》していた――殺すことに。だれであれ、たとえただの人間であっても。

だが、殺しは続けるしかなかった。しかたがないだろう？　回数は減らすようにしたが、渇きが限界を超えると、屈してしまった。血への欲望をすぐさま満たす一世紀をすごしたあとで自制するのは……むずかしかった。いまだに完璧《かんぺき》に身につけたとはいえない」

ジャスパーは話に没頭していた。あたしもおなじだった。そこで意外なことに、ジャスパーの打ちひしがれた顔がすーっとおだやかな笑みへ変わった。

「フィラデルフィアにいたときのことだ。嵐の日で、昼間、おもてに出ていて――当時はまだちょっと抵抗があったんだけどね。雨のなかに立っていたら人目につくと思って、客のまばらな小さいダイナーに入った。瞳の色はだれにも気づかれないくらい暗くなっていたが、それは渇いているという意味でもあったから、少し気がかりだった。そこに彼女がいたんだ――もちろん、ぼくが来ると見こして」ジャスパーはくすっと笑った。「ぼくが入っていったとたん、カウンターのスツールからひょいと飛びおりて、まっすぐ近づいてきた。衝撃的だったよ。攻撃するつもりなのかよくわからなくて。過去の経験から、ぼくは彼女の行動をそう解釈するしかなかったんだ。でも、彼女はほほえんでいた。それまでぼくが感じとったことのない感情を発散させていたんだ。『ずいぶん待たせてくれたわね』と、その娘はいった」

知らないうちに、アリスはまたあたしのすぐうしろに立っていた。

「そしてあなたは軽く会釈《えしやく》をしたのよ、古きよき南部の紳士らしく。そしていったの。『申し訳ありません、お嬢さん』」アリスは思い出し笑いをした。

ジャスパーはアリスにほほえみかけた。「きみは手を差しだした。ぼくはなにも考えずに、その手をとった。ほぼ一世紀ぶりに、希望を胸にして」

ジャスパーは話しながらアリスの手をとった。

アリスはにっこり笑った。「あたしはただただほっとした。もう永遠にあらわれないんじゃないかって思ってたから」

ふたりはしばらくほほえみあっていた。と、ジャスパーはあたしにむきなおった。優しい表情のまま。

「アリスが教えてくれたんだ。カーライルとその家族について予知したことを。そんな生き方ができるとはとても信じられなかったけど、アリスが前むきな気持ちにさせてくれた。それで、ふたりでみんなを探すことにしたんだ」

「そしてみんなの度肝《どぎも》を抜いたんだろ」エドワードはあきれ顔でジャスパーを一瞥《いちべつ》すると、あたしに説明してくれた。「エメットとぼくは狩りに出かけてたんだよ。そこへジャスパーが戦傷《いくさきず》だらけの姿で、この薄気味悪いチビをつれてあらわれた」エドワードはふざけてアリスをこづいた。「こいつときたら、初対面のみんなを名前で呼んで、経歴もなにもかもお見通しで、どの部屋に引っ越してくればいいかってきいたんだよ」

アリスとジャスパーは高音と低音をハモらせて笑った。

「うちへもどったら、ぼくのものは全部、ガレージに入れられてた」エドワードは続けた。

アリスは肩をすくめた。「あの部屋がいちばん、眺めがよかったの」

こんどは全員、一緒に笑う。

「すてきなおはなしね」

三組の瞳が問いかけてきた。どうかしてるんじゃないの？　といいたげに。

「その、ラストのところがってこと」あたしは弁解した。「アリスとハッピーエンドになったことよ」

「アリスがすべてを変えてくれた」ジャスパーは認めた。「いまの環境は気にいってる」

一瞬、緊張の糸がほどけた。でも、それも長くは続かなかった。

「それにしても、新生者の〝部隊〟だなんて……」アリスが小声でいった。「どうしていままでだまってたの？」

ほかのみんなもまた集中し、ジャスパーの顔を見すえている。

「自分はいろいろな兆候をまちがって解釈しているにちがいない——そう思ってた。だって、動機はいったいなんなんだ？　だれがシアトルで軍を組織する？　戦いの歴史もなく、遺恨《いこん》もない。領土の拡大という点でも意味がない。だれもなわばりにしていないんだから。流浪《るろう》の者が通りかかることはあっても、シアトルをかけて戦う者はいない、守るべき相手もいない。

だが、こうした状況は見たことがあるんだ。ほかに説明がつかない。シアトルには新生した吸血鬼の部隊がいる。おそらく二十人未満だろう。やっかいなのは、まるで訓練されていないことだ。だれかがやつらを生みだし、ただ野放しにしている。事態はますます悪化するだろうな。それほど待たずにヴォルトゥーリが踏みこんでくる。正直、ここまで放置しておくなんて驚きだ」

「わたしたちにできることは？」カーライルがきいた。

「ヴォルトゥーリの介入を避けたいなら、ぼくたちで新生者を滅ぼすしかない。しかもいますぐに」ジャスパーの顔はけわしかった。過去のいきさつを知ったいま、あたしにも察しがつく。この状況はジャスパーにとって、かなり気が重いにちがいない。「方法はぼくが教えてもいい。都会ではかんたんにはいかない。この若い連中は秘密を守ることなど気にもとめないが、ぼくらはちがう。だから、敵にはないさまざまな制約がある。おびきだすという手もあるが」

「そうするまでもないのかも……」エドワードは暗い口調でいった。「こんなことを考えるのはぼくだけかな。このあたりで部隊を創設しなければならないような、脅威になりうる存在は……このぼくらしかいないって」

ジャスパーはすっと目をすがめた。カーライルは愕然《がくぜん》と目を見はる。

「ターニャの家族だってそばにいるわ」エズミはゆっくりいった。エドワードの言葉を受けいれたくないみたい。

「新生者たちはアラスカのアンカレッジで暴れてるわけじゃない。自分たちが標的かもしれないってことも考えておかないと」

「狙いはあたしたちじゃないわ」アリスは声をあげ、ふとだまった。「あるいは、そうだってことに本人たちは気づいてないのよ。いまはまだ」

「どういうことだ？」エドワードはきいた。興味をそそられ、神経を張りつめている。

「なにか思い出したのか？」

「断片的なんだけど……」アリスがいった。「状況をつかもうとしても、鮮明なイメージが見えないのよ。具体的なことはなにも。ただ奇妙なイメージが瞬間的に浮かんで……意味がつかめるところまでいかない。だれかが気まぐれに、ある行動パターンからまた次のパターンへすばやく移行していて、あたしにはよく見えてこないって感じなのよね」

「迷いがあるということか？」ジャスパーは半信半疑にきいた。

「というか……」

「迷いじゃない」エドワードは不満げにいった。「知ってるんだよ。意識的な行動でないかぎり、アリスにはなにも見えない。それを知っている何者かだ。ぼくたちから身を隠し、アリスのビジョンの死角をついて楽しんでいる」

「だれが知ってるっていうのよ」アリスは小声でいった。「アロなら本人にも負けないくらいアリスのことを知ってる」

エドワードのまなざしは氷のように冷たかった。

「でも、ヴォルトゥーリがこっちに来ると決めたなら、見えるはず……」

「彼らが自分たちの手を汚したくないとしたら、話はべつだろ」

「恩赦《おんしゃ》を与えるわけね」ロザリーがはじめて口をひらき、指摘した。「南部にいて……掟のことで問題を起こしてしまっただれかに。抹殺《まっさつ》されるはずのその人物が挽回のチャンスを与えられた。ちょっとしたやっかいものを始末することを条件に。ヴォルトゥーリがなかなか腰をあげない理由も、それで説明がつくわね」

「なぜなんだ」カーライルは問いかけた。まだ衝撃を受けているみたい。「動機がないだろう、ヴォルトゥーリが……」

「動機は前からあった」エドワードはそっと反論した。「こんなにも早くその日が訪れるとは意外だったけど。イタリアでアロの思考を読んだときには、ほかの想念のほうが強かったから。アロは自分のかたわらにぼくとアリスがいるところを思い描いていた。ぼくらがついていれば、現在と未来が見通せる。〝全知〟といってもいい力だ——そんな強烈な思いに、アロは酔いしれていた。どうしてもそれを実現したがっていたから、あきらめるにはもっと時間がかかると思っていたんだ。

それでも、アロはカーライルが、そしてぼくらの家族が強大になりつつあるとも考えていた。嫉妬と恐怖。カーライルは……自分以上のものを手にしてはいないが、それでも、ほしかったものをもっているとね。ぼくにさとられないように、考えまいとしていたけど。隠しきれていなかった。脅威となる存在を排除するという考えはあのとき、すでにあったんだ。ヴォルトゥーリは自分たちをのぞいて、ぼくらほど大きな集団に出くわしたことがないから……」

あたしはぞっとしてエドワードの顔を見つめた。そんな話、あたしには一度もしなかったのに。理由は想像がつく。ありありと頭のなかに思い描けるもの――アロの夢が。ひらひらとたなびく黒い外套《がいとう》をまとい、アロのかたわらに亡霊のように付き添うエドワードとアリス。瞳は冷たく、血のような深紅で……。

あたしの白昼の悪夢をカーライルがさえぎった。「ヴォルトゥーリは使命に忠実な一族だ。みずから掟を破ることはない。これまで守り抜いてきた理念にことごとく反する」

「あとできれいに隠蔽《いんぺい》するつもりだろ。南部の手先も滅ぼすんだ。二重の裏切りだな」エドワードは厳しくいった。「ダメージはゼロというわけ」

ジャスパーは身を乗りだしてかぶりを振った。「いや、カーライルのいうとおりだ。ヴォルトゥーリは掟を破らない。それに、やり方がずさんすぎる。この……今回、問題を起こしているやつは、まるで状況を把握してない。初心者だよ、まちがいなく。ヴォルトゥーリがかかわっているとは思えない。だがそれも、時間の問題だ」

みんな緊迫して氷像のようにかたまり、視線を交わしている。

「なら、行こうぜ！」エメットは轟《とどろ》くような大声でいった。「なにをぐずぐずしてるんだ？」

カーライルとエドワードはすっと目をあわせた。エドワードはこくりとうなずいた。

「ジャスパー、わたしたちを指導してくれ」カーライルはついにいった。「どうやって新生者を滅ぼすのかを」かたい決意が感じられた。でも、その言葉を口にするカーライルの瞳には苦悩の色がのぞく。カーライルほど暴力をきらっている人はいないもの。

なにかがひっかかる。でも、はっきりとはわからない。こわくて、死ぬほど不安で、頭がぼーっとしている。でも、その奥のほうで感じる。あたしはなにか大切なことを見落としている。この混乱をひもとき、説明するなにかを。

「援軍が必要だ」ジャスパーはいった。「どうだろう、ターニャの一族はこころよく応じてくれるかな。熟達した吸血鬼があと五人いれば、ずいぶんちがってくる。それにケイトとエリエザルが味方にいれば、かなり有利だ。彼女たちの助けがあれば、ほぼ楽勝だよ」

「頼んでみよう」カーライルは答えた。

ジャスパーは携帯電話を差しだした。「急がないと」

いつも冷静なカーライルがこれほど動揺する姿をあたしは見たことがなかった。カーライルは電話を受けとり、窓のほうへ歩いていくと、番号を押して電話を耳にあて、もう一方の手を窓ガラスに添えた。苦悩がにじんだ顔で、朝霧の風景を見つめている。

エドワードはあたしの手をとり、ふたりがけの白いソファにいざなう。あたしはエドワードと並んで座り、カーライルを見つめている彼の顔を見守った。

カーライルは小声で早口だったから、話が聞きとりにくい。ターニャにあいさつをしたのは聞こえた。それから急いで状況を説明する。すごいスピードだったので、あたしはたいして理解できなかった。でも、アラスカにいる吸血鬼たちもシアトルの状況はある程度つかんでいるらしい。

そこでカーライルの声色が変わった。

「それは……」驚きで口調が鋭くなる。「気づかなかった……イリーナがそう思っていたとは」

エドワードはとなりで不満げにうめき、目を閉じた。「サイアクだ。ローランのやつめ、地獄の底にとっとと消えてくれ」

「ローラン……？」あたしは小声でいった。顔から血の気が引いた。でも、エドワードはそのまま、カーライルの考えを読もうと意識を集中している。

今年の早春、あたしはローランとつかの間の再会をはたした。あのときの記憶は薄れたり遠ざかったりするようなものではない。ジェイコブと仲間たちの群れに邪魔される前に、ローランがいったことはいまでも一言一句覚えている。

ここへ来たのも、じつはあいつのためで……。

ヴィクトリアだ。ローランは彼女が打った最初の一手だった。斥候《せっこう》として、どの程度であたしをしとめられそうか確認するために送りこんできた。でも、ローランが狼たちをかわし、生きてもどって報告をあげることはなかった。

ローランはジェームズの死後もヴィクトリアと旧交をたもっていたけれど、同時に新しい仲間と新しい関係を築いていた。アラスカでターニャの一族と暮らしていたから――そう、ストロベリーブロンドのターニャ――吸血鬼界におけるカレン一族の盟友であり、親戚のような存在。ローランは死ぬまでほぼ一年、彼女たちと暮らしていた。

カーライルはまだ話をしている。必死に頼んでいるようには聞こえない。説きふせようとしているけれど、ちょっとトゲがある。

そしていきなり、トゲトゲしさが説得の言葉を圧倒した。

「それはいうまでもない」カーライルは厳格な調子でいった。「休戦協定を結んでいる。彼らは違反していないし、われわれもそのつもりはない。残念だが……そうか。もちろんだ。こちらはこちらで最善を尽くすしかないな」

カーライルは返事を待たずに携帯電話をパチンと閉じた。そのまま、外の霧をじっと見つめている。

「なにが問題なんだ？」エメットがエドワードにひそひそときいた。

「イリーナはぼくらの友人ローランと思いのほか深い仲だったんだ。それでローランを滅ぼしてベラを救った狼たちを恨んでいる。イリーナは望んでいるんだ……」エドワードはあたしを見て話をやめた。

「続けて」できるだけ、感情を出さずにいった。

エドワードの目つきがけわしくなる。「イリーナは復讐を望んでいる。あの群れを倒すことを。援軍を送るかわりにぼくたちにそれを認めろと」

「そんな！」あたしは息をのんだ。

「心配しなくていい」エドワードは抑揚のない口調でいった。「カーライルは絶対に受けいれないし……」先をためらい、ため息をつく。「ぼくだってそうだ。ローランは自業自得だった」うなるような声でいう。「それにあの件では、ぼくはまだ狼どもに借りがある」

「まずいな」ジャスパーがいった。「このままだと戦力が拮抗《きっこう》しすぎている。戦闘能力ではこちらが優位だが、数ではそうもいかない。勝つには勝つだろうが、その代償がどのくらいになるか……」ジャスパーの言葉の意味に気づき、あたしは悲鳴をあげそうになった。

ジャスパーの鋭い視線がさっとアリスの顔をかすめた。

あたしたちは勝つ。でも、負ける。

生還しない者が出る。そういうことだ。

部屋を見渡してみんなの顔を見た――ジャスパーにアリス、エメット、ロザリー、エズミ、カーライル、そしてエドワード――あたしの家族の顔を。

14 告白

「まさか本気じゃないでしょ」水曜日の午後、あたしはいった。「完全にイカれてるって！」

「あたしのことはね、いくらでも悪くいってかまわないから」アリスは答えた。「それでも、パーティは決行する」

ぼうぜんとアリスを見つめた。信じられない。目がテンになって、ぽこっとはずれてランチのトレイに落ちてしまいそう。

「もう、落ち着いてよ。ベラ！　やらない理由はどこにもないのよ。それに招待状はもう発送ずみだし」

「だって……あっ……アリス。あたっ……もう、どうかしてるって！」つっかえながらいった。

「あたしへのプレゼントはもう買ってくれたんでしょ」アリスが指摘する。「あとはもう、会場に姿を見せればいいだけだから」

なんとか気を静めようとする。「いまの状況を考えたら、パーティなんてどう考えても不謹慎でしょ」

「いまの状況って、卒業目前ってことでしょ。パーティはまさにぴったり。もう、あたりまえすぎてつまんないくらい」

「アリス！」

アリスはため息をつき、まじめに話をしようとする。「とりあえず、調整しなきゃいけないことがいくつかあるの。それにちょっと時間がかかるわけ。どうせじっと待機してるなら、めでたいことはお祝いをしたっていいじゃない。ベラが高校を――はじめて、って意味だけど――卒業するのは一度きりだもん。人間にはもどれないのよ、ベラ。人生で一度きりのチャンスなんだから」

あたしとアリスの軽い口喧嘩《くちげんか》のあいだ、エドワードはずっとだまっていたけれど、そこでアリスに警告するような視線を送った。アリスはベーっと舌を出す。たしかに。アリスのやわらかな声がカフェテリアの喧噪《けんそう》をぬってだれかの耳に届くはずはない。どのみち、その裏にある意味なんてだれもわかるはずないし。

「調整しなきゃいけないことって？」あたしはきいた。ここで話をそらされるわけにはいかない。

エドワードが低い声で答えた。「ジャスパーは援軍がいれば助かると思ってるんだ。ターニャの一族が唯一の頼みの綱ってわけじゃない。カーライルは昔の友人に連絡をつけようとしていて、ジャスパーもピーターとシャーロットにあたってる。マリアと話をすることも考えてるが……だれも南部の連中を入れることには乗り気じゃないから」

　アリスはそっと身震いをした。

「説得して協力させるのはそれほどむずかしくないはずだ」エドワードは続けた。「イタリアからの訪問はだれも望んでない」

「でも、その友だちって……その……〝菜食主義者〟じゃないんでしょ」カレンたちが冗談で自分たちにつけた呼び方を真似《まね》して反論した。

「ちがう」エドワードは答えた。とつぜん、無表情になる。

「ここに来るの？　フォークスに？」

「みんな友だちだから」アリスは安心させようとしていった。「なにもかもうまくいくって。心配しないで。それにね、ジャスパーが新生者の殲滅《せんめつ》についてあたしたちに講習をしてくれるのよ……」

　そこでエドワードは瞳を輝かせ、ぱっと笑みを浮かべた。

　とつぜん、あたしは胃に氷の鋭い破片をつめこまれたような気分になった。

「いつ、出発するの？」うつろな口調できいた。こんなの、耐えられない。だれかがもどってこないかもしれないなんて。エメットだったら？　命知らずで軽はずみで、慎重さとはまるで無縁だもの。それとも……エズミだったら？　あんなに思いやりがあって愛情深くて……戦っているところなんて想像がつかない。アリスはこんなに小さくてとても華奢《きゃしゃ》だし。それに……だめ、その名前を頭に浮かべることはできない。そんな可能性を考えることも。

「一週間もしたらね」エドワードは軽くいってのける。「そのくらいで時間は十分だろ」

胃のなかで、氷の破片が動いてきりきりする。とつぜん、吐き気がしてきた。

「ベラ、ちょっと青ざめてるみたいよ」アリスが指摘する。

エドワードはあたしに腕をまわし、わきにしっかり引き寄せた。「大丈夫だから、ベラ。

ぼくを信じて」

そう、そうよね――ひそかに思った――あたしはただ信じていればいいってわけね。置

いてきぼりにされて、かけがえのない人が無事に帰ってくるかどうか思い悩まなきゃいけ

ないのは、エドワードじゃないものね……。

と、そこではたと思いついた。もしかしたら、置いてきぼりにされなくてもすむかも。

一週間なら、時間はあまるくらいある。

「援軍を探してる……のよね」ゆっくりいった。

「そうよ」アリスは首をかしげ、あたしの声色の変化を分析している。

アリスだけを見るようにして答えた。ささやき声より、ほんの少し大きな声で。

「あたしが協力する」

エドワードの身体が瞬時にこわばった。あたしを抱く腕にきつすぎるくらい力をこめ

る。そして威嚇《いかく》するような音をたてて、息を吐きだす。

でも、答えてくれたのは、冷静さを失わなかったアリスだった。「それだとね、じっさい助けにならないのよ」

「どうして？」と反論する。口調ににじんだ必死さは自分でもわかる。「八人のほうが七人よりいいでしょ。時間はあまるくらいあるし」

「助けになってもらえるほどの時間はないのよ、ベラ」アリスは冷静に反論した。「ジャスパーが若い子たちのこと、なんていってたか覚えてる？ ベラはきっと戦闘じゃ使いものにならない。本能を制御できずに、格好の標的にされる。そしたら、ベラを守ろうとしてエドワードがケガをすることになる」アリスは腕組みをして、自分の鉄壁の理論に満足している。

そういわれたら、あたしだってアリスが正しいことはわかる。一瞬にして希望を砕かれ、椅子にぐったりともたれた。となりでエドワードが緊張をといた。そしてクギをさすように耳打ちしてくる。

「なにかをおそれて……っていう理由はだめだっていったろ」

「あっ、そんな……」アリスがいった。ぼうぜんとした表情になり、それからすねたような顔をする。「土壇場《どたんば》のキャンセルってうんざりしちゃう。これでパーティの参加者は六十五人に減るわけね……」

「六十五人！」また目がテンになる。あたしにはそんなに友だちはいない。というか、そんなにたくさんの知りあいだっていたっけ……?

「キャンセルしたのはだれ?」エドワードはあたしを無視して質問した。

「レネよ、ベラのママ」

「えっ……?」あたしは息をのんだ。

「卒業式にあらわれて、ベラをびっくりさせるつもりだったのよ。でも、予定が狂ったみたい。うちに帰ったら、メッセージが届いているはずよ」

あたしはしばしの安堵感《あんどかん》にひたることにした。なにがママの予定を狂わせたにせよ、永遠に感謝するつもり。こんな時期にママがフォークスへ来るなんて……考えたくもない。頭が破裂してしまう。


うちへ帰ると、留守電のライトが点滅していた。野球場でフィルがケガをしたてんまつを語るママの声に耳をかたむけ、また安堵感がこみあげてきた。なんでもスライディングの手本を見せていて、キャッチャーと交錯して太ももの骨が折れたらしい。フィルはママにすっかり頼りきりで、ひとり残して出かけるのは無理だという。謝罪の言葉の途中で、メッセージは途切れていた。

「これでひとり」あたしはふうっと息を吐いた。

「ひとりって、なにが?」エドワードがきいた。

「ここ一週間で、殺される心配をしないでいい人ってこと」

エドワードはやれやれと上を見あげた。

「どうして、エドワードもアリスも今回のこと、真剣に受けとめてないの？」と問いつめる。「真剣な問題でしょ」

エドワードはほほえんだ。「自信があるからね」

「さすがね」不機嫌につぶやく。受話器をあげてママの番号を押した。長話になるのは目に見えているけど、こちらはそれほど話をしなくてすむはず。

ひたすら耳をかたむけ、スキあらば一言はさんで安心させてあげる。がっかりなんてしてない……おこってなんかないって……傷ついてもいないから……。ママはフィルの介抱に集中するべきだもの。「おだいじに」って伝えてねと念を押し、フォークス高校の地味な卒業式についてことこまかに電話で報告すると約束した。最終的には、電話を切るのに、どうしても試験の勉強をしなきゃいけないって口実をもちださなきゃならなかった。

エドワードの忍耐力はとどまるところを知らない。電話のあいだずっと、いやな顔ひとつせずに待っていてくれた。あたしの髪をいじり、あたしが視線をあげるたびにほほえむだけで。ほかに考えなきゃいけないもっと大事なことがあるのに、そういうことに気をとめるって軽薄だとは思うけど、エドワードの笑顔にはいまだに息がとまりそうになる。あまりに美しくて、ときどき、ほかのことはまともに考えられなくなってしまう。フィルのケガとか、ママの謝罪とか、敵の吸血鬼部隊のことになかなか意識を集中できない。あたしはしょせん、ただの人間だから。

電話を切ったとたん、つま先で立ってエドワードにキスをした。背のびをしなくてすむように、エドワードはあたしの腰に手をあててキッチンのカウンターにのせてくれる。いい感じ。エドワードの首に腕をまわしてひんやりした胸にぴったりと寄りかかった。

いつものように、あっけなく、エドワードは身体を離した。

自分の顔がみるみるふくれ面になるのがわかった。エドワードはそんな顔を見て笑うと、絡《から》みついていたあたしの腕と脚から抜けだした。となりでカウンターに寄りかかり、あたしの肩に軽く腕をまわす。

「ベラはぼくのこと、完璧《かんぺき》で、絶対にブレない自制心をもってるって思ってるんだろうけど、じっさいはそんなことないんだ」

「ホントにそうならいいんだけど」あたしはため息をついた。

そして、エドワードもため息をつく。

「あしたの放課後は」エドワードは話題を変えていった。「カーライルとエズミとロザリーと狩りに出かける。ほんの数時間だけ。近場にいるよ。アリスとジャスパーとエメットがベラを守ってくれるはずだ」

「もうっ……」と不満をもらす。明日は試験の初日。学校は半日で終わる。あたしが受けるのは数学と歴史――試験科目で難関はこのふたつだけ――だから、ほとんどまる一日、エドワードなしですごすことになる。くよくよ心配するほかに、やることもなく。

「子守をしてもらうの、もううんざり」

「いまだけだからさ」エドワードは約束した。「ジャスパーは飽きちゃうだろうし、エメットにはからかわれるだろうし」

「あいつらもできるだけ行儀よくするって」

「あっそ」むすっとしていった。

と、そこで思いついた。お守りをしてもらう意外にも選択肢がひとつある。「そうだ……かがり火のパーティのあとラプッシュに行ってないんだった」

エドワードの顔色の変化を注意深く観察する。瞳がほんの少しだけ、けわしくなった。

「あそこなら、それなりに安全でしょ」と指摘する。

エドワードは数秒間、考えていった。「まあ、そうだね」

落ち着いた顔だけど、ちょっとすんなりしすぎている。こっちにいたほうがいいなら……といいかけたところで、エメットが浴びせてくるにちがいない軽口や冷やかしが思い浮かび、あたしは話題を変えた。「もう渇いてるの？」手をのばし、エドワードの目の下の薄いクマをなぞる。虹彩《こうさい》はまだ深みのあるゴールドをしているのに。

「それほどじゃない」エドワードはためらいがちに答える。意外だった。どういうことなんだろう。あたしは説明を待った。

「できるだけパワーをつけたいんだ」エドワードは説明した。まだ話しづらそうだった。

「もう一度、たぶん、あちらへむかう途中で狩りをすることになる。大勝負にそなえてね」

「そうすると……パワーがつくの？」

ないはず。

エドワードはなにかを探るようにあたしの顔を見た。でも、好奇心以外なにも見つから

「そうだ」エドワードはようやく答えた。「人間の血はいちばんパワーがつく。まあ、ほんのわずかな差だけどね。ジャスパーは例外的な措置《そち》をとることも考えてるんだ——いくら気にいらない案でも、あいつは現実的だからね——提案はしないけど。カーライルの答えはわかっているから」

「……でも、効果はあるんでしょ？」そっときいた。

「それは関係ない。ぼくらは自分たちの生き方を変えるつもりはない」

あたしは顔をしかめた。勝負を互角にもちこむ方法があるなら……。そこでぞっとして身震いする。エドワードを守るためなら、他人は死んでもかまわないと思うなんて。自分がおそろしい。でも、その考えを完全に否定することもできなかった。

エドワードはまた話題を変えた。「もちろん、新生者がすごく強いのはそのせいなんだ。連中は人間の血で満ち満ちている。自分自身の血が転生のプロセスに反応し、それが細胞のなかに残っていて、パワーを与える。ジャスパーが話したとおり、肉体がじわじわとそれを消耗していって、一年くらいするとパワーは弱まっていくんだ」

「あたしは……どのくらい強くなる？」

エドワードはにやりと笑った。「ぼくよりも」

「エメットよりも？」

エドワードはますます愉快そうに笑う。「そうだね。頼むよ、腕相撲で勝負してやってくれ。あいつにはいい経験になる」

あたしは声をあげて笑った。それって、すっごくおもしろそう。

そこで、カウンターからぽんと飛びおりた。いいかげん、ホントにぐずぐずしていられない。試験勉強をしなきゃ、しかもかなりつめこまないと。ラッキーなことに、あたしにはエドワードの助けがある。エドワードは優秀な家庭教師だった——なにからなにまでわかってるから。あたしにとって最大の問題は、試験に集中すること。気をつけていないと、歴史の小論文で南方の吸血鬼戦争について書いてしまいかねない。

ひと休みしてジェイコブに電話をした。エドワードはあたしがママと電話をしていたときとおなじくらいくつろいだ様子で、またあたしの髪をいじっている。

午後もなかばすぎていたのに、あたしの電話でジェイコブは目を覚ましたらしい。最初はご機嫌ななめだった。でも、明日、遊びにいってもいいかときくと、すぐに明るくなった。キラユーテの学校はもう夏休みに入っている。だから、できるだけ早くおいでとジェイコブはいった。よかった。子守をしてもらう以外に選択肢があって。ジェイコブとすごすほうが、ほんの少しだけメンツがたもてるもの。

そのメンツは、エドワードがまた境界線まで車で送るといってゆずらなかったことでちょっと潰れた。これじゃ、別れた両親のあいだを行き来している子どもみたい。

「試験はどんな感じだった？」途中、おしゃべりでもしようとエドワードがきいてきた。

「歴史はどうってことなかった。でも、数学はどうだろう。なんとなくできた気がする。ってことは、たぶん、赤点かな」

エドワードはハハッと笑った。「きっと大丈夫だよ。本気で心配なら、ヴァーナー先生をまるめこんでAをもらってあげるよ」

「そう、ありがと。でも、遠慮しとく」

エドワードはまた声をあげて笑った。でも、最後のカーブを曲がり、赤い車が待っているのを見てぴたりとやめる。顔をしかめて意識を集中させ、車を停めてため息をついた。

「どうかしたの？」ドアに手をかけてきいた。

エドワードは首を横に振った。「なんでもない」そして目をすがめ、フロントガラスごしに相手の車をじっと見る。この顔つき、前に見たことがある。

「ジェイコブの考えてること、まさか聞いてたりしないわよね？」と責めた。

「叫んでる相手を無視するのはかんたんじゃないからね」

「そっか……」一瞬、そのことについて考えてから、小声できいた。「なんて叫んでる？」

「それはあいつが自分の口でいうよ、まちがいない」エドワードは皮肉まじりにいった。

ホントなら問いつめるところだけれど、そこでジェイコブがクラクションを鳴らした。すばやくせっかちに二回。

「失礼だな」エドワードは腹立たしげにいった。

「あれがジェイコブなのよ」あたしはため息をつき、ジェイコブが本格的にエドワードの機嫌を損ねないうちにそそくさと外へ出た。

ジェイコブのゴルフに乗りこむ前に、エドワードに手を振った。こんなに遠くても、エドワードはクラクションの――あるいはジェイコブが考えていたことの――せいで、すごくむかついているように見えた。でも、あたしの視力はそれほどよくないし、しょっちゅう見まちがいをするから。

エドワードにもこっちへ来てほしい。ふたりとも車からおりて握手をして、友だちになってくれたらいいのに。吸血鬼と狼人間ではなく、エドワードとジェイコブとして。まるで、いうことをきかないふたつの磁石をまた手にしているみたい。あたしはそれをぴったりくっつけて、自然の法則を力ずくで逆転させようとしているのかな……。

そんなことを考えながら、ジェイコブの車に乗った。

「よっ、ベラ」明るい口ぶりだけど、声はぴりぴりしている。あたしはジェイコブの顔を観察した。ジェイコブは前をじっと見つめ――あたしよりちょっとスピードを出して、エドワードよりはゆっくり運転しながら――来た道をラプッシュへもどっていく。

どこか様子がおかしい。体調が悪いのかも。まぶたは重たそうで、顔もやつれている。ボサボサの髪はあちこちにはねて、ところどころ、あごのあたりまでのびていた。

「ジェイコブ、大丈夫なの？」

「疲れてるだけ……」大きなあくびにかき消される前に、やっと口に出す。あくびが終わると、ジェイコブは質問してきた。「今日、なにする？」

一瞬、ジェイコブを見やる。「とりあえず、ジェイコブのうちでゆっくりしようよ」と提案した。この感じだと、それくらいがせいぜいだもの。「バイクはあとにすればいいし」

「はいはい」といって、ジェイコブはまたあくびをした。

ブラック家にはだれもいなかった。不思議な感じがする。自分がビリーを据えつけの置きものみたいに考えていたことに気づいた。

「お父さんは？」

「クリアウォーターさんちに出かけた。ハリーが死んだあと、よく行ってるんだ。奥さんのスーがさみしくしてるから」

ジェイコブはふたりがけソファくらいのサイズしかない古ぼけた長椅子に座り、すみによってあたしに場所をあけてくれる。

「そうなんだ。優しいのね。スーは気の毒だったもの」

「ああ。それにちょっと問題がね……」ジェイコブはいいよどんだ。「子どものことでさ」

「でしょうね。セスとリアだってきっと大変なのよ、父親を亡くして……」

「まあね」ジェイコブはじっと考えごとをしてうなずき、無造作にリモコンを手にとってテレビをつけた。そしてあくびをする。

「どうしたのよ、ジェイコブ。まるでゾンビみたいよ」

「ゆうべは二時間しか寝てないんだ。その前は四時間だったし」と答えて、ジェイコブは長い両腕をゆっくりストレッチした。関節を曲げると、パキパキと音がする。ジェイコブは左腕をあたしのうしろにまわしてソファの背もたれに置き、ぐったり頭を壁にあずける。「もうへとへとだよ」

「どうして寝てないの？」あたしはきいた。

ジェイコブはしかめ面をした。「サムがなかなか折れなくてさ。そっちの吸血野郎たちのこと、信用してないから。この二週間、おれは昼も夜も巡回に出てる。いまのところ、カレンたちはだれひとり、おれには指一本ふれてない。それでも、サムは信じないんだ。だからいまんとこは、ひとりでやるしかないんだ」

「昼も夜も？　それって、あたしのために見張りをしているから？　そんなの、よくないって！　眠らなきゃだめよ。あたしは平気だもの」

「たいしたことないよ」ジェイコブの目つきが急に鋭くなる。「あのさ、ベラの部屋に入ったのがだれかわかった？　新しい情報は？」

二番目の質問は聞かなかったことにする。「ううん。あの……〝お客さま〟についてはなにもわかってない」

「なら、おれが見張っといてやる」といって、ジェイコブはすっと瞳を閉じた。

「ジェイコブ……」半泣きで訴えようとする。

「あのさ、おれにできるのってそのくらいなんだ。死ぬまでベラのもの、なんでもやる……っていったの、忘れた？　一生、ベラのしもべさ」

「しもべなんてほしくないから！」

ジェイコブは目をあけない。「なにがほしいんだよ、ベラ」

「友だちのジェイコブよ。その子には見当ちがいの無理をして身体をこわして、ゾンビみたいになってほしくないの……」

ジェイコブはあたしの話をさえぎった。「こう考えてみなよ。おれは吸血鬼を追いつめてやりたいんだって。殺してもかまわないやつを。オーケー？」

あたしは答えなかった。

ジェイコブはそこであたしを見た。薄目で反応をうかがっている。

「冗談だよ、ベラ」

あたしはテレビを見つめた。

「それで、来週はなにか特別な予定でもあるの？　卒業だもんね。そりゃあもう、一大イベントだよな」すげない口調に変わり、すでにやつれていた顔はただもう……げっそりして見えた。ジェイコブはまた目を閉じた。こんどは疲労のせいじゃない、拒絶のしるし。

卒業式はまだジェイコブにとって恐ろしいほど重大な意味をもってるんだ……あたしの意思はここにきて揺らぎがちだけれど。

「特別な予定はなにもないの」慎重にいった。それ以上はこまかく説明しなくても、言葉にこめた「安心して」という思いをくみとってくれますように。いまはその話をしたくない。ひとつには、ジェイコブはややこしい会話ができる様子じゃないから。それに、ジェイコブはあたしの不安をきっと深読みしすぎてしまうから。「そうそう、卒業パーティに行かなきゃいけないのよ。あたしの」うんざりって声がもれる。「アリスはパーティが大好きなの。卒業式の夜に町じゅうの人を自宅に招待してる。おそろしいことになりそう」

あたしが話しているうちに、ジェイコブは目をあけた。安心したような笑みが憔悴《しょうすい》しきった表情を少しやわらげる。「おれ、招待されてない。傷つくよなあ」とからかう。

「招待されてると思っていいのよ。あたしのパーティなんだから、好きな人に来てもらえるはずだもん」

「そりゃ、どうも」ジェイコブは皮肉っぽくいった。目は再びすーっと閉じてしまう。

「来られたらいいのに」希望はいだかずにいってみた。「そのほうが楽しいはず。あたしにとっては……って意味だけど」

「はいはい」ジェイコブはつぶやいた。「それは……すんごく賢明な……」ジェイコブの声が途切れていく。

数秒後には、ジェイコブはいびきをかいていた。

かわいそうなジェイコブ。あたしはその寝顔を観察した。このほうがいい。眠っているあいだは警戒心や皮肉っぽさがあとかたもなく消えて、あっという間に――狼人間のゴタゴタに邪魔される前に――親友でいてくれた子になる。ずっとおさなく、〝あたしのジェイコブ〟に見えるから。

あたしはソファでくつろいだ。ジェイコブが昼寝をしているあいだ待っていよう。しばらく眠って、たりてなかった睡眠を埋めあわせできますように。チャンネルを適当に替えてみたけど、たいしたものはやってない。料理番組でとめてみた。でも、見ているうちに、自分がチャーリーの夕食にそんな手のこんだことはしないとわかった。ジェイコブのいびきは続き、ますます大きくなる。あたしはテレビの音量をあげた。

不思議なくらいリラックスして、うとうとしてしまいそうなくらい。この家は自分の家より安全な気がした。たぶん、ここにはだれもあたしを探しにきていないから。ソファの上で丸くなって思った。あたしも昼寝をしようかな……ホントなら眠っていたかもしれないけど、ジェイコブのいびきを耳から追いだすことができない。だからかわりに、つらつらと考えごとをした。

期末試験かあ。ほとんどは楽勝だし、例外の数学は——単位がとれてもとれなくても——もう終わった。あたしの高校教育は終わったんだ。だけど、感想をきかれても、自分でもよくわからない。客観的には見られないもの。あたしの人間としての命の終わりと切り離せないことだから。

エドワードはどのくらい前から「なにかをおそれて……という理由はだめ」って理屈を使おうとしていたんだろう。

あたしだって、ときには毅然《きぜん》とした態度をとらなきゃ。

現実的に考えたら、卒業という最終期限を突破した瞬間に、カーライルに転生させてと頼んだほうがいいってことになる。フォークスは戦闘地帯なみに危険になってきた……ううん、フォークスはじっさいに戦闘地帯だから。それにいうまでもなく、卒業パーティに行かないうまい口実になるし。〝変身〟する理由としてはくだらないにもほどがあるわね。あたしはひとりほほえんだ。ばかよね……でも、やっぱりそそられる。

それでも。エドワードは正しい。あたしはまだ覚悟ができていない。

それに、現実的に考えたいわけでもない。その相手は——あたしに永遠の命を与えてくれる相手は——エドワードであってほしいから。理にかなった望みとはいえない。じっさいにかまれて二秒もすれば、毒は燃えるように血管を駆けめぐりはじめる。まちがいなく、だれにかまれたかなんてどうだってよくなるはず。つまり、相手がだれでもちがいはない。

どうしてそこにこだわるのか、自分でもつかみきれない。あたしの〝変身〟を許すだけでなく、あたしをそばに置いておくためにみずから手をくだす——エドワード本人がその道を選ぶってところなのかもしれない。

子どもじみているけど、人間として最後に感じるすてきなものがエドワードの唇だってところもいい。もっと気恥ずかしいのは——絶対に口には出さないけど——あたしの身体を〝穢《けが》す〟のはエドワードの毒であってほしいってこと。そうすればはっきり、数値で示せるような形で、あたしはエドワードと結びついていられる。

でも、あたしはわかっている。エドワードはあくまで結婚という条件にこだわるつもりだ。エドワードの狙いはあきらかに〝そのとき〟を先のばしにすることで、これまでは作戦が功を奏している。「この夏に結婚します」と、両親に報告するところを想像してみる。アンジェラとベンとマイクにも報告することになる。

あたしには無理。言葉が思い浮かばない。「吸血鬼になるんだ」と伝えるほうが、きっとかんたん。少なくとも、うちの母親は——真実をことこまかに話せばの話だけれど——吸血鬼になることより、結婚に大反対するに決まってる。ママのぞっとした表情を想像して、あたしは顔をゆがめた。

と、ほんの一瞬、この前とおなじ不思議な光景が浮かんできた。べつの時代の格好をして、ポーチのブランコに座っているあたしとエドワード。その世界では、エドワードがくれた誓いの指輪をあたしがはめていても、だれも驚かない。もっと素朴な場所で——そこでは愛がもっとシンプルな形をとる。1に1を足せば2になるといったぐあい。

ジェイコブはいびきをかいて寝返りをうった。腕はソファの背もたれからいきおいよくはずれ、あたしをジェイコブの身体にぐっと押しつける。

ちょっと、ウソでしょ。なんて重いの！　それに熱い！　ものの数秒で、うだるように暑くなる。

ジェイコブを起こさずに、重たい腕を抜けだそうとしたけれど、ほんのちょっと押しのけなきゃならなかった。腕がだらんとあたしから離れ、ジェイコブはぱっと目をあけた。跳ねおきて、不安げにあたりを見渡す。

「なに？　どうした？」うろたえてきく。

「あたしだってば、ジェイコブ。ごめんね、起こして」

ジェイコブはこちらをむき、目をしばたたき、まごついている。「ベラ……？」

「おはよう、おねむさん」

「あっ、やばっ！　居眠りしちゃったんだろ。ごめん！　どのくらい寝てた？」

「料理番組をいくつか観たかな。数えるのは途中でやめたけど」

ジェイコブはまたとなりにぽんと座った。「もうっ……ホントにごめん」

あたしはジェイコブの髪に軽くふれ、はねをなでつけた。「悪いなんて思わないで。少し眠れたみたいで、ほっとした」

ジェイコブはあくびをして、ぐっと身体をのばした。「ここんとこ、まるで使いものにならないからな。ビリーがいつも出かけてるのも無理ない。こんな退屈なやつ、相手にしてられないよ」

「そんなことないって」と元気づける。

「あーあっと……さあ、出かけようよ。散歩でもしないと、またばったりいっちゃいそうだ」

「ジェイコブ、もうちょっと寝たら？　あたしは大丈夫。エドワードに電話して迎えにきてもらう」話しながら、ポケットを軽くたたき、からっぽだと気づいた。「しまった。電話を借りなきゃ。きっとエドワードの車に置いてきたんだ」あたしは立ちあがりかけた。

「だめだよ！」ジェイコブはあたしの手をつかんでいいはった。「だめだ、帰るなよ。めったに来ないんだからさ。信じらんないよ、せっかくの時間をこんなに無駄にしたなんて……」

ジェイコブはそういってあたしをソファから引っぱりあげると、ひょいと頭をすくめて玄関の戸口をくぐり、外へ連れだした。ジェイコブが眠っているあいだに、ずいぶん涼しくなっていた。空気は季節はずれなほどひんやりしている。嵐が迫っているにちがいない。六月というより、二月みたい。

冬のような空気のおかげで、ジェイコブは頭が冴えてきたらしい。あたしを連れて、家の前をしばらく行ったり来たりする。

「おれ、マヌケだよな」ジェイコブはひとりごとをいった。

「どうしたのよ、居眠りしたくらいで」あたしは肩をすくめた。

「ベラと話がしたかったんだ。それがこのざまだよ」

「なら、いま話してよ」

ジェイコブは一瞬、あたしと目をあわせると、すっと森のほうへそらした。赤面したようにも見えたけど、ジェイコブの肌は浅黒く、なかなか見わけはつかない。

とつぜん、エドワードが送ってくれたときにいったことを思いだした。ジェイコブが頭のなかでなにを叫んでいるにせよ、自分で話すだろうって。

聞きたくないことかも……。あたしは唇をかみしめはじめた。

「あのさ」ジェイコブはいった。「もうちょっとちがう形でって計画してたんだ」声をあげて笑う。自分を笑っているみたいに。「もっとスマートにやろうって」とつけ加える。「ちゃんとお膳だてするはずだったのに」曇り空を見あげる。日暮れが近づくにつれ、薄暗くなってきた。「その時間はないな」

ジェイコブはそわそわしてまた笑う。

あたしたちはまだ、ゆっくり家の前を歩いていた。

「なんの話をしているの？」と問いつめた。

ジェイコブは深く息をついた。「いいたいことがあるんだ。もうベラは知っていることだけど……でも、どっちにしろ、はっきり言葉にして伝えるべきだと思って。あいまいなところをいっさい残さないように」

あたしはその場でとまった。ジェイコブも立ちどまる。あたしはつないでいた手を放して腕組みをした。とつぜん、確信が芽生える。あたし、ジェイコブがなにをしようとしているのか知りたくない。

ジェイコブは眉《まゆ》をぐっと下げた。くぼんだ瞳が陰になる。漆黒《しっこく》の瞳は食いいるようにあたしを見つめていた。

「愛してるんだ、ベラ」ジェイコブは力強くしっかりといった。「きみを愛してる。あいつじゃなく、おれを選んでほしい。ベラがそんな風に思ってないことは知ってるよ。でも、真実を打ち明けておかないと。ほかに道があるってことを、ベラが知っておくためにも。誤解や思いちがいで仲たがいしたくないんだ」

15　熱い吐息

しばらくのあいだ、あたしは言葉を失い、ジェイコブを見つめていた。いうべきことがひとつとして見つからない。

あたしのきょとんとした顔を見守るうちに、ジェイコブの顔から深刻さは消えた。

「よしっ」ジェイコブはにこっとしていった。「それだけ」

「ジェイコブ……」なにか大きな塊《かたまり》がのどに貼りついているみたい。そのつかえをとりのぞこうとする。「無理よ……というか、もう……帰らないと」

あたしは背をむけた。でも、ジェイコブが肩をつかんで振りむかせる。

「だめだよ、待って。ベラ、それはわかってるんだって。でもさ、これだけ答えてよ、いい？　おれのこと、どっかへ消えて二度と顔を見せんなって思ってる？　正直いって」

ジェイコブの質問になかなか意識を集中できず、答えるまでしばらくかかった。「ううん、それはいや」ようやく認める。

ジェイコブはまたにこっと笑った。「ほらな」

「でも、ジェイコブがあたしのそばにいたい理由と、あたしがそばにいてほしい理由はちがうんだもの」と反論した。

「なら、そばにいてほしい理由っていうの、具体的に教えてよ」

慎重に考えた。「そばにいないとさみしくなるから」注意深く、控えめにいう。「ジェイコブがしあわせだと、あたしもしあわせなの。でも、それはチャーリーにもいえる。ジェイコブは家族なのよ、愛してる。でも、それは恋愛とはちがうの」

ジェイコブは動揺することなく、うなずいた。「でも、そばにいてほしいんだ」

「そうね」あたしはため息をついた。ジェイコブはどうあってもくじけない。

「なら、そばにいるよ」

「ジェイコブって……ホント、打たれ強いのね」とぼやいた。

「そうだよ」ジェイコブは指先であたしの右ほほをなでた。

あたしはパチンとはらいのける。

「せめて、もうちょっといい子にしていられない?」いらいらしてきいた。

「いや、無理だね。ベラが決めなよ。このままのおれと――悪い子でもなんでも――一緒にいるのか、二度と会わないのか」

どうすることもできず、ジェイコブをにらみつける。「そんなの、ずるい」

「ベラだってそうだろ」

　そこであたしははっとだまり、思わず一歩あとずさった。ジェイコブのいうとおりだ。もし、あたしがずるく――そして、よくばりでも――なかったら、ジェイコブとは友だちでいたくないと告げ、消えるはず。友だちのままでいようとするなんてまちがってる。ジェイコブを傷つけることになるのに。

　自分がいまここでなにをしているのかわからなかったけれど、とつぜん、これはよくないことだと確信した。

「そのとおりね」小声でいった。

　ジェイコブは笑った。「許してあげるよ。とにかく、あんまりおれにカッカしないようにしてよ。というのもさ、最近になっておれはあきらめないことに決めたんだ。勝ち目のない戦いって、どうもクセになるらしいや」

「ジェイコブ」あたしは黒い瞳をのぞきこんだ。真剣に受けとめてもらえるように。「あたしはあの人を愛しているの。彼があたしの人生のすべてなの」

「おれのことだって愛してるだろ」ジェイコブは指摘した。あたしが反論しようとすると、さっと片手をあげて制する。「それとこれとはちがう……わかってる。でも、あいつはベラの人生のすべてじゃない。いまはもう。そんな時期もあっただろうけど、あいつは自分から消えたんだぜ。こんどはあいつがその選択の結果――つまり、おれって存在にむきあわなきゃいけないんだ」

　あたしはかぶりを振った。「あなたってホント、どうしようもないわね」

とつぜん、ジェイコブは真顔になった。あたしのあごに手をあててしっかり押さえる。その真剣なまなざしから、あたしが目をそらせないように。

「ベラの鼓動《こどう》がとまるまで」ジェイコブはいった。「おれはここにいて――戦う。ほかにも道はあるってこと、忘れないで」

「ほかの道なんていらないの」いい返して、ジェイコブの手を振りはらおうとするけどうまくいかない。「それにあたしの鼓動が続くのもあと少しよ。時間はもうほとんど残ってない」

ジェイコブの目がすっと細くなる。「それなら、なおのこと戦わなきゃ。こうなったらもっと熾烈《しれつ》に、戦えるうちにね」とささやく。

ジェイコブはまだあたしのあごを押さえていた。指先に力が入りすぎていて痛いくらい。とつぜん、ジェイコブの瞳に決意の色が浮かんだ。

「いやっ……」抵抗しようとしたけど、遅すぎた。

ジェイコブの唇があたしの唇を激しくふさぎ、反論の言葉を押しとどめた。

怒りにまかせた乱暴なキス。片手でしっかり首のうしろをつかまれ、逃れることもできない。力いっぱい胸のあたりを突いても、ジェイコブは気づいてもいないみたい。おこっていても、唇はやわらかく、あたしの唇にぴったりと重なる。あたたかい……これまで知らなかった感覚。

ジェイコブの顔をつかみ、押しのけようとして……また失敗する。こんどはジェイコブも気づいたみたいだけど、なおさら、その気になってしまったみたい。ジェイコブの唇があたしの唇をこじあけ、その熱い吐息が口のなかに入ってきた。

反射的にあたしは両手をだらりと落とし、電源を切ったように動かなくなった。目をあけ、抵抗することもなく、なにも感じない。ひたすら、ジェイコブがやめるのを待つ。

効果はあった。ジェイコブの怒りは消えた。身体を離して、あたしを見る。そしてまたそっと唇を押しつける。一回、二回……三回。

あたしは彫像になったふりをして待った。

ようやく、ジェイコブはあたしの顔を放して遠ざかった。

「もう終わった？」あたしは感情のない声でいった。

「うん」ジェイコブはため息をつき、目を閉じてほほえんだ。

あたしは片腕をぐっと引いてから、前にいきおいよく振りだし、渾身《こんしん》の力を振りしぼってジェイコブの顔面をパンチした。

なにかがポキッと鳴った。

「あーーっっ！　ああっ、もう！」あたしは悲鳴をあげた。あまりの痛みに半狂乱になって、ぴょんぴょん飛びはねながら片手を胸に押しつける。折れた――自分でもわかる。

ジェイコブはぼうぜんとあたしを見た。「大丈夫？」

「大丈夫じゃないわよっ！　手を折られたんだから！」

「自分で折ったんだろ、ベラ。踊ってないで、ほら、見せて」

「さわらないで！　もう、うちに帰る！」

「車をとってくるよ」ジェイコブは冷静にいった。あごをさすりもしない。映画で殴られた人はたいていやるのに。すごくみじめ。

「いいえ、結構ですっ」と鋭くいった。「歩いたほうがましだから」あたしは車道へむかった。境界線まではたった三、四キロ。ジェイコブから離れればすぐにでも、アリスにはあたしが見える。だれかを迎えによこしてくれるはず。

「いいから、うちまで送らせてよ」ジェイコブはゆずらない。信じられないことに、この期《ご》におよんで腰に手をまわしてくる。

あたしはジェイコブを振りはらった。

「わかったわよ！」と怒鳴った。「そうしたければ、すればいいでしょ！　エドワードにどんな目にあわされるか見ものよね！　首でもへし折られればいいのよ。この……強引で、やらしくて、あったまの悪いワン公！」

ジェイコブはやれやれと上を見あげ、助手席のほうまで付き添ってきて、手を貸して乗せてくれる。そして口笛を吹きながら、運転席へまわる。

「ぜんぜん痛くなかったの？」マジで頭にくるし、不愉快なんですけど。

「本気でいってる？　ベラがぎゃーぎゃー騒ぎはじめなかったら、パンチしたつもりだったってこともわかんなかったよ。おれだって、石でできちゃいないけど、そこまでヤワじゃないからね」

「ジェイコブ・ブラック……もうホント、だいっきらい」

「いいね。憎しみには情熱がこもってる」

「情熱をたぎらせて」押し殺した声でいう。「そのうち、息の根をとめてやるんだから。それこそ激情に駆られた究極の犯罪ってやつよ」

「またまた」ジェイコブはいった。意気揚々《いきようよう》としていて、いまにもまた口笛を吹きはじめそう。「石ころとキスするよりよかっただろ」

「足もとにもおよびませんから」冷たくいった。

ジェイコブは唇をすぼめた。「まあ、口先だけならなんとでも」

「でも、口先だけじゃないもん」

一瞬、しゃくにさわったみたいだったけれど、ジェイコブは気をとりなおした。「いまはむかついてるだけさ。おれだって経験豊富ってわけじゃないけど、自分ではかなりいい線いってたと思うな」

「かんべんしてよ」あたしはうめいた。

「今晩はきっと頭から離れないよ。ベラは眠ってるとあいつが思ってるとき、ベラはほかの選択肢について考えてるんだ」

「今晩、ジェイコブのことを考えるなら、きっと悪夢のなかでだから」

ジェイコブは徐行までスピードを落とすと、黒い瞳を見ひらき、熱っぽくあたしを見つめた。「どんな感じだろうって……それだけ考えてみて」優しく、切々と訴える。「ベラはおれのために、なにひとつ変えなくていいんだ。おれを選んだら、チャーリーがよろこぶのはわかってるだろ。あの吸血鬼に負けない――いや、あいつ以上に――ベラをしっかり守ってあげるよ。きっとしあわせにする。あいつには無理でも、おれならあげられるものがたくさんある。あいつはさっきみたいにキスすることもできないんだろ。ケガさせるから。おれは絶対に、決してベラを傷つけたりしない」

あたしはケガをした手を掲げてみせた。

ジェイコブはため息をついた。「それはおれのせいじゃない。ベラの不注意だよ」

「エドワードなしに、あたしはしあわせになれないの」

「試したことないじゃないか」ジェイコブは反論した。「あいつがいなくなったとき、ベラは全身全霊でしがみつこうとした。あきらめていれば、しあわせになれたかもしれない。おれとしあわせに」

「エドワード以外に、だれともしあわせになんてなりたくない」といいはった。

「この先、あいつのことは絶対に確信はもてないだろ。おれに対してほどには。あいつは一度、ベラのもとを去った。二度ってこともありうる」

「ちがう、それはない」あたしは食いしばった歯のすきまからいった。つらい記憶が突きささる。ムチをふるわれたような痛み。仕返しにジェイコブを傷つけずにいられなかった。「自分だってあたしの前から消えたことあるでしょ」冷たい口調で指摘する。ジェイコブがあたしから身を隠していたあの数週間。ブラック家のそばの森であたしにいった言葉……。

「おれは一度だって消えてなんかない」ジェイコブは興奮して反論した。「ベラには話すなっていわれて——そばにいたら、ベラにとって安全じゃなかったからだろ。でも、一度だってそばを離れてない、絶対に！　夜によくベラの家のまわりを走ってたんだ。いまみたいにね。元気にしてるかたしかめたくて」

……だとしても、いまはジェイコブに申し訳ないなんて思わないんだから。

「うちに送って。手が痛いから」

ジェイコブはため息をつき、前をむいて普通のスピードで運転しはじめた。

「とにかく考えてみてよ、ベラ」

「いやです」かたくなに答える。

「きっと考えるよ……今晩。ベラがおれのことを想っているあいだ、おれもベラを想ってる」

「いったはずよ、それって悪夢だって」

ジェイコブはあたしを見てにやりとした。「自分だってキスを返しただろ」

あたしは息をのみ、知らず知らずのうちにまたげんこつを握ってしまった。折れた手がズキッとしたところで、悲鳴をあげる。

「大丈夫？」ジェイコブがきいた。

「あたし、そんなことしてない！」

「おれだって、そのくらいわかるよ」

「どう見たってわかってないでしょ。あれはキスを返したんじゃない。無我夢中で振りほどこうとしてたのよ……ばっかじゃないの！」

ジェイコブは低いハスキーな声で笑った。「ぴりぴりしちゃって。ムキになりすぎだね」

深く息をついた。ジェイコブと喧嘩《けんか》をしても意味はない。なにをいってもゆがめて解釈するんだから。手に意識を集中し、指をのばして折れたところをつきとめようとする。鋭い痛みが指のつけ根の関節に走った。思わず、うめき声をあげる。

「手のことはホントに悪かったよ」ジェイコブはいった。本気に聞こえなくもない。「こんどおれを殴るときはバットかバールを使うんだよ、オーケー？」

「覚悟しておいてよね、忘れないから」とつぶやいた。

うちの通りに入るまで、どこへむかっているのか気づいていなかった。

「どうしてこっちにつれてきたの？」と問いつめた。

ジェイコブはぽかんとあたしを見た。「うちに帰る……んだろ？」

「もうっ。どうせエドワードの家には送ってもらえないんでしょ？」いらいらして歯を食いしばる。

ジェイコブの顔が苦悩にゆがんだ。今日の午後にあたしが発したどんな言葉より、いまのがいちばんこたえたみたい。

「きみのうちはここだよ、ベラ」ジェイコブはそっといった。

「そうよ。でも、ここにお医者さんがいる?」もう一度、手を掲げてきいた。

「あ……そっか」ジェイコブは一瞬、考えた。「おれが病院に連れていくよ。じゃなきゃ、チャーリーが」

「病院には行きたくないの。みっともないし、その必要もないから」

ジェイコブは家の前にエンジンをかけたままゴルフを停め、どうしたものかと考えこんでいる。チャーリーのパトカーは私道にあった。

「ねえ、ジェイコブ、もういいから」

ぎこちなく車をおりて、家へむかった。うしろでエンジンがとまった。またジェイコブがとなりにあらわれたのに気づき、驚くというよりむっとした。

「どうするの?」ジェイコブはきいてくる。

「氷で冷やして、エドワードに電話して頼むの。迎えにきて、カーライルのところに連れていってって。手を治療してもらえるように。それから、まだジェイコブがここにいるようなら、バールを探しにいく」

ジェイコブは返事をしないで玄関をあけ、ドアを押さえていてくれた。

リビングの前をだまって通りすぎる。チャーリーはソファで寝そべっていた。

「よう」チャーリーは座って身を乗りだした。

「ジェイコブ、おまえに会えるなんてうれしいなあ」

「どうも、チャーリー」ジェイコブは親しげに返事をすると、足をとめた。あたしはつかつかとキッチンへむかう。

「あいつ、どうかしたのか」チャーリーが問いかけた。

「手が折れたってさ」ジェイコブが話しているのが聞こえた。冷凍庫まで行って、製氷皿をとりだした。

「そりゃまたどうして?」かりにも父親なんだから、チャーリーはそこまでおもしろがらずに、ちょっとは心配するべきだと思う。

ジェイコブは声をあげて笑った。「おれのこと、殴ったんだ」

チャーリーまで声をあげて笑った。あたしはこわい顔をして、製氷皿をシンクのすみに軽くたたきつけた。氷がはずれて流しに散らばる。ケガをしていないほうの手でひとつかみして、カウンターでふきんにつつんだ。

「どうして殴ったんだ?」

「キスしたから」ジェイコブは悪びれずにいった。

「やったな、おい」チャーリーはほめた。

なんなのよ、いったい……!　あたしは歯ぎしりをして電話をかけにいく。エドワードの携帯電話の番号を押した。

「ベラ……?」エドワードは最初の呼び出し音で出た。ほっとして——それ以上に、よろこんでいるみたい。うしろのほうでボルボのエンジン音が聞こえる。もう車に乗ってるんだ。よかった。「携帯を忘れていっただろ。すまない、ジェイコブが車でうちまで送ってくれた？」

「うん」不機嫌にいった。「お願いだから、迎えにきてもらえる？」

「もうむかってるよ」エドワードは即座にいった。「どうかした？」

「カーライルに手を診《み》てもらいたいの。折れてると思う」

リビングが静まりかえる。ジェイコブはいつ逃げだすだろう。きっといたたまれないはずだもの……と想像して、意地悪な笑みを浮かべた。

「なにがあった？」エドワードが問いただす。口調から感情が消えていた。

「ジェイコブをパンチしてやったの」と告白する。

「よかった」そこでエドワードはやるせなくいった。「でも、ケガをしたのがベラだっていうのは残念だな」

ハハッと笑った。エドワードはチャーリーに負けずおとらず気をよくしているみたい。

「あっちにケガさせたかったのに」不満でため息をつく。「ぜんぜんダメージを与えられなかったの」

「それはぼくがどうにかしてあげてもいいよ」エドワードはもちかけてくる。

「そういってほしいなって思ってた」

一瞬、沈黙が流れた。

「ベラらしくないね」エドワードはいった。ここにきてなにか警戒している。「あいつ、なにをやらかしたんだ？」

「あたしにキスしたの」おこっていった。

受話器のむこうからは、エンジンが加速する音しか聞こえない。

となりの部屋でチャーリーがまた口をひらいた。「ジェイコブ、もう帰ったほうがいいかもな」とアドバイスする。

「邪魔じゃなければ、ゆっくりしていこうかなあ」

「まあ、おまえの命だからな。好きにしろ」

「あの犬はまだそこにいるのか」エドワードはようやく口をひらいた。

「うん」

「すぐに着く」エドワードはすごみをきかせた声でいった。通話は切れる。

にんまりして受話器をおいた。エドワードの車が猛スピードで通りを進んでくるのが聞こえる。うちの前で急停止すると、ブレーキは抗議するように鋭い音をあげた。あたしは玄関をあけようと出ていく。

「手の具合はどうだ？」通りかかったあたしに、チャーリーがきいてきた。さすがにばつが悪そう。

ジェイコブはそのとなりでソファにどっかり座っている。余裕しゃくしゃくで。

あたしは氷嚢《ひょうのう》を掲げ、見せつけた。「腫れてる」

「喧嘩《けんか》をするなら、自分とおなじくらいの体格の相手を選んだほうがいいぞ」チャーリーは指摘した。

「でしょうね」と調子をあわせ、そのまま進んで玄関をあけた。

　エドワードは待ちかまえていた。

「見せて」とつぶやく。

　エドワードはそっとあたしの手を調べた。ものすごく慎重だったから、ぜんぜん痛くない。エドワードの手は氷と変わらないくらい冷たい。肌にあたると気持ちがよかった。

「骨折してるっていうのは、あたってるみたいだね」エドワードはいった。「ベラを誇りに思うよ。こうなるってことは、かなりの力をこめたんだろ」

「思いっきりね」ため息をついた。「それでもたりなかったみたいだけど」

　エドワードは優しくあたしの手にキスをした。「ぼくがカタをつける」と約束して呼びつける。「ジェイコブ」声はまだ静かで落ち着いていた。

「ほら、来たぞ」チャーリーが警告した。

　チャーリーがソファからよいしょと立ちあがるのが聞こえた。廊下には先にジェイコブが――ずっと静かに――出てきた。でも、チャーリーもすぐうしろにいる。ジェイコブの表情は鋭く、やる気満々だった。

「喧嘩《けんか》はなしだぞ、わかってるな？」チャーリーはエドワードだけを見て話す。「バッジをつけてもいいぞ。それでこっちが真剣だってわかるなら」

「もうわかってます」エドワードは抑えた口調でいった。

「パパ、あたしを逮捕したら？」と提案した。「殴ったのはあたしなのよ」

チャーリーは眉《まゆ》をあげた。「告訴するか、ジェイコブ？」

「やめとく」ジェイコブはこりもせずに、にやりと笑った。「いつかこの借りは返してもらうけど」

エドワードは顔をゆがめた。

「パパ、部屋にバットを置いてない？　ちょっと借りたいんだけど」

チャーリーはすげなくあたしを見た。「いいかげんにしろよ、ベラ」

「さあ、留置所に入れられないうちに、カーライルに手を診《み》てもらおう」といって、エドワードはあたしに腕をまわし、玄関へ引っぱっていく。

「そうね」といって、エドワードに寄り添った。怒りはおさまってきたし、エドワードもそばにいてくれる。気分はなぐさめられ、手もそれほど痛くなくなってきた。

歩道を車にむかって歩いていたとき、うしろでチャーリーが心配そうにこそこそいうのが聞こえた。

「おいおい、どうするつもりだ。正気なのか？」

「ちょっとだけだよ、チャーリー」ジェイコブが答えた。「心配しないで、すぐもどるから」

振り返ると、ジェイコブがあとをついてきていた。そしていったん足をとめ、驚きと不安をにじませたチャーリーの鼻先でドアを閉める。

エドワードはまず、ジェイコブを無視してあたしを車まで連れていった。そして手を貸してあたしを車に乗せると、ドアを閉め、くるりとむきなおって歩道の上のジェイコブと対峙した。

あたしは不安に駆られ、あいたウインドウから身を乗りだした。チャーリーも家のなかから、リビングのカーテンごしにのぞいている。

ジェイコブはふだんどおりの姿勢で腕を組んでいる。でも、あごのあたりの筋肉はピンと張りつめていた。

エドワードの口調はあまりにおだやかで優しく、かえって危険な感じに聞こえた。

「いまはきみを殺しはしない。ベラが動揺するから」

「……気にしなくていいのに」あたしは不満げにいった。

エドワードはかすかに振りむき、すばやくほほえんだ。顔つきはまだ落ち着いている。

「朝になったら、きっといやな気分になるよ」といって、あたしのほほを指先でなでる。

そこでエドワードはジェイコブにむきなおった。「だが、こんどまたケガをしたベラを送ってくるようなことがあったら——だれの責任だろうが関係ない、たんにベラがつまずいたにせよ、隕石《いんせき》が空から落ちてきてベラの頭を直撃したにせよ——ぼくがあずけたときの完璧《かんぺき》なベラにキズをつけてもどすような真似《まね》をしてみろ、三本足で走りまわることになるぞ。わかったな、この野良犬が」

ジェイコブはあきれたように天を見あげた。

「だれがまた遊びにいくもんですか」あたしはつぶやいた。

聞こえなかったかのように、エドワードは続けた。「そしてこんどまたベラにキスをしたら、ベラにかわってあごをへし折ってやる」と誓ったその声は、まだ優しく、ベルベットのようになめらかで……容赦なかった。

「ベラがキスしてほしがったら？」ジェイコブはふてぶてしく、ゆったりといった。

「よくいうわよ」あたしはふんと鼻を鳴らした。

「それがベラの望みなら、ぼくに異論はない」エドワードは顔色も変えずに肩をすくめた。「ベラがはっきりそういうのを待ったほうが、身のためだろうな。しぐさを勝手に解釈してそうだと思いこまずに。まあ、へし折られるのはきみのあごだ。好きにしろよ」

ジェイコブはにやりと笑った。

「勝手に期待してれば」あたしはむすっとしていった。

「ああ、いわれなくてもしてるよ、こいつは」エドワードはつぶやいた。

「あのさ、おれの頭のなかをあさってるひまがあるなら」ジェイコブは不愉快きわまりないといった口調でいった。「ベラの手をどうにかしてやれよ」

「もうひとつ」エドワードはゆっくりいった。「ベラのためなら、ぼくも戦うつもりだ。そのつもりでいろ。ぼくはなにひとつ、あたりまえだとは思っていない。きみの倍は熾烈《しれつ》に戦わせてもらうよ」

「いいんじゃねーの」ジェイコブはうなるようにいった。「かんたんに投げだすようなやつを負かしても、おもしろくもなんともないし」

「ベラはぼくのものだ」エドワードの低い声がとつぜん、不穏な響きをおびる。これまでほど抑えがきいていない。「フェアに戦うとはいってないからな」

「こっちだってそうさ」

「幸運を祈るよ」

ジェイコブはうなずいた。「そうだな。最強の〝人間〟に勝利を」

「うまいことをいうな、犬ころが」

ジェイコブははっと顔をゆがめた。それから表情をとりつくろい、エドワードをよけるように身を乗りだし、あたしにほほえみかける。

あたしはこわい顔でにらみ返した。

「早く手がよくなるといいね。ホント、悪かったよ。ケガしたことは」

子どもみたいに、あたしはふんっと顔をそむけた。

エドワードが運転席にまわって乗りこむあいだも、あたしは視線をもどさなかった。だからジェイコブが家のなかにもどったのか、そこに立ったまま、こっちを見ているのかわからなかった。

「どんな感じ？」車を出しながら、エドワードがきいた。

「むかついてる」

エドワードはくすっと笑った。「きいたのは、手のことだよ」

あたしは肩をすくめた。「もっとひどいケガだってしたことあるし」

「たしかに」エドワードは納得して顔を曇らせた。

エドワードはカレン邸をまわりこんでガレージへむかう。エメットとロザリーがいて、ロザリーの――ジーンズにおおわれていてもわかる――完璧《かんぺき》な美脚が、エメットの巨大なジープの下から突きだしていた。エメットはその横に座り、ロザリーがいるあたりのジープの下に手を差しいれている。しばらくして気づいた。ジャッキがわりに、車をもちあげてるんだ……。

エドワードがそろそろとあたしを車からおろす様子を、エメットは興味津々《きょうみしんしん》で眺めていた。その視線は、あたしがかかえるように胸にあてている手をばっちりとらえている。

エメットはにやりと笑った。「ベラ、また転んだのか？」

あたしはキッとにらみつけた。「ちがいます。狼人間の顔面をパンチしてやったの」

エメットは目をぱちくりさせて、それから大声を轟《とどろ》かせて爆笑した。

エドワードがあたしを連れて通りかかると、ロザリーが車の下からいった。

「あの賭けはジャスパーの勝ちね」してやったりといった口調だった。

エメットは笑うのをぴたりとやめ、しげしげとあたしを観察する。

「賭けってなに？」足をとめて問いただす。

「カーライルのところへ行こう」エドワードがせっついた。そしてエメットをじっと見てほんのかすかに首を振る。

「賭けってなんなの⁉」エドワードにしつこくきいた。

「感謝するよ、ロザリー」とつぶやき、エドワードはあたしの腰にまわした手に力をこめると、家のほうへ引っぱっていく。

「もう、エドワードってば……」むすっとしていった。

「ガキの遊びだよ」エドワードは肩をすくめた。「エメットとジャスパーは賭けが好きなんだ」

「エメットに教えてもらうからいいもん」振り返ろうとするけど、エドワードの腕は鉄のようにあたしに巻きついていた。

エドワードはため息をつく。「ふたりで賭けをしてるんだよ。最初の一年でベラが何回……ミスをするか」

「あ……」その意味に気づき、ふいにわきあがった恐怖を隠そうと、あたしは顔をゆがめた。「殺してしまう人数を賭けてるってこと？」

「そう」エドワードはしぶしぶ認めた。「ロザリーはベラの性格からいってジャスパーが有利だと思ってるんだ」

ちょっと気分がよくなる。「ジャスパーは高い数字を出してるのね」

「ベラがなかなか適応できなければ、自分の気がやすまるからさ。身内の〝弱点〟って立場にうんざりしてるんだ」

「でしょうね。もちろん。ジャスパーが満足するなら、二、三人よぶんに殺人事件を起こしてもいいのよ。まかせておいて」一本調子にまくしたてる。頭のなかに新聞の見出しが、犠牲者の名前のリストが浮かんできた……。

エドワードはぎゅっとあたしを抱きしめた。「いまはそんな心配はしなくていい。というか、ベラがいやなら、この先ずっと心配しなくていいんだ」

またそんなこと……。あたしは不満げにうめいた。エドワードは手の痛みのせいだと思ったらしく、早足であたしを家へ連れていく。

やっぱり、手は折れていた。でも、深刻なダメージはなく、指のつけ根の関節のひとつに小さな亀裂が入っただけ。はずさないと約束するなら、固定具で大丈夫だといってくれた。ギプスはいやだったから、あたしはカーライルは慎重に固定具をあてていく。エドワードはあたしがぼーっとしているのに気づき、痛いんじゃないかとなんどか声をかけた。でも、あたしは痛みのせいじゃないといって安心させた。

またひとつ心配事を増やす必要も——そんな余裕も——ないっていうのに。

ジャスパーの過去について聞いてからというもの、新生した吸血鬼のさまざまな話はあたしの頭のなかにじわじわと浸透していた。ジャスパーとエメットの賭けを知ったいま、とつぜん、それがありありと形をとりはじめた。ふと不思議に思う。ふたりはなにを賭けているんだろう。なにもかも手にしているのに、なにを手に入れたくて賭けをするの？

自分が変わってしまうことは、ずっとわかっていた。エドワードがいったように、強くなることも望んでいる。強く、速く、そしてなにより美しく。エドワードのとなりにいて、そこが自分の居場所だと思える人になることを。

ほかの可能性については、あまり考えないようにしてきた。凶暴で、血に飢えて……たぶん、がまんできずに人を殺してしまうことも。見ず知らずの、あたしになんの危害も与えたことのない人たちを。シアトルで増え続けている犠牲者のような人たち。家族も友だちも未来もある、命ある人たち。彼らからそういったものを奪うバケモノにあたしはなるかもしれない。

それでも。正直なところ、それはどうにかなるはず。あたしはエドワードを信じているから。絶大な信頼を寄せているから。あたしがあとで後悔するようなことはひとつとしてさせるはずがないと。頼めば、南極に連れていってペンギンを狩ってくれるはず。それにあたしはどんなことも惜しまず努力する。いい人間であるために。いい吸血鬼になるために……。いつもなら、ここでくすっと笑っていたかもしれない。新しい不安のタネがなければ。

だって、もしホントにそんな風に——ジャスパーがあたしの頭に植えつけた悪夢のような新生者のイメージどおりになってしまったら、それはあたしといえるのかしら。人殺しだけが欲望のすべてになるとしたら、いま求めているものはどうなってしまうんだろう。あたしが人間でいるあいだになにひとつ逃さないように、エドワードはすごくこだわっている。いつもはなんだかばかばかしく思える。逃したくない人間らしい経験なんてあまりないから。エドワードと一緒にいられるなら、ほかになにを望むというの？

カーライルが手あてをする様子をエドワードは見守っている。あたしはその顔を見つめた。エドワードよりほしいものは、この世にはなにひとつない。それも変わってしまうの？　そんなことがありうるの？
あきらめたくない人間らしい経験が――あたしにはあるだろうか。

（下巻へつづく）

＊本書は2007年11月に刊行された
「トワイライト7～9 赤い刻印/冷たいキスをあたしに/黄昏は魔物の時間」

を改題、2分冊して文庫化しました。

トワイライトⅢ 上

著者	ステファニー・メイヤー
訳者	小原亜美《おばらあみ》
	2009年7月10日 初版第1刷発行
発行人	鈴木徹也
発行所	株式会社ヴィレッジブックス 〒108-0072 東京都港区白金2-7-16 電話 03-6408-2325(営業) 03-6408-2323(編集) http://www.villagebooks.co.jp
印刷所	中央精版印刷株式会社
ブックデザイン	鈴木成一デザイン室十草苅睦子(albireo)

 ISBN978-4-86332-164-9 Printed in Japan

ヴィレッジブックス好評既刊

「イヴ&ローク9　カサンドラの挑戦」
J・D・ロブ　青木悦子[訳]　882円(税込) ISBN978-4-86332-778-8
「われわれはカサンドラ。われわれは現政府を全滅させる」――イヴに戦慄のメッセージを送り、NYを爆破する犯人の正体は？ 人気ロマンティック・サスペンス第9弾！

「イヴ&ローク8　白衣の神のつぶやき」
J・D・ロブ　中谷ハルナ[訳]　903円(税込) ISBN978-4-86332-770-2
被害者の臓器を摘出する恐るべき連続殺人事件。捜査に乗り出したイヴは、やがて犯人の狡猾な罠にはまり、かつてない窮地に追いやられる！ 大好評イヴ&ローク第8弾。

「イヴ&ローク7　招かれざるサンタクロース」
J・D・ロブ　青木悦子[訳]　840円(税込) ISBN978-4-86332-751-1
近づく聖夜を汚すかのように勃発した残虐な連続レイプ殺人。イヴはみずからの辛い過去を思い起こしつつ、冷酷な犯人を追跡する！ イヴ&ローク・シリーズ待望の第7弾！

「イヴ&ローク6　復讐は聖母の前で」
J・D・ロブ　青木悦子[訳]　840円(税込) ISBN978-4-86332-738-2
次々と惨殺されていくロークの昔の仲間たち。姿なき犯人は、自分は神に祝福されていると語った…。ロークの暗い過去が招いた惨劇にイヴが敢然と挑む！ 待望の第6弾！

「イヴ&ローク5　魔女が目覚める夕べ」
J・D・ロブ　小林浩子[訳]　819円(税込) ISBN978-4-86332-727-6
急死した刑事の秘密を探るイヴの前に立ち塞がるのは、怪しげな魔術信仰者たちだった……。ローク邸を脅かす残虐な殺人の背後には？ イヴ&ローク第5弾！

「イヴ&ローク4　死にゆく者の微笑」
J・D・ロブ　青木悦子[訳]　819円(税込) ISBN978-4-86332-712-2
相次ぐ動機なき自殺。奇怪なことに、死者たちの顔はみな喜びに満ちていた……。イヴは直ちに捜査を開始するが、事件の背後に彼女とロークを狙う人物が潜んでいた！
